MATTHES
& SEITZ
BERLIN
PAPER-
BACK

Viktor Jerofejew

DER GUTE STALIN

Roman

Aus dem Russischen
von Beate Rausch

Matthes & Seitz Berlin

Alle Personen in diesem Buch sind frei erfunden,
auch die realen Menschen und der Autor selbst.

À mon père

1

Schließlich habe ich meinen Vater ermordet. Der einsame goldene Zeiger auf dem blauen Zifferblatt am Turm der Moskauer Universität auf den Leninhügeln stand auf minus vierzig Grad Celsius. Die Autos sprangen nicht an, die Vögel trauten sich nicht zu fliegen. Die Stadt war erstarrt wie Sülze mit menschlicher Füllung. Als ich morgens im Badezimmer in den ovalen Spiegel sah, entdeckte ich, dass die Haare an meinen Schläfen über Nacht grau geworden waren. Ich war zweiunddreißig Jahre alt. Es war der kälteste Januar meines Lebens.

Mein Vater lebt indes bis zum heutigen Tag und hat sogar bis vor Kurzem Tennis gespielt. Obwohl in die Jahre gekommen, mäht er auf der Datscha mit einem elektrischen Rasenmäher noch selbst das Gras zwischen Hortensien, Rosen und seinen geliebten Stachelbeersträuchern. Er fährt noch immer starrsinnig ohne Brille Auto, womit er Mutter zur Verzweiflung treibt und sämtliche Fußgänger in Angst und Schrecken versetzt. Wenn er sich auf der Datscha in sein Arbeitszimmer im ersten Stock zurückzieht, wo die Zweige einer hohen Eiche am Fenster schaben, tippt er lange und zögernd, sich das energische Kinn reibend, irgendetwas auf der Schreibmaschine (schreibt er vielleicht an seinen Memoiren?), aber das sind bereits Details. Ich habe keinen physischen, sondern einen politischen Mord begangen – nach den Gesetzen meines Landes war das ein echter Tod.

Kann man seine Eltern als Menschen betrachten? Ich habe das immer bezweifelt. Eltern sind nicht entwickelte Negative. Von allen Menschen, denen wir im Leben begegnen, kennen wir unsere Eltern am wenigsten, eben weil wir ihnen nicht begegnen, die Initiative liegt von vornherein bei unseren »Vorfahren«: Sie sind es, die uns begegnen. Die Nabelschnur ist nicht durchschnitten – wir bestehen exakt in dem Maße aus ihnen, in dem wir sie nicht verstehen können. Der Wissenskollaps ist garantiert. Alles Übrige sind Vermutungen. Wir haben Angst, ihre Körper zu sehen und ihnen in die Seele zu blicken. Sie wollen sich für uns einfach nicht in normale Menschen verwandeln und bleiben für immer eine Abfolge von Eindrücken nicht eindeutiger Herkunft, flüchtige Trugbilder, Vogelscheuchen gleich.

Es sind unantastbare Wesen. Unsere Urteile über sie sind hilflos, aus den Fingern gesogen, auf Voreingenommenheit aufgebaut, auf nicht ausgelebten kindlichen Ängsten, dem Kampf zwischen Vollkommenheit und Realität, der Rechtfertigung des nicht zu Rechtfertigenden. Aber auch die Eltern sind hilflos vor unserem Urteil. Unsere beiderseitige Liebe gehört weder ihnen noch uns, sondern einem Instinkt, der sich wie im Schoß der Mutter auch im Schoß der Zivilisation verirrt hat. In diesem Instinkt suchen wir energisch eine positive menschliche Grundlage, und wir können nicht anders, als ihm seine Blindheit mit unseren tiefsinnigen Spekulationen heimzuzahlen. Die Liebe mit dem Namen »Väter und Söhne« hat keinen gemeinsamen Nenner der Dankbarkeit, sie ist voller Kränkungen und Missverständnisse, aus denen dann die Bitterkeit des späten Bedauerns erwächst.

Die Eltern sind der Puffer zwischen uns und dem Tod. Wie große Künstler haben sie kein Recht auf das Alter, und unsere unausweichliche Revolte gegen sie ist ebenso biologisch untadelig wie moralisch verwerflich. Die Eltern sind das Intimste, was wir besitzen. Aber wenn sich die Intimität in der Familie zu einem Skandal internationalen Ausmaßes ausweitet, der sie an den Rand der Überlebensfähigkeit treibt, wie es in meiner Familie geschehen ist, dann beginnt man unwillkürlich nachzudenken, sich zu erinnern und zu analysieren. Erst jetzt habe ich mich endlich entschlossen, darüber ein Buch zu schreiben.

∼

Anonymer Brief

An den Minister für Auswärtige Angelegenheiten der UdSSR, Gen. A. A. Gromyko

Kopie: Österreich. Wien. Vertretung der UdSSR bei der UNO. Botschafter W. I. Jerofejew

Per Luftpost, Abbildung auf dem Umschlag: drei Piloten, Helden der Sowjetunion: P. Ossipenko, V. Grisodubowa, M. Raskowa. 40 Jahre Direktflug »Moskau – Ferner Osten«. Poststempel: 31-1791840 (abgeschickt am 31. Januar 1979 um 18.40 Uhr). Postamt Moskau, Abfertigung 9.

Zweite Kopie (an mich): Moskau. Gorki-Straße 27/29, Whg. 30. V. Jerofejew

Per Luftpost, Abbildung auf dem Umschlag: Baikal-Robbe. Aus der Serie »Tiere der Gegenwart in der Fauna der UdSSR«. Poststempel 31-1791840, Postamt Moskau, Abfertigung 9.

Name und Anschrift des Absenders auf dem Umschlag sind falsch. Orthografie und Interpunktion des anonymen Autors wurden unverändert übernommen.

Sehr geehrter Genosse Minister!

Es scheint, dass aus dem lokalen Skandal, der jetzt im Bereich der Literatur vor sich geht, auch einige andere Institutionen, die mit dem Kampf der beiden sozialen Systeme zu tun haben, ihre Schlüsse ziehen müssen. Insbesondere das Außenministerium.

Man denke nur: In der Familie eines Diplomaten, der zutiefst einer der »Unsrigen« ist und einen tadellosen ideologischen Ruf besitzt, ist echter Abschaum groß geworden, einer, der unzüchtige sexualpathologische Geschichten schreibt und sich nun als Herausgeber und einer der Autoren eines Untergrund-Almanachs hervortut, welcher eindeutig antisowjetisch ausgerichtet ist. Die Geschichte von Viktor Jerofejew, deren Handlung in einer öffentlichen Toilette spielt, unter der unsere Gesellschaft zu verstehen ist, ist überhaupt ein unerhörter Präzedenzfall!

(...) Ist es, solange in den literarischen Kreisen die Untersuchung läuft, wie ein junger Mann, der nicht ein einziges eigenes Buch vorzuweisen hat, Mitglied des Schriftstellerverbands werden konnte, nicht überlegenswert, dass er diese seine merkwürdigen Ideen im Ausland aufgeschnappt hat, wo er gelebt hat und auch jetzt sich oft aufhält infolge der Dienststellung seiner Eltern? Wir glauben nicht, dass er direkt angeworben wurde, aber eines ist beinahe zweifelsfrei: Die feindliche Ideologie hat sich auf direktem Wege in seinem Kopf festgesetzt!

(...) Es wird jetzt viel darüber geredet, dass die elterlichen Beziehungen diesem Klassen-Renegaten helfen werden, sich aus der Geschichte herauszuwinden, in der er sich bislang äußerst frech und ohne Anzeichen irgendwie gearteter Reue benimmt. Es wäre sehr betrüblich, wenn die hohe Autorität der Eltern diese politische Affäre, die an einen inszenierten Diversionsakt grenzt, abfedern würde, wie man so sagt. Im Gegenteil erscheint es als äußerst wichtig, am Beispiel dieser betrüblichen Angelegenheit, auch innerhalb des Außenministeriums selbst eine erzieherische Aktion durchzuführen, damit auch alle anderen darüber nachdenken, welche Auswirkungen elterliche Liberalität haben kann sowie auch das Fehlen allseitiger Wachsamkeit gegenüber den Fragen ... (die zweite Seite des Briefes fehlt in beiden Kopien).

∼

Vielleicht bin ich der freieste Mensch im heutigen Russland. Im Grunde ist das eine geringe Leistung; besondere Konkurrenz ist in der Hinsicht nicht zu verzeichnen. Alle konkurrieren in anderen Dimensionen. Was ich mit meiner Freiheit anfangen soll, weiß ich nicht, aber sie ist mir gegeben als eine Art Hellsichtigkeit. Es hat sich irgendwie so gefügt, dass ich mich jenseits aller Ränge, Regalien, Konfessionen und Preise befinde. Ich meine, ich habe Glück gehabt. Ich habe weder Vorgesetzte noch Untergebene. Ich bin weder von einer Fotze noch von der Roten Armee abhängig. Ich scheiße auf Kritiker, Mode und Fanatiker. Der freieste Mensch im komischsten Land der Welt zu sein – das ist irrsinnig lustig. In anderen Ländern leben ernsthafte Menschen, die die Bürde der Verantwortung tragen wie volle Wasserkübel, bei uns hingegen komische, in andere Sprachen nicht übersetzbare: Kerle, Weiber, Milizionäre, Intelligenzler, Kolchosniki, Knackis, Volltrottel und andere Idioten. Komische Leute brauchen keine Freiheit.

Was den Russen nicht alles an genialen Ideen in den Kopf gekommen ist – jede ist genial komisch. Das dritte Rom haben sie begründet, die Ahnen wieder erweckt, den Kommunismus aufgebaut. An was sie nicht alles geglaubt haben!

An den Zaren, an weiße Engel, Europa, Amerika, die Orthodoxie, den NKWD, die Gemeinde, die Revolution, nationale Exklusivität – an alles und jeden haben sie geglaubt, nur nicht an sich selbst. Am komischsten aber ist es, wenn man das russische Volk zur Selbsterkenntnis aufruft, Sturm läutet und buddhistische Glöckchen anschlägt: »Erhebt euch, Brüder! Umarmen wir uns! Trinken wir!«

Die Brüder werden sich erheben und garantiert trinken. Mit der Intelligenzija sitzt man nächtelang und redet über Gott, den Tod, Weiber, Liedermacher, das Schicksal – die Venen schwellen an, die Konzeptionen vermehren sich. Horizonte tun sich auf in vier Richtungen: Man raucht mit Byron, spielt Billard mit Che Guevara. Aber am Morgen erwacht man, und die Intelligenzija ist weg. Die Boheme liegt in den letzten Zügen. Also auf ins Big Business, ins Fernsehen, die Politik, zu den Oligarchen, man sitzt da und verblödet. Oder man geht mit der Jugend in die Disco: Da kann man auf dem Klo etwas über den Krieg der Sterne zwischen Gut und Böse erfahren, über die Etymologie des japanischen Obszönvokabulars, vierundvierzig Methoden, einem Topmodel nicht zu gefallen, die mystischen Abgründe des Armageddon; und dabei kann man auch ein bisschen Ethno tanzen. Die russischen Schriftsteller sind ebenfalls komische Leute.

Die einen lachen unter Tränen, die anderen einfach so. In diesem komischen Land kümmern sie sich um die Moral. Aber wie die Azteken sind auch sie blutrünstig und neigen zu Menschenopfern. Sie köpfen Frauen und Feinde. Die Romane sind durchtränkt vom Thema komische Väter und komische Kinder. Nicht nur bei Turgenjew und Dostojewski, sondern auch im Silbernen Zeitalter, so in Andrej Belyjs *Petersburg*, wird dieses Thema bis hin zum Ritualmord abgehandelt. Der revolutionäre Sohn und der reaktionäre Vater. Buch, Bombe, Terror. Hätte meine Mutter, die unter meiner kindlichen Gleichgültigkeit gegenüber dem gedruckten Wort litt, mir Bücher unterschob und die Liebe zur Literatur einzuimpfen versuchte, geahnt, dass ich dieses Thema zum Schaden der ganzen Familie im Leben nachspielen würde, sie hätte vermutlich sämtliche Bücher unserer Familienbibliothek verbrannt.

∾

Aus einem Brief meiner Mutter an meinen Vater nach Moskau, abgeschickt in Wien am 17. Februar 1979:

Mein lieber Wow,
   morgen sind es schon zwei Wochen, dass ich ohne Dich lebe. Und die ganze Zeit wie unter einer schottischen Dusche. Mal ist das Wasser kalt, mal wieder heiß ...
   Ich habe Dir schon geschrieben, dass ich mich bemühe, ständig beschäftigt und mit Leuten zusammen zu sein, um die deprimierenden Gedanken loszuwerden. Aber jetzt habe ich wohl sämtliche Möglichkeiten, Leute zu treffen, ausgeschöpft. Wie viele können es auch schon sein bei unserem zurückgezogenen Leben?
   Den dritten Tag gießt es entweder in Strömen oder es herrscht dichter Nebel, der einem die Lust selbst an einem Spaziergang nimmt. (...)
   Wie oft schon musste ich mir Sorgen um Dich machen! Also wirklich, was hast Du denn mit literarischen Experimenten zu tun? Viktor hat sich wie der letzte Idiot benommen, sich Schlägen von allen Seiten ausgesetzt, wo er doch noch gar nichts Vernünftiges geschrieben und es noch nicht, wie man so sagt, zu etwas gebracht hat. Was für eine Verantwortungslosigkeit! Er hat Porzellan zerschlagen und sich im Leben viel und auf lange Zeit verdorben.

Aber Du! Was hast Du damit zu tun? Du hast immer tadellose Arbeit geleistet und Dir damit Gesundheit und Nerven ruiniert. Die kolossale Verantwortung. Das ganze Leben der Arbeit geopfert. Die langen Abende, oft bis Mitternacht, wo andere (unleserlich) oder Wodka trinken.

Damit schließe ich, denn ich kann nicht noch länger darüber schreiben. (...)

Ich schicke Euch ein paar Sachen.

Die Socken sind für Andrjuscha, die Dose Kaviar für Oleschka.

Der Wein für Euch alle zusammen.

Ich küsse Dich ganz fest. Galja

∼

Wie ein wildes Tier wechselt die Zeit abrupt ihren Lebensraum. In verstaubten Koffern aus Krokodilleder, teuren Aktentaschen mit abgerissenem Griff, Kartons, in denen ursprünglich für den Export bestimmter Wodka der Marke »Stolitschnaja« verpackt war, werden Visitenkarten von Verstorbenen aufbewahrt, Einladungen zu Empfängen von längst abgedankten Regierungen, Menükarten von Essen mit nicht mehr existenten Leuten, Zeitungen mit Sondermeldungen (hauptsächlich Nachrufe). Bürokratischer Existenzialismus, die Sehnsucht nach Unsterblichkeit, der Drang, Spuren zu hinterlassen. Mein Papa ist ein Lumpensammler.

MAMA Wozu brauchst du das alles?

Vater antwortet nie auf diese Frage. In seiner mittleren Schreibtischschublade liegt eine Ausgabe der *Prawda*, eine in der Geschichte der Journalistik nie da gewesene nekrophile Apotheose, in den schwarzen Rahmen der Zeitungsspalten umbrochen. Der Stil des ärztlichen Befunds über den Tod des Führers ist so brillant, dass man unwillkürlich denkt: All das ist Literatur.

Damals war das ganze Leben Literatur. Am 5. März 1953 teilten sich ihre handelnden Personen in solche, die weinten, und solche, die glücklich waren. Aber es gab einen Menschen, der nicht mitbekam, dass Stalin gestorben war. Dem weder die Trauermusik im Radio auffiel noch die roten Fahnen mit den schwarzen Bändern, die die Hausmeister herausgehängt hatten. Dabei wohnte er in Moskau, mitten im Zentrum in der Gorki-Straße Nr. 27/29, nahe am Majakowski-Platz, und zu seinen Nachbarn in dem großen, von deutschen Kriegsgefangenen solide gebauten Haus im stalinschen Stil, mit Stuckschnörkeln an der Fassade, gehörten Fadejew, der führende Kopf unter den stalinistischen Schriftstellern, und der bemerkenswerte sozrealistische Maler Laktionow, von dem meine Mutter später aus prinzipiellen Erwägungen nicht gemalt werden wollte: Sie liebte die Impressionisten, und Laktionow hatte zu der Zeit bereits einen ramponierten Ruf. Mutter bekam also kein Porträt, das man heute für eine Menge Geld verkaufen könnte. Mutter fand später außer an den Impressionisten auch an den Liedern von Okudschawa Gefallen, und einmal brachte Galina Fjodorowna ihn mit zu uns nach Hause, sie rauchte eine »Java« nach der anderen, die sie aus dem zerdrückten weichen Päckchen herausfischte und rituell vor dem Anzünden zwischen zwei Fingern rollte, um den Tabak zu lockern, und Okudschawa tauchte auf, mager, jung und – arrogant (vielleicht aus Verlegenheit), begeistert über die Sammlung von Platten von Georges Brassens, mit dem mein Vater persönlich bekannt war, und mir schien es damals, dass Okudschawa, kaum hatte Brassens zu singen begonnen, uns völlig vergaß, und als er uns dann aus Höflichkeit seine Aufmerksamkeit wieder zuwandte, ging es am

Zeitungstischchen um Stalins Tod, und Mutter sagte, dass an diesem Tag alle geweint hätten, aus Unverstand, und Okudschawa sagte plötzlich ganz leise ...

OKUDSCHAWA Das war der glücklichste Tag in meinem Leben.

Und es war auf einmal schrecklich peinlich.

Der Mensch, der Stalins Tod nicht bemerkte, war fünfeinhalb Jahre alt, aber das entschuldigt ihn wenig. Die Kinder lebten, liefen umher, sangen und wussten, was im Land vor sich ging. Damit nicht genug, der Vater dieses Jungen arbeitete im Kreml als Referent von Molotow und Stalins Französisch-Dolmetscher. Vielleicht leide ich an totaler Gedächtnisschwäche, denn sosehr ich mich auch anstrenge, ich kann mich an den Tag der Trauer nicht erinnern. Wie ist das möglich?

Jahrelang habe ich meinen Eltern immer wieder diese Frage gestellt. Zuerst bekam ich heraus, dass meine Mutter an jenem Tag zusammen mit ihren Freundinnen geweint hat. Sie arbeiteten alle im Außenministerium der UdSSR und weinten aus zweierlei Gründen. Erstens liebten sie Stalin. Zweitens hatten sie Angst, das Land würde ohne Stalin zusammenbrechen. Später gestand Mama:

MAMA Ich bedaure, geweint zu haben, denn Stalin war ein Ungeheuer.

Was den zweiten Punkt angeht, so hatten die Freundinnen, historisch gesehen, recht. Stalin starb, und die UdSSR begann sich buchstäblich tags darauf zu zersetzen, unser Nachbar Fadejew erschoss sich bald danach, und wie sehr man auch versuchte, das Land einzubalsamieren, es zersetzte sich weiter und zerfiel schließlich in übel riechende Stücke.

Und Vater? Hat mein Vater geweint?

PAPA Ich war an diesem Tag zu beschäftigt, um zu weinen.

Das gibt's nicht! Wenn Vater über etwas nicht reden wollte,

antwortete er nicht ausweichend, sondern kurz und klar. Natürlich, denn er musste ja den Sarg bestellen, die Kränze, den Katafalk, einen Berg von Blumen aus der ganzen Sowjetunion zusammenkaufen, sodass nichts mehr übrig blieb, was man dem ebenfalls verstorbenen Komponisten Prokofjew aufs Grab hätte legen können. Schließlich musste er sich mit den Genossen um den Friedhofsplatz kümmern, an den folgenden Tagen organisierte er das Beerdigungsgedränge auf dem Trubnaja-Platz, evakuierte die Leichen, die es nicht bis zum Katafalk geschafft hatten. Erst kürzlich gestand Vater:

VATER Ich habe an jenem Tag erleichtert aufgeatmet.

Aber war an diesem Geständnis etwas Wahres, oder war die Zeit ganz einfach wie ein wildes Tier zu einem anderen Weideplatz weitergezogen?

∾

Aus dem Artikel von Daniel Vernet, *Le Monde,* 25. Januar 1979:

DES ÉCRIVAINS SOVIÉTIQUES NON-DISSIDENTS REFUSENT LA CENSURE ET ÉDITENT UNE REVUE DACTYLOGRAPHIÉE

Moscou. – Un café dans une petite rue de Moscou. Un groupe d'écrivains a retenu la salle, mardi 23 janvier, pour présenter à quelques amis soviétiques, écrivains et artistes, une nouvelle publication. Le jour prévu, pourtant, le café est fermé. La veille, des médecins ont décidé que le lendemain serait «jour sanitaire», que le café avait absolument besoin d'être désinfecté de toute urgence.

Cinq écrivains: Vassili Axionov (dont les œuvres sont connues en France, telles que *Billets pour les étoiles* ou *Notre ferraille en or*); Andrei Bitov, Viktor Erofeiev (critique et homonyme de l'auteur de *Moscou sur vodka*); Fasyl Iskander (écrivain installé en Abhazie) et Eugène Popov (jeune poète sibirien) ont publié une revue en dehors des circuits officiels, en refusant de se soumettre à une quelconque censure. (...)

Ce recueil, qualifié d'almanach par ses auteurs, selon la tradition russe du dix-neuvième siècle, se présent sous la forme d'un grand cahier de format quatre fois 21–29. Avec plus de cent vingt pages, il représente l'équivalent d'un livre de sept cent pages. Vingt-trois auteurs soviétiques y sont publiés. (...)

L'almanach s'intitule Métropole, aux trois sens du terme: métropole comme capitale, comme métropolitain (underground), et comme célèbre hôtel de Moscou, car les auteurs «cherchent un toit». (...)

∾

Mein Vater war einer der brillantesten sowjetischen Diplomaten seiner Zeit. Er zeichnete sich aus durch scharfen operativen Verstand, unglaubliche Leistungsfähigkeit, Optimismus, Charme, strenge Schönheit, Bescheidenheit. Er scherzte gern. Seine Scherze waren wie Sonnenflecken im Grün der Bäume, ich habe sie nicht wörtlich, sondern als Stimmung in mir bewahrt, sie hatten ein besonderes, warmes Mikroklima, das auch das Mikroklima meiner Kindheit war. Manchmal scheint mir die Tatsache, dass es mich in den Süden zieht – in dieser Hinsicht fühle ich mich ausnahmsweise Bunin verwandt –, dass ich die im russischen Norden nicht vorkommenden Pyramidenpappeln und Robinien als meine Bäume und die Pariser Platanen als Matrize für die heimische Flora betrachte, in einem Zusammenhang mit den Scherzen meines Vaters zu stehen.

Vater war ein anständiger Mensch, der es verstand, sich

sogar zu Stalins Zeiten in Anwesenheit hoher Vorgesetzter unabhängig und ungezwungen zu benehmen, und überhaupt, im Unterschied zu vielen seiner ausdruckslosen Kollegen mit weit aufgerissenen Augen, den Lakaien, Kriechern und Tölpeln, stand er gern ein wenig breitbeinig da, leicht amerikanisch, in weiten Hosen, wie sie damals Mode waren, die Augen ein bisschen zusammengekniffen – das behauptete zumindest Maja Konewa, die Tochter des berühmten Marschalls Konew, die meinen Vater Anfang der Fünfzigerjahre gut gekannt hatte, in einem Gespräch mit mir. Das Farbfoto aus dieser Zeit, das sie vor einer offenen weißen SIS-Limousine und Oleanderbüschen in Sotschi zeigt, mit Tennisschlägern in den braun gebrannten Händen, halte ich übrigens für ein Musterbeispiel des süßen Lebens in der Stalin-Zeit. Lobendes über meinen Vater habe ich mehrfach, von so unterschiedlichen Leuten wie dem großen Physiker Pjotr Kapiza (beim Mittagessen auf der Datscha in Nikolina Gora), von Rostropowitsch, Gilels und Jewtuschenko gehört.

Ich musste einfach stolz auf meinen Vater sein. Er trug keine teuren Geschenke »nach oben« und machte den Ehefrauen seiner Vorgesetzten nicht den Hof. Die allgemein üblichen »diplomatischen« Schiebereien – teure westliche Technik (Fotoapparate, Tonbandgeräte, »Rolex«-Armbanduhren, Plattenspieler), die nicht auf den armseligen sowjetischen Markt gelangte, im Ausland zu kaufen und sie über die Moskauer Kommissionsgeschäfte zwecks persönlicher Bereicherung weiterzuverkaufen – widerten ihn an. Von seinen Anschauungen her überzeugter Kommunist, ein »stalinistischer Falke« mit stählernem Blick, unmittelbar beteiligt an der Ausarbeitung der sowjetischen Konzeption des »Kalten Krieges«, glaubte Vater aufrichtig an die Vorzüge des sowjetischen Systems gegenüber dem Kapitalismus und träumte von der Weltrevolution.

∼

Ich wurde im Jahre 1947 geboren. Ich hatte eine glückliche stalinistische Kindheit. Ein reines, wolkenloses Paradies. In dieser Hinsicht könnte ich dem verdächtig sportlichen Nabokov Konkurrenz machen. Auch ich war ein junger Herr, nur gehörte er der Aristokratie an und ich der Nomenklatura. Ich war ein Sonntagskind. Es vergingen viele Jahre, bevor ich das erfuhr. Nach russischem Volksglauben werden glückliche Menschen am Sonntag geboren. Menschen, die Glück haben. Mama glaubte offenbar lange, das sei rein zufällig passiert. Als sie mich geboren hatte, träumte sie in der Nacht von Dostojewski – einem seltenen Gast in ihren Träumen.

DOSTOJEWSKI Na, bist du zufrieden?

MAMA Bis jetzt bin ich nur einmal so glücklich gewesen. Als der Krieg zu Ende war, habe ich den Sieg in Tokyo gefeiert. Da habe ich an der sowjetischen Botschaft in der Abteilung des Militärattachés gearbeitet. Die Botschaftsangehörigen haben zuerst den ganzen Vorrat an einfachen Weinen ausgetrunken und anschließend die teuren. Gegen Ende haben sich zwei der siegreichen Diplomaten wegen einer Frau geprügelt.

DOSTOJEWSKI Du warst diejenige welche.

MAMA Man merkt gleich, dass Sie Dostojewski sind.

Dostojewski runzelte die Brauen.

DOSTOJEWSKI Ersäuf ihn.

Der Vorschlag des Klassikers stimmte Mama nachdenklich.

∼

Aus meinem Brief, geschrieben in Moskau, an die Eltern in Wien, fälschlicherweise mit dem Vorjahr datiert (was im

Januar häufig passiert): 27.1.78, tatsächlich: 27.1.79. Der Ton des Briefs ist einlullend, der Inhalt die für einen Sohn typische Mischung aus Wahrheiten und Halbwahrheiten. Ein ziemlich schlauer Brief:
Liebe Mama, lieber Papa,
es hat sich eine Gelegenheit ergeben, Euch ein Briefchen zu schreiben und zu erzählen, was es bei uns so gibt. Oleschka ist der größte Optimist in unserer Familie – er plappert von Tag zu Tag mehr, spricht die Wörter lustig aus, verdreht fast gar nichts mehr und bildet einfache Sätze. Er geht in den Kindergarten, wo es ihm anscheinend gefällt und von wo er alle möglichen Kenntnisse mitbringt, insbesondere musikalische (beim Herumlaufen singt er). Wiesia ist wie eh und je mit Arbeit überlastet, dünn und durchsichtig. Ich habe auch viel zu tun. Von einer Sache muss ich genauer erzählen. Im Laufe eines Jahres haben einige Moskauer Schriftsteller (darunter Bitow, Axjonow, Iskander und ich) einen literarischen Almanach vorbereitet, der aus experimenteller Prosa und Lyrik besteht. Kürzlich haben wir ihn zum Schriftstellerverband gebracht und zur Veröffentlichung angeboten. Unsere Initiative wurde – für uns ziemlich überraschend – mit großem Argwohn aufgenommen, der sich rasch zu einem eindrucksvollen Skandal entwickelte. Man schleifte uns zum Schriftstellerverband zwecks »Maßregelung« und zur Gehirnwäsche: Man war empört, stampfte mit den Füßen auf. Wegen der bekannten Namen (Achmadulina, Wosnessenski, Wyssozki u. a.) wurde der Skandal – inklusive »Maßregelung« – stadtbekannt, die ausländische Presse und Rundfunksender schalteten sich ein, und dann war die Hölle los. Es gab eine Sitzung des erweiterten Sekretariats des Schriftstellerverbands (ungefähr 70 Leute), auf der vier Stunden lang solche Leute wie Gribatschow, Schukow u. a. »Barbaren« uns beschimpften

und drohten. Ich weiß nicht, wie sich die Dinge noch weiterentwickeln, aber meiner Meinung nach sind »sie« einfach verrückt geworden. Mir persönlich hat man auch ordentlich den Kopf gewaschen (im Verband und im Institut). Ich fürchte, unsere rein literarische Angelegenheit wächst sich (dank der Idiotie einiger eifriger Bewahrer des Konservatismus und der Stagnation) zu weiß der Teufel was aus. Ich schreibe Euch in der Hoffnung, dass Ihr auf das Geschehen mit vernünftiger Ruhe reagiert und meine (guten) Absichten versteht (und nicht nur meine, sondern auch die meiner Freunde). Wie sich am Verlauf der Dinge ablesen lässt, gewinnen leider die finsteren Kräfte die Oberhand, wenn sie mit ihrer Zügellosigkeit bis zum Äußersten gehen, wird aus dem Moskauer Skandal ein sehr großer werden (was jetzt passiert, erinnert, wie Augenzeugen meinen, teilweise an 63). Ich gebe die Hoffnung nicht auf, dass die Sache ein mehr oder weniger erträgliches Ende findet. Jedenfalls, unternehmt nichts ohne vorherige Absprache mit mir. Ich verstehe ja, dass Euch das alles sehr beunruhigen wird, aber nicht davon zu sprechen, das geht auch nicht mehr. Ich fühle mich ganz gut, obwohl ich reichlich Nerven verloren habe (und noch verliere). Andrjuschka und Wiesia, die Ärmsten, regen sich auch schrecklich auf ... Danke auch für die graubraune Cordhose ... aber im Moment habe ich anderes im Kopf. Ich küsse Euch fest und lieb, berichte so bald wie möglich über die Entwicklung der Ereignisse. Wiesia küsst Euch auch, Euer Viktor

∼

Im beinahe hungernden Moskau der Nachkriegszeit rief meine Großmutter meine Mutter auf der Arbeit an, um ihr begeistert über mein Frühstück Bericht zu erstatten:

»Vitjuscha hat eine ganze Dose schwarzen Kaviar aufgegessen!«

Mama hatte eine interessante Arbeit. Sie las, was zu dieser Zeit niemand lesen konnte, wofür ein anderer auf der Stelle hätte erschossen werden können. Bescheidene Auserwählte, gottartig, der Geheimnisse des Universums teilhaftig, im Wolkenkratzer am Smolensker Platz sitzend, las sie amerikanische Zeitungen und Zeitschriften, suchte nach Verleumdungen der Sowjetunion, um diese zusammenzufassen und ihren Vorgesetzten in der Presseabteilung vorzulegen.

Die Amerikaner benahmen sich gar nicht schön, verleumdeten uns ausgiebig und bewarfen das russische Volk heftigst mit Dreck. Sie schrieben, die Russen seien Selbstzerstörer, die sich gegenseitig in sibirische Todeslager verschleppten, und Stalin sei der grausamste Diktator der Welt, ein Menschenfresser, der das Baltikum, Polen und das ganze restliche Osteuropa geschluckt habe. Den gutmütigen Uncle Joe, den Verbündeten in der Kriegskoalition, gab es nicht mehr. Andere, weniger Abgehärtete hätte bei solchen Erklärungen der Schlag treffen können, doch von Mama prallten derlei Verleumdungen ab wie Erbsen von der Wand. Sie wusste ja, dass die sibirischen Baustellen des Kommunismus keine Todeslager waren. *She did hate the Americans*, mit Ausnahme von Theodore Dreiser, den sie in ihrer Freizeit ins Russische übersetzte; ihr Traum war es, Übersetzerin zu werden. Mama wusste, dass die Amerikanerinnen krumme, behaarte *legs* hatten, die sie demonstrativ rasierten. Die Bilder eines fremden, ausländischen Lebens standen ihr tagtäglich vor Augen.

Zwinkernd forderte das Kamel sie auf, gemeinsam mit ganz Amerika zu rauchen. Aber noch mehr als Amerika hasste sie meine Großmutter, Anastassija Nikandrowna.

Während die Amerikaner bisher nur Pläne schmiedeten, ihre Luftlandetruppen auf dem Roten Platz abzusetzen, und damit Kommunisten und Eisbären in Angst und Schrecken versetzten, war Großmutter bereits in Moskau gelandet und in unsere Wohnung eingedrungen. Sie hatte eine eigene Wohnung in der Mochowaja-Straße in einem zweistöckigen Haus, das gleich neben der Villa des Kalinin-Museums stand, direkt gegenüber der Metrostation »Leninbibliothek«, mit Ofenheizung, dem besonderen Geruch der russischen Provinzeinsamkeit, Wasserleitung, aber ohne Kanalisation (unter dem Waschbecken im Flur stand ewig ein Eimer mit trübem Seifenwasser; da pinkelte ich hinein), doch in unserer Wohnung wurde sie, nachdem sie Marussja in den Hintergrund gedrängt hatte, die Herrscherin über den Gasherd. Darauf briet sie Wurst und kochte Wäsche in einem blubbernden Zinkbehälter, in dem man bequem ein dickes Kind im Ganzen hätte kochen können. Sie fischte die tropfende Wäsche wie riesige Lappenkrebse mit einer großen Holzzange heraus, rubbelte sie auf einem Waschbrett, spülte sie, wobei große Schweißperlen von ihrem Gesicht drauftropften, und hängte sie an grauen hölzernen Wäscheklammern mit verblüffend starken Metallfedern in der Küche zum Trocknen auf. Die Küche verwandelte sich in ein Zeltlager, wo man sich zu meiner kindlichen Freude leicht verlaufen und einander tagelang suchen konnte. Dann erhitzte Großmutter die schweren gusseisernen Bügeleisen, bis sie Unheil verkündend rot glühten; die Unterseite der Bügeleisen leuchtete wie ein mystisches mittelalterliches Folterinstrument, das sie mit Hilfe eines Topflappens ergriff, um grimmig Papas Anzüge zu bügeln, die unter dem nassen alten Laken mit den rostroten Brandspuren, das in seinem zweiten Leben als Bügeltuch diente, zischten und heißen Dampf von sich gaben. Während ich jetzt an meinem »Macintosh« sitze, wird mir klar, wie die Wasch- und Bügelfabrik meiner Großmutter meine stilistische Gedankenarbeit angeregt haben muss. Großmutter hat den Zuber ihrer Energie über mir ausgeschüttet. Ich bin ihr Enkel.

Sie fuhrwerkte in der Küche wie eine Verrückte, voller Seifenschaum, mit Verbrennungen, halb nackt, im rosa Büstenhalter, über Herzbeschwerden klagend, wonach sie entweder ein so kochend heißes Bad nahm, dass der Spiegel vor Hitze weinte, oder mit dem Notarzt ins Krankenhaus fuhr. Mama hielt sie für eine Simulantin. Wenn es Krach gab, knallte Großmutter so laut mit den Türen, dass die Fensterscheiben rausflogen. Mein freches Kindermädchen, Marussja Puschkina mit ihrem vor Staunen über das Leben immer fröhlichen Gesicht eines Dorfmädchens aus der Wolokolamsker Gegend, log mich dreist an: Das kommt vom Durchzug. Mama lebte unter Großmutters Besatzungsregime, verzog sich bei heftigen Auseinandersetzungen ins Bad und weinte still für sich, zog den Kopf ein, hatte aber nicht genug Kraft, Großmutter (Papas Protektorat) aus der Wohnung zu vertreiben.

»Geben Sie dem Kleinen Grießbrei zu essen«, sagte Mama leise aus dem sowjetischen Wolkenkratzer, während sie in der Zeitschrift *Life* blätterte.

∾

Papa brachte immer verschämt blaue Tüten mit lauter Köstlichkeiten aus einer Sonderverteilungsstelle im Kreml mit: knackige Würstchen, feine »Doktorskaja«-Wurst, gekochten Schinken, Lachs, gedörrten Störrücken, Krabben.

»Leckere Krabben, zarter Fisch, in jedem Haus, auf jeden Tisch!« verkündete eines der seltenen Reklameschilder jener Zeit am Eingang zum »Aquarium«-Garten mit den zwei riesigen hochherrschaftlichen Vasen und den Weinblätter kauenden Ziegen (dort funkelt jetzt wie in Las Vegas die Leuchtschrift eines Kasinos). Für den Nachtisch bekam Papa zu lächerlichen Preisen Halwa, blassrosa Fruchtkonfekt, Schaumgebäck mit Rumaroma und Schokoglasur, »Mischka im Kiefernwald«, Kiewer kandierte Früchte, Lebkuchen mit Honig und andere Süßigkeiten. Manchmal hatten die Tüten dunkelrote Flecken: Das war Blut von frischem Rinderfilet. In der Küche schwebte der würzige Geruch von kleinen frischen Gurken mit pickliger Schale und gelbem Fruchtknoten, und das im tiefsten Winter, der frostige Farnwedel auf das Fenster malte. Das berühmte Kochbuch der Stalin-Zeit *Über schmackhaftes und gesundes Essen* mit seinen eleganten, sepiafarbenen Fotos von kulinarischem Überfluss, von Edelfischen, Spanferkel und georgischen Qualitätsweinen wirkte bei uns zu Hause keineswegs wie eine Verhöhnung des sowjetischen Menschen.

Ich war dünn und aß nicht gern. Im Kampf um meinen Appetit griff meine Großmutter zur Lebertranfolter. Ihr Traum, aus mir ein dickes Kind zu machen, wurde eines Tages wahr; wir ließen den Moment nicht ungenutzt verstreichen und rannten schleunigst zum Fotografen, um uns Arm in Arm, Wange an Wange verewigen zu lassen. Zarte Wolken von Privilegien hüllten alle Seiten unseres Lebens ein: Vom modischen Anzug, der einmal im Jahr für Papa aus importiertem englischen Tuch gratis beim Schneider am Kusnezki Most genäht wurde, über die Poliklinik in der Siwzew-Wraschek-Straße mit Läufern in den Korridoren, gefiederten Palmen in Kübeln und sanften, wie aus Kindermärchen entsprungenen Ärzten, das blank geputzte, bewachte Treppenhaus, denn in unserem Aufgang wohnte Genosse Wlassik, der allmächtige Chef der stalinschen

Leibwache, die nach adscharischen Mandarinen duftenden Kinderneujahrsfeste im Kreml mit beachtlichen Geschenken, das Heftchen mit Kinokarten für exklusive Filme, die Spezialversandabteilung für Bücher (Subskription für Gesamtausgaben oder im Buchhandel nicht erhältliche Werke), Theaterkarten für jede beliebige Vorstellung bis hin zur Reservierung der letzten Ruhestätte auf dem Friedhof des Neujungfrauenklosters.

Im Sommer fuhren wir in einem langen schwarzen SIM, der mit seiner bezahnten Schnauze aussah wie eine amerikanische Limousine vom Ende der Vierzigerjahre, nach Trudowaja auf eine der Regierungsdatschas bei Moskau. An endlosen Juniabenden, überdreht vom vielen Radfahren und dem Duft der Faulbäume, den Geschmack von kuhwarmer Milch auf den sensiblen, nicht mehr kindlichen Lippen, spielte ich dort mit Marussja Puschkina, der unser Chauffeur mit schwarzer Schirmmütze nachstellte, auf der hölzernen Vortreppe Schach.

∾

Als der geborene Sieger (meine Eltern hatten mir zu Ehren des Sieges über Nazideutschland diesen Namen gegeben) gewann ich gegen Marussja die erste Schachpartie meines Lebens. Die Welt war voller gediegener Sachen: Straßenlaternen, Hochhäuser, Metrostationen, weiße Parkbänke mit gebogener Rückenlehne, auf einer davon, in Sokolniki, setzten wir ungeachtet eines Schneesturmes unser Dauerturnier fort. Die Schachfiguren steckten halb im Schnee. Mich schüttelte hin und wieder noch ein abklingender Keuchhusten; sie kicherte viel und wischte sich mit ihrem Fäustling, der ein Loch hatte, die Nase. Wir waren gleichwertige Partner, die oft nicht aufpassten, wir verwechselten die Läufer mit den Königen und waren vom Charakter her beide Tollköpfe.

Verlieren zu lernen fiel mir schwer. Bisweilen warf ich heulend mit Pferden und Bauern nach Marussja. Wenn wir uns wieder versöhnt hatten, fischten wir die Figuren gemeinsam aus dem Schneewasser. Der Frühling brach immer sehr plötzlich herein, überraschte uns auf dem Rückweg zur Metro mit Bächen, tiefen Pfützen ringsum die Linden, durchweichten Stiefeln, einer durch die Sonne wie verdünnten Luft. Die Familie bildete mit ihren Bediensteten, Verwandten, engen Freunden und Mamas Freundinnen einen eingeschworenen Clan. Ich lebte wie Gott in Frankreich.

∼

Aus dem Artikel des ersten Sekretärs der Moskauer Schriftstellerorganisation, Felix Kusnezow, *Moskowski literator*, 9. Februar 1979:
METROPOL – EINE BLAMAGE
(…) Blößen, die wenigstens einer gewissen Bedeckung bedürften, gibt es in diesem Sammelband von Materialien der unterschiedlichsten Sorte mehr als genug. Hier werden im Überfluss präsentiert: literarische Geschmacklosigkeit und Hilflosigkeit, Mittelmaß und Banalität, nur leicht übertüncht mit primitivem »Absurdismus« oder einer neu erstandenen Gottsuche. Über das extrem niedrige Niveau dieses Bandes äußerten sich praktisch alle Teilnehmer an der gemeinsamen Sitzung von Sekretariat und Parteikomitee des Moskauer Schriftstellerverbands, wo es um den Almanach *Metropol* ging.

Paradox zudem: Angestrengte Gespräche über die Seele stehen direkt neben sittenloser Schmiererei, mit der sich zum Beispiel der junge Literat V. Jerofejew in seiner Erzählung »Satansbraten« befasst, deren Held die Aufschriften und Darstellungen an den Wänden des Männer-WCs betrachtet und dann zu demselben Zweck die Damentoilette aufsucht. Und allein der Titel der zweiten Erzählung desselben V. Jerofejew: »Gedämpfter Orgasmus des Jahrhunderts«! (...)

2

Jeder Russe möchte gern Zar sein, aber nicht jedem gelingt es. Die russischen Zaren waren immer sehr demokratisch. Meine Großmutter Anastassija Nikandrowna, geboren im Gouvernement Kostroma, Mädchenname Ruwimowa, hat in St. Petersburg den letzten russischen Zaren mit eigenen Augen gesehen. Er kaufte ganz ohne Leibwache auf dem Newski-Prospekt im Gostiny Dwor Knöpfe. Offenbar hatte er einen Knopf seines Uniformmantels verloren und, da seine Bitte, neue zu kaufen, nicht gleich erfüllt wurde, war er einfach selbst losgegangen. Nicht etwa jemandem zum Trotz, sondern ganz friedlich. Er wollte niemandem demonstrieren, dass er so war wie alle andern: Er steht da und sucht Knöpfe aus. Aber genau das kam dabei heraus. Meiner Großmutter blieb der Zar damit auf ewig im Gedächtnis, dieses Erlebnis ging in ihre kleine Sammlung der schönsten Lebenserinnerungen ein. Hätte Nikolai der Zweite nicht im Gostiny Dwor Knöpfe gekauft, wäre ihr Leben vielleicht sehr viel ärmer an Erinnerungen gewesen. Und dann auch noch so eine tolle Geschichte.

»War der Zar wirklich allein, ganz ohne Leibwache?«, fragte ich sie, als ich klein war. Das war in jenen Jahren, als man den russischen Zaren besser überhaupt nicht erwähnte. Und sie antwortete so, als hätte sie nicht nur gesehen, wie der Zar im Gostiny Dwor Knöpfe kaufte, sondern als wäre sie ihm sehr nahe gewesen, so nah wie nur möglich; näher wäre gar nicht gegangen:

»Ich habe niemanden sonst bemerkt.«

»Was denn, überhaupt keine Leibwache?«

»Nein.«

»Waren vielleicht seine Töchter mit dabei?«

»Welcher Mann«, wunderte sich Großmutter, »würde in den Gostiny Dwor mit seinen Töchtern Knöpfe kaufen gehen?«

»Vielleicht war sein Sohn dabei?«, bohrte ich weiter, ganz wie ein kleiner Junge.

»Also hör zu«, sagte sie, »ich erzähle dir, wie das alles war. Ich kam in den Gostiny Dwor, um weiße Spitzenhandschuhe zu kaufen ...«

»Vielleicht war das gar nicht der Zar, und dir kam es bloß so vor?«, platzte es aus mir heraus.

Großmutter verschlug es die Sprache. Sie sah mich mit verständnislosem Blick an, als hätte ich ihr die Uhr vom Handgelenk gestohlen. Dann, als sie die Fassung wiedergewonnen hatte, wandte sie sich von mir ab und sprach den ganzen Tag nicht mehr mit mir. Am nächsten Tag – wir waren auf der Datscha – fragte ich sie:

»Woran hast du denn erkannt, dass es der Zar war? An den Schulterstücken?«

»Der Zar hatte nicht auf den Schulterstücken stehen, dass er der Zar ist«, belehrte mich Großmutter.

»Na, dann am Schnurrbart?«

»Alle Männer in Russland trugen Schnurrbärte«, antwortete Großmutter, »und außerdem hatten viele auch einen Vollbart.«

»Dann an seinem Gang?«

»Er ging nicht, er stand da und besah sich Knöpfe.«

»Haben alle ihn erkannt oder nur du?«

»Ich habe sonst niemanden gesehen. Nur ihn.«

»Hast du weit weg von ihm gestanden, als du die Handschuhe gekauft hast? Wie viel Meter waren zwischen euch?«

»Ich war noch nicht dabei, sie zu kaufen, ich habe mich nur nach den Preisen erkundigt.«

»Hast du neben ihm gestanden?«

»Handschuhe und Knöpfe wurden im Gostiny Dwor in derselben Abteilung verkauft.«

»Hat er nichts zu dir gesagt? Hat er dir nicht geholfen, die weißen Spitzenhandschuhe auszusuchen?«

»Er war mit seinen Knöpfen beschäftigt.«

»Und ihr habt lange so nebeneinandergestanden, in einer Abteilung, er mit den Knöpfen und du mit den weißen Spitzenhandschuhen?«

»Dummkopf«, sagte Großmutter, »so etwas fragt man nicht.« Und wieder sprach sie einen ganzen Tag lang nicht mit mir, sogar beim Abendessen schwieg sie, obwohl das Essen köstlich war, denn sie konnte gut kochen. Besonders gut machte sie Piroggen mit Fleischfüllung. Wenn Großmutter Piroggen mit Fleischfüllung machte, kriegte sie immer rote Backen. Mit solchen roten Backen erzählte sie vom Zaren.

»Vielleicht war der Zar mit seiner Frau da?«, fragte ich sie. Das war bereits im Winter, in der Moskauer Wohnung auf der Gorki-Straße.

»Lass dich nicht immer ablenken«, sagte Großmutter, »mach lieber deine Aufgaben.«

»Warum hast du damals Dummkopf zu mir gesagt?«

»Hab ich doch gar nicht.«

»Hast du doch.«

»Du schwindelst.«

»Tu ich nicht.«

»Er war allein«, sagte Großmutter. »Er stand im Gostiny Dwor und suchte sehr lang Knöpfe aus.«

»Und die Zarin?«
»Sag es bloß niemandem.«
»Bestimmt nicht.«
»Dass ich den Zaren gesehen habe.«
»Warum nicht?«
»Versprochen?«
»Versprochen.«
»Überhaupt niemandem.«
»Nicht einmal Mama?«
»Nicht einmal Mama.«
»Aber Mama muss man alles erzählen.«
»Das mit dem Zaren braucht man Mama nicht zu erzählen.«
»Ist er wichtiger als Mama?«

Großmutter dachte nach. Sie war die Mutter meines Vaters.

»Weißt du, dass dein Papa von deiner Mama fortgehen will?«

»Wohin?«

Ich stellte mir vor, wie Papa von Mama fortgeht, einen verschneiten Waldweg entlang, und mir wurde angst und bange und sehr kalt für ihn.

Seitdem fühle ich mich, wenn ich mir Knöpfe kaufe, besonders im Gostiny Dwor in Petersburg, wie der russische Zar.

∾

Geboren im Tohuwabohu der Nachkriegszeit, hatte ich offenbar ein fremdes Schicksal verpasst bekommen. In dem Begleitdokument, das in allgemeinen Zügen die Matrize meiner irdischen Existenz erklärte, wurden Handlungen und Taten angekündigt, auf die ich entschieden unvorbereitet war. In mir nistete sich ein schwarzer goldglänzender Panther ein, während dort zugleich auch Platz für ein stilles, zutrauliches Tierchen war. Ich war langsam. Stundenlang konnte ich meine Schnürsenkel zubinden; bis heute habe ich das nicht richtig gelernt. Sie gehen immer wieder auf, und die Frauen, die neben mir hergehen, treibt das jedes Mal zum Wahnsinn. Ich hüpfe auf einem Bein auf der Straße herum, auf der Suche nach etwas, wo ich meinen Fuß mit dem zuzubindenden Schuh draufstellen könnte. Zuerst gefällt es ihnen als Schrulle von mir, oder sie lachen über meine Ungeschicklichkeit, aber dann werden diese Weibsbilder immer fuchsteufelswild.

Andererseits war ich zielstrebig. Ich war ein Orkan von Wünschen, der alles um sich herum hinwegfegte. Dieses irre Missverhältnis drückt sich in allen meinen Kinderfotos aus. Der wahnsinnige Blick aus schwarzen Augen, die die Welt durchbohren, um neue, nie da gewesene Gesetze zu erspähen, gehört einem schüchternen Kind mit schlechter Haltung und zartem, bezauberndem Lächeln auf Kannibalenlippen. Die riesigen Nasenlöcher sind fähig, einen ganzen Geruchsteppich in sich aufzunehmen, den Skalp einer Grasdecke abzuziehen, das Aroma von Essen und Trinken zu stehlen. Diese Nase mit den zitternden Nasenflügeln ist besonders aggressiv und unmenschlich. Ein riesiger Kopf, auf den weder eine Pelzmütze noch die Schirmmütze der sowjetischen Schuluniform passte, ein Kopf, dessen Umrisse dem Schädel eines prähistorischen Affen glichen, was meine Mitschüler sogleich bemerkten, die mich dann auch mit dem Spitznamen »Affe« neckten. Der Kopf saß auf schmalen Schultern, und wenn ich ihn mit meinen schmalen Händen (die schmal blieben) fasste, dann hatte das etwas von Munchs Schrei.

∼

Aus dem Artikel von Kevin Close, *International Herald Tribune*, 7. Februar 1979:

SOVIET UNION IS HARASSING FOUNDERS OF NEW JOURNAL

MOSCOW (WP). – Soviet authorities have begun a campaign of harassment and threat to intimidate the founders of a new unofficial literary magazine that seeks to challenge state control of the arts.

The five editors of *Metropol* have been upbraided by the Moscow Writers Union and several were threatened with expulsion from the Union.

State publishing watchdogs, in the two weeks since the journal was announced, have been withdrawing from circulation films, plays, novels and even magazines containing articles by any of the editors. (...)

Vassily Aksyonov, one of the Soviet Union's most popular writers and principal editor of *Metropol*, said he has been accused of seeking notoriety in the West so he is able to emigrate more easily.

Mr. Aksyonov who has made several official trips to Western countries in recent years and whose stories have been officially translated into English, said he has no intention of emigrating. (...)

∼

Ich stehe vor dem schwarzen Holzmast. Sommer. Rasdory. Wie alt ich da war, weiß ich nicht mehr. Ganz kurz geschnittenes Haar und ein gerader kurzer Pony. Vielleicht ein weißes Panamahütchen, aber ich bin nicht sicher. Was ich weiß: An dem Mast war eine Metalltafel festgenagelt. Darauf ein Totenschädel und gekreuzte Knochen. Quer darüber ein roter geknickter Pfeil. Ich stehe in heiligem Entsetzen vor diesem Mast. Mir scheint, dass dieser Holzmast, wenn ich ihn berühre, mich erschlagen wird. Ich weiß nicht, was das ist, aber ich ahne, dass es das gibt. Alle folgenden Lebenseindrücke sind von diesem Pfeil überdeckt und durchkreuzt. Ich trat ins Leben durch den Schrecken des Todes. Der Tod weckte mich auf. Mein erster Lebenseindruck war wilde Todesangst. Sie hat mich zu dem gemacht, der ich bin. Ich habe mich von dem Schock nicht erholt. Wenn ich einen Totenschädel mit gekreuzten Knochen sehe, das Symbol der Elektriker, zucke ich zusammen, als ob man mich an den Sinn meines Lebens erinnern würde.

Hohe Kiefern, weidende Ziegen. Sie sind in geringerem Maße Privateigentum als Kühe, die praktisch verboten sind. Tod und Ziegen auf einer idyllischen Wiese. Ich möchte die Ziegen streicheln, aber wegen der Hörner traue ich mich nicht, bei einigen sind sie abgesägt. Ein Sommer voller Ziegen. Ich pflücke Gras, halte es den Ziegen hin. Sie meckern und kacken kleine Kügelchen. Ich füttere die Ziegen mit dem Gras. Die Ziege ist das Ausgangstier meines Lebens. Das Ziegenlied ist das Genre meiner Kindheit. Ich strecke die Hand aus, um den Pfahl zu berühren, und ziehe sie wieder zurück. Ich spiele mit dem Tod. Die Todesangst deckt alles zu. Dann verlischt alles. Aber in demselben Sommer erwacht das Bewusstsein noch einmal, und wieder ist der Grund der Tod. Papa und ich fahren in seinem schokoladenbraunen Pobeda auf der Landstraße. Ringsum Felder. Plötzlich bricht ein Gewitter los. Ein schreckliches Zischen – und ein grässlicher Donnerschlag. Ein Blitz fährt in den Strommast gleich neben unserem Auto. Der Mast verwandelt sich in eine Feuerpalme. In alle Himmelsrichtungen sprühen die Funken. Der Tod gibt eine Vorstellung, wie ich sie stärker nie wieder gesehen habe, weder im Theater noch im Kino. Ich habe eine Aufgabe bekommen, und nun muss ich damit fertig werden. Der Donnergott, wer immer er ist, hat mit seinem Finger auf mich gezeigt.

Der Donnergott brachte Ordnung in mein Leben. Das war meine erste Ordnung. Später war ich oft verwirrt, verirrte mich in der Dunkelheit des Zufälligen, aber der Tod wurde mein erster Orientierungspunkt im Leben, er schlug den Takt, und endlich hörte ich ihn. Der von Geburt in mir angelegte Mechanismus der Todesangst begann zu funktionieren. Dieser Mechanismus existiert völlig unabhängig von mir – das ist meine persönliche Matrize. Ich kannte weder Heiligenlämpchen noch Ikonen. Meine Eltern ließen mich nicht taufen. Meine Großmütter trugen mich nicht heimlich in die Kirche. Vom Christentum habe ich nichts mitbekommen. In der Sowjetunion wurde behauptet, es gebe keinen Tod. Sterben – das war wie unerlaubtes Entfernen von der Truppe. Die marxistische Philosophie ließ mit gerümpfter Nase den Tod links liegen. Mit den Toten ging man auf unmögliche Weise um, als wären sie Deserteure. Um das Totengräbergeschäft stand es erdenklich schlecht. Noch Jahre nach der Revolution stanken um die Friedhöfe herum unbestattete Leichen zum Himmel. Umherstreunende Hunde verschiedenster Rasse und Herkunft, einschließlich Jagd- und Windhunden, fraßen sie. Dann wurde ein Eilverfahren eingeführt, um die Toten loszuwerden – die Verbrennung. Überall im Lande wuchsen die Orgelpfeifen der Krematoriumsschornsteine empor. Totengräber wurden nur noch Alkoholiker. Mit dem Tod musste ich mich selbst auseinandersetzen, ohne Vermittler. Die Abwesenheit von Popen in meiner Nähe machte mich zu einem vom Tod Besessenen.

Wenn mein Gesicht vom festlichen Feuerwerk erstrahlte, wenn Papas Chauffeur Sascha (der Marussja Puschkina zur wilden Ehe überredete, indem er ihr die Heirat versprach, sich jedoch als Schuft erwies, denn in einem anderen, uns nicht zugänglichen Leben, war er bereits verheiratet) die Neujahrstanne hereintrug und wir begannen sie zu schmücken, wobei wir auf einen Stuhl kletterten, um an die Spitze heranzukommen und den roten Stern darauf zu stecken, an die Zweige Kugeln und Fische zu hängen, und unter den Baum meinen ersten Kindergott mit dem Kutschergesicht – rote Backen und russische Stupsnase – setzten, dann fühlte ich: Das ist eine Atempause. Gottväterchen Frost war mit einer groben Schere aus der Weltmythologie herausgeschnitten und allein gelassen, bis die Tanne zu nadeln anfing, für zwei Wochen bis zum alten Neujahrstag, aber sogar dieser kleine Splitter des Weltpantheons wärmte mich mit seinen Gaben. Er sprach vom Geheimnis der Welt, er war mein Verbündeter.

Frühmorgens am ersten Januar, wenn die Eltern noch schliefen, sprang ich aus meinem Bett, das damals im Elternschlafzimmer an dem Fenster mit dem heißen Heizkörper der Zentralheizung stand, und lief rasch ins Wohnzimmer, das nach Tannennadeln duftete, um unter den Baum zu kriechen. Väterchen Frost mit dem Kutschergesicht war von Geschenken umgeben.

Die brüllend heiße Zentralheizung bewirkte, dass ich oft von dunklen Volksdemonstrationen träumte. Meinem frühkindlichen Leben in den Armen des Todes brachten Feiertage und Geschenke Linderung. Das Leben besteht aus Feiertagen und Geschenken – alles andere ist ein Missverständnis. Das Leben besteht aus Ablenkungen vom Tod.

Mir hat man keine Moralvorstellungen von Unglück, Sklaverei und Feigheit eingeimpft. Ich musste nicht unter den Erniedrigungen einer Kommunalwohnung leiden. Meine spontane Moral bestand aus grenzenlosem Vertrauen zur Welt und vollkommener Offenheit ihr gegenüber. Ich war jene offene Seele, die geboren ist, um ein tanzender Gott zu werden.

Ich verstehe nicht, wie man den ganzen Tag, jahraus jahrein, für einen idiotischen Lohn arbeiten kann, mit einer kurzen Mittagspause, mit den Anschnauzern der Vorgesetzten und der dumpfen Grobheit des Kollektivs. Ich ahne, warum man arbeiten muss, doch ich weiß nicht, wofür. Dafür wusste ich seit früher Kindheit, dass sich Geschenke in zwei Arten teilen. Es gibt das Traumgeschenk, an das man nicht einmal zu denken wagt, und wenn doch, dann nur vor dem Einschlafen. Zum Beispiel eine Eisenbahn mit einer Menge Waggons, Brücken und Schienen. Solche Geschenke gewährleisten Glück im Erwachsenenleben, sie stellen das ganze Leben auf den Kopf und lenken einen in die richtige Richtung. Mama tritt von hinten an dich heran, und du bemerkst gar nicht, wie sie sich nähert, du gehst ganz in deinem Geschenk auf, und sie streichelt dir über den Kopf. Das ist ein Moment vollkommenen Glücks.

Aber es gibt auch Geschenke, die sagen »lass mich in Ruhe«. Sie werden rasch nebenbei gekauft, weil es sein muss, und von ihnen geht eine seltsame Energie aus, sie riechen nach gekochten Makkaroni. Also, irgendein Brettspiel oder »kein richtiges« Feuerwehrauto, so eines mit einer Leiter an Schnüren. Vor einem solchen Geschenk hockst du, und du tust dir selbst leid, und die Eltern tun dir leid. Aber du lässt dir nichts anmerken, heuchelst Freude, umarmst Mama und denkst bei dir: Wozu macht ihr das? Ich durchschaue euch doch sowieso.

∾

Aus einem Brief meines Bruders Andrej an die Eltern in Wien:
Moskau, 8.5.1979
Liebe Mama, lieber Papa,
noch ein oder zwei Briefe, und unser langjähriger epistolarischer Austausch geht zu Ende – eine ganze Epoche in meinem Leben. (...) Mit diesen Briefen habe ich schreiben gelernt, wenn auch nicht so ganz – ich mühe mich damit ab und schreibe schlecht.

Auch jetzt befinde ich mich in einer sehr schwierigen Lage – ich weiß nicht, was ich schreiben soll, um Euch zu trösten und aufzumuntern, denn ich bin selbst vollkommen durcheinander wegen dieser schrecklichen Geschichte, die man kaum glauben kann. Ich sehe (besser: höre in Euren Stimmen) Verwirrung und Kummer wegen des Vorgefallenen, ich sehe auch Vitjas Seelenzustand, die Folgen des moralischen Schlags, den er sich, da er so fahrlässig über die Folgen nicht nachdenken wollte, selbst versetzt hat, und ich fürchte, ich fürchte es sehr, dass sich dies alles fatal auf die Beziehungen innerhalb unserer Familie auswirken und sie untergraben könnte. (...)

∾

Das Gedächtnis aufschlagen wie ein Zelt, indem ich die Strippen der Erinnerungen zwischen den Pflöcken spanne und darauf warte, dass ich dort herausgekrochen komme – der Künstler »aus dem Nichts«. Familienalbum. Iwan Petrowitsch Jerofejew kenne ich nicht bewusst, die Erinnerung an ihn konnte ich nie an die Oberfläche holen, sooft ich auch die Fotos von uns anschaute, auf denen wir an einem sonnigen Tag auf der Datscha einen Petroleumkocher reparieren, sosehr ich mich auch anstrengte, mich an seinen Zwicker oder die Tjubeteika, sein mittelasiatisches Käppi, zu erinnern:

GROSSVATER Es wäre schön, Milizionär zu sein. Man steht auf Posten, fuchtelt mit dem Stöckchen herum, zeigt hierhin und dorthin und nirgendshin.

GROSSMUTTER Ein Witzbold! Er konnte Witze machen wie sonst keiner.

Ein Witzbold und Fremdling, dem ich trotz aller Bemühungen nicht auf den Grund kam, Vorfahre des Jerofejewschen Humors, war er schließlich nur noch ein Hügel in Sektor neunzehn auf dem Wagankowo-Friedhof, aber Großmutter suggerierte mir liebevoll, dass Großvater in Rasdory mit mir stundenlang mit Autos gespielt habe.

Seit frühester Kindheit spielte ich schrecklich gern. Ich baute im Sandkasten eine Stadt, eine Landstraße, Brücken, Eisenbahnlinien, und dann bombardierte ich alles gezielt mit dem rotbraun gestreiften Kinderfußball. Großmutter sagte, Großvater habe mit mir auch Fußball gespielt. Ich war ein leidenschaftlicher Fußballspieler auf unserem Datscha-Grundstück und auf den Waldwiesen, wo die Bäume lediglich als Torpfosten einen Sinn erhielten, man wollte sie mal auseinander, dann wieder enger zusammenschieben, aber da ich mich an Großvater nicht erinnern kann – gegen welches Gespenst habe ich eigentlich zwischen Birke und Espe die Tore geschossen?

Außerdem fuhr ich wie ein Verrückter auf meinem Dreirad herum. Ich trat wie wahnsinnig in die Pedale, es schüttelte mich ordentlich durch, wenn ich über die Kiefernwurzeln fuhr, die sich wie verholzte Schlangen über den Waldpfad wanden, ich wurde hochgeworfen, die Klingel ertönte wie von selbst. Besonders gern fuhr ich mit Karacho durch Pfützen, mit hochgehobenen und so weit wie möglich gespreizten Beinen. Oft blieb ich mittendrin stecken, drehte den Lenker hin und her und blickte mich lange um. Ich wusste ja, dass ich stecken bleiben würde, aber das war ein überflüssiges, dummes Wissen, und ich fuhr trotzdem in die Pfütze hinein. Während ich das Mosaik der schöpferischen Ursprünge zusammensetze, wird mir bewusst, dass die Rolle von Pfützen in meinem Kinderleben kaum zu überschätzen ist. Das waren nicht nur Hindernisse, sondern auch Versuchungen. Ich schlug furchtbar gern mit einem Stock in Pfützen hinein. Die Spritzer flogen in alle Richtungen. Ich war klatschnass. Ich war ein Objekt reiner Bestrafung. Aber noch lieber rührte ich langsam mit einem Stock in der Pfütze und stocherte dann damit im schmatzenden Grund herum. Das schmatzende Geräusch verzauberte mich. Ich liebte die Abdrücke von Auto- und Fahrradreifen im Dreck; die Idee, Spuren zu hinterlassen, machte mich verrückt. Großmutter schimpfte immer, weil ich schmutzige Hände und Dreck unter den Fingernägeln hatte. Meine ganze Kindheit hindurch wurde ich rausgeschickt, um mir die Hände zu waschen und die Fingernägel zu schrubben. Ich war eine plastische Komposition, etwa wie Mädchen mit Krug, Junge am Waschbecken. Aus den schmatzenden Pfützen entstand meine Liebe zu den Frauen.

Der von mir unerkannte Iwan Petrowitsch starb an einem Herzinfarkt im Kreml-Krankenhaus auf der Granowski-Straße. Als ich etwas größer war, sagte Großmutter im Streit zu mir, ich hätte Großvater umgebracht. Mir wollte man die Schuld an seinem Tod wie eine Schlinge um den Hals legen, und ich sah sie mit meinen glühenden Augen an.

GROSSMUTTER Du hast mal wieder gequengelt und verlangt, dass er dich auf den Schultern herumträgt. Der Ärmste hat es gemacht, dabei durfte er das gar nicht.

Das war überzeugend. Damals brachten alle irgendjemanden um. Der eine die Deutschen, der andere die eigenen Leute. Ich habe Großvater umgebracht.

GROSSMUTTER Nur zwei Wochen bevor sie ihm den Lenin-Orden verleihen wollten, ist er gestorben.

Ich bin an allem schuld. Wenn man dieser Familienlogik folgt, dann musste ich, da ich ja schon Großvater umgebracht hatte, auch meinen Vater umbringen.

∼

Aus meinem letzten Brief an die Eltern in Wien vom 8. Mai 1979:

Liebe Mama, lieber Papa,

schwer, sehr schwer ist das moralische Kreuz, das mir die Ereignisse auferlegt haben. Ich weiß gar nicht, was ich dazu sagen soll: Man hat mich sehr raffiniert bestraft – mit Euch, Eurem Kummer und Eurem verständlichen Verdruss über mich. Ich könnte jetzt natürlich auf dem Papier lang und breit Erklärungen abgeben und den angestauten Gefühlen freien Lauf lassen – aber was bringt das? Ein grausames Paradoxon: In dem Wunsch, etwas Nötiges und Richtiges zu tun, habe ich die mir am nächsten stehenden Menschen, von denen ich immer nur Gutes erfahren habe, schwer verletzt – Euch. Ich bete zu Gott nur um eines: dass wir in diesen schlimmen, schmerzlichen Tagen die Einheit unserer Familie, gegenseitiges Verständnis und Vertrauen bewahren können. Ich denke ununterbrochen darüber nach. (...)

∼

Ich schwieg wie ein Partisan, bis ich dreieinhalb Jahre alt war. Einzige Ausnahme: »Aī!« Wenn ich an die Küchentür

der großen Nachbarswohnung klopfte, wo der Riese Boris Fjodorowitsch mit den lebhaften, aufmerksamen Augen wohnte, zusammen mit einem ganzen Haufen von Verwandten, Kostgängern und miauenden Katern, die aus den verschiedenen Zimmern angelaufen kamen, fragte mich die polnische Hausangestellte Zosia durch die Tür:
»Wer da?«
»Aí!«, antwortete ich anstelle von »swoí«, was so viel heißt wie »ich bin's«, »einer von den eigenen Leuten«.
Und alle lachten über mich. »Aí« wurde mein Spitzname, eine Parole, mein sonniges leichtsinniges Wesen. Ich stürmte mit einem Clownsschrei ins Leben: »Aí!« In der Periode des frühkindlichen Traums war ich ein Stammesmitglied der afrikanischen Dogon: Die Kosmisierung des Menschen und die Anthropomorphisierung des Kosmos stellen zwei parallele Prozesse dar, die seine Weltanschauung prägen. Ich suchte mein Spiegelbild in allen Spiegeln des anthropomorphen Universums, wo Großmutter, Marussja Puschkina, eine Wanze oder eine Ameise die Bewahrer des Wortes sind. Gerade durch diese verlängerte Stummheit machte das Wort mich zu seinem Träger, erwählte mich, überschrieb mir seine bevorstehende Information. Ich war dann auch jenes Wort-Kind, das zur Welt kam, damit es ausgesprochen werde. Alle Kinder um mich herum sprachen – ich schwieg. Die afrikanischen Mystiker wissen, dass viele Methoden und Mittel existieren, deren Zweck es ist, die Geburt des Wortes zu vereinfachen. Zu mir, der ich in Moskau lebte, passten die wichtigsten davon eindeutig nicht: Pfeife und Tabak, Konsum von Kolanüssen, Absägen der Zähne, Einreiben der Zähne mit Farbstoffen, Tätowierung des Mundes. Ich ahnte, dass die Geburt des Wortes mit einem gewissen Risiko verbunden ist – zerstört es doch die Harmonie des Schweigens. Das Schweigen, das Geheimnis besitzt eine Ini-

tiationsbedeutung, da die Welt ursprünglich ohne Worte existierte. Meine Redeweise ist bis heute umständlich, ich bin instinktiv ungelenk, in meiner Jugend aber stand es damit überhaupt schlimm (ich wurde beim Reden rot vor Verlegenheit), die Lippen sind angespannt, krampfhaft verzerrt. Redegewandte Leute sind mir suspekt, die Nachrichtensprecher im Fernsehen, Kommentatoren, Leute, die viel schwätzen, empfinde ich als Verräter. Das berühmte stalinistische Plakat mit der aufrechten Frau, die einen Finger an die Lippen legt, plaudere keine Geheimnisse aus!, gefällt mir metaphysisch, ich habe Angst zu sprechen: Ich fürchte, die Welt aufzuschlitzen, aus der dann die Eingeweide der Erscheinungen und Folgen herausquellen, ich weiß, dass die Zusammenhänge von Ursache und Wirkung jedes Sinns entbehren. Ursprünglich, in meinen frühkindlichen Träumen, brauchte ich keine Sprache, denn alles, was existierte, verstand das unhörbare Wort, das stete Rauschen der Luft.

Die Situation gestaltete sich folgendermaßen. Ich sah eine grobe phallische Gottheit in Gestalt eines Baumes. Ich sah den himmlischen Demiurgen, der sich als Wasser wie aus einer Fontäne ergoss. Sie tauschten Informationen ohne Worte aus. Aber ich, da ich »Aí« war, wusste nicht, dass die Frau des phallischen Gottes, der nicht nur Pflanzen, sondern auch Tiere erzeugt hatte, auf alle Frauen eifersüchtig war, die der Demiurg erschaffen hatte. Ich fühlte, dass da etwas nicht stimmte, ich konnte es damals nicht verstehen, aber jetzt verstehe ich, dass er sich mit ihnen paarte. Damals spürte ich eher die Angespanntheit ihrer Beziehung. Möglicherweise hielt es die Frau dann nicht mehr aus und betrog ihrerseits ihren Gatten: Sie fährt in einer weißen Bluse mit der Moskauer Metro nach Hause, nächste Station »Majakowskaja«, höchste Zeit auszusteigen, da setzt die einem Baum ähnelnde phallische Gottheit ihr nach, packt sie an der Gurgel und drückt zu. Zwischen den untreuen Ehegatten treten bei solch heftiger Auseinandersetzung im Schlafzimmer mit dem bunten daghestanischen Teppich, der die ganze Wand über dem Bett ausfüllt, zwischen den Atemgeräuschen gewisse Pausen ein, die notwendig sind für die Geburt der Worte und das Entstehen der Sprache. Ich beginne zu begreifen, dass das Wort die Folge von Betrug ist, eine Form seines Diskurses, und ich krieche unter das Sofa.

Unter dem niedrigen Sofa ist es staubig, verloren geglaubte Gegenstände liegen hier herum, Spielsachen, Münzen von geringem Wert, Konfektpapierchen. Ich schweige, erschüttert von der Wahrheit, die sich mir offenbart hat. Mir nach unter das Sofa kriecht in ihren braunen Strümpfen meine Altersgenossin und Cousine zweiten Grades, Lena, die aus Kertsch zu Besuch zu uns gekommen ist. Sie will bei uns wohnen, sich anmelden, aber irgendetwas hindert sie daran. Beim Wort »Kertsch« knirscht bei mir bis heute der Sand zwischen den Zähnen, und aus irgendeinem Grund ähnelt es dem Wort Herz. Ihr Papa ist Militärflieger und heißt Jelagin. Im Sommer spielten Lena und ich in Trudowaja in einem dichten Himbeerbusch, an dem wir uns Hände und Arme zerkratzten, Doktorspiele: Wir zeigten einander unsere kindlichen Körper, die Genitalien. Ich verstehe, dass ich selbst teilweise aus Lena bestehe, aus ihren Gelenken, Brustwärzchen, tief beeindruckt nicht nur vom Geheimnis des Wortes, sondern auch von ihrer vertikalen Kerbe. Ich weiß, bereits unter dem Sofa, dass mir ein paralleles Leben bevorsteht, aber ich weiß nicht, mit wem und wann. Das Androgyne in mir ist in Gang gesetzt. Das ist stärker als Geistesstörung. Lena mit dem großen Kopf und den weißblonden dünnen provinziellen Zöpfen erweist sich als erste Verkörperung von mir als Mädchen, nahes Wesen, lebenswichtiger Gesprächspartner. Ich habe nicht genug mit mir selbst. Ich muss zu sprechen anfangen, aber mir stehen keine Kolanüsse und nicht einmal Tabakkrümel zur Verfügung. Die Stille wird mich gleich zerreißen. Lena, die erfahrene Kundschafterin, langt mir in die kurze Hose. Sie holt meinen Pimmel hervor und nähert sich mit dem Mund, windet sich wie eine regenbogenfarbene Schlange. Schnaufend lutscht sie daran. Unsere Gesichter sind von der Wonne des Inzests zweiten Grades verzerrt. Sie steigert sich mit jeder Sekunde.

»Du Liebe«, sage ich, Lena über den Kopf streichelnd.

Sie hält es nicht aus, kriecht unter dem Sofa hervor und stürmt ins Wohnzimmer:

LENA Tante Galja, Tanta Galja, Vitja kann sprechen!

»Warum so viele Milizionäre?«, schreie ich empört und krieche meinerseits unter dem Sofa hervor. Ich sehe, wie ich die Blagoweschtschenski-Gasse entlanggehe, vorbei an einem Kommissionsgeschäft mit kleinen Schaufenstern, die sich ihrer bourgeoisen Auslagen zu schämen scheinen, und mir eine Kompanie Milizionäre entgegenmarschiert. Wohin gehen sie? Und wozu?

MAMA In die Banja.

In der Tat, die Milizionäre haben Handtücher unter den Arm geklemmt. Sie marschieren in die Banja.

»Vitja kann sprechen!«, ruft Mama.

»Er wird mal Dissident«, sagt kopfschüttelnd Andrej Michailowitsch Alexandrow-Agentow, der zukünftige Referent Breschnews. Schwer zu sagen, wann ich tatsächlich meine Unschuld verloren habe: Es will mir scheinen, dass ich schuldig und schuldbewusst geboren wurde. Irgendwo fern im Wohnzimmer taucht wie ein Grashälmchen die kleine Gestalt von Oma Lilja auf, der Schwester von Anastassija Nikandrowna. Sie spielt in der Familie die Rolle der Heiligen: Nie hat sie Geld. Wenn sie bei Großmutter zu Besuch ist, achtet diese darauf, dass sich Oma Lilja in der Nacht auf dem Sofa nicht herumwälzt, damit sie es nicht eindrückt, und Oma Lilja faltet immer die Hände und sagt:

»Nastenka, Nastenka ...«

∼

Das Gedächtnis ähnelt einer von ihrem geliebten Hund abgenagten Leiche. In der Wohnung allein gelassen, heult er stundenlang vor Angst und Hunger, immer im Kreis um den ermordeten Herrn herumlaufend, doch der Hunger bezwingt seine Ergebenheit, er frisst den Herrn, zuerst vorsichtig seine bloßen Arme, und dann hält er es nicht mehr aus, sein Verstand trübt sich, und er reißt ihn knurrend in Stücke. Die Wiederbelebung der abgefressenen Leiche seines Herrn ist ein unvorstellbares Wunder, aber manchmal geschieht es doch. Der Herr zuckt. Haut- und Fleischfetzen fliegen mit einem Pfeifen zurück an seine Arme, Beine, Genitalien, wo sie kleben bleiben. Die gefressenen Innereien werden von dem Hunderachen wieder ausgekotzt und streben zurück in den offenen Bauch des Herrn. Die Einschusslöcher ziehen sich zusammen. Die Blutflecken verschwinden von den Wänden, die Blutlache vom Fußboden. Der Bauch schließt sich und bedeckt sich mit Haaren, die irgendwann einmal von den Frauen gern gestreichelt wurden. Der Verwesungsgeruch verflüchtigt sich. Das Herz schlägt. Der Herr steht auf, geht zur Garderobe, der glückliche Hund läuft ihm schwanzwedelnd nach, voller Vorfreude auf den bevorstehenden Spaziergang. Das Halsband ist angelegt. Die Tür zum Treppenhaus steht offen. Herr und Hund laufen die Treppe hinunter, die Tür schlägt zu, sie stehen auf der Straße. Während der Hund in der nächsten Grünanlage sein Geschäft macht, blickt der Herr sich um. Er ist nicht ausgegangen, um zu diskutieren oder sich zu rächen. Er sucht die süße Versöhnung nicht nur mit seinen Feinden, sondern auch mit sich selbst. Er lächelt. Er ist glücklich.

∾

Ich habe nur ein einziges Mal im Leben auf Stalin getrunken, das war an meinem fünften Geburtstag. Kinder waren eingeladen, darunter die zwei hochbegabten Brüder Podzerob: Kirill, im Vorschulalter, der zunächst Säufer werden und in eine Schüssel kotzen sollte, die stets unter seinem asketischen Bett bereitstand, später dann Drogenabhängiger, der im Traum wie im Wachzustand auf den Schultern seiner Großmutter durch ihre riesige Wohnung ritt, und der Schüler Ljoscha, ein zielstrebiger Junge, der sich früh und ekstatisch aus irgendeinem Grund in den Nahen Osten verliebte, welcher in großem Maßstab bei ihm an der Wand hing (wenn ich diese Karte betrachtete, wurde ich neidisch und bekam Lust, ebenso leidenschaftlich etwas ins Herz zu schließen, irgendeinen Erdteil, Afrika gefiel mir visuell, aber ich wusste nicht, wozu es nötig war, Amerika war in einer kalten, feindlichen Farbe dargestellt, Russland zu lieben kam mir damals noch nicht in den Sinn – sodass ich mit leeren Händen dastand), und in der Folge wie auf Schienen geradewegs seiner Lebensbestimmung entgegeneilte: Er wurde Botschafter der Sowjetunion in einem arabischen Land. Ljoscha wusste alles besser als andere, jedenfalls aber besser als ich. Mit mir war er immer nachsichtig und sprach so selbstsicher und kundig, dass ich verlegen wurde und, um nicht den stummen Zuhörer abzugeben, dumme, wirre Fragen stellte, wobei ich von einem Moment auf den anderen diametral entgegengesetzte Ansichten vertrat.

Mama, die meine ganze Kindheit hindurch panische Angst hatte, aus mir könnte ein Einfaltspinsel werden, da ich keinerlei Anzeichen zeigte, ein Wunderkind zu werden, stellte mir Ljoscha und Milotschka Woroschzowa, die kleine Schönheit mit den schwarzen Locken, als Vorbilder hin. Ich gab zu wenig Hoffnung Anlass, ehrlich gesagt, zu praktisch überhaupt keiner, und im Bewusstsein meiner geistigen Beschränktheit wagte ich es nicht einmal, mich in Milotschka zu verlieben.

Gerade hatten wir uns an den Tisch gesetzt, gerade war der Tomatensaft ausgeschenkt worden, gerade hatte Marussja die dampfende Pastete aus der Küche hereingetragen, als der ältere Sohn von Boris Fjodorowitsch vom Stuhl aufsprang, die Lippen vorstülpte, als ob er ausspucken wollte, er redete immer, als ob er spuckte, aber stattdessen brachte er den ersten Toast nicht auf mich, sondern auf Stalin aus.

LJOSCHA Ich schlage vor, auf den Genossen Stalin zu trinken!

Alle standen auf. Am Tisch machte sich nicht direkt Verwirrung breit, aber meine Mutter war erstaunt: Bei uns zu Hause wurde nicht auf Stalin getrunken, das passte nicht zu uns: weder politisch noch was das Pathos betraf. Ich spürte die Verlegenheit und hob mein Glas zum Anstoßen, um die Situation zu entschärfen. Außerdem gefiel mir das Anstoßen sehr, denn alle Erwachsenen machten das, nur ich hatte bis dahin nicht die Gelegenheit gehabt, so richtig anzustoßen. Außerdem war mir wieder die Begeisterung für den Jungen, der älter und vollkommener war als ich, zu Kopf gestiegen.

Die Geburtstagsfeier endete mit Blutvergießen. Ich tobte um den Tisch herum den Gästen hinterher, der unerreichbaren Milotschka, der Generalstochter, die nicht zu erwischen war, und dann knallte ich gegen die Tischkante und riss mir den Mundwinkel ein. Den Riss sieht man bis heute. Mein Mund ist, genauer betrachtet, asymmetrisch.

Mama packte mich, blutüberströmt, wie ich war, und brachte mich in die Kreml-Poliklinik auf der Siwzew-Wraschek-Straße, wo es in der Eingangshalle viele Palmen gab und der Pförtner sich entschieden weigerte, uns hineinzulassen, weil Mama ihren Passierschein vergessen hatte.

Ich wurde vor Schreck und Scham ganz rot – man wollte uns nicht hineinlassen. Man verweigerte uns den Eintritt so lange, dass ich seitdem den Eindruck nicht loswerde, meine ganze Kindheit über sei Blut aus meinem Mund geflossen. Mama verwandelte sich in eine rasende Tigerin, brüllte den Pförtner an, flehte und drohte, aber der Pförtner war unerbittlich.

Er blieb unerbittlich.

∼

Das schmerzliche Missverhältnis zwischen Teilen meines »Ichs« sühnte ich durch Vatermord. Dadurch brachte ich mich in Einklang mit meiner Bestimmung, deren Sinn sich im Laufe meines weiteren Lebens abspulte. Ich sprang in mein Schicksal hinein, obwohl mir immer wieder neue Zweifel kamen. Die kindlichen Brüche, der Riss im Mund, sind mir erhalten geblieben. Die erlangte Beständigkeit wurde kein lebenslanges Mandat. Menschliche Schwächen lenkten mich auch später ab, beeinträchtigten meine Aufmerksamkeit und verhinderten, Prüfungen mit der Leichtigkeit eines durchtrainierten Sportlers zu bestehen. Im Gegenteil, ich stürzte mehrmals schmerzhaft und leckte danach lange meine Wunden. Aber immerhin gelang es mir, mit diesem Cocktail, den ich darstellte, mit seinen Ingredienzien zurechtzukommen. Nicht alles begriff ich, und nicht alles ist mir gegeben zu begreifen, aber Russland hat mir geholfen. Ich weiß nicht, ob ich mich bedanken sollte. Ich wurde mit einer geheimen Mission dorthin (hierher) geschickt. In Russland zu leben, das ist wie an der Decke entlangzulaufen. Wie eine auf den Kopf gestellte Sichtweise. Ich weiß nicht, wo meine wahre Heimat ist. Auf der Landkarte existiert sie wahrscheinlich nicht. Das Paradies meiner Kindheit war jedenfalls Russland.

2

Meine Geburt habe ich einer so ungeheuren Anhäufung von weltumfassenden Umständen zu verdanken, dass ich sie als puren, auf ihre Weise aber fein gesponnenen Zufall ansehen muss. Frucht einer »zufälligen Familie« par excellence, würde ich wohl, nicht ohne die Hilfe des Dichters Ossip Mandelstam, von allen möglichen heraldischen Emblemen für mich ein krummes Queue, eine schartige Kugel und einen löcherigen Beutel wählen, und sei es auch nur, weil weder mein Vater noch ich jemals anständige Billardspieler waren. Selbst die nächsten Vorfahren leben in meinem Bewusstsein namenlos, nur vage definiert durch verschwommen überlieferte Berufe, teils echte wie Artelmitglied oder Pope, teils äußerst fiktive wie etwa Berufsrevolutionär, als welchen meine Großmutter nicht ohne Hintergedanken ihren mir unbekannten Vater, Nikandr, in mein Gedächtnis einpflanzte. Meine Großmutter hatte überhaupt eine blühende Fantasie. Mütterlicherseits besteht allerdings tatsächlich eine entfernte Verbindung nicht nur zum wenig imposanten Adel ihres Großvaters, Dienstadel sozusagen, sondern auch zur russischen Kultur, und zwar über ein sehr verwickeltes Geflecht von Schwägern und Schwägerinnen, genauer gesagt, über das ziemlich pittoreske Geschlecht der Kjandskis: zu Popow, dem Erfinder des Radios, zumindest innerhalb Russlands, anscheinend zur Familie des Chemikers Mendelejew, schließlich wohl auch zu

Alexander Blok. Aber das ist nicht einmal mehr als entfernteste Verwandtschaft zu bezeichnen, sondern eher als Familienlegende.

Ich weiß nicht recht, wo beginnen mit der Geschichte von der zufälligen Verschwörung einzelner Umstände, die jedem Ehrbegriff und dem gesunden Menschenverstand widersprechen, und darum würde ich gern auf die wenig bekannte fehlgeschlagene englisch-amerikanische Intervention bei Murmansk nach der Oktoberrevolution eingehen. Irgendwann konnte man im Fernsehen die verwahrlosten zugeschneiten Gräber sehen. Meine fantasievolle Großmutter väterlicherseits, Anastassija Nikandrowna Ruwimowa, war eine sehr hübsche Frau. Sie lebte an der finnischen Grenze, in Sestrorezk, wo ihr Vater fünf Sommerhäuschen besaß, die er vermietete. Sie war jeden Tag fünfzig Werst auf Skiern unterwegs und gefiel einem Finnen namens Jukko. Nicht lange bevor sie starb, sah sie sich im Fernsehen ein Eishockeyspiel zwischen Russland und Finnland an und sagte, eingedenk des verpassten ruhigen Lebens, leicht nostalgisch zu mir:

»Wenn ich den Jukko geheiratet hätte, dann würde ich jetzt für Finnland die Daumen drücken.«

Ein stattlicher Kerl namens Iwan mit schönen dunklen Ringen unter den Augen machte ihr den Hof. Im Jahre 1918 zog Großmutters Familie, um dem Hungertod zu entgehen, von Petrograd nach Karelien. Iwan verhehlte nicht seine Absicht, Anastassija zu ehelichen, doch da fielen die Amerikaner ein.

Bei der karelischen Eisenbahn arbeitete ein hinterlistiger junger Mann mit Zwicker als Buchhalter. Die Bolschewiki übertrugen ihm die Verantwortung für die Mobilisierung. Bezaubert von der Schönheit meiner Großmutter, setzte Iwan Petrowitsch Jerofejew den stattlichen Iwan als Ersten auf die Mobilisierungsliste, obwohl der eigentlich freigestellt war. Iwan wurde kahl geschoren, nach Murmansk geschickt und galt nach den Kämpfen mit den Amerikanern als verschollen.

Weiterhin folgte das reinste Opernintermezzo. Man hört förmlich die Arie der Tatjana aus *Jewgeni Onegin*: »Doch ich gehöre einem andern, entschieden ist mein Los, ich werd ihm treu sein bis ins Grab ...« Im Jahre 1920, zurück in Petrograd, begegnete Anastassija Nikandrowna zufällig auf der Straße ihrem ersten Iwan.

∾

»Zu spät, Wanja«, sagte Großmutter, die schon mit meinem Vater schwanger war. Die Amerikaner sind meiner Meinung nach nicht umsonst bei Murmansk umgekommen.

Um das Leben bunter zu gestalten, hat meine Großmutter später den Stammbaum ihres Mannes in grellen, etwas geschmacklosen Farben ausgemalt. Ihren Erzählungen zufolge war mein Urgroßvater Pjotr Jerofejew ein attraktiver Bilderbuchhüne vom Dorf, ein vermögender Müller in gewichsten Stiefeln, der in einem geräumigen Haus mit geschnitzten Fensterrahmen wohnte, ein Mann mit immer wieder neuen Frauen und Vater von neunzehn Söhnen, deren Letzter geboren wurde, als er schon auf die achtzig zuging. Dem Mann mit dem Zwicker selbst wurde keine weitere Ausmalung zuteil, allerdings wurden sein sanftes Gemüt hervorgehoben sowie seine Zerstreutheit, Letztere durch die Geschichte mit dem »Eskimo«-Eis illustriert, das bei einem Spaziergang in der Tasche seiner Sonntagshose schmolz, auch dadurch, dass er Großmutter, wenn er böse auf sie war, »Kommissar« nannte, was wiederum seine Verfassung nach der üblen Tscheka-Geschichte in der Gorochowaja-

Straße einigermaßen nachvollziehbar machte. Dort hatte der eiserne Felix Dserschinski beim Verhör unter vorgehaltenem Revolver von ihm verlangt, den Ort eines Geheimfachs, in dem sich angeblich Gold befand, preiszugeben, von dessen Existenz Großvater aber nicht die geringste Ahnung hatte.

IWAN PETROWITSCH Gott sei mit uns! Was für Gold?
DSERSCHINSKI Gutt ist nicht mit uns. Gutt ist gegen uns. Aber wir machen ihn fertig.

Iwan Petrowitsch begriff, dass Dserschinski »Gott« polnisch aussprach, und dieser »Gutt« erschien ihm fern und dunkel. Er zog seinen Ehering vom Finger und reichte ihn Dserschinski.

IWAN PETROWITSCH Das ist alles, was ich habe.
DSERSCHINSKI Stecken Sie ihn wieder an. Keine Demonstrationen. Nemser!

Nemser kommt mit dem Gesicht eines Dichters herein.

DSERSCHINSKI Schicken Sie diesen Bürger (prüfend betrachtet er Iwan Petrowitsch, der aussieht wie eine mit Mehl bestäubte Made) ... nach Hause!

In meine Gene hat sich der Tod so tief eingegraben, dass zu meinen ersten Kindheitserinnerungen ebender Strommast bei unserer Datscha mit Totenschädel und zwei gekreuzten Knochen gehört; der Schreckensmast – berührst du ihn, fällst du tot um. Als Großmutter aus jugendlichem Leichtsinn Bolschewitschka werden wollte, um bei der Überwachung der Getreideablieferung mitzumachen, drohte ihr Großvater:

»Wenn du in die Partei eintrittst, lasse ich mich scheiden!«

»Schade«, sagte Großmutter zu mir, als ich noch klein war. »Ich hätte Parteiveteranin werden und im Radio sprechen können.«

In den Zwanzigerjahren wurden meine Großeltern gemeinsam mit dem halben Land zu verdrossenen Durchschnittsbürgern, die sich unter Qualen in den Sozialismus einlebten. Und so wurde denn auch mein Vater geboren, der glücklich acht Jahre geworden war, bis er in den Ferien in die Wolga fiel – wie durch ein Wunder wurde er vor dem Ertrinken gerettet. Vater, der später nie von seiner langweiligen leidvollen Kindheit erzählte, schloss die Schule mit lauter Einsern ab und bewarb sich am Arktis-Institut, da er sich für die Heldentaten der sowjetischen Polarforscher begeisterte. Aber es wurde doch kein Tscheljuskinez aus ihm; Papa wurde aus Gesundheitsgründen (schwache Lunge) nicht aufgenommen. Zur Freude meines Großvaters, der Hauptbuchhalter bei der Eisenbahnergewerkschaft war, versuchte er es beim Eisenbahninstitut mit der unmöglichen Abbreviatur LIISHT, die nach dem Bremsweg einer Dampflok klingt, doch im letzten Moment begann er zufällig an einer dritten Hochschule zu studieren: Plötzlich war er auf die Idee gekommen, als Freiwilliger in Spanien zu kämpfen. Obwohl er keinerlei Berufung zum Philologen verspürte und schöngeistiger Literatur gleichgültig gegenüberstand, schrieb er sich an der Philologischen Fakultät der Staatlichen Universität Leningrad ein, um für die Weltrevolution Spanisch zu lernen.

∾

Durch die Universitätskorridore liefen Übersetzer mit frischen Orden – mein jugendlicher Vater träumte davon, mit ihnen im U-Boot zu den Küsten Spaniens zu fahren. Dürr wie er war, in einer braunen Veloursjacke, seiner einzigen, stellte er bereits einen gut entwickelten Sowjetmenschen dar, einen Bilderbuchkomsomolzen, energisch bis in die

Knochen. Doch statt Spanisch begann er, wegen Francos Sieg, Französisch zu lernen.

»Genosse Jerofejew«, fragte ihn Stalin zehn Jahre später bei der ersten persönlichen Begegnung in seinem Kabinett im Kreml (im Hintergrund war Lenins Totenmaske ausgestellt), »wo sind Sie geboren?«

Stalin sprach, nach Vaters Aussage, immer »mit tonloser Stimme, und er machte eine Menge Grammatikfehler«. Es war sehr deutlich, fügte er kürzlich hinzu, dass dieser Mann »kaukasischer Nationalität« war. Vater hatte die Frage des Führers nicht richtig verstanden.

»An der Staatlichen Universität Leningrad, Jossif Wissarionowitsch.«

»Direkt an der Universität sind Sie geboren?«

Stalin zeigte sich unglaublich belustigt. Er brach in Gelächter aus, hielt sich die Seite, und seine ganze Erscheinung sagte:

»Du Witzbold! Ich kann nicht mehr!«

In diesem Moment erschienen in der Tür von Stalins Arbeitszimmer Berija und Molotow, die bei einem Gespräch mit einem ausländischen Gast zugegen sein sollten. Sie blieben stehen, verstanden gar nichts und funkelten befremdet mit ihren Zwickern. Wie konnte dieser dünne junge Mann den Führer derart belustigen? Worin bestand sein Geheimnis, was war das hier für ein Komplott? Sie erlaubten sich nicht zu fragen – Stalin ließ sich zu keiner Erklärung herab.

»Na schön, hast mich zum Lachen gebracht«, sagte er freundschaftlich zu Vater.

Vater wurde vorgemerkt.

»An die Arbeit«, sagte Stalin in ernstem Ton und forderte ihn auf, sich zu setzen. »Arbeiten Sie ruhig, werden Sie nicht nervös«, nickte er Vater zu. »Ich spreche nicht sehr laut, Sie dürfen nachfragen. Dafür spreche ich langsam.«

Er klingelte nach Poskrjobyschew:

»Ist der Gast eingetroffen? Lassen Sie ihn eintreten!«

Den Raum betrat raschen Schrittes Maurice Thorez, der führende Kopf der französischen Kommunisten.

»Was gibt's? Bonjour!«, begrüßte Stalin ihn herzlich. Vater begann zu dolmetschen. Manchmal fühlte er den wachsamen Blick der starren Augen Berijas über dessen Zwicker hinweg auf sich ruhen. Stalin bezeichnete sie laut Molotow als Schlangenaugen.

∼

Vaters Vorgänger, der für Stalin aus dem Französischen übersetzt hatte, war seines Postens enthoben worden, nachdem er sich anlässlich des Besuchs einer Militärdelegation aus Paris in der Luftfahrtterminologie verheddert hatte.

»Ich habe den Eindruck, daß ich Französisch besser kann als Sie«, sagte Stalin zu ihm.

»Stalin hielt sich bescheiden«, bemerkte Vater über seine erste Begegnung mit dem Führer. »Sein Charme machte starken Eindruck auf mich.«

Den Vater aller Völker zu erheitern, bekam mein Vater indes nur darum Gelegenheit, weil er in seiner Jugend alljährlich im März Opfer einer geheimnisvollen Angina mit Abszessen im Hals und vierzig Grad Fieber wurde. Als er sich an der Philologischen Fakultät einschrieb, ahnte er nicht, dass die sowjetische Philologie nicht weniger lebensgefährlich war als der spanische Bürgerkrieg.

»Am 12. März 1939 hütete ich mal wieder das Bett und litt furchtbar, weil ich wegen meiner Krankheit nicht an einer Party teilnehmen konnte. Unsere Gruppe wollte den Geburtstag von Sergej Klyschko feiern, das war ein Kommilitone von uns und ein Dichter.«

Klyschko war ein verzweifelter Kopf. Er schrieb in den Vorlesungen, den Zottelschopf übers Papier gebeugt, Gedichte gegen Stalin. Vater und er waren befreundet, sie sahen sich jeden Tag. Beide gefielen den Mädchen. Vater redete auf ihn ein, vorsichtiger zu sein. Aber Sergej winkte nur ab. Wenn er einen getrunken hatte, deklamierte er im Zimmer des Wohnheims für Vater Stadtfolklore:

»Ein Häuflein Lumpen gibt's im Lande:
die Stalin-Trotzki-Lenin-Bande.«

Vater grinste vage. Alle fröhlichen Geburtstagsgäste bei Klyschko wurden am nächsten Tag als Teilnehmer einer »antisowjetischen Zusammenrottung« verhaftet.

»Das hat mich erschüttert. Aber ich wusste, dass Sergej sich ungeniert benahm, Witze erzählte und ›antisowjetische‹ Gedichte vortrug. Wahrscheinlich hat sie jemand denunziert. Die Mädchen wurden bald wieder freigelassen, aber die Jungs haben lange gesessen, einem haben sie die Rippen gebrochen. Kostja Iwanow haben sie in die Nieren geboxt, bis er halb tot war, um ihn so zu einer Aussage zu zwingen, obwohl er an jenem Abend vom Wodka am Tisch eingeschlafen war und gar nichts gesehen und gehört hatte. Sergej wurde zum Tode verurteilt.«

»Für Verse die Todesstrafe?«, fragte ich melancholisch.

»Mir war klar, dass er sie nicht hätte vortragen sollen.«

Dagegen war schwerlich etwas einzuwenden. Unser Gespräch drehte sich im Kreis und versandete bald. Den Massenterror, der ringsum stattfand, überall, nebenan, über den Tausende von Büchern geschrieben worden sind, nahm man in Vaters Familie lange Zeit nicht wahr. Man setzte sich nicht darüber hinweg, zog sich nicht in eine Ecke zurück, sondern beachtete ihn einfach nicht. Allerdings wurde so viel und so massenweise verhaftet, dass es einem schließlich doch unheimlich wurde. Die Leningrader Universität, voller philologischer Begabungen, wurde durchkämmt. Den bärtigen Latein-Dozenten nahm der NKWD vor den Augen meines Vaters während seiner Vorlesung gleich im Hörsaal fest. Man verhaftete ihn so elegant – der junge Tschekist reichte ihm sogar seinen Mantel –, man führte ihn so freundlich, ihm auf die Schulter klopfend, aus dem Hörsaal, dass der Lateiner lächelnd mitging, als wäre er auf dem Weg in die Professorenmensa, um Tee zu trinken. Aus dem engen Bekanntenkreis unserer Familie, der sich samstagabends auf dem Sagorodny-Prospekt bei Iwan Petrowitsch und Anastassija Nikandrowna zum Mau-Mau-Spielen traf, holte man den Eisenbahner Petuchow, Parteimitglied und Ordensträger. Petuchow stellte manchmal abstrakte Fragen:

»Iwan Petrowitsch, kann man bei Regen auf der Straße zwischen den Wassertropfen hindurchgehen, ohne nass zu werden?«

»Tja, dafür müssten wir beide wohl erst mal abnehmen«, scherzte Iwan Petrowitsch.

Als Petuchow verschwand, fragte sich die Familie ratlos:

»Wofür?«, aber dann kam man zu dem Schluss: »Die werden schon wissen, wofür.«

∾

Vaters Leben änderte sich von einem Tag auf den andern. Im September 1939 bestellte man den Studenten im dritten Semester per Vorladung in die Wiege der Revolution, den Smolny. Das väterliche Schicksal in Gestalt eines kommunistischen Sekretärs des Stadtkomitees drückte ihm zur Begrüßung die Zeitung *Leningradskaja Prawda* mit einem Foto von Stalin, Molotow und Ribbentrop, die ein Lächeln austauschten, in die Hand. Das war die sowjetisch-nazistische Hochzeit.

»Weißt du, wer der junge Mann neben Stalin ist?«
»Ein Dolmetscher«, begriff Vater.
»Möchtest du auch so ein Dolmetscher werden?«
»Ja.«
»Wer sind deine Eltern?«
Gegen den parteilosen Eisenbahner Iwan Petrowitsch gab es keine Einwände. Anastassija Nikandrowna arbeitete damals schon nicht mehr. Sie war zuletzt Sekretärin in der Leningrader Filiale von Sojusfoto gewesen, die den Lokalzeitungen die Fotos lieferte. Sie nahm die Aufträge entgegen, gab die Filme zur Entwicklung und ließ Abzüge anfertigen. Die progressive Welt der Fotografie machte aus ihr eine bedeutende und sogar ein wenig kapriziöse Person. Meine ganze Kindheit über erwähnte sie immer wieder den komischen Namen ihres Vorgesetzten, der Tjunkin-Rjumkin oder so ähnlich hieß und den sie sehr gern mochte: Für sie war er wichtiger als alle Kunden auf den Fotos, ganz zu schweigen von den Fotografen, die ihr den Hof machten. Dabei lernte Großmutter verschiedene Berühmtheiten, einschließlich sowjetischer Autoren, kennen. Über Schriftsteller äußerte sie sich stets ablehnend und litt sehr, als ich Schriftsteller wurde.

GROSSMUTTER Schriftsteller? Bist du verrückt? Alle Schriftsteller sind Trinker.

»Er kam manchmal bei uns vorbei, stand da und schwankte«, sagte sie und brachte Twardowski und Simonow durcheinander, Katajew und Fadejew.

Es war die Zeit der kollektiven Fotografien. Alle ließen sich so ablichten, reihenweise, in Gruppen, ganze Fabriken, Schulen, Krankenhäuser, und verwandelten sich auf solche Weise in Sowjetmenschen. Einmal ließ Sojusfoto ein Gruppenbild durch, in das sich der Volksfeind Pjatakow eingeschlichen hatte. Die wachsame Zeitung druckte das Foto nicht, aber es gab einen Skandal.

»Woher soll ich denn wissen, wie er aussieht?«, sagte Großmutter als Rechtfertigung zu ihrem geliebten Vorgesetzten Tjunkin-Rjumkin. Auf Wunsch von Iwan Petrowitsch quittierte sie für alle Fälle rasch den Dienst. Tjunkin-Rjumkin wurde aus der Partei ausgeschlossen.

»Wir schicken dich nach Moskau«, sagte der Smolny zu meinem Vater. Vater widersprach nicht. Später sagte er scherzhaft zu mir, dass er, wenn er nicht zugestimmt hätte, womöglich irgendeine Dissertation über die Rolle der Artikel oder Präfixe in der französischen Sprache des 17. Jahrhunderts verfasst haben würde. Die Philologie rang ihm keinen Respekt ab. Sie war langweilig wie seine Kindheit. Zur angegebenen Zeit fand sich Vater auf dem Oktober-Bahnhof ein, um nach Moskau zu fahren und dort am Dolmetscherinstitut des ZK der KPR(B) zu studieren. Der Abschied von Eltern und Freunden auf dem Bahnsteig war bewegend.

»Gute Reise!«, sagten sie.

»Bis bald«, antwortete er.

∼

Vaters Weg führte ihn unter Leute, deren Sichtweise jede Individualität ausschloss. Dankbarkeit gegenüber dem Regime für die Chance der Hochschulausbildung, des beruflichen Aufstiegs – das war an sich nicht das Schlimmste. Ihnen ging es nicht darum, wie Emporkömmlinge das System zu benutzen, sie verinnerlichten es und sahen nur das, was sie sehen sollten. Sie hörten auf zu sein, von Anfang an unterbewusst zum Opfer bereit. Nicht nur, dass das System jene verhinderten Dichter vernichtete, die auch nur ein wenig auf sich halten, es nährte sich vor allem von ihrer Nichtexistenz. Der Opfer fordernde Terror war keine Laune, sondern die Logik seines Überlebens, die geniale mathematische Schlussfolgerung aus der Differenz zwischen der versprochenen Zukunft und dem menschlichen Material, das es umzumodeln galt. Stalin erklärte der menschlichen Natur den Krieg. So etwas hatte in der Geschichte noch nie jemand getan. Das Volk ein Haufen Schurken, die Genossen der Partei ein Scheißdreck. Sie alle, selbst Molotow, zog es zurück, in die Rechtsabweichung, zum Futtertrog des Privatbesitzes. Eine metaphysische Herausforderung, eines ehemaligen Priesterseminaristen würdig. Der Erfolg der Unternehmung war abhängig sowohl von der russischen Gefügigkeit als auch von der ständigen Liquidierung jener Elemente, die diese Differenz noch in ihrem Kopf hatten. Die Zukunft war wie ein freudiger Seufzer über die Auflösung dieser Antinomie.

Zunächst wunderte ich mich, und dann begriff ich meinen Irrtum, als Vater sagte, er sei in Anwesenheit von Stalin nicht aufgeregt gewesen. Im Unterschied zur Intelligenzija, die beim Anblick des Führers nervös wurde und vor Aufregung Witze über Stalin produzierte, existierte Vater als einer seiner Fortsätze, als zusätzliches Lichtquant. Aus dieser Lage findet man schwer nach Hause zurück.

∾

Das Dolmetscherinstitut des ZK der KPR(B) am Miusskaja-Platz war wie das Lyzeum von Zarskoje Selo, nur Baujahr 1939. Auf hundert Studierende kommen hundert Dozenten und Verwaltungsangestellte. Die Studierenden lernen die Sprachen bei Ausländern, zwischendurch bekommen sie gutes Essen, und ihre Zimmer werden sogar sauber gemacht. Hier, an der Englischabteilung, studiert meine tief gekränkte Mama aus Nowgorod: Papa hatte angefangen, ihr den

Hof zu machen, sie sogar einmal bei einem Rendezvous geküsst, doch für Mama, die in einer neuen orangefarbenen Bluse dasaß und wartete, gab es kein weiteres Treffen; er lief zu ihrer hübschen Freundin und Mitbewohnerin in dem schmalen Zimmer über, der rothaarigen Ljuba, die nach den Treffen mit Vater stolz und mit dem Hintern wackelnd im Wohnheim auftauchte. Der von Ljuba verschmähte Dichter Boris Smolenski, der ihr viele Gedichte gewidmet hatte, quälte sich nicht weniger als Mama, doch es ergab sich keine Affäre zwischen ihnen aufgrund der gemeinsamen Leidensgeschichte. Mama stürzte sich in die Sprache und wurde ein intelligentes Mädchen, die ihre Liebe zur Kunst entdeckte. Vater spielt im Studententheater. Im blau-weiß gestreiften Matrosenhemd kommt er auf die Bühne gestürmt, das Schiffsdeck, schreit mit weit aufgerissenen Augen »Wahrschau!« und verschwindet wieder in den Kulissen. Das Theater sagt ihm seine baldige Zukunft voraus.

∼

Bin ich dazu berufen, die Zeichen des 20. Jahrhunderts zu verurteilen? Die Mühen der Selbstaufopferung gelten im Nachhinein nichts mehr. Zu Beginn des Krieges hatte Vater bereits die externen Prüfungen am Dolmetscherinstitut abgelegt und wurde in einer Spezialeinheit für Diversionsaktionen im Hinterland des Feindes ausgebildet. Vor der Verschickung an die Front sprang er unglücklich mit dem Fallschirm ab, landete in einer hohen Fichte, brach sich das Bein und kam ins Lazarett. Dort wollten sie ihm wegen Wundbrandgefahr das Bein bis zum Knie amputieren. Er lehnte ab. Das brauchen wir schriftlich. Er schrieb. Er lag auf dem Korridor und horchte in sein heißes Bein hinein. Er hatte hohes Fieber und redete irre. Er hatte praktisch keine

Chance. Ein junger Arzt rettete ihn mit einem neuen Präparat, das er bei ihm auszuprobieren beschloss – die Wischnewski-Salbe. Zweimal am Tag rieb ihm der Arzt geduldig mit der Salbe das Bein ein. Viele Jahre später taucht der Salben-Wischnewski bei uns zu Hause auf: laut, groß, wie ein General; er trinkt französischen Cognac. Im Vergleich zu ihm sind die Eltern kleine Leute aus der russischen Literatur. Auf dem Tisch viele Brotkrümel, die vom Abendessen übrig geblieben sind. Er fährt mit dem Finger meine Wirbelsäule entlang und zeigt sich unzufrieden. Als guter Bekannter hat er Mama den Blinddarm herausoperiert und ihr, wie sie sich ausdrückte, eine virtuose Naht verpasst. Die ganze Gruppe, die ohne Vater losgeflogen war, Brücken zu sprengen, ist vernichtet worden.

Nach dem Lazarettaufenthalt wurde Vater zufällig zur Arbeit im Volkskommissariat für Auswärtige Angelegenheiten abgestellt, so nannte sich damals das Außenministerium, denn die Mehrheit der im Oktober 1941 als Volksaufgebot zur Verteidigung Moskaus eingezogenen Mitarbeiter war umgekommen.

»Du wirst jetzt über rote Teppiche gehen und uns vergessen«, sagte der Kommandant der Diversionsschule beim Abschied zu ihm.

∾

Auf dem Meer haben die Deutschen gut gekämpft! Man denke nur an die außerordentliche Tat, deren Nachricht die Welt in Erstaunen versetzte: U 47 (Kapitän-Leutnant Günter Prien) stieß am 14. Oktober 1939 bis in die britische Basis »Scapa Flow« vor und versenkte das Schlachtschiff »Royal Oak«. Hitler wurde zum Meeresdonner. Seinen Kampf gegen die Schifffahrt im Nordmeer führte während des Angriffs auf die Sowjetunion Großadmiral Raeder, ein frommer Mann, der nichts Ehrenrühriges in der Flotte und in den Methoden der Seekriegsführung dulden wollte. Wie dem auch sei, die deutsche Kriegsmarine verdankt Raeder die einzigartige Maxime: »Krieg ohne Hass«. Zum Gegner meiner Geburt wurde neben Raeder und Konteradmiral Dönitz, neben den U-Booten der Deutschen und ihrer Luftwaffe am Polarkreis auch das Schlachtschiff »Tirpitz«. Es begann so:

»Wir haben beschlossen, Sie ins Ausland zu schicken, nach Schweden«, teilte Dekanosow, der stellvertretende Minister für Kaderfragen, meinem Vater mit. »Diplomatie wird man Ihnen vor Ort beibringen. Die Kollontai ist eine erfahrene Botschafterin. Haben Sie Fragen?«

Dekanosow, Protegé von Berija, sollte 1953 erschossen werden, aber davon ahnte er nichts. Die Arbeit im neutralen Schweden ist natürlich ein Glück, es findet sich sogar etwas Zeit für Privatleben und Zerstreuung mit der Tochter des Physikers und aktiven Antifaschisten Niels Bohr, aber wie die Gesetze im Märchen es vorschreiben, muss sich der Held, um das Glück zu erlangen, verschiedenen lebensgefährlichen Prüfungen unterziehen.

»Und in welcher Kleidung soll ich reisen?«, erlaubte sich Vater zu fragen, der in seiner Feldbluse vor Dekanosow stand.

»Fahren Sie ins Ausland, dort ziehen Sie sich dann um.«

So wurde Vater zu Odysseus. Schweden war von der Welt der Alliierten isoliert. Norwegen und Dänemark waren besetzt. Finnland kämpfte auf der Seite der Deutschen gegen die UdSSR. Vater wurde befohlen, zuerst nach Kuibyschew zu fahren, dann nach Archangelsk, von dort mit einem Schiffskonvoi nach England und weiter weiß Gott wie nach Stockholm.

Wenn ich ein Hollywood-Drehbuch schreiben müsste, würde ich mit einer Bombardierung anfangen. Exposé: Dies ist ein Film über den Mut der amerikanischen und englischen Seeleute – die »Titanic« kann man vergessen. Die Deutschen bombardieren das hölzerne Archangelsk. Archangelsk in Flammen. Um eines der in der Stadt seltenen Ziegelgebäude, das Hotel »Intourist«, in dem Vater wohnt, wütet das Feuer. Die Alliierten können sich nicht entschließen, ihre Flotte auf den Rückweg zu schicken. Vater ist gezwungen, länger in Archangelsk zu bleiben.

»Genosse, willst du auch nach Schweden? Ein Reisegefährte also? Wie heißt du? Wladimir? Komm mit, Dosenfleisch essen.« Die beiden jungen diplomatischen Kuriere in schwarzen Hüten stehen in der Hotelhalle knöcheltief im Schutt und werfen sich eine Büchse zu, als würden sie Rugby spielen.

»Wladimir, genau das ist lend-lease!« Die Kuriere werfen immer noch die Büchse hin und her. »Transportschiffe liefern unter dem Schutz von Marinekonvois aus England und den USA strategische Güter, Ausrüstungen und – hepp! fang! – Dosenfleisch an die Sowjetunion. Auf den Rückweg nehmen sie dann unsere Rohstoffe mit. Gehen wir, trinken wir einen! Wodka ist das beste Mittel gegen Brandgeruch.«

»Wir fahren schon zum dritten Mal nach Schweden.« Der erste Kurier wirft seinen Hut auf das Bett des Doppelzimmers.

»Und, wie ist es?«, fragt Vater.

»Es gibt keinen Tod! Krieg, wie ein Menschenleben auch, besteht hauptsächlich aus Aufzählungen.«

»Sei still, Namenloser!« Der zweite Kurier gießt Wodka in dicke geriffelte Wassergläser. »Je mehr Angst ich vor dem Tod habe, desto weiter entfernt er sich von mir.«

»Hör nicht auf ihn, Wolodja! Die Deutschen haben im

Norden den größten Flottenverband konzentriert, und angeführt wird er von dem Schlachtschiff ›Tirpitz‹.«

»Wasserverdrängung 52 600 Tonnen, Besatzung 2608 Mann«, fährt der zweite Kurier fort. »Eine ganze Stadt! So ein Schiff hat sonst keiner!«

Vater macht ein Gesicht, als verstände er etwas davon.

»Wir haben hier ein Zimmermädchen, Wolodja«, sagt der erste Kurier und schiebt die Unterlippe vor. »Ljubow Orlowa wie aus dem Gesicht geschnitten. Gehört zu den erfahrenen Kadern. Aber warum schlafen alle Schauspielerinnen immer mit den Regisseuren?«

»Zusammen mit der ›Tirpitz‹«, fährt der zweite Kurier fort, »befinden sich hinterm Polarkreis noch folgende Kreuzer.« Er zählt an den Fingern ab. »Die ›Scharnhorst‹, die ›Admiral Scheer‹, die ›Lützow‹, die ›Köln‹ und die ›Nürnberg‹. Fünf!«

»Nach dem Krieg wird die ›Nürnberg‹ unter unserer Flagge fahren. Wir benennen sie um in ›Admiral Makarow‹«, lacht der erste Kurier.

»Moment! Sie werden von mehr als zwei Dutzend der modernsten Zerstörer begleitet. Außerdem sind hier 520 deutsche Flugzeuge und bedeutende Kräfte der U-Boot-Flotte im Einsatz. Unter dem Kommando von ...«

»Konteradmiral Dönitz«, beendet Vater den Satz. »Und warum freut ihr euch darüber?«

»Schlaumeier! Hitler hat Dönitz befohlen, den Zugang zu den sowjetischen Häfen im Norden vollständig abzuriegeln.«

STALIN Sosso mit Istomina verschämt
Und nackt im Bette lag ...

Die Kuriere blicken sich um.

»Wolodja, hast du was gehört?«

»Nein.«

»Wir haben auch nichts gehört.«

»Wenn wir nicht hochgehen, kommen wir durch!«, sagt der erste Kurier und betrachtet fröhlich die versiegelten Säcke mit der Diplomatenpost. »Komm, Wolodja, trinken wir!«

Im Juli 1942 greift der sowjetische U-Boot-Kapitän Lunin die »Tirpitz« erfolgreich an. Das Schlachtschiff verschwindet in einem norwegischen Fjord zur Reparatur, obwohl die westliche Geschichtsschreibung behauptet, dass Lunin mit seinem U-Boot K.21 ein Reklametrick gewesen sei. Jedenfalls ist der Weg für die alliierten Schiffe frei. Anfang September wird der Nachschubkonvoi QP.14 formiert: einige sowjetische und englische Trockenfrachter, Tanker und eine große Anzahl von englischen und amerikanischen Kriegsschiffen. Sowjetische Kampfschiffe sind nicht in der Eskorte. Der Konvoi stellt eine beeindruckende Macht dar: eine Gruppe von Kreuzern, zwanzig Zerstörer, Flakschiffe, elf Korvetten, Trawler, U-Boote und Minensuchboote.

»Wolodja, wo willst du hin? Komm mit uns auf den Trockenfrachter!« Die beiden Kuriere winken Vater von Bord des sowjetischen Schiffes zu.

»Mich haben sie auf ein Minensuchboot zu den Engländern geschickt.«

»Was willst du denn da? Komm lieber mit uns!«

»Ich habe Befehl.«

»Warte, das klären wir gleich. Unser Kapitän ist in Ordnung!« Wladimir geht missmutig an Bord des englischen Minensuchbootes »Lord Middleton«. Englisch kann er so gut wie gar nicht. Mit wem soll er reden? Die Kuriere haben es gut; sie dürfen mit den Unsrigen fahren. Und Katja Warennikowa, die blutjunge schwangere Frau, die zu ihrem Mann will, der in London arbeitet, kommt auf einen englischen Trockenfrachter. Die Russen wollen immer gern die

Plätze tauschen. Vor dem Ablegen fleht die zukünftige Mutter, in Tränen aufgelöst, meinen Vater an, sie mitzunehmen:
»Wolodja, ich hab Angst unter all den Fremden.«
Niemand hatte bemerkt, dass sie sich im Hotel bereits näher kennengelernt hatten.
»Gut, dass es keinen Gott gibt«, fährt Katja fort. »Wenn man schon sterben muss, braucht man wenigstens nicht in der Hölle zu braten.«
»Wieso denn in der Hölle?«
Katja zuckt die Schultern. Vater legt sich für sie ins Zeug, rennt hierhin, dorthin, jedoch ohne Erfolg:
»Meine Engländer sind schlechter Stimmung«, sagt er im Hafen zu der schwangeren Schönen. »Das Auslaufen der Schiffe ist für den Dreizehnten festgelegt. Außerdem ist die Anwesenheit einer Frau auf einem Kriegsschiff, wie du weißt, ein schlechtes Omen.«
Die Schotten, die auf dem Minensuchboot die Mehrheit der Besatzung stellen, lehnen die Frau ab, Vater aber nehmen sie freundlich auf. Der Kapitän, dessen Zähne vom Rauchen ganz braun sind, ordnet an, Vater erst einmal richtig einzukleiden, ihm eine gelbe Öljacke mit Kapuze zu geben, warme Wäsche, Stiefel und eine eigene Waffe – eine Mauser. Was doch richtige Kleidung ausmacht! Zum ersten Mal im Leben sieht Vater wie ein echter Mann aus – in der gelben Öljacke und mit der Mauser braucht er nichts zu fürchten.
Kaum ist der Konvoi QP.14 ins Weiße Meer eingefahren, wird er von einem deutschen Luftaufklärer ausgemacht. Und dann geht es los! Der Konvoi gibt dichtes Sperrfeuer gegen die Deutschen ab. Aber der Deutsche ist ein erfahrener Hund. Kurs auf Spitzbergen. Während der ganzen Fahrt dorthin wird der Konvoi durch große Geschwader von Torpedoflugzeugen He177 und Sturzkampfflugzeugen Ju88 erbarmungslos und ununterbrochen attackiert.

Achtern sieht Vater auf dem Wasser eine Kette von brennenden Feuern. In eisigem Wasser und Lachen von brennendem Treibstoff sterben mit irren Stimmen schreiende Menschen. Ihnen wird niemand helfen: Der Konvoi hat den Befehl, ohne sich mit Rettungsversuchen aufzuhalten, mit voller Kraft vorauszufahren, um den Feind abzuschütteln. Die deutsche Luftwaffe jagt den Konvoi bis an den Rand des Packeises vor Nowaja Semlja, aber auch da schlägt sie zu, obwohl sie, um Treibstoff zu sparen, nicht lange in der Luft über dem Feind verbleiben kann.

Wladimir lernt allmählich, unter den Bomben zu leben. Seine natürliche Neugier meldet sich. Sagen Sie, Kapitän!

»Die ›Lord Middleton‹ ist ein Walfischfänger, der zu Beginn des Krieges umgerüstet wurde. Meine Besatzung besteht aus 52 Mann. Das Schiff ist mit je einem Geschütz an Bug und Heck bestückt, mit zwei großkalibrigen Maschinengewehren auf der Brücke plus einem Wasserbombenabwurfgerät. Und die gute Nachricht: Katja hat ihr Kind zur Welt gebracht.«

»Ach was?«

»Heute früh. In Island stoßen wir mit Sekt darauf an. Die deutschen Flugzeuge haben es nicht direkt auf uns abgesehen, obwohl wir permanent manövrieren müssen. Glauben Sie mir, sobald wir hinter Spitzbergen in den Atlantik kommen, wird es leichter.«

Wladimir wird zugeben müssen, dass das russische Sprichwort »wie ins Wasser schauen«, was so viel bedeutet wie »klar sehen«, in diesem Fall nicht zutrifft. Die Durchfahrt zwischen Spitzbergen und Norwegen erweist sich als äußerst gefährlich. Die deutsche Luftwaffe will keine Ruhe geben. Sie hätte wahrscheinlich den ganzen Konvoi vernichtet, doch da kommt arktischer Nebel auf. Der Konvoi bedeckt sich mit einem Leichengewand. Die deutschen Flugzeuge hatten noch kein Radar. Die stärksten deutschen Schiffe sind nicht ausgelaufen. Hitler hat entschieden, seine Flotte nicht zu riskieren.

Nichtsdestoweniger gelingt es der deutschen Luftwaffe, vor der Bäreninsel einige Schiffe zu versenken. Die beiden fröhlichen Kartenspieler, die diplomatischen Kuriere, verbrennen bei lebendigem Leib. Sie wollten die Säcke mit der längst veralteten Post nicht auf dem brennenden Schiff zurücklassen. Am selben Tag ertrinkt auch Katja Warennikowa zusammen mit ihrer Tochter, die die englischen Matrosen wegen ihrer Geburt auf dem Meer Marina getauft hatten.

Im Atlantik wird der Konvoi von deutschen U-Booten empfangen. Die Unterseeboote mit dem Hakenkreuz nähern sich dem Konvoi dreist über Wasser, dann gehen sie auf Tauchstation und beginnen, ihn von allen Seiten zu torpedieren. Eine heftige Druckwelle schleudert Vater, der wie immer auf der Brücke steht, gegen die Reling. Papa, bitte nicht ertrinken! In unmittelbarer Nähe seines Minensuchbootes ist ein neues, erst kürzlich vom Stapel gelaufenes schönes Schiff getroffen worden – der englische Zerstörer »Somali«. Ein Torpedo ist in den Maschinenraum eingeschlagen.

Der Zerstörer legt sich auf die Seite, sinkt aber nicht. Zwei andere Zerstörer und als Hilfsschiff Vaters Minensuchboot erhalten den Befehl, das beschädigte Schiff nach Island zu bringen. Die Mannschaft der »Somali« kehrt von ihren Rettungsbooten an Bord zurück. Der restliche Konvoi setzt seinen Weg fort. Einige Tage später, während eines heftigen nächtlichen Sturms, bricht die »Somali« in zwei Hälften auseinander. Sie sinkt rasch mit der gesamten Mannschaft. Die Matrosen werfen riesige grobmaschige Netze aus. Die Ausbeute: fünfzehn Mann (von sechshundert), schwarz vor

Kälte, und jede Menge Fisch. Rum in die Kehlen, Einreibungen mit Alkohol, heiße Wärmflaschen. Zwei überleben. Die Zerstörer, von ihrer Aufgabe befreit, fahren mit voller Kraft weiter, um den Konvoi einzuholen. Das Minensuchboot bleibt allein im Ozean zurück.

∼

Stille. Sonne. Weiße Polarnächte. Endlich günstiges Wetter für die Fahrt. Bisweilen kommt sich Vater, ein erwachsener junger Mann, wie auf einer Urlaubsreise vor. In der himmelblauen Ferne entstehen die Geister der Liebe. Hochzeitsfederbetten aus Wolken. Schade nur, an seiner Seite fehlt – ja, wen würde Vater gern umarmen? Eines Morgens sieht er achtern am Horizont seltsame Rauchsäulen aufsteigen. Gefechtsalarm wird ausgelöst: feindliche Schiffe.

»Volle Kraft voraus!«, ruft der Seewolf ins Megafon.

Doch das Minensuchboot kann es an Schnelligkeit nicht mit den drei unbekannten Zerstörern aufnehmen. Einer davon, der vorausfährt, feuert eine Salve aus den Bordgeschützen in die Luft, mit der er das Minensuchboot zum Stoppen auffordert.

»Da kannst du lange warten, fuck you!«, krächzt der Kapitän, Vater zuzwinkernd. »Beidrehen, Gefechtsbereitschaft herstellen!«, brüllt er ins Megafon.

Das Minensuchboot leistet Widerstand mit seiner ganzen hinfälligen Bewaffnung. Vater umklammert den Griff der Mauser in seiner Jackentasche. Aber er hat vergessen, wohin er die Patronen getan hat. Er rennt in seine Kajüte, findet sie unter dem Kopfkissen, saust wie der Blitz auf die Brücke zurück. Das technische Unvermögen habe ich geerbt, obwohl ich als Kind mit meiner Zielsicherheit beim Scheibenschießen alle verblüffte. Eine quälende Pause tritt ein. Vater weiß, dass die Deutschen ihn lebend nicht kriegen werden. Geräuschvoll das Wasser durchschneidend, nähern sich die Zerstörer, werden immer größer. Vater wirft den Kopf in den Nacken. Und plötzlich Schreie:

»Yankees! Yankees!«

Die amerikanischen Zerstörer kommen ganz nah heran. Die dicht gedrängt stehenden Matrosen aus Oklahoma, Minnesota, Mississippi und Alabama, weiße und schwarze, »unsere« zum Weinen nahen Yankees werfen Säcke mit dem amerikanischen Adler aufs Deck des Minensuchbootes. Konserven, Dosenbier – alles, was Vater und die Schotten so lange entbehrt haben. Am Abend geht es auf dem Minensuchboot hoch her. Alle fühlen sich als Helden, sind betrunken, schreien Vater zu:

»Stalingrad! Stalingrad!«

STALIN Ist das nicht etwas verfrüht?

An diesem Abend bringt Vater der Mannschaft schrecklich verlegen ein anderes, nicht weniger deftiges Wort der russischen Sprache bei.

∼

Der sowjetische Odysseus betritt zum ersten Mal ausländischen Boden. Er bringt den Globus unter seinen Füßen zum Drehen. Es tut gut, festen Boden zu spüren, ruhig durch die Straßen von Reykjavík zu laufen. In Island gibt es keine Verdunkelung; die bunt gestrichenen Häuser sind abends von elektrischem Licht hell erleuchtet. Wladimir genießt den Anblick der Mädchen, die als die schönsten in Nordeuropa gelten.

Island hat die Russen immer mit seiner Lage am Rande der Welt angezogen. Nicht zufällig ist Dostojewskis dämonischster Held dort gewesen, der schöne Stawrogin, der im

Übrigen nichts über Island erzählt hat, da ein imaginäres Land keiner touristischen Eindrücke bedarf.

Eine seltsame Fügung, um nicht zu sagen eine provokative Ironie des Schicksals, ist es indessen, dass ich selbst in dem Alter wie mein Vater damals, mit zweiundzwanzig Jahren, in Island war, wenn ich auch, im Gegensatz zu ihm, niemals dorthin gelangt bin. Mein Island wohnte im fünften Stock. Auf dem Prospekt Mira, in der Nähe des Rigaer Bahnhofs, in einem Diplomatenhaus, dessen Hof ein Milizionär bewachte. Ich musste all meine nichtsowjetischen und nichtrussischen Seiten zusammennehmen, um, den rostroten Schafspelz mit dem noch jungfräulich weißen Innenfell lässig aufgeknöpft, diesen Hof wie selbstverständlich zu betreten, ohne Verdacht zu erregen. Das war ein Test nicht nur in der Hinsicht, ob ich als Ausländer durchging, sondern auch, ob ich frech genug war für eine Tat, die ich in jener Zeit hätte teuer bezahlen können. Mehr noch, es war mein erster dissidentischer Ausbruch aus der Umlaufbahn der sowjetischen Welt, ein so intensives und grenzenloses Erlebnis, dass es mich endgültig aus den traditionellen russischen Literaturgleisen warf. Gerade erst im Begriff, mit dem Schreiben anzufangen, mit starken Selbstzweifeln, ohne Selbstvertrauen, lediglich von einem hartnäckigen Vorgefühl erfüllt, erlebte ich mein Island wie den Eintritt in einen Roman, wie die Verwandlung meines Lebens in einen göttlichen Text.

Wenn ich später immer wieder diesen Text verdarb, kehrte ich jedes Mal gedanklich zu Island zurück als zu seiner Quelle, zu seiner Grundidee, seinem unerreichbaren Vorbild. Island wurde das Land meines Sündenfalls, meiner absolut verbotenen, ungesetzlichen Liebe. Mein Island war ein paar Jahre älter als ich und arbeitete als Diplomatin in der kleinsten Botschaft der NATO-Länder, die sich in einer stillen Gasse in der Nähe der Worowski-Straße befand, ich war noch Student im letzten Semester, gerade erst frisch verheiratet und in Erwartung meiner jungen Frau, die in ihrem osteuropäischen Heimatland wegen Verschleppung der Visaerteilung hängen geblieben war. Und da, es ist der siebte November, bringt eine Gruppe von angeheiterten Freunden, allesamt aus der Filmszene, Island in die Wohnung meiner abwesenden Eltern mit, Island und ich stehen auf dem morschen kleinen Balkon des elterlichen Schlafzimmers, dessen Fenster auf den Hof hinausgehen, und sehen uns das sowjetische Feuerwerk an, und sie tut das mit solch einer Freude, mit solch einem echten Glücksgefühl, dass ich verstehe, das ist ein Glücksfeuerwerk zu unseren Ehren. Und wie es nur in jungen Jahren vorkommt, tauchen alle rhythmisch irgendwo unter, gehen auseinander, lösen sich in Luft auf, als wäre es so vorherbestimmt gewesen, dass es keine Verzögerungen und Verschleppungen gibt, und wir bleiben zu zweit zurück, verliebt bis über beide Ohren, durch alles auf immer miteinander verbunden, beinahe stumm aus Mangel an englischen Worten. Wenn es eine Matrize der irdischen Liebe gibt, wenn es eine Matrize der irdischen Glückseligkeit gibt, dann hat sie sich an jenem Revolutionsfeiertag auf dem Teppich des elterlichen Wohnzimmers materialisiert. Wir verloren den Kopf. Die Liebe verlangt einfache kitschige Worte, sie braucht keinen Samjatinschen Ornamentalismus, da sie zur kleinbürgerlichen Romanze neigt. Ihre Beschreibung ist eine Parodie auf die Literatur, wenn sie wirklich Liebe ist. Wir waren fortan ein stummes Paar, den englischen Worten misstrauend, in ihrer Wohnung auf dem Prospekt Mira, in absoluter Ungesetzlichkeit unserer Liebe, in einem stummen Märchen, an dessen Peripherie feindliche Mächte heulten. Ihre verlangsamten Bewegungen, wenn sie Tee eingoss, die überirdische Wendung des

Kopfes, wenn sie sich auf dem Boulevard nach mir umdrehte, Gorkis autobiografischer Roman in isländischer Sprache in ihren feinen aristokratischen Händen, ihr blaues Sofa, auf dem ich unmenschliche Leidenschaftsrekorde aufstellte, um sie niemals mehr zu wiederholen und, was vielleicht am wichtigsten ist, um niemals mehr jemanden zu beneiden. Und diese Worte »elska minn«, die ich für immer in mir bewahrt habe, und diese ihre entblößten weißen Beine – zum Teufel mit diesem dämonischen Stawrogin, zum Teufel mit den Kriegserinnerungen meines Vaters!

Ich verschwinde in der Tiefe der Metrostation »Rischskaja«, ich bin zweiundzwanzig Jahre alt, es ist schon spät, ich muss nach Hause, ich betrachte die Gespenster der späten Fahrgäste auf der Rolltreppe – und ich weiß, dass niemals mehr jemand so glücklich sein wird wie ich. Sie erzählt mir, dass es in Island Volkslieder gibt, aber keine Volkstänze. Überall gibt es welche, bloß in Island nicht, so wie es auch keine Familiennamen gibt. Nur wandelnde Vatersnamen. Wir mussten uns nicht in heißen Geysiren bestätigen – uns reichte das Sperma. Sie hat eine Narbe am Finger, auch ich habe eine am linken Zeigefinger. Da war ich in der siebten Klasse und habe mit einem langen Messer mit Holzgriff Radieschen geputzt. In der Küche. Blut. Narben an Fingern. Wir sind gezeichnet. Aber bei ihr, sagt sie, sei das Fingerglied überhaupt abgeschnitten gewesen, sie habe es schnell wieder angesetzt und es sei angewachsen. Wie, angewachsen? Das gibt es nicht. Deinen Finger kann es nicht geben, dich selbst auch nicht, das gibt es einfach nicht.

Ich sehe die überirdische Wendung ihres Kopfes, ihres schönen Kopfes mit dem schwarzen Haar, ihre von der Aufregung leicht feuchten Augen – es ist Winter, wir stehen auf dem Boulevardring in Moskau – wir müssen eine Entscheidung treffen – sie ist schwanger von mir – ich kann mein Glück nicht fassen.

Austa!, denke ich. Hauptmannstochter! Wie hast du dein Leben gelebt? Wo bist du? Wer ist bei dir? Wie viele Kinder hast du? Wahrscheinlich schon Enkel. Wie geht es deinen beiden Schwestern? Was ist aus ihnen geworden? Und was ist aus uns geworden?

∾

Nachdem in Island auf der »Lord Middleton« alles in Ordnung gebracht ist, nimmt sie Kurs auf die Britischen Inseln. Und wieder gerät Vater – wie oft eigentlich noch? – in tödliche Gefahr. Spätabends, als die Mannschaft sich schon zur Ruhe begeben will, wird Alarm gegeben:

»Feindliches U-Boot in Sicht!«

Vater springt aus der Koje, klettert rasch die Eisenleiter hoch, die zum Deck führt. Wie ein erfahrener Matrose lauscht er dem Rhythmus der Wellen, die übers Deck schlagen. Er passt den richtigen Moment ab und drückt die schwere Tür auf. Er schlüpft nach draußen. Bis zur Treppe auf die Brücke sind es sechs Meter. Er hat bereits einen großen Teil des Weges hinter sich, als er das wütende Geschrei des Kapitäns hört. Er beschimpft Vater unflätig durch sein Megafon; Wladimir hat die Tür zum Schiffsbauch nicht zugemacht. Von dort dringt grelles Licht nach außen – eine hervorragende Zielscheibe für die Deutschen!

Vater macht mitten im Lauf kehrt. Eine schwere Woge schwappt über ihn, reißt ihm die Füße weg, aber irgendwie kriegt er den Türgriff zu fassen – er hängt, baumelt wie ein Hampelmann in der Luft, die nächste Welle befördert ihn mit einem Fußtritt nach innen. Nass bis auf die Haut, zähneklappernd vor Kälte und Schock, versucht er es doch noch einmal. Diesmal schafft er es, bis zur Treppe zu kommen, die auf die Brücke führt. Auf der schrägen Oberfläche des Meeres sieht er ein flimmerndes grünliches Licht. Das Minensuchboot nähert sich ihm vorsichtig. Die Schotten halten das nicht identifizierte Objekt im Visier ihrer Geschütze. Gleich wird das Seeduell beginnen. Vater beißt die Zähne zusammen. Er kann nicht beten.

Aber wie groß ist seine Verwunderung, als man sich dem rätselhaften Licht nähert und die Matrosen einen treibenden Balken entdecken, der in malachitgrünem Licht phosphoresziert! Der Balken zersplittert, als er beschossen wird. Die ganze Mannschaft lacht noch lange über den Wachhabenden, der Alarm gegeben hat wegen eines Balkens, der sich in der Nacht auf dem Meer verirrt hatte.

∾

Das Deck wurde geschrubbt, Metallgriffe und Reling wurden abgerieben, bis sie glänzten. Und endlich die Ankunft. Die Stadtverwaltung von Edinburgh, die die »Lord Middleton« verloren geglaubt hatte, bereitete der Mannschaft einen triumphalen Empfang. Ein Militärorchester mit Dudelsäcken spielte Bravourmärsche im Wind. Die Ehrenwache aus kräftigen Schotten in karierten Röcken und bunten Kniestrümpfen stand vor dem Rathaus stramm. Dort erwartete die Seeleute ein Festessen: Sie aßen Innereien auf schottische Art. Irgendwas Graubraunes. »Sieht aus wie Scheiße«, dachte Vater, als er sich mit seinem ersten Diplomatenlächeln etwas Haggis auf den Teller legte. Nachdem er es probiert hatte, sagte er sich ohne jede Diplomatie: »Besser, es wäre Scheiße!« Zum ersten Mal im Leben stand Vater vor einem großen ausländischen Publikum. In der schäbigen Feldbluse sah er seltsam aus. Aber niemand maß dem irgendeine Bedeutung bei. Ganz Edinburgh starrte diesen lebendigen sowjetischen Menschen an, der aus dem kämpfenden Russland gekommen war.

»Wohin fährst du? Wir stechen bald wieder in See. Willst du nicht mitkommen?«

In einem altmodischen Schlafwagencoupé reiste Wladimir ab. Der Kapitän und sieben Matrosen begleiteten ihn zum Bahnhof. Sie tranken viel Whisky, direkt aus der Flasche. Die Männer umarmten sich, dann winkte Vater ihnen noch lange aus dem Fenster zu. Bewaldete, vom Whisky vernebelte Hügel zogen vorüber. Er stand einen halben Tag im Gang am Fenster – das wurde zu seiner Gewohnheit, wenn er Zug fuhr. In London kam er am späten Abend an. Blaue Lampen erleuchteten spärlich den Bahnsteig. Niemand holte ihn ab. Wladimir nahm ein schwarzes Cab. Er stieg die Außentreppe zur Tür des Hauses Kensington Palace Garden Nr. 13 hoch und drückte auf den Klingelknopf. Die schwere alte Tür öffnete sich ein wenig. Vater nannte seinen Namen. Er wurde eingelassen. Der junge Diplomat, der in jener Nacht Dienst hatte, freute sich über den unerwarteten Gesprächspartner. Sie tranken zusammen Tee.

»Glauben Sie, dass die Dreizehn eine Unglückszahl ist?«

»Wieso fragen Sie?«

»Das Botschaftsgebäude haben wir wegen der Hausnummer zu einem annehmbaren Preis gekauft. Die Nachbargebäude sind entweder zerstört oder haben durch die Luftangriffe ernste Schäden davongetragen, aber die Botschaft ist ganz geblieben.«

Gähnend betrat ein anderer Mitarbeiter den Raum.

»Hast du die Katze gesehen?«

»Welche Katze?«

»Die Katze ist verschwunden.«

Der Mann mit der verschwundenen Katze brachte Vater in das nächstgelegene Hotel.

»Faschisten! Ich hatte mich an die Katze gewöhnt. Meine Frau ist in Moskau geblieben.«

»Sie findet sich schon wieder«, sagte Vater.

Er war Optimist. Er spürte die angenehme Wärme von der großen Wärmflasche, die unter der Decke an seinen Füßen lag, und schlief augenblicklich ein. Schlafen konnte Vater in jenen Zeiten an jedem beliebigen Ort und in jeder Lage. Er hatte einen so gesunden Schlaf, dass ihn wohl nicht einmal ein Pistolenschuss direkt neben seinem Ohr aufgeweckt hätte. Diesmal wachte Wladimir mitten in der Nacht auf. Ringsum war es stockdunkel. Die Decke lag schwer wie ein Sandsack auf ihm. Vater dachte: Die Zimmerdecke ist eingebrochen. Während er sich mühsam aufrichtete, hörte er, wie Glasscherben klirrend auf den Boden fielen. Durchs Zimmer fegte der Wind. Von den Fensterrahmen und Läden war keine Spur mehr zu sehen. Eine schwere Bombe war offenbar in der Nähe explodiert. Morgen ist auch noch ein Tag, befand Vater und schlief wieder ein.

Die deutschen Piloten kämpften gut! Hitler war ein Himmelsgewitter. Seine Luftwaffe beherrschte den Himmel über London. Morgens war die nasskalte Luft bitter vom Qualm wie in Archangelsk, doch in den müden Gesichtern der Londoner konnte Vater keine Verzweiflung entdecken. Die Leute auf der Straße sahen gefasst und konzentriert aus. Die Kinos waren geöffnet. In einem großen Kaufhaus, zu dem die Genossen von der Botschaft Vater am nächsten Tag brachten, kleideten flinke Verkäufer ihn von Kopf bis Fuß in Zivil ein, nicht ohne ihm die sowjetische Feldbluse akkurat einzupacken. Obwohl ihn auf der Straße niemand beachtete, genierte sich Vater ein wenig in den engen Hosen und dem Hut, den er erstmals im Leben auf dem Kopf trug.

»War nicht auch Katja Warennikowa auf deinem Schiff?«, fragten plötzlich die Genossen von der Botschaft.

»Sie ist ertrunken«, sagte Vater. »Zusammen mit ihrer Tochter.«

Die Genossen fingen an zu lachen.

»Was ist los?«

»Weißt du, wer sie war?«

»Wer denn?«

Erneutes Gelächter. Wladimir fragte nicht weiter.

»Meine Katze ist wieder aufgetaucht«, sagte der Botschaftsmitarbeiter von gestern.

»Na, sehen Sie«, lächelte Vater.

Er verstand es, rasch Kontakt zu Menschen zu finden, aber er lachte nie. Nach Schweden war es nicht weiter als bis zum Sieg. Die Amerikaner übernahmen es, Vater dorthin zu bringen. Sie tranken ihren Kaffee aus und gingen hinaus aufs Flugfeld.

»Na dann, let's go?«, sagten die Piloten, während sie Vater eine »Chesterfield« anboten. Auf dem abendlichen Flugfeld standen drei schwere Bomber.

»Hervorragende Maschinen!«, sagte Vater. »Warum eröffnet ihr keine zweite Front?«

Die Amerikaner lächelten.

»Fragen Sie Churchill«, sagte ein großer Schwarzer und streckte verächtlich seine rosa Zunge heraus. »Er hat Angst vor den Deutschen.«

Sie waren immer stolz auf ihre Technik. Technologie ist die Seele des Westens. Nach Schweden musste man über das von den Deutschen besetzte Norwegen fliegen.

»Eine beschissene Kleinigkeit!«, versicherten die Amerikaner. »Das ist nur ein schmaler Streifen, den überqueren wir nachts im Gleitflug mit abgeschalteten Motoren.«

»Das geht schnell und schmerzlos«, zwinkerte der Schwarze, »wie Zähne ziehen.«

In der Nacht orteten die Deutschen über Norwegen die amerikanischen Bomber und jagten sie – einen, den mit dem großen Schwarzen, schossen sie ab, schon im schwedischen Luftraum, was in jeder Hinsicht unfair war. Einer von dreien – extremer als russisches Roulette. Mein Vater, der treuherzige Odysseus, der die Luftschlacht wohlbehalten verschlafen hatte, landete in der Gegend um Stockholm. Das war Anfang November 1942, am Vorabend des 25. Jahrestags der Oktoberrevolution, nachdem er insgesamt etwa zwei Monate unterwegs gewesen war.

∼

Ich beginne mich bei dem Gedanken zu ertappen, dass ich bei meinen heimlichen Beobachtungen der Entwicklung des jungen Mannes an dem Punkt, da er mein Vater werden sollte, unwillkürlich in einen halb ironischen Ton verfalle, und ich versuche, mir dies zu erklären. Vielleicht habe ich aufgehört, die Diplomatie zu mögen, die letzten Endes nichts anderes ist als die brillante Unterordnung der eigenen Persönlichkeit unter die Interessen des Staates. Vielleicht machen die bis zum heutigen Tag gesammelten historischen Erfahrungen das Verhalten meines Vaters für mich zu einer Kette von zumindest treuherzigen Handlungen (der treuherzige Odysseus), und ich kann nicht anders, als darauf mit einer gewissen Überheblichkeit zu reagieren. Am ehesten jedoch geht es hier um die nicht zu vereinbarenden Rollen von Vater und Sohn.

Kinder, wie sie auch sein mögen, machen unser Leben zu einer Falle. Die hübsche Abiturientin, die die Straße entlanggeht (ich habe sie heute auf der Pljuschtschicha in der

Nähe meiner Wohnung gesehen) und nach Eau de Toilette riecht, wie es sich gehört, läuft plötzlich vor einem jungen Mann mit Brille weg, dann dreht sie sich mit einem Lachen zu ihm um und sagt verliebt:

»Ich habe Angst vor dir.«

Aus der Sicht ihrer Eltern ist diese Verliebtheit Verrat. Und sie selbst eine junge Nutte. Nicht umsonst haben in traditionsbewussten Gesellschaften die Eltern für ihre Kinder die Ehepartner ausgesucht: Wir sind die Eigentümer unserer Kinder, denn wir haben sie geboren, sie sind eine Ware, die nur wir verkaufen können, aber sie werden niemals damit einverstanden sein.

Die Kinder betrügen uns mit ihrem ganzen Verhalten: mit ihrer Mode, ihren Tänzen, ihren Sitten, ihrer Sprache, die eine Verhöhnung der unseren darstellt. Wir machen Kinder als Fortsetzung unserer selbst in Liebe, und was wir dafür erhalten, sind endlose Sorgen und Spott. Kinder brüllen, stören unseren Schlaf, scheißen in die Windeln, werden krank. Wir warten nachts an der Bushaltestelle auf sie, um sie zu beschützen, und sie genieren sich. Als ich zum Abschlussabend in der Schule die Gorki-Straße Richtung Puschkin-Platz entlangging, schämte ich mich, dass Mama (noch jung, schön angezogen) neben mir lief. Auf der Höhe des Revolutionsmuseums, das früher ein Museum für Geschenke an Stalin war, versuchte ich sogar, sie abzuschütteln und allein zu gehen, aber sie verstand überhaupt nicht, was in mir vorging, und fragte nur, warum ich so schnell gehe. Sie dachte vermutlich, ich sei aufgeregt.

Wir sind für unsere Kinder der Puffer zwischen ihnen und dem Tod. Und sie sind für uns nicht nur die Fortsetzung der Generation, sondern auch das Versprechen unserer persönlichen Ewigkeit, die vielleicht nicht so überzeugend wie die religiöse Ewigkeit, aber immerhin eine Ewigkeit ist. Wenn man den Tod als höchstes Kriterium für Glaubwürdigkeit versteht, dann befinden wir uns offensichtlich in einer ungleichen Lage. Der Tod des Kindes bringt die Eltern um, er ist ein Anschlag auf ihre Unsterblichkeit. Der Tod der Eltern ist nur die persönliche Tragödie jedes Menschen.

Eltern sind wichtiger als Literatur. Bei ihrer Beschreibung vibriert der Stil des Schriftstellers. Der Schriftsteller bemüht sich umsonst, den Eindruck in ein Bild zu zwängen. Aber Kinder sind oftmals wichtiger als das Leben. Wenn ich auf dem Rückweg vom Krasnoarmejski-Park die Straße mit dem modischen Jeans-Kinderwagen überquerte, in dem mein kleiner Sohn Oleg schlief, wusste ich, dass ich, sollte sich die Frage »er oder ich« stellen, mich opfern und vors Auto werfen würde. Die Selbstaufopferung öffnete sich ohne Knarren wie eine Tür. Es war keinerlei Großmut dabei. Vor dem Schicksal jedoch tricksen wir. Wir erwählen unsere Kinder nach dem Grad unserer Nähe zu ihnen, aber irgendwelche Bälger, zufällig gezeugt, schieben wir für immer von uns – sie taugen nicht für unsere Ewigkeit.

An einem Wintermorgen, auf dem Rückweg von der Datscha, wo ich dieses Buch schreibe, sehe ich Scharen von in der morgendlichen Dunkelheit beinahe unsichtbaren Menschen, die an den Bushaltestellen in Pawlowskaja Sloboda stehen, unausgeschlafen, fix und fertig – sie fahren in die Stadt, um für ihre Kinder zu arbeiten. Mir scheint, sie arbeiten alle in Chemiefabriken. Das Lächeln der Eltern beim Verlassen der Geburtsklinik ist eine Fahrlässigkeit, für die sie bezahlen müssen. Die Kinder bemerken unsere Bemühungen nicht; mit dieser Offensichtlichkeit dürfen wir leben. Das kurze Aufleuchten der Liebe beim Essen an unserem Geburtstag erinnert an den elektrischen Blitz einer durchbrennenden Glühbirne. Die elterlichen Zärtlichkeiten – mein Sohn! – führen in eine Sackgasse, ihre Erotik ist ausweglos.

Das hier ist ein großes Durchficken, und wir spielen dabei die passive Rolle der Fortpflanzung, die sich dessen längst nicht mehr bewusst ist. Nichtmehrgebrauchtwerden – das ist die endgültige Formel der elterlichen Verlassenheit im Alter. Mit dem Erbe kaufen wir uns nicht los, selbst wenn es unverhofft eines gäbe. Auf den Müll geworfene Stühle – das ist alles, was von uns bleibt.

Kinder sind unmenschlich. Unser ganzes Leben sind wir ergriffen von Angst um sie und von peinlichem Stolz, der in unseren Erzählungen über sie, die, von außen betrachtet, lächerlich wirken, immer wieder durchkommt. Es ist unangenehm, wenn unsere Kinder dumm und hässlich werden, aber allzu schlaue und erfolgreiche Kinder machen uns Komplexe und werden zu Richtern unserer Misserfolge. Die Eltern verstecken die Mängel ihrer Kinder; die Kinder sind leicht zu einem Gespräch über die Mängel ihrer Eltern zu provozieren. Mehr noch, unsere Kinder verraten uns permanent mit ihrer Existenz an sich. Natürlich gibt es auch Fälle von Hochachtung für die Eltern. Nabokov vergötterte seinen Vater, und teils aus diesem Grund hasste er Freud. Aber sein idealer Vater ist eine Kopfgeburt, bequem für die Literatur, aber nicht fürs Leben. Wir dramatisieren jede Kleinigkeit, die mit den Kindern geschieht, sie banalisieren unsere Dramen, falls sie sie überhaupt bemerken. Die Eltern haben bereits das Wichtigste in unserem Leben getan – sie haben uns geboren. Alles Übrige ist unwesentlich.

∼

»Meine Lehrerin in Diplomatie war Alexandra Michailowna Kollontai«, sagte Vater mit berechtigtem Stolz oft zu mir.

1942 bewahrte Schweden seine Neutralität. Goebbels' Propaganda wurde hier eifrig verbreitet. Auf der Hauptstraße

Kungsgatan hing ein großer Spiegelschaukasten des deutschen Informationsbüros mit Fotos von der Ostfront, auf denen die großen Siege des arischen Soldaten gepriesen wurden. Der Schaukasten wurde oft von norwegischen Studenten eingeworfen. Die Deutschen mussten immer wieder neue Scheiben einsetzen, die dann erneut eingeworfen wurden. Die Faschisten ihrerseits warfen das Schaufenster des sowjetischen Informationsbüros am Bahnhofsvorplatz ein, in dem die Wassili Tjorkins lachend ihre Zähne zeigten (Lachen ist stärker als Lächeln), aber es war aus einfachem Fensterglas und daher leichter zu ersetzen.

Diplomatie ist eine merkwürdige Sache. Die Fortsetzung des Krieges mit friedlichen Mitteln? Wie glänzend die Kollontai die Verhandlungen über das Ausscheiden Finnlands aus dem Krieg führte! Da sie von dem engen Verhältnis zwischen Markus Wallenberg und dem finnischen Präsidenten Ryti wusste, suggerierte sie ihm vorsichtig, aber hartnäckig den Gedanken der Notwendigkeit, auf die Finnen einzuwirken, damit sie unverzüglich den Krieg gegen die Sowjetunion beendeten. Wallenberg hörte auf sie und flog nach Helsinki – Alexandra Michailowna schickte ein Telegramm nach Moskau mit der Empfehlung, in diesen Tagen die Bombardierung der finnischen Hauptstadt zu verstärken.

»Sie verstand es meisterhaft, ihre persönlichen Beziehungen für die staatlichen Interessen der UdSSR zu nutzen«, betonte Vater in einem Gespräch mit mir.

»Die Schweden«, erklärte die Kollontai den Botschaftsmitarbeitern, die sich um ihren Rollstuhl versammelt hatten, »hegen mit Ausnahme von rein faschistischen Gruppen keine Sympathie ... Was machen Sie da, Petrow?«

»Gar nichts.«

»Eben ... Also, Petrow, Sie sollten wissen, dass die Schweden keine Sympathie für das Hitler-Regime hegen und auch nicht wünschen, dessen Auswirkungen am eigenen Leib zu erfahren.« Vater war oft anwesend, wenn Alexandra Michailowna in ihrem Zimmer schwedische Minister für Abweichungen von ihrer Neutralität abkanzelte.

»Also wirklich, Freunde!«

»Verzeihen Sie uns, Genossin!«, sagten die Minister und erröteten.

Begeistert von der Kollontai, erzählte Vater mir einmal, dass sie auf dem Höhepunkt des Krieges die Statue Karls XII., dessen Finger auf den Feind Russland zeigte, in Richtung Deutschland umgedreht habe. Die Geschichte konnte nicht als authentisch bestätigt werden, hat sich mir aber tief in der Seele eingeprägt. Die Botschaft stützte sich auf die starke Antikriegsstimmung des schwedischen Volkes. Wladimir arbeitete fast den ganzen Krieg hindurch als Referent der Botschafterin. Die erste Zeit nach seiner Ankunft wohnte Vater in einem Hotel. Eines Nachts wurde er von einer Erscheinung geweckt: In seinem Zimmer erschien ein Mädchen, das eine Krone mit brennenden Kerzen auf dem Kopf trug. Vater rieb sich die Augen: Ein Traum? Eine Provokation? Die lange Abstinenz? Das Mädchen trat an sein Bett und hielt ihm lächelnd ein Tablett mit Kaffee und Keksen hin. Vater richtete sich auf, das Kissen im Rücken, trank den Kaffee und biss in einen der knusprigen Kekse. Immer noch lächelnd, entfernte sich das Mädchen und schloss die Tür hinter sich. An den Wänden der Säle, in denen Dinners und Empfänge gegeben wurden, hingen große Teller, die die Kollontai von den Arbeitern der Leningrader Porzellanfabrik geschenkt bekommen hatte. Sie trugen Aufschriften wie »Wer nicht arbeitet, soll auch nicht essen!«, »Das Königreich der Arbeiter und Bauern wird niemals enden!«.

Die Kollontai zog Vater zu nächtlicher Arbeit an ihren Memoiren heran. Mitten im Krieg, auf dem Höhepunkt des

Stalinismus, schrieb sie ihre Memoiren auf Französisch für einen mexikanischen Verlag. In ihrem Zimmer stand eine eisenbeschlagene Truhe. Mit ihren langen alten Fingern setzte sie den Rollstuhl in Bewegung, fuhr zu der Truhe und hob mit Vaters Hilfe den schweren Deckel an: Auf dessen Innenseite waren Schildchen mit dem Zarenadler zu sehen. Sie versenkte ihre Hand in der Tiefe der archäologischen Schichten und beförderte Briefe von Lenin, Martow und Rosa Luxemburg an die Oberfläche. Sie betrachtete die Fotos mit Plechanow mit persönlichen Widmungen und gestand:

»Die Nähe zu ihm hat mich lange davon abgehalten, zu den Bolschewiki überzuwechseln.«

Die Kollontai wurde Mitglied der ersten Regierung unter Lenin, doch sprach sie sich gegen den Frieden von Brest-Litowsk aus, und mit ihrem Freund Schljapnikow gründete sie die liberale Arbeiteropposition, nach deren Zerschlagung sie die Regierung verließ. Manchmal lehnte sich Alexandra Michailowna in ihrem Rollstuhl zurück und erzählte Vater vertraulich von sich. Sie sagte, sie habe mehrere verschiedene Leben gelebt, deren Bindeglied eine wichtige Eigenschaft ihres Charakters bilde – Aufrührertum.

KOLLONTAI Ich war ein Fräulein der Petersburger Gesellschaft, und meine adelige Herkunft hilft mir in Schweden. Die konservativen Schweden haben einen Aristokratenspleen und verzeihen mir meinen Bolschewismus und die Tatsache, dass ich Gesandte der UdSSR bin, dank meiner adeligen Vergangenheit.

Vor langer Zeit, im September 1914, hatte der schwedische Innenminister verfügt, die Kollontai wegen revolutionärer Propaganda zu verhaften. König Gustav V. unterzeichnete die Anordnung über ihre Ausweisung aus Schweden für alle Zeiten. Mit einem listigen Blitzen in den großen blauen

Augen, die dichten Brauen hochziehend und den Kopf schüttelnd, erzählte die Kollontai Vater, dass es demselben Gustav V. wohl etwas peinlich gewesen sei, als er 1930 von ihr, der Bevollmächtigten Vertreterin der UdSSR, die Akkreditierung entgegennehmen musste. Seine alte Anordnung hatte der König heimlich annulliert. Iwan Petrowitsch arbeitete weiter bei der Eisenbahn. Jeden Tag schleppte er sich vom Sagorodny-Prospekt zum Oktober-Bahnhof. Er war so mager geworden, dass ihm seine Hosen nicht mehr passten, und er trug stattdessen die engen Komsomolzenhosen seines Sohnes. Im Schnellzug, der Vater nach Südschweden brachte, lernte er ein blondes Mädchen kennen. Bevor sie ausstieg, zog sie eine SS-Uniform an. Artilleriefeuer krachte. Durch Großmutters offenes Fenster flog der abgerissene Kopf der Nachbarin herein. Großmutter wusste nicht, was in solchen Fällen zu tun war. Sollte sie den Kopf dem Nachbarn zurückgeben? Die Miliz rufen? Ihn in den Hof hinaustragen?

»Was ist Ihnen da bloß eingefallen, Nina Wassiljewna?«

Mit der Nachbarin hatte Großmutter freundschaftliche Beziehungen unterhalten: Sie war gerade dabei, ihr ein Kleid zu ändern. Nina Wassiljewna hatte versprochen, ihr diese Arbeit zu bezahlen. Ist kommunistischen Sex zu betreiben dasselbe, wie »ein Glas Wasser« zu trinken? Die Kollontai war prinzipiell gegen eheliche Beziehungen und fand, dass die Familie den Egoismus züchte und festige, der wiederum den Aufbau des Kommunismus erschwere. Dennoch heiratete sie Dybenko.

KOLLONTAI Ich war siebzehn Jahre älter als Pawel, aber das störte mich keineswegs. Wir sind jung, solange wir geliebt werden. Aber mit der Zeit fand ich es belastend, die Frau eines Divisionskommandeurs zu sein, und er – der Mann einer Repräsentantin der UdSSR. Ach, und die Liebe ging auch vorbei.

Die Kollontai war nicht nur eine Bolschewikin, sondern auch eine Sex-Revolutionärin – eine Legende des russischen Silbernen Zeitalters, Pralinenliebhaberin, bisexuelle Kämpferin für die freie Liebe der »Arbeitsbienen«. Lenin schüttelte es bei Kollontais Theorie. Auch mein Vater ließ sich von ihr nicht recht bekehren. Am Blutsonntag von 1905 war sie zum Winterpalais gegangen, Schüsse fielen, sie floh – viele Jahre später fand mein Vater sie gelähmt und im Rollstuhl vor. Nun war die Kollontai weit davon entfernt, ihr »Glas« zu leeren, und sublimierte ihre Situation mit großer Politik. Als Iwan Petrowitsch nach Hause kam, berieten sie sich lange. Fast alle Nachbarn waren verhungert. Großmutter nähte; das bewahrte sie vor dem Hungertod. Die Leichen musste man auf Schlitten ins Medizinische Institut von Boris Erisman bringen. Das Geräusch der mit Raureif bedeckten Haare der Toten im Wind fraß sich unangenehm in den Kopf hinein. Petrow betrat den Raum. Petrow, der Gehilfe des KGB-Residenten für die Überwachung der sowjetischen Kolonie, sagte zu Vater:

»Merkst du nicht, die ist nicht eine von uns, sie umgibt sich mit suspekten Leuten, das Dienstmädchen ist Schwedin, der Fahrer ist auch Schwede.«

Vater weigerte sich, mit Petrow zu kooperieren.

»Das wird dir noch leid tun, aber dann ist es zu spät«, sagte Petrow. Bis dahin hatte er noch keinen Druck auf Vater ausgeübt.

»Ich werde der Kollontai darüber Bericht erstatten«, sagte Vater.

Petrow beschimpfte Vater auf üble Weise. Später arbeitete er in Australien und verschwand mit der Botschaftskasse. Einige der jungen einsamen Männer ertrugen den langen Auslandsaufenthalt nicht. Arkadi, ein Freund von Vater, schrieb, nachdem er wiederholt vergeblich um Ablösung gebeten hatte, eine anonyme Denunziation seiner selbst und schickte sie nach Moskau. Darin wurden detailliert seine Sauftouren und seine nächtlichen Begegnungen mit Prostituierten in irgendwelchen Parks beschrieben. Er wurde unverzüglich abberufen. Anfang August 1944 kam plötzlich ein Telegramm mit der Aufforderung, Vater nach Moskau abzuordnen. Die Kollontai war äußerst beunruhigt. Sie schickte eine Absage nach Moskau. Sie hatte sich schon an Vater gewöhnt. Mehr noch, sie hatte ihn lieb gewonnen. Aber Männer sind begriffsstutzig und verstehen nicht, dass auch eine behinderte Frau eine Frau ist. In den schwedischen Nächten, in der Pause des täglichen Spiels mit den Finnen um ihr Ausscheiden aus dem Krieg, sprachen sie Französisch miteinander.

»Wie sagt man ›Beziehung‹ auf Französisch?«
»La liaison.«

Mein Vater ist ein Idiot. Moskau schickt ein zweites Telegramm. Die Kollontai sagt wieder nein. Da kommt aus Moskau ein Telegramm mit der Unterschrift Molotows. Die Kollontai breitet hilflos die Arme aus:

»Ich verstehe nichts, aber Sie müssen fahren.«

Ilja Tschernyschow mit den schwarzen Augenbrauen – in dessen Moskauer Wohnung meine Eltern einzogen, nachdem er viele Jahre später als sowjetischer Botschafter in Brasilien ertrunken und dessen Gehilfen beim Rettungsversuch von einem Hai der Kopf abgebissen worden war; obwohl Mama nichts von diesem Unglück wusste, träumte sie von ihrem Sohn, der einen Fisch ohne Kopf fängt –, dieser Botschaftsrat Tschernyschow fragte halb im Scherz, halb im Ernst meinen Vater:

»Was hast du verbrochen, dass man dich so kategorisch abberuft?«

Vater schwieg. Er wusste nicht, was er sagen sollte.

»Hast du gedacht, dass man dich verhaftet, wenn du in Moskau ankommst?«

»Wofür?«

»Für nichts. Und warum hast du so lange gebraucht für die Rückreise?«

»Der Krieg«, sagte Vater spöttisch.

Vor ihm entfaltete sich die Befreiung Europas in ihrer ganzen Pracht. Er fuhr fort, die Rolle eines sowjetischen Candide zu spielen. Ende August 1944 verließ er Schweden mit einer Douglas, einem englischen Militärtransporter. Das Flugzeug brachte Norwegen wohlbehalten hinter sich und überquerte die Nordsee, doch beim Anflug auf Schottland – das hatte gerade noch gefehlt – wurde es von einem deutschen Abfangjäger beschossen. Die rechte Tragfläche fing Feuer. Der Pilot versuchte durch Manövrieren die Flammen zu löschen, doch ohne Erfolg. Qualm drang in den Innenraum. An der Decke hing über den Köpfen der Passagiere der Brennstofftank aus Gummi. An der schottischen Küste gab es zahlreiche Militärflughäfen, und der Pilot setzte zur Landung an. Sobald das Flugzeug am Boden war, sprangen Vater und die anderen Passagiere nach draußen und rannten, so schnell sie konnten, um hinter dem nicht weit entfernten Hangar Schutz zu suchen.

Ich sehe, wie mein Vater rennt, den Hut auf dem Kopf festhaltend, und plötzlich wird mir bewusst, dass er nicht um sein Leben fürchtet: Er besitzt einen Schutzbrief, der aus beinahe jungenhaftem Leichtsinn, Leidenschaftlichkeit und Gleichmut gegenüber jeglicher Gefahr besteht. Auch der Koffer blieb ganz; die Feuerwehr war sofort zur Stelle. Mit Sand und Schaum löschten sie die Flammen. In dem dunkelbraunen schwedischen Koffer mit den soliden silbernen Schlössern lebten Papas schwedische Anzüge ein endloses unnützes Leben mit Naphtalin in Großmutters Wohnung bis zu deren Tod. Anastassija Nikandrownas Haut blieb wie die eines Mädchens, ihr Bewusstsein ungetrübt bis zum Ende, trotz einer fatalen Krankheit: Rückenmarksentzündung. Die Krankheit lähmte sie bis zur Hüfte und näherte sich schon der Lunge, doch Großmutter gewann ihre Schlacht um Stalingrad, schleuderte dieses Kreuz weit von sich und entwickelte sich im Laufe von fünfzehn Jahren (sie klagte über ständiges Brennen in den Beinen) zu einem lebenden Wunder für zukünftige Mediziner. Seltsam, dass meine Zeit nicht reicht, um auf Großmutter stolz zu sein. Sie starb im Alter von 96 Jahren auf der Intensivstation eines Krankenhauses in Kunzewo. Bei der stummen Trauerfeier wartete die Familie auf Vaters Entscheidung. Ästhetik *avant tout*. Er ging in den Nebenraum und warf einen Blick in den Sarg: Großmutter war schön. Er nickte: Sie können sie zu ihrer Familie hinaustragen. Wir verabschiedeten uns von ihr, mit einem Strauß mit gerader Anzahl von Blumen. Auf dem Wagankowo-Friedhof bekreuzigte Mama die alte Frau, die sie in den letzten zehn Jahren nicht gesehen hatte, und verzieh ihr auf immer.

In London erwartete Vater eine weitere Prüfung: ballistische V2-Raketen. Sie flogen London in großer Höhe mit Überschallgeschwindigkeit an und fielen so, dass zuerst ein ungeheures Explosionsgeräusch zu hören war und erst danach ein die Luft durchbohrendes Pfeifen. Die Deutschen hatten den Engländern über die neue Waffe keine Mitteilung gemacht, und zunächst konnte niemand begreifen, was einem da auf den Kopf fiel. Alle lebten in der Gefahr eines unverständlichen und plötzlichen Todes. Nach Absprache mit den Amerikanern begab sich Vater zum Luftwaffenstützpunkt der USA in Südwales. Von dort sollte er nach

Casablanca, dann nach Kairo und schließlich nach Moskau gebracht werden. Die tapferen amerikanischen Piloten flogen immer leicht angeheitert. Die zweite Front war eröffnet, trotz Churchills Zögern. Das Schlimmste schien man überstanden zu haben. An einem frühen Herbstmorgen setzte man Vater in einen schweren Bomber, wie er ihn schon von seinem Flug nach Schweden kannte. Er machte es sich in dem Metallsitz bequem, deckte sich mit einem Plaid zu und begann zu dösen; der Flug nach Marokko würde mindestens sechs Stunden dauern. Er schläft, und plötzlich spürt er, dass das Flugzeug landet. Vater fragt den Kopiloten, was los sei.

»Wir haben Befehl, in Frankreich zu landen.«

Vater blickte aus dem Fenster. Überall die Spuren heftiger Kämpfe. Unter der Tragfläche lag eine große verbrannte Stadt der Normandie. Das war Caen. Bei der amerikanischen Truppenführung in Frankreich wunderte man sich, als man meinen sowjetischen Vater vor sich sah. Statt weiterzufliegen, bot man ihm an, zusammen mit Offizieren in einem Jeep durch ganz Frankreich bis Toulon zu fahren. Wladimir fuhr los, durchgerüttelt auf den Armeestoßdämpfern. Was ist Glück? Realisierte Unmöglichkeit. Die Zählung war eröffnet. Die Punktzahl stieg. Frankreich war sogar in seinem entlarvten Kollaborationismus schön. An den Straßen standen leicht gelb schimmernde Platanen. An den Kreuzungen ragten Palmen empor. In Toulon öffnete sich dem Blick das Mittelmeer. Es lag da, golden, ganz etwas anderes als die blasse schwedische Ostsee. Die Häuser waren gelb mit südlichen Fensterläden, in den Cafés war es laut. Alle feierten und amüsierten sich in den Straßen. Die französischen Partisanen, behängt mit Maschinengewehrgurten, Granaten und automatischen Waffen, hielten gelockte Mädchen im Arm, die aussahen wie Italienerinnen. Die gelockten Mädchen bogen sich unter den Küssen. Vater ging sogleich ins Kino. Es wurde eine Wochenschau gezeigt, die man den Deutschen weggenommen hatte. Im Saal war es stickig, es wurde geraucht und gelärmt. Hitler erschien und hob den Arm: Die Leinwand wurde von einer Maschinengewehrsalve durchlöchert. Die Zuschauer pfiffen zustimmend.

Von Toulon beförderten die Amerikaner Vater nach Rom. Statt nach Moskau zurückzukehren, machte Vater italienische Ferien. In Rom fand er die sowjetische Militärmission nicht, die nach Norditalien verlegt worden war, und die Amerikaner brachten ihn nach Neapel, wo sie ihn bei einem englischen Stützpunkt abgaben. Die Engländer verhielten sich Vater gegenüber misstrauisch, erlaubten ihm jedoch, direkt auf dem Flugplatz in einem Zelt auf eine Maschine zu warten, die ihn mitnehmen konnte. Schlimm war, dass die Engländer ihn nicht mit Lebensmitteln versorgten, und Geld hatte er gerade noch genug für fünf Schachteln Streichhölzer. In gedrückter Stimmung ging er los zum Vesuv und verirrte sich. Ein junger Italiener kam ihm entgegen. Als der hörte, dass Vater Russe war, lud er ihn hellauf begeistert in seine kommunistische Zelle ein. Wladimir lehnte bescheiden ab, aber am nächsten Tag fiel eine fröhliche Schar braun gebrannter Kommunisten in sein Zelt ein und begann, ihn zu herzen und zu küssen. Sie hatten einen ganzen Sack mit Essbarem mitgebracht, außerdem Wein und Zigaretten. Vater lebte fortan wie Gott in Frankreich. Die Engländer beschlossen, sich den suspekten Typen vom Hals zu schaffen. Sie setzten ihn in ein Flugzeug, das nach Kairo flog. Aber das Flugzeug kam nicht bis Kairo. Es landete auf dem zerstörten Flugplatz von Bari. Die Deutschen bombardierten unentwegt die Stadt: In Bari war die Ausschiffung der Alliierten nach Griechenland im Gange. Vater lebte wieder in einem Zelt, aber da bombardiert wurde, verbrachte er viel Zeit in Gruben und Deckungsgräben. Wladimir war verdreckt bis zur Unkenntlichkeit, er schaffte es nicht, sich zu waschen. Bei Sonnenaufgang stürmten zwei englische Soldaten in sein Zelt, rüttelten ihn wach, schnappten sich seinen dunkelbraunen schwedischen Koffer (ein schönes Stück, das muss man sagen) und befahlen ihm, zu einem Flugzeug zu laufen, das nach Kairo flog. Vater sprang auf, zog sich an, rannte los, sah jedoch nur noch den Schwanz der rasch an Höhe gewinnenden Maschine. Mit ihr flog sein Koffer davon. Einige Tage später fand er seinen Koffer in Ägypten wieder, besichtigte Kairo und besuchte die Pyramiden. Ein alter Araber ließ ihn auf einem Kamel reiten und verkaufte ihm ein altes Siegel mit der Aufschrift »Alles geht vorüber«. Weiter ging alles wie geschmiert. Vater flog in den Iran. In der sowjetischen Botschaft, die sich in einem alten Park befindet, sah er den Saal, wo ein Jahr zuvor die Konferenz der drei verbündeten Staaten stattgefunden hatte. Von Teheran flog Vater Anfang November 1944 nach Moskau. Dort roch es schon nach Sieg. Molotow brauchte offenbar dringend einen Referenten mit Französischkenntnissen. Die Wahl fiel auf Vater.

∾

Wjatscheslaw Michailowitsch hatte die Angewohnheit, sich irgendwann im Laufe des Tages ein halbes Stündchen hinzulegen. Auf dem runden Tisch im Erholungsraum neben seinem Arbeitszimmer standen immer frische Blumen, eine Schale mit Obst und Walnüssen, die Wjatscheslaw Michailowitsch schrecklich gern aß. Er war der zweite Mann im Staat. Nach ihm waren Städte benannt, Autos und Kolchosen, sein Konterfei hing auf Straßen und in Museen. In seiner Jugend hatte er in Restaurants Geige gespielt. Er lachte nie, und wenn er einmal lächelte, dann ungern und angestrengt. Molotow bestand aus einem Anzug mit Krawatte, einem erdfarbenen Gesicht, einer hohen Stirn mit tiefen Geheimratsecken, einem Zwicker auf der großen Nase, einem borstigen, aber sorgfältig gestutzten Schnurrbart.

Vater konnte in ihm keinen Tribun und keinen flammenden Revolutionär entdecken. Molotow hörte sich geduldig seine positive Meinung über die Kollontai an, ohne seinen künftigen Mitarbeiter zu unterbrechen oder zu ermuntern. Die Kollontai mochte Molotow auch nicht besonders, obwohl sie keine unbedeutende Rolle in seinem Leben gespielt hatte: Als sie die Molotow unterstellte Frauensektion des ZK leitete, machte sie ihn mit Polina Semjonowna Schemtschuschina, seiner zukünftigen Frau, bekannt.

In den ersten Monaten der Arbeit mit Molotow konnte Vater sich des Gefühls nicht erwehren, dass man ihn demnächst aus dem Amt jagen würde, und wenn man dies bisher nicht getan hatte, dann nur deswegen, weil man noch keinen Ersatz für ihn gefunden hatte. Molotow schlug nicht mit der Faust auf den Tisch wie Kaganowitsch, dem die Mitarbeiter an Herzinfarkt wegstarben, aber er gebrauchte beleidigende Ausdrücke wie »Schlafmütze« und »Tante«. Er verlangte von Vater, dass er seine Unterschrift ändere, der Name sollte gut leserlich sein wie bei ihm selbst. Als er einmal überraschend früher als gewöhnlich von Stalin zurückkam, zu dem er jede Nacht ging, fand er Vater beim Schachspielen mit dem Chefreferenten Podzerob, der Meisteranwärter war.

»Ich habe früher auch Schach gespielt«, sagte Molotow, die Spieler betrachtend, »als ich im Gefängnis saß, in einer dunklen Zelle, wo man nicht lesen und auch sonst absolut nichts tun konnte.«

∾

Vater war in Abreisestimmung. In zwei Tagen sollte er für unbestimmte Zeit nach Paris fliegen, zu einer Friedenskonferenz. Am 26. Juli 1946 stand er am Fenster seines Arbeitszimmers im Volkskommissariat für Auswärtige Angelegenheiten.

Unsere Familie hatte ihren eigenen Abriss der Geschichte der KPR(B): die offizielle Version der Beziehung meiner Eltern. Sie lernten sich 1937 an der Philologischen Fakultät der Universität Leningrad kennen. Der kurze Abriss räumte ein, dass es zunächst bei einer Bekanntschaft blieb. Beiläufig wurde mitgeteilt, dass beide ihre eigenen Geschichtchen hatten.

Diesem Abriss entsprechend gingen meine zukünftigen Eltern nach Moskau, um das Dolmetscherinstitut zu besuchen. Dort begegneten sie sich ebenfalls, mehr aber nicht. Dann waren sie den ganzen Krieg über getrennt. Mama wurde nach Fergana in Mittelasien evakuiert. Sie hatte eine Affäre mit einem anderen. Briefe schrieben sie sich keine.

Dann tritt in meinem Familiengeschichtsabriss unerwartet ein großer, durch nichts vorherbestimmter Moment der Erleuchtung ein. Am 26. Juli 1946 steht Papa also am Fenster des Außenministeriums (damals noch Volkskommissariat) und sieht Mama, die über den Kusnezki Most geht. Plötzlich begreift er, dass sie sein Schicksal ist. Er rennt auf die Straße hinaus und macht ihr einen Antrag. Der Antrag wird angenommen. Sie laufen aufs Standesamt. Papa muss dringend irgendwo hinfliegen, nach San Francisco oder Paris. Besser also nichts hinausschieben.

In dieser Geschichte ist alles gut, abgesehen davon, dass, wie Mama eines Tages (an ihrem Hochzeitstag) bemerkte, die Fenster des Ministeriums nicht auf den Kusnezki Most hinausgingen. In der Folge tauchten Phantomgestalten auf. Sie gehörten offensichtlich in die Apokryphen. Mama sagte betont nebulös, dass bei einem gewissen Treffen »noch jemand« dabei gewesen sei, und auch sonst blieb einiges recht nebulös, aber wohin auch immer die Fenster zeigten, ein Jahr später wurde ich geboren.

Also, Vater erblickte eine alte Bekannte: Galja Tschetschurina, die mit einer Freundin die Lubjanka hinunter in Richtung Kusnezki Most ging. Er rannte auf die Straße hinaus, holte die beiden Freundinnen ein und hielt sie an:

»Wohin geht ihr?«

»Zur Sportparade.«

In Wirklichkeit gingen die Freundinnen über den Kusnezki Most zur Lubjanka hinauf, und Papa konnte sie aus seinem Fenster gar nicht sehen. Meine atheistische Mutter ist bis heute davon überzeugt, dass hier Mystik im Spiel war. Zufällige Ereignisse kamen in einer metaphysischen Dimension zusammen, um mich in die Welt hinauszustoßen wie einen Fallschirmspringer, der auf einmal den Mut verloren hat, aus dem Flugzeug.

Die Freundinnen Galja und Ljuba (genau die Ljuba, die ihr Papa ausgespannt hatte, so dass ihr nur noch seine Briefe geblieben waren, die er zu ihrem Entzücken mit »Wladimir« unterschrieben hatte) waren unterwegs zum »Dynamo«-Stadion. Aus dem Stand machte Vater Galja einen Heiratsantrag (nicht Ljuba, mit der er die Diversionsschule besucht hatte, wo er sich ein Bein brach, wonach sie sich getrennt hatten: Sie ging nach Algerien, zu de Gaulle, und er nach Schweden). Galja war überrumpelt, und er schleppte sie aufs nächste Standesamt. Dort behauptete man, sie würden »hier nicht wohnen«, und lehnte es ab, sie zu registrieren. Nach ergebnislosem Abklappern anderer Moskauer Standesämter (Mama wollte schon nach Hause und bekam schlechte Laune) ließen sich meine Eltern schließlich in Anwesenheit zweier zufälliger Trauzeugen auf einem kleinen Standesamt (Todesfälle und Eheschließungen wurden dort in einem Raum registriert) am Miusskaja-Platz registrieren, wo sie vor dem Krieg gemeinsam das Dolmetscherinstitut besucht und sich wenig füreinander interessiert hatten. Eine Hochzeitsfeier fand nicht statt.

∼

Papa arbeitete also im Kreml. Was er da tat, wusste ich nicht genau, aber wenn ich mit meinen Freunden am Kreml vorbeifuhr (im Winter bis über die Nase in Schals gehüllt, in Biberlammpelzen, Mützen, Filzstiefeln, mit Schäufelchen ausgerüstet, um im Gorki-Park im Schnee zu spielen), dann sagte ich sachkundig zu ihnen:
»Hier arbeiten mein Papa und Genosse Stalin.«
Marussja Puschkina mit ihrem dörflichen Gerechtigkeitsgefühl versuchte, die Reihenfolge zu ändern. Ich war unerbittlich.
Papa war ein unsichtbares Wesen. Er arbeitete Tag und Nacht; Stalins Mitarbeiter gingen nach Hause, wenn es hell wurde. Manchmal wollte ich morgens zum elterlichen Bett, um wenigstens zu sehen, wie er schlief, aber man ließ mich nicht. Dafür materialisierte sich Papa an Sonn- und Feiertagen als junger grauäugiger Mann mit schräg geschnittenem Stirnhaar, und ich war selig vor Glück.
Die großen Revolutionsfeiertage liebte ich besonders. Bereits frühmorgens tönten auf den Straßen Lieder aus Lautsprechern. Aber ich wachte schon früher auf, bevor die Musik begann, vom Lärm der Panzer nämlich, die mit den »Katjuschas« und anderer Militärtechnik wie fröhliches Spielzeug, qualmend, unsere Hauptstraße hinunter in

Richtung Roter Platz donnerten. Vier Führerprofile hingen, die Wangen zärtlich aneinander gedrückt, wie vier singende Fische im Aquarium zwischen langen dunkelroten Flaggen am Haus gegenüber. Papa nahm mich mit zur Parade. Er zog die hellgraue Diplomatenuniform mit den Generalssternen an, und mir gefiel, wie die Soldaten strammstanden und ihm salutierten. Ihren Höhepunkt erreichte Papas Größe jedoch nicht auf dem Roten Platz, wo ich übrigens Stalin auf dem Mausoleum nicht ausmachen konnte. Ich weiß nicht, wie es dazu kam, aber einmal fuhren Papa und ich zu meiner großen Freude mit dem normalen Vorortzug zur Datscha. Die Lok hatte rote Räder und gab einen ganz köstlichen Rauch von sich. Es war ein schöner Sommermorgen, wir stiegen an unserer Station aus, und auf dem hölzernen Bahnsteig setzte sich Papa in seiner Generalsuniform auf eine Bank, um sich einen Schuh zuzubinden, lehnte sich für einen Moment zurück und schlief ein. Der Stationsmilizionär kam auf uns zu und pflanzte sich wortlos neben der Bank auf. Ich dachte, dass ein großes Unglück über uns hereingebrochen sei, und begann zu weinen, leise, damit jener es nicht merkte. Papa rutschte die Mütze vom Kopf, er wachte auf und sah den Milizionär fragend an.

»Was tun Sie hier?«, fragte er ungehalten.

»Ich bewache Ihren Schlaf, Genosse General!«, sagte der Milizionär und legte zackig die Hand an die Mütze. Das war zweifellos der beste Milizionär meines Lebens.

∼

Mein Papa war niemals krank. In Stalins Sekretariat galt Kranksein als Verletzung der Parteidisziplin, und Papa war ein disziplinierter Kommunist.

»Ein disziplinierter Mensch«, sagte Molotow zu seinen

Mitarbeitern, »erkältet sich niemals, weil er sich verantwortungsvoll kleidet und verhält. Er würde nicht am offenen Fenster sitzen oder ohne Mantel in der Kälte herumlaufen.«

Darum war ich sehr erstaunt, ihn eines Tages mit verbundener Hand zu sehen. Einer Antwort auf meine Frage wich er geschickt aus. Mein kindliches Paradies war eine aufgesetzte Konstruktion über der Erwachsenenhölle, in der die Ereignisse seltsame Wendungen nahmen.

»Einmal waren wir ziemlich früh mit der Arbeit fertig, so gegen ein Uhr nachts«, erzählt Vater. »Zufrieden fuhr ich nach Hause und stieg in die Badewanne. Meine Wonne war allerdings nicht von langer Dauer. Deine Mutter (als Mama mit mir schwanger war, aß sie viel Erbsensuppe – ich hasse Erbsensuppe bis heute, schon den Geruch) trommelte an die Tür und verkündete (die Verbindung dieser beiden sehr verschiedenen Verben vermittelt wie im Film die Familienatmosphäre jener Zeit, aber ich will das nicht weiter ausführen), ich solle sofort in den Kreml kommen; das Auto sei schon losgefahren. Mit nassen Haaren rannte ich die Treppe hinunter.

Stalins persönliche Limousine brachte mich auf dem Mittelstreifen rasch zum Erlösertor. An der Wache vorbei eilte ich in den ersten Stock des Regierungsgebäudes hinauf und stürmte den langen schmalen Flur entlang. An einer Biegung des Flurs rutschte ich auf dem eisglatten Parkett aus und schlug mir das Handgelenk blutig. Ich stand auf und umwickelte es rasch mit meinem Taschentuch. Am Ende des Korridors stand Poskrjobyschew, Stalins Chefreferent, und stieß obszöne Flüche aus ob meiner Trödelei. Immer weiter schimpfend, packte er mich buchstäblich am Schlafittchen und schob mich durch die Doppeltür in Stalins Arbeitszimmer.

An dem langen Tisch saßen sich schweigend zwei Delegationen gegenüber: die unsere, alles Politbüromitglieder, und die ausländische. Der ›große Hausherr‹ stand mitten im Raum, die Pfeife im Mund. Auf meinen Gruß nickte er mir knapp zu und verwies mich auf meinen Platz am Kopf des Tisches. Ich legte mir den Notizblock auf den Knien zurecht, um so meine verletzte Hand zu verbergen. Stalin ging in weichen Stiefeln lautlosen Schrittes hinter meinem Rücken auf und ab. Ich notierte wie gewöhnlich und dolmetschte.

Plötzlich verstummte Stalin. Er näherte sich mir, deutete auf mein Taschentuch und fragte misstrauisch:

›Was ist mit Ihrer Hand?‹

›Nichts weiter, Jossif Wissarionowitsch, ich habe mich ein wenig gestoßen, eine Lappalie‹, murmelte ich nicht sehr deutlich.

›Na, sagen Sie schon!‹, bestand er auf einer Erklärung.

›Ach, ich bin hingefallen, es ist nichts Schlimmes.‹

›Wie, hingefallen, wo?‹

In diesem Moment öffnete sich die Tür, und ins Zimmer stürmten ein Arzt mit seinem Köfferchen und zwei Assistenten, alle drei in heller Aufregung. Ihnen auf den Fersen Poskrjobyschew. Während Stalin mit mir sprach, hatte er unbemerkt einen Knopf unter der Tischplatte gedrückt und ärztliche Hilfe herbeizitiert. Dort glaubte man, mit ihm sei etwas nicht in Ordnung, und läutete Sturm. Stalin bemerkte den befremdeten Blick des Arztes und sagte ruhig:

›Sehen Sie nach, was mit seiner Hand los ist.‹

Der Arzt stürzte auf mich zu und wusch und verband mir mit Hilfe seiner Assistenten rasch die geschwollene Hand.

›Sie können gehen‹, befahl Stalin, und die ärztliche Hilfe verschwand ebenso hurtig aus dem Zimmer, wie sie aufgetaucht war. Die Anwesenden verfolgten schweigend diese Szene. Die Unterredung wurde wieder aufgenommen.«

Die Geschichte mit der Hand fand ihre Fortsetzung. Nach einem Empfang fasste Stalin Molotow an der Schulter und fragte ihn:

»Wjatscheslaw, sorgst du eigentlich nicht für ihn? Er ist so dünn und blass. Sag mal, kriegt er bei dir nichts zu essen, oder was? Du musst ihm zu essen geben.«

»Mach ich doch«, knurrte Molotow, der nicht verstand, worauf Stalin hinauswollte. Er war unangenehm berührt durch Stalins Interesse an diesem jungen Mann, der gleichsam ein Vorbote für den Generationenwechsel im Kreml war.

»Hör mal, Molotoschwili, warum schlägst du deine Mitarbeiter eigentlich nicht für staatliche Auszeichnungen vor, insbesondere die Dolmetscher?«, beharrte Stalin, wobei er Vater fröhlich wie einen Komplizen ansah. »Sie riskieren ja manchmal bei der Arbeit ihre Gesundheit! Her mit deinen Vorschlägen, wir unterstützen das!«

Bald darauf erhielt Vater seinen ersten großen Orden, den Rotbannerorden. In seinen Erzählungen erstand ein vollkommen anderer Stalin, ein Stalin, der erfüllt war von rührender Liebe zu René Clairs Film *Sous les toits de Paris* (Vater dolmetschte auch Filme für den Führer), von »Bescheidenheit«, »Gutmütigkeit«, »gastfreundlichem Verhalten«.

Als der Film zu Ende war, erhob sich Stalin für einen Augenblick aus dem Sessel, wandte sich zu Vater um und bedeutete ihm mit dem Finger, zu ihm zu kommen. Vater folgte der Aufforderung, und Stalin nahm die Flasche Sowjetskoje Schampanskoje von dem Tischchen, das vor ihm stand, und füllte ein Sektglas.

»Danke, Genosse Stalin. Bei der Arbeit trinke ich nicht«, sagte Vater.

Stalin schmunzelte:

»Mach schon, trink«, sagte er. »Molotow hat es erlaubt, du hast ordentlich arbeiten müssen.«

Molotow und die anderen Politbüromitglieder lächelten. Vater trank sein Glas mit Vergnügen aus.

∼

Die Szene, in der Stalin meinem Vater Sekt anbietet, dem gut aussehenden jungen Mann liebenswürdig und wohlgefällig zulächelnd, löst in mir eine merkwürdige Gerührtheit aus. Ich habe sogar ein Kribbeln in der Nase. Warum? Berechtigte Einwände – erstens, zweitens, drittens – gibt es genug. Andererseits ist es so angenehm, dass Vater in diesem Moment im Halbdunkel des Vorführraums den Mount Everest des Erfolgs erklommen hat, ich bin so glücklich für ihn, und alle, denen ich davon erzähle, sind gerührt. Der Grund für diese Rührung ist wahnsinnig. Mit derselben Begeisterung wird in Memoiren von Begegnungen mit Hitler, Mao oder Kim Il Sung erzählt.

Grenzenlose Macht berauscht. Sich mit dem Herrscher zu zeigen bedeutet, zu den Erwählten zu gehören, an historischer Exklusivität teilzuhaben. Mein Verstand sagt mir, dass dieser feige Abschaum, diese Politbüromitglieder, die meinem Vater zulächeln, all diese Woroschilows, Kaganowitschs, Berijas, dass sie eine Herde von Wölfen sind, bereit, ihn auf freiem Feld, im Schnee und bei Mondschein in Stücke zu reißen. Ich höre sie heulen. Wenn sie Papa fressen, dann wird er wie sie und verwandelt sich in einen jungen Wolf. Alles Ignoranten und Verbrecher, die aufgehängt gehören. Vaters Vorgesetzter Molotow ist ein ideologisch tollwütiger Wicht mit heuchlerischem Gesicht. Stalin ein politischer Massenmörder. Was ich mit denen tun würde? Umbringen. Mit ihnen habe ich nichts zu bereden. Aber aus irgendeinem Grunde werde ich trotzdem weich, es ist mir angenehm. Das ist die Illusion eines Orgasmus.

Die Wahrheit der Staatsmacht basiert nicht auf Mitgefühl. Sie ist den Mördern vorbehalten. Die russische Staatsmacht ist grob, wie ausgekotzt, sie besteht aus Männerwitzen, obszönen Flüchen, blutigen Steaks, Vergesslichkeit, trübem Kopf, ewiger Sauferei, Sadismus, Straflosigkeit, Erniedrigung von allem und jedem – sie ruft in mir Ekel und Widerwillen hervor. Würden sie mich mit ihrer zynischen Vertraulichkeit einwickeln, ich würde gleich am nächsten Tag allen erzählen, wie beschissen ich sie finde. Wenn aber die Staatsmacht es sich zur Aufgabe machte, mich zu kaufen, würde ich in eine schwierige Situation geraten. Mir gefällt es, daran zu denken, wie die Rotarmisten junge Adlige vergewaltigt und umgebracht haben. Ich liege da und stelle es mir vor. Ich bin ein virtueller Peiniger, der in der Realität Gewalt verabscheut und es nicht einmal aushält, von irgendwelchen Idioten kumpelhaft geduzt zu werden. Aber warum bin ich nicht gleichgültig, warum treibt mich dieses Thema um? Warum reagiere ich überhaupt so empfindlich darauf, warum bin ich so kleinlich besorgt? Der Ruhm des Schriftstellers ist der Schatten der Macht. Aber manchmal möchte man aus dem Schatten heraustreten.

∼

Stalin verblüffte Vater bisweilen mit seiner Menschenliebe. Mal tauchte er, der immer Geschäftige, auf seiner Datscha im Zimmer eines Referenten auf, um zu überprüfen, wie man ihm das Bett gerichtet hatte, fühlte, ob die Kissen auch weich waren, mal schien er Verständnis für Dinge zu zeigen, die er eigentlich nicht durchgehen lassen konnte. Vaters Kollege Iwan Iwanowitsch Lapschow, der in Stalins Residenz in Sotschi zum Abendessen einen über den Durst getrunken und sich in den Fluren verlaufen hatte, fand mit

Mühe das ihm zugewiesene Zimmer. Er setzte sich an den Tisch, zog die Schublade heraus und – wurde schlagartig nüchtern, als er die Pfeifensammlung erblickte. Hinter ihm ertönte die Stimme des »großen Hausherrn«:

»Was wühlen Sie da in meinem Schreibtisch herum?«

Der arme Apparatschik kam mit einem Riesenschreck davon. Dabei bekräftigte Vater, dass Stalin keine Vertraulichkeiten geduldet habe. Als Beispiel dafür führte er eine Geschichte an, die dem sowjetischen Botschafter in Polen, Lebedew, passiert sei, der öfter mit Gomułka und anderen führenden polnischen Politikern zu Verhandlungen nach Moskau kam und an vertraulichen Gesprächen im Kreml teilnahm. Lebedew erlaubte sich 1951, aus Warschau sein Buch über den Aufbau der Grundlagen des Sozialismus in den Ländern der Volksdemokratie mit dem Begleitvermerk an Stalin zu schicken: »Gen. J. W. Stalin zur Begutachtung«. Unter diesen Begleitvermerk schrieb Stalin seine Anordnung:

»Abberufen«.

~

Am liebsten aber erzählte Vater immer von dem großen Bankett im Kreml-Palast. Er sitzt neben Stalin und dolmetscht eine gemächliche Unterhaltung mit dem Ehrengast. Der Führer in der cremefarbenen Paradeuniform des Generalissimus ist guter Stimmung und nippt hin und wieder an seinem Wein. Die jungen, zackigen Kellner huschen hin und her, wechseln nach jedem Gang korrekt das Besteck und stellen immer neue, mit dem großen Wappen der Sowjetunion verzierte Teller auf den Tisch. Es wird Pute gereicht. Dem Kellner, der über Stalins Schulter hinweg Preiselbeersoße auf dessen Teller gibt, zittert die Hand. Rot tropft es auf die Uniformjacke des Generalissimus. Die Tischrunde erstarrt. Berija runzelt die Stirn und verlässt kurz den Tisch. Stalin zuckt nicht einmal mit der Wimper. Der Chefkellner stürzt herbei und reibt fieberhaft mit einem nassen Lappen an den bekleckerten Stellen herum. Stalin gebietet ihm mit lässiger Geste Einhalt. Der junge Urheber dieses Vorfalls verschwand und tauchte nicht wieder auf. Am Tisch erneut lebhafte, wenn auch gedämpfte Unterhaltung.

»Das nennt man Selbstbeherrschung«, sagte Vater.

»Hat man den Kellner erschossen?«, fragte ich.

»Ich weiß nicht«, sagte Vater achselzuckend.

Uns verbinden diverse Ähnlichkeiten – das Lächeln, die Nase, der aus Zerstreutheit leicht geöffnete Mund, das ungeduldige Zucken eines Beins, die plötzliche Langsamkeit, das Verschränken der Hände im Nacken und die Intonation – in einem Grade, dass wir gemeinsam eine Zeitmaschine abgeben. Aber selbst wenn ich diese Situation teilweise beherrsche und mich gegen bestimmte Schwächen, die ich von ihm habe, wehre, wird mein Vater dennoch manchmal mit mir verwechselt, die Leute sind entsetzt, wie alt ich geworden sei – es gibt so eine Krankheit des plötzlichen Alterns. Früher sagten alle immer, wie ähnlich ich meinem Vater sähe. Jetzt sagen sie zu ihm, wie ähnlich er mir sei. Das ist mein kleiner sozialer Sieg, der mich gar nicht freut. Ich habe immer mehr Angst, ihm ähnlich zu sehen. Aus dieser Ecke weht der Wind des Alters. Ich habe eine krumme Haltung. Vater hat bis heute Haare auf dem Kopf, keine lichten Stellen, beängstigend sind dagegen seine Gedächtnisausfälle, die er erfolglos als Scherze maskiert. Wenn er spricht, benutzt er immer mehr Interjektionen und Gemeinplätze, macht zunehmend Pausen. Wie er Auto fährt – ich sagte es schon: apokalyptisch. Ich sehe darin meine Zukunft, falls ich eine habe, besonders morgens, wenn ich am Abend zuvor Sekt mit Wodka getrunken habe. Im Übrigen würde ich aber gern wissen, wohin die Reise mit der Zeitmaschine geht.

Lange ging ich Vater mit der Frage auf die Nerven: »Hat Stalin an den Kommunismus geglaubt, oder war er schlicht und einfach ein sowjetischer Imperialist?« Von den beiden diametral entgegengesetzten Meinungen über Stalin, er sei entweder ein Sadist und psychopathischer Mörder (die Meinung der russischen Intelligenzija) oder aber ein sich aufopfernder Inquisitor gewesen, tendiert Vater heute zur letzteren. Die Intelligenzija kann ihm nichts vorschreiben, ob es mir nun passt oder nicht. Die Intelligenzija hasste zum Beispiel Andrej Alexandrowitsch Schdanow, sie hasste ihn im Stillen und aus tiefstem Herzen für die Vernichtung auch nur des Anscheins von Freiheit, für die öffentliche Hinrichtung der Achmatowa und Soschtschenkos, bei uns zu Hause dagegen galt Stalins Chefideologe als Retter. Aus dem belagerten Leningrad erhielt Vater von meiner Großmutter einen Abschiedsbrief: Großvater und sie stünden schon nicht mehr auf, sie hätten keine Kraft mehr. Er schrieb an Schdanow und bat ihn um Hilfe. Ein paar Tage später erschien bei Großmutter ein Militär mit einem Sack Lebensmittel und sogar Wein. Da Vater im Kreml arbeitete, konnte er sich bei Schdanow persönlich bedanken.

»Keine Ursache!«, winkte der bescheiden ab.

Vater erinnert sich noch heute: »Schdanow war ein aktiver, korrekter Mann mit raschem Reaktionsvermögen. Ich war sehr betrübt, als ich von seinem Tod hörte.«

Mehr noch: Schdanow war nach Vaters Worten gegen die Sowjetisierung von Finnland nach Kriegsende, er setzte sich für einen neutralen Nachbarn im Norden ein und erlitt den folgenschweren Infarkt, nachdem er für seinen politischen Liberalismus im Politbüro kritisiert worden war. Die Umstände von Schdanows Tod sind rätselhaft wie alles, was mit dem Märchen der russischen Staatsmacht zusammenhängt. Wir sitzen am Tisch und trinken Tee in dem Haus, das sich in der umbenannten Straße meiner Kindheit befindet.

»Ich glaube nicht«, sagt Vater, »dass Stalin ein politischer Mörder war, der am Foltern Vergnügen hatte. Das kann ich mit seinem Äußeren nicht in Einklang bringen.«

Vater behielt sein ganzes Leben die Gewohnheit bei, dünnen Tee zu trinken. Und so hat Großmutter auch nie verlernt, am Tee zu sparen: Ich erinnere mich, zu Hause gab es ein mikroskopisch winziges Löffelchen, das einzig zum Teemachen diente.

»Warst du es nicht, der mir von seinen ›gelben, mächtigen Augen‹ erzählt hat?«, frage ich.

»Er hatte einen schrecklichen Blick«, stimmt Vater geduldig zu. »Er wusste das und hat gewöhnlich seine Augen versteckt. Für die gerechte Sache konnte er jeden umbringen. Seine Repressionen basierten auf dem Glauben. Er hat es vermocht, den Kommunismus im Bewusstsein unseres Volkes einzupflanzen.

Ein kluger Mann. Nehmen wir nur den Pakt mit Hitler. Kein anderer führender Politiker in der Sowjetunion hätte einen so richtigen Zug machen können. Wir haben Hitler in den Krieg gegen den Westen getrieben.«

∾

Leb wohl, Chagall! Ich bemerke an mir eine interessante Besonderheit: Ich fühle mich angezogen vom sozialistischen Realismus, ich finde seinen Stil aufregend. So ähnlich, wie eine schwangere Frau Lust auf »irgendwas Saures« hat. Das heißt, ich spüre ein physiologisches Bedürfnis, ohne irgendwelche politischen Beweggründe zu haben. Die Konzeption meiner imaginären Ausstellung im Rahmen dieses Buches besteht aus der Konfrontation von Sozrealismus und dessen Verspotter, der Sozart, die in den letzten Jahren des Sozrealismus als Vorbotin seines nahenden Endes auf den Plan trat. Sozart umfasste sowohl Angst als auch Humor, Bitterkeit und Vergeltung. Doch dieses dissidentische Unterfangen zur Vernichtung des Sozrealismus erwies sich nach einer gewissen Zeit als relativ belanglos. Bei aller Bedeutung solcher Künstler wie Kabakow oder Bulatow, die in der Sozart eine metaphysische Ader fanden, bei allem Scharfsinn von Komar und Melamid, die mit falscher Ehrerbietung das Stalinbild bearbeiteten, wird klar, dass der Sozialistische Realismus selbst ein echtes nationales Drama war: das Durchleiden der Utopie als Lebensentwurf.

Russland ist ein Gefangener billiger Paradoxa. Die Achmatowa schrieb, dass Gedichte aus Kehricht entstünden. Dieser Satz betäubte die Intelligenzija mit seiner Offenbarung. Und meiner Meinung nach war jene magere Katze, die nach dem Luftangriff zu dem Mitarbeiter der sowjetischen Botschaft in London zurückkehrte, als dies schon niemand mehr erwartete, eine Metapher für ein Schöpfertum, das sich mehr und mehr seines Namens schämt.

Es verblüfft nicht der Konformismus von Brodski, Gerassimow, Jablonski, Laktionow, der in mir Mitleid gegenüber der ursprünglichen Schwäche des Künstlers hervorruft, sondern der russische Traum einer idealen Verwandtschaft von Volk und Staat. Dieser Traum rutschte mit shakespearescher *political correctness* auf Stalin aus. Die russische Avantgarde arbeitete ebenfalls mit der Utopie, und die Präsenz von Malewitschs schwarzem Quadrat in diesem Buch (suchen Sie es!) ist auch nicht zufällig. Mehr noch, Petrow-Wodkin mit seinem roten Pferd, die kubistischen Plakate der Zwanzigerjahre zum Ruhme des Komsomol, die jugendliche Eckigkeit meiner nicht weniger kubistischen Eltern, die zweifelhaften Filonowschen Fantastereien und schließlich unsere gemeinsame (Papas, Mamas und meine) schlechte Haltung, die uns in die Körperstellung eines kosmischen Embryos versetzt, all das spricht von der unmittelbaren Verbindung beider Utopien. Etwas anderes ist, dass die avantgardistische Utopie sich in den Kern der Dinge hineinfressen, ihm das Hirn heraussaugen wollte, während die naive Gemeinschaftlichkeit des Sozialistischen Realismus die nationale Mystik bildet, die sich nicht auf Kommando der Politiker auf den Leinwänden niederließ, sondern vom russischen Gott selbst bestellt war. Einige Bilder sind bestechend in ihrem Irrsinn. Auf dem Bild *An Lenins Sarg*, von Brodski auf frischer Fährte gemalt, sehen wir den Trauersaal, der einem tropischen Wald ähnelt: Er ist voll von hohen Palmen mit großen gefiederten Blättern. Lenins Tod verwandelt sich in die Beerdigungszeremonie für einen afrikanischen Stammeshäuptling – der Russische Staat, der bessere Zeiten kannte, ist auf die zweidimensionalen Politbüromitglieder und das Götzenbild Krupskaja geschrumpft. Ein anderes Mal steht Stalin an Schdanows Sarg. Wieder unterstreichen Palmen die Feierlichkeit, den Verstoß gegen die Disziplin und die Unsterblichkeit des kommunistischen Todes. Schdanow, ein Spielzeug des Maskenbildners, ist so lebendig im Sarg – schöner geht es gar nicht. Und dann finde ich die Rechtfertigung für Vaters Altersgefühllosigkeit. Auf dem Staatsbegräbnis für den kürzlich verstorbenen Freund, den Botschafter und Tennisspieler, fragt er mich:

»Ein betrübliches Ereignis natürlich, aber ist es für dich nicht interessant?«

En effet. Vater hat die klassische Sprache der Diplomatie erlernt – Französisch. Aber es gibt nicht nur Diplomatenempfänge, sondern auch Diplomatenbegräbnisse. An den

Verstorbenen gewandt, der auf russische Art im offenen Sarg lag, jedoch mit einer gewissen natürlichen Eleganz und herrschaftlichen Attitüde, die nicht einmal der Tod zu korrigieren vermochte, sagte der Botschafter eines fernöstlichen Inselstaates in Anwesenheit des russischen Außenministers:

»Verehrter Herr Außerordentlicher und Bevollmächtigter Botschafter, Ihre Bemühungen um die Festigung der Beziehungen zwischen unseren Staaten muss man als Heldentat bezeichnen.« Ich hatte nicht geglaubt, dass der Verstorbene, dem man sogar die Ordensspange an sein Jackett geheftet hatte (darunter auch zwei Lenin-Orden), weiterhin den Titel Botschafter behalten würde. Doch als die Telegramme des Präsidenten der Russischen Föderation und des UNO-Generalsekretärs verlesen wurden, begriff ich, dass Kreuz, Priesterrock und Gebet in diesem Fall nicht aktuell waren. Für eine Sekunde besiegte die Diplomatie den Tod.

Die Sozrealisten durchschauten die russische Seele, ihren unerschöpflichen Vorrat an Begeisterungsfähigkeit, mit dem man vierzigmal den Erdball umkreisen kann. Auf einem Bild des frühen Laktionow präsentieren junge sowjetische Panzersoldaten ihrem heldenhaften Hauptmann mit solchem Stolz ihre Wandzeitung, dass es scheint: Das ist der pure Hohn. Erschießen? Belohnen? Der Maler ist bemerkenswert talentiert. Hinter seinen Fenstern florentinische Landschaften. Nicht schlechter als Dejneka, der vom Sozrealismus in die Avantgarde marschierte. Aber der russische Gott warf schließlich die Maske ab.

Nach der Utopie, im Jahre 1954, malt Plastow sein Bild Frühling. Eine nackte Frau mit rosa Brustwarzen und rasanten Schenkeln, zwischen denen der Geruch einer mit besonderem russischen Eifer soeben in der Banja gewaschenen Vagina schwebt, hockt im Frühlingsschnee vor einem

Kind – das ist etwas anderes als das Ehrenburgsche Tauwetter. Das ist die Rückkehr nach Hause, zu familiären Werten, zum Privatleben, von dem aus man jetzt durch ein kleines Fenster sehen kann, was das ist, tödlich zu träumen.

∼

1944 aus Stockholm abberufen, um als Referent Molotows zu arbeiten, wurde Vater Augenzeuge und Begleiter der Kriegspolitik der UdSSR. Unter seiner Beteiligung wurden viele Schreiben an Roosevelt und Churchill entworfen.

»Stalin führte den Krieg im Hinblick auf eine Verbreitung der revolutionären Idee in Europa. In einer Unterredung mit Maurice Thorez, die ich gedolmetscht habe, sagte er, dass wir, wenn es keine zweite Front gegeben hätte, noch weiter gegangen wären und die französischen Kommunisten in ihrem Land die nötigen Veränderungen durchgeführt hätten.«

Noch vor Churchills Rede in Fulton hatte Stalin, wie Vater sagte, »auf den dritten Weltkrieg gesetzt. Er dachte in weltumspannenden Kategorien. Im Unterschied zu Hitler dachte Stalin auch an einen Sieg über die USA. Er wollte alles. Er war konsequent auf die Weltrevolution orientiert, auf die Errichtung seiner Herrschaft über die ganze Welt.«

»Auch ich habe auf lange Sicht die Weltrevolution für möglich gehalten«, fügte Vater hinzu.

»Also haben wir den Kalten Krieg angezettelt?«, fragte ich und ertappte mich beim anpasslerischen Gebrauch des Wortes »wir« statt meines gewohnten, liberal-intelligenzlerischen »sie« für die Sowjetmacht.

Vater nickte nicht sofort.

»Hast du Stalin geliebt?«

Diese Frage hat Vater zu verschiedenen Zeiten verschieden beantwortet. Zuerst bejahend, dann tat er sich zunehmend schwer. Aber er antwortete niemals mit einem klaren Nein. Er sah Stalin als »magnetische« Persönlichkeit von weltweiter Bedeutung:

»Als ich ihn das erste Mal sah, war ich sprachlos. Das erdig dunkle, fahle Gesicht war pockennarbig. Die linke Hand hing bewegungslos herab. Er hob sie mit der anderen Hand hoch und steckte sie in die Tasche. Aber sogar wenn ich mit dem Rücken zur Tür saß, spürte ich, wenn Stalin sein Arbeitszimmer betrat. Stalin füllte den Raum aus, er verdrängte alles Übrige.«

Ich erinnerte ihn an Chruschtschows Worte, Stalin habe rund um den Globus den Krieg gelenkt. Genau dieser Globus übrigens untergrub den Glauben meiner Mutter an den internen Bericht von Chruschtschow – sie fand diese Worte allzu rachsüchtig. Vater lachte. Auf dem Höhepunkt der Berlin-Krise Anfang August 1948 war er bei Stalins Unterredung mit den Botschaftern der drei Westmächte dabei gewesen. Die Welt, schrieben die Zeitungen, stand am Rande eines Krieges.

Stalin hielt sich ruhig, paffte seine Lieblingspapirossy, »Herzegowina Flor«. Er rauchte nicht auf Lunge, weshalb sie oft ausgingen. Papiere hatte er keine vor sich, Notizen machte er nicht. Das Gespräch drehte sich um das Recht der Alliierten, Truppen in Berlin zu stationieren. Der amerikanische Botschafter Bedell Smith baute als General und ehemaliger Stabschef Eisenhowers seine Argumentation auf militärischen Beweisgründen auf. Die Sowjetunion, argumentierte er, bricht mit den Schwierigkeiten, die sie den Westmächten in Berlin macht, das Abkommen der Alliierten. Die Kommandantur der USA habe seinerzeit nichts dagegen eingewendet, dass die sowjetischen Streitkräfte als Erste Berlin besetzten.

»Sie konnten damals gar nicht früher in Berlin einmarschieren, Sie haben es nicht geschafft«, parierte Stalin ruhig.

Vater schlug vor Stolz auf sein Land sogar die Beine übereinander, überlegte es sich jedoch schnell anders, setzte sich wieder bescheiden hin und lauschte der leisen Stimme. Er war Zeuge, wie Stalin aus dem Gedächtnis die Berlin-Operation Tag für Tag rekonstruierte. Zur selben Zeit, als Teile der Ersten Weißrussischen Front unter Marschall Schukow und der Ersten Ukrainischen Front unter Marschall Konew ihre Positionen 60–80 Kilometer vor Berlin gefestigt hatten, war die amerikanische Armee unter General Patton im Westen noch 320–350 Kilometer von Berlin entfernt. Die Rote Armee durchbrach die massive Verteidigungslinie des Feindes bei Seelow und ging am fünften Tag der Operation zum Sturm auf Berlin über. Schon am folgenden Tag begannen die Straßenkämpfe. Die Ohren des amerikanischen Botschafters brannten.

»Das sind die Tatsachen«, schloss Stalin. »Wenn Sie mir nicht glauben, gehen wir in unser Archiv, ich zeige Ihnen die Generalstabskarten dieser Tage.«

»Nein«, antwortete der amerikanische Botschafter verlegen.

»Ich glaube Ihnen, Mister Generalissimus. Danke.«

Der hagere Bedell Smith war besiegt. Stalin baute seinen Sieg weiter aus. Nun trat er als konsequenter Verteidiger eines ungeteilten Deutschlands auf.

»Die Posten um Berlin ziehen wir ab. Das ist eine technische Frage. Und Sie verzichten auf die Teilung Deutschlands.«

Die Botschafter (bemerkte Vater spöttisch) sträubten sich höflich, aber mit aller Kraft.

»Eine Neutralisierung Deutschlands«, platzte ich heraus,

»hätte doch für den Westen eine totale Katastrophe bedeutet!«

Meine Aggressivität ließ ihn vorsichtig werden. Ich biss mir auf die Zunge.

»Das schon«, stimmte Vater nachdenklich zu, als betrachte er eine Schachstellung. »Aber Stalin hat sich trotzdem geirrt.«

»Wieso?«

»Stalin hat de Gaulle und seine Ideen eines großen Frankreichs unterstützt. Er wusste, dass de Gaulle die Amerikaner nicht ausstehen konnte. Man hätte ein engeres Bündnis mit Frankreich eingehen müssen. De Gaulle wollte das Rheingebiet.

›Wenn Frankreich es bekommen hätte, wäre Adenauer mein erbitterter Feind geworden‹, hat de Gaulle seinerzeit zu mir gesagt.«

Diese hyperstalinistische Kritik an Stalin im Hinblick darauf, dass das apokalyptische, tödlich verwundete Biest des Kapitalismus sich auf die Britischen Inseln zurückziehen würde, erschien mir umso interessanter, als Vater in den Neunzigerjahren, im Unterschied zu vielen anderen Veteranen des sowjetischen diplomatischen Dienstes, einschließlich des verstorbenen Herrn mit der Ordensspange, bezüglich Russlands eine antikommunistische Wahl traf.

»De Gaulle hat trotz allem Stalin hoch geschätzt«, fügte Vater hinzu. »1956 waren Botschafter Winogradow und ich bei ihm zu Gast, und die Rede kam auf die Repressionen. Er sagte: ›Der kleine Mann macht kleine Fehler, der große Mann macht große Fehler.‹«

Ich hatte eine Halluzination von Vaters fragmentarischer Sichtweise. Vater war nicht reif, die Ereignisse gleichzeitig von innen und aus der Ferne zu betrachten, die neuen Kenntnisse liefen noch nicht synchron – übrigens gestand er mir das ganz aufrichtig. Aber die Taktik de Gaulles, der die russischen Diplomaten unter dem Vorwand, sie wegen seiner Memoiren zu konsultieren, provozierte, mit der Absicht, über den internen Bericht Chruschtschows Klarheit zu erhalten, empfinde ich bis heute als abstoßend. Entweder du bist Nietzsche oder du bist der Diener des Volkes – Europa gründet auf dieser Rollenverteilung.

Mir war Nietzsche ganz recht. Je mehr Vater an Stalin zweifelte, desto mehr begann er, mich zu interessieren. Ich wollte nicht mit seinem Bild spielen, wie das die Sozartisten taten, aber in dem Moment der europäischen Kultur, wo der Künstler interessanter als seine Werke wurde, wo er sie gegen sich selbst austauschte, erwies sich Stalin als mächtiger Vorläufer dieser Wende. Das menschliche Material wurde zur Grundlage seiner Installation.

»Warum wurde ausgerechnet Molotow im Westen ›Mister Njet‹ genannt?«, versuchte ich meine eigenen Gedanken zu verscheuchen, die ich niemals mit ihm würde diskutieren können.

»Das war Teil eines großen Spiels«, lächelte Vater. »Verteilung der Rollen. Molotow führte als bad guy die Unterhandlungen mit den ›Westlern‹ bis zum Eklat. Die Rolle des ›Mister Njet‹ passte wie die Faust aufs Auge zu seinem Charakter. Er hatte nicht den kleinsten Funken Humor. Und dann tauchte good guy Stalin auf, und es wurde wieder gelächelt.«

Molotow war, so Vater, ein trockener, aufdringlicher, wenn auch gebildeter Mensch. Jedenfalls war er nach Schdanows Tod wohl das einzige Politbüromitglied, das mit Sicherheit sagen konnte, dass Balzac niemals einen Roman mit dem Titel *Madame Bovary* geschrieben hat. Er liebte lange Spaziergänge in der Natur, fuhr Schlittschuh, trank Narsan-Mineralwasser mit Zitrone und aß furchtbar gern Buchweizengrütze. Einmal brachte er Vater in Verlegenheit.

»Was wissen Sie über die positiven Eigenschaften von Buchweizengrütze? Finden Sie es heraus und tragen Sie es mir vor!«

Die Idee eines langen Lebens war für ihn wie für die meisten Kommunisten ein Ersatz für Unsterblichkeit. Privat äußerte Molotow nicht nur Interesse an Buchweizengrütze. 1947 wurde in der UdSSR eine Währungsreform durchgeführt. Ein halbes Jahr später, es war mitten in der Nacht, fragte er Vater:

»Haben Sie zufällig Geld bei sich?«

»Geld?«, fragte Vater verwundert und klopfte seine Taschen ab, um eilfertig seine Geldbörse hervorzuziehen.

Der stellvertretende Ministerpräsident betrachtete mit Interesse die Geldscheine seines Landes.

»Gutes Geld«, sagte er anerkennend.

∽

Vaters langjährigen Beobachtungen zufolge hatte bei Stalin ausschließlich Molotow etwas zu sagen. Die Übrigen waren lediglich Ausführende. Zu zweit regierten sie die Sowjetunion. Bei ihnen oben liefen, wie sie es selbst ja wollten, alle Fragen des extrem zentralisierten Staates zusammen, von globalen Problemen bis hin zum Schnitt von Damenblusen und zu öffentlichen Toiletten in Moskau, für deren Fehlen Stalin auf dem Höhepunkt des großen Terrors Chruschtschow herunterputzte. Stalin fühlte sich sogar für die kleinen Bedürfnisse seiner Bürger verantwortlich. Die Rolle der Institution der Referenten, die für eine Rede ihre kurzen Berichte vorbereiteten, welche jeweils zwölf bis fünfzehn markierte Dokumente umfassten: 1A (eilt sehr), 1 (eilt) und »Sonstiges«, war andererseits nicht hoch genug zu bewerten. Der »große Hausherr« Stalin und der einfache »Hausherr« Molotow schätzten bei ihren Referenten Initiative und ermunterten sie gar zu einer gewissen Freidenkerei (die ich bei Vater geliebt habe; auf der sowjetischen Datscha bei New York erlaubte er sich sogar, den sowjetischen Großinquisitor Wyschinski im Schach zu besiegen – der verzieh ihm das nicht und strich ihn alljährlich auf der Liste derjenigen Mitarbeiter des Außenministeriums, die ihre Wohnbedingungen verbessern wollten, woraufhin sich Vater schließlich an Molotow wandte, der gar nichts davon hielt, wenn man seine dienstliche Stellung benutzte, um ihn um Unterstützung zu bitten, trotzdem unterschrieb er Vaters Ansuchen; Jahre später trug Vater gern Wyschinskis Sarg auf seinen Schultern über den Pariser Flugplatz Bourget); die Obrigkeit ließ mit sich diskutieren, zumindest bis eine Entscheidung getroffen war. So lagen die Dinge im Fall des amerikanischen Marshall-Plans, als Molotow schon im Begriff war, ihn im Prinzip zu akzeptieren, Stalin jedoch den Mitstreiter barsch in seine Schranken wies.

1949 wurde Molotows Frau Polina Semjonowna Schemtschuschina verhaftet und des Zionismus beschuldigt: Sie hätte vorgeschlagen, die Krim den Juden zu überlassen. War das nicht ein zu fetter Happen? Im Apparat wurde man über das kurze Gespräch zwischen den Führern in Kenntnis gesetzt.

»Wjatsch, für nichts wird man bei uns nicht verhaftet«, sagte Stalin zu Molotow. In privaten Gesprächen nannte er ihn beinahe auf amerikanische Art mit abgekürztem Vornamen. Stalin ließ gern die Ehefrauen seiner nächsten Mitstreiter verhaften, die von Kalinin z. B., von Woroschilow und dem besagten Poskrjobyschew. Jedes Mal erwartete er gespannt, mit welchem Hundeblick sie ihn am nächsten Morgen ansehen, wie sie herumdrucksen, mit welchen Worten sie ihn um deren Freilassung bitten würden. Da trank die

Schemtschuschina im dekolletierten Kleid Sekt auf Kreml-Empfängen, duftete nach Parfüm, erinnerte sich, dass sie Nadja Allilujewa als Letzte lebend gesehen hatte, lächelte majestätisch den Volkskünstlern zu, klopfte dem schönen Tscherkassow, der Iwan den Schrecklichen gespielt hat, auf die Schulter, und nun muss sie auf der Lubjanka nackt ihre Arschbacken auseinander schieben und auf Befehl des Gefängnisarztes ihren Anus zeigen. Auf die Bitten Poskrjobyschews, so Vater, antwortete Stalin scherzhaft:

»Wir finden eine bessere Frau für dich.«

Molotow musste wie andere auch die Verhaftung seiner Frau hinnehmen, aber ab diesem Zeitpunkt war er nach jeder Unterredung mit Stalin in äußerst gereiztem Zustand. Papa betrachtete seine Arbeit im Kreml, besonders in der ersten Zeit, als das Wunder der lebendig gewordenen Porträts. Stalin, Molotow, Kalinin, Kaganowitsch, Woroschilow, Berija hingen in millionenfacher Ausführung, auf Fotos und gemalten Porträts gleichermaßen identisch, im ganzen Land. Molotow war immer gleich Molotow: Sein reserviertes, provinzielles Lächeln hatte etwas Katzenhaftes, ungreifbar Angewidertes, als ob soeben ein Stück Scheiße an ihm vorbeigeflogen wäre. Als aber dieses Porträt seine porträthaften Züge verlor, aus sich heraustrat und den millionenfachen Kanon zerstörte, schien das Ende der Welt anzubrechen. Molotow verwandelte sich in einen wütenden Kater (hat Bulgakow vielleicht nach ihm seinen Behemoth gezeichnet?) mit Zwicker auf der Nase. Wenn der Kater von Stalin kam, schleuderte er seinen Mitarbeitern die Aktendeckel auf den Tisch und brüllte:

»Was sitzt ihr da herum, ihr Tölpel?! An die Arbeit!«

∽

Eingedenk der Anschnauzer von Molotow sagte Vater, am meisten habe er wegen Ilja Ehrenburg abbekommen. Ende des Krieges schrieb Ehrenburg, zu jener Zeit wohl einer der populärsten sowjetischen Schriftsteller, eine schrille Missgeburt aus Kubismus und Paris, bewusst den Klassenansatz ignorierend, einen Artikel darüber, dass die deutschen Arbeiter und Bauern, mit denen er in Königsberg nach der Einnahme der Stadt durch die Rote Armee diskutiert habe, immer schon Hitlers Eroberungspläne unterstützt hätten, da sie die Russen am liebsten zu ihren Kulis gemacht hätten. Ehrenburg verlangte in verschleierter Form (ein sehr durchsichtiger Schleier) umfassende Rache, wobei er den sowjetischen Stil des Artikels dem beleidigten Nationalgefühl unterordnete. Molotow, der unter anderem die Aufsicht über die außenpolitische Zeitschrift *Fragen der internationalen Arbeiterbewegung* hatte, in der Ehrenburgs Artikel abgedruckt werden sollte, verlangte, dass er ihn umarbeitete. Er trug Vater auf, dem Autor Folgendes zu erklären:

»Der Krieg geht zu Ende, wir müssen in Deutschland nach gesunden Kräften suchen, nach irgendeiner Stütze, und nicht alles und jeden schwarz malen.«

Was war daran schwer zu verstehen? Vater machte sich auf den Weg, um den Auftrag des »Hausherrn« zu erfüllen. Bei der Wohnung des Schriftstellers angekommen, fühlte er sich wie ein Abgesandter höherer Mächte. Ehrenburg erschien im Flur. Wie üblich in solchen Fällen, war die »Schriftstellerberühmtheit« kleiner, als sie hätte sein sollen. Außerdem hatte er ein ausgezehrtes, gelbes Gesicht mit großen Säcken unter den Augen wie von permanentem Saufen.

»Bitte.«

In seinem Arbeitszimmer setzten sie sich.

»Wjatschelaw Michailowitsch bittet Sie nachdrücklich ...«

Ehrenburg verstand alles beim ersten Satz, und ihm wurde langweilig wie jedem Schriftsteller, dem gesagt wird, er müsse etwas an seinem Text ändern. Während er Vater feindselig anhörte, wurde er noch gelber.

»Alles, was ich geschrieben habe, ist die Wahrheit, und ich beabsichtige nicht, irgendetwas zu ändern.«

Erstmals, solange Vater zurückdenken konnte, zeigte Molotows Autorität keine automatische Wirkung. Vater traute seinen Ohren nicht. Über das Ergebnis erstattete er Molotow Bericht. Der wurde wütend:

»Sie haben selbst eine schwache Vorstellungskraft und können Ihrem Gesprächspartner offensichtliche Dinge nicht plausibel machen!«

Vater erhielt den Auftrag, noch einmal zu Ehrenburg zu gehen, und er gab sich alle Mühe, ihn zu überzeugen.

»Wenn Sie den Artikel nicht drucken wollen, dann lassen Sie es eben bleiben, das ist Ihre Sache«, erklärte der angeblich sonst »einsichtige« Ehrenburg kategorisch.

Vater schleppte sich niedergeschlagen zum »Hausherrn« zurück, wohl wissend, was ihn erwartete. Die traditionellen Rollen von Schriftsteller und Staatsmacht waren hier offensichtlich vertauscht.

EHRENBURG Die Deutschen, die die Juden in Gaskammern umgebracht haben, sollten vernichtet werden. Sie haben alle Hitler unterstützt, machen wir sie fertig. Die Kammern sind da, wo ist das Problem?

MOLOTOW Hören Sie auf mit Ihren jüdischen Rachegelüsten! Wozu wollen Sie mich drängen? Mein Frau ist Jüdin!

EHRENBURG Ich will Vergeltung. Auge um Auge.

MOLOTOW In Königsberg gibt es schon Vergeltung genug. Die Rote Armee fickt alle deutschen Frauen durch, egal, wie alt sie sind. Beruhigen Sie sich, Ihr Kopelew wird noch darüber schreiben.

EHRENBURG Das ist kein Argument! Die Faschisten haben alle unsere Frauen durchgefickt.

MOLOTOW Unsere Weiber haben es freiwillig getrieben, einschließlich der Komsomolzinnen, und dabei noch gekichert. Sie haben geglaubt, diese Nutten, dass die Deutschen für immer bleiben.

EHRENBURG Interessant, wie viele Kinder wohl nach dem Krieg in Russland und Deutschland daraus hervorgehen? Millionen wahrscheinlich. Aber mit dieser Statistik wird sich niemand befassen.

MOLOTOW Lenken Sie nicht ab mit solchem Kleinkram. Schreiben Sie den Artikel um. Wir brauchen nicht die Asche der Deutschen, sondern lebende Kämpfer für den Sozialismus. Die Deutschen lieben die Ordnung. In Reih und Glied werden sie von einem System ins andere überwechseln.

EHRENBURG Sie werden alle in den Westen türmen.

MOLOTOW Sie sind es, der in den Westen und nach Paris türmt.

EHRENBURG Vertrauen Sie mir?

MOLOTOW Wie kann man einer jüdischen Fresse vertrauen?

EHRENBURG Meinen Sie Ihre Frau?

MOLOTOW Hör mal zu, du Lump, was hat meine Frau damit zu tun? Wir brauchen Reparationen, deutsche Automobilfabriken! Und wir sollten uns einstweilen nicht mit den Amerikanern verfeinden. Sie unterstützen Ihre Idee mit den Gaskammern nicht!

EHRENBURG Und was ist mit dem Kalten Krieg?

MOLOTOW Das werden wir sehen, wenn es so weit ist. Aber heute haben Sie eine Aufgabe. Königsberg umzubenennen.

EHRENBURG Molotowburg!

MOLOTOW Schweig, du Menschenhasser!

EHRENBURG Ich wusste nicht, dass Sie ein bourgeoiser Humanist sind!

Im Grunde genommen war es auch so, von der Logik des Streitgesprächs her. Die Kühnheit Ehrenburgs, der Blutrache forderte, war gerechtfertigt durch das Einnehmen einer Position des Hasses, die von der Staatsmacht gern gesehen wurde. Auf diesem Feld konnte man sich sogar dem allmächtigen Ministerpräsidenten widersetzen. In Papas zukünftiger Praxis waren die Politiker der Volksdemokratien Osteuropas oftmals radikaler in ihrem Klassenhass als die sowjetischen Genossen. Dies wurde nicht begrüßt. Hier konnte man, wenn man wollte, Trotzkismus entdecken, doch das war immerhin zuverlässiger als Rechtsabweichung. Molotow konnte in diesem konkreten Fall mit den Worten Puschkins sagen, dass der einzige Europäer in Russland die Regierung sei. Vater jedoch empörte sich weniger über den Inhalt der Auseinandersetzung als vielmehr über die Unbotmäßigkeit des Mannes. Ein Schriftsteller (ohne Schulterstücke, sogar ohne Parteimitgliedschaft) durfte sich also anmaßend gegenüber einem Vertreter der obersten Staatsgewalt (meinem Vater) benehmen und dessen sich schon festigendes Selbstgefühl brutal zerstören. Ein solches Verhalten ist nicht zu tolerieren. Vater hatte fortan einen Pik auf Ehrenburg und mit ihm auf alle Schriftsteller, und das fürs ganze Leben. Vielleicht hat er deswegen nie mehr schöngeistige Literatur gelesen, da er den Geruch der Anmaßung auf jeder Seite jedes beliebigen Autors spürte? So kam es zum Bruch zwischen Vater und der Intelligenzija. Er »steckte« mir sogar, womit er seinerseits dem Selbstgefühl Ehrenburgs einen Schlag versetzt habe – dass dieser »schlecht Französisch sprach«. Als Ehrenburg starb und Galina Fjodorowna, die Freundin meiner Eltern, zu uns gelaufen kam, um kurzatmig zu verkünden, dass Ehrenburgs Datscha (mit Kastanien im Hof) verkauft würde, lehnte Vater gleichmütig diesen Kadaver ab. Auf mich machte der Disput Molotow–Ehrenburg weniger in inhaltlicher als in aufrührerischer Hinsicht Eindruck. Vater und Sohn wiederholten später immer wieder ein und denselben, aus der väterlichen Empörung herausentstandenen Satz:

»Ein Schriftsteller hat es gewagt, dem zweiten Mann im Staate zu widersprechen!«

Der eine merklich gereizt; der andere insgeheim entzückt. Diese Episode war für mich ein Aufruf zum Widerstand.

∾

Die Verhaftung von Molotows Ehefrau war nur Stalins erster Schlag gegen »Mister Njet«:

»Nach dem XIX. Parteitag im Oktober 1952 schwebte das Damoklesschwert über Molotow«, erzählt Vater. »Er saß an einem leeren Schreibtisch, las nur noch sowjetische Zeitungen und TASS-Meldungen. Anderes Material bekam er nicht mehr. Zu Stalin wurde er selten gerufen. In unserem Sekretariat nahmen die eifrigen Hausmeister des Außenministeriums bereits die teuren Lüster und Gardinen ab.«

Vater stand unter verstärkter Beobachtung des KGB. Eines Abends wurde er über den heißen Draht – das interne Regierungstelefon – von einer unbekannten Stimme grob abgekanzelt, dass er sich hinter dem Vorhang verstecke, wenn Genosse Stalin im Korridor vorbeigehe. Fantasien à la Hamlet. Ein Vorhang! Verfrühte Sozart. Ein anderes Mal, als wir gerade Urlaub im Süden machten, erhielt er ein Telegramm, umgehend nach Moskau zurückzukommen. In Vaters Arbeitszimmer hatte die Putzfrau, eine KGB-Agentin, eine Postkarte mit Stalins Jubiläumsporträt gefunden, gemalt von Picasso. Es lag als Lesezeichen in einem Buch.

Berija hatte es als Karikatur aufgefasst. Die Untersuchung begann.

Stalins Tod im März 1953 hat Vater offensichtlich vor dem Gulag gerettet und mich vor dem Heim für Kinder von Volksfeinden. Zu Beginn des Sommers wurde Berija verhaftet. Nach seiner Verhaftung wurde in Molotows Kabinett ein spezieller Lautsprecher installiert, über den das »Theater am Mikrofon« übertragen wurde: »Das Verhör dieses Halunken«. Es war zu hören, wie er heulte und um sein Leben flehte. Molotow, der als Erster in der UdSSR die Tür zum Gulag einen Spalt öffnete, hatte von Berija bereits einige Stunden nach Stalins Ableben verlangt, seine Frau freizulassen. Nun lauschte er manchmal diesem Geheul, manchmal auch nicht. Allmählich gewöhnte man sich an Berijas Geschrei, dann hörte man nichts mehr: Er war erschossen worden.

Zwei Jahre später war Vaters Arbeit bei Molotow beendet. Wieder rettete ihn die rätselhafte Angina vor möglichen Unannehmlichkeiten, die mit dem zukünftigen Sturz Molotows (zusammen mit einer »parteifeindlichen Gruppierung«) im Jahre 1957 zu tun hatten:

»Es kann sein, dass die permanente nervliche Anspannung uns alle vor Krankheiten schützte, besonders während des Krieges. Als das Leben wieder seinen normalen Lauf zu nehmen begann, kehrten die Krankheiten zurück. Als Molotow von meiner Angina erfuhr, brachte er seinen Unmut zum Ausdruck. ›Dieser Jerofejew ist permanent krank‹, sagte er. Ich war empört: Zehn Jahre schonungslose Arbeit, und nun das! Wieder im Dienst, habe ich Molotow geradeheraus gesagt, dass ich nicht weiter bei ihm arbeiten wolle.«

∾

Die Feiertage waren zu Ende. Der Junge klammerte sich krampfhaft an die Feuerleiter. Er hatte Angst, weiter nach oben zu klettern. Nach unten war auch nicht besser, da erwarteten ihn Steine.

Ein Drittklässler stand unten und schleuderte Steine nach ihm. Einer traf ihn am Rücken, der zweite an der Schulter und der dritte schließlich am Hinterkopf. Er tat einen schwachen Aufschrei und flog rücklings hinunter. Der Schuldirektor führte die Schule als erfahrener Kapitän durch die neuen Leiden der Koedukation. Isja Moissejewitsch, der Literaturlehrer, teilte Soja Nikolajewna seine Ansichten über das gerade erschienene Buch von Ilja Ehrenburg mit. Soja Nikolajewna unterrichtete in den ersten Klassen. Sie war jung und genierte sich immerzu. Einmal war der Direktor ganz nah an sie herangetreten und hatte sie durchs Kleid in den Bauch gezwickt. Der Direktor hatte schwarzes Haar und ein noch junges Gesicht. Soja Nikolajewna wusste nicht, wie sie sich dazu stellen sollte. Denn er hatte sie nicht gemein, sondern eher scherzhaft gezwickt. Sie lächelte ihn an. Er machte eine Faust und sagte: »Sie sind hier drin, in meiner Hand.« Sie schlug die Augen nieder. Da sagte der Direktor:

»Soja Nikolajewna! Ich bitte Sie, nicht als Direktor, sondern als Mann: Hören Sie auf, diese Ihre fliederfarbene lange Unterhose zu tragen. Sie steht Ihnen nicht.« Soja Nikolajewna wurde feuerrot. Sie wollte vor Scham am liebsten im Boden versinken. Nicht als Direktor, sondern als Mann. Ich bitte Sie. Sie lag im Bett und las Ehrenburg, konnte sich aber nicht recht konzentrieren. Vor ihrem inneren Auge stand der Direktor: mit schrägen Stirnfransen, mager. Soja Nikolajewna versuchte, sich über ihre Gefühle klar zu werden. Die fliederfarbene lange Unterhose zog sie ein für alle Mal aus. Sie fand Verwendung dafür im Haushalt.

Am Morgen kam ein Arbeiter. Er kam so früh, als hätte man ihn geträumt. Mit einem weißen Seil in der Hand. Er lief quer durchs Zimmer und öffnete die Balkontür, wodurch er Feuchtigkeit und Wind hereinließ. Auf dem Balkon peilte er die Lage und stürzte sich in den Kampf mit dem mannshohen fünfzackigen Stern, an dem Glühbirnen wie Augen klebten. Er überwältigte ihn nicht sofort, und bis er ihn endlich angebunden hatte, lief er ganz rot an. Der Hausbesorger brüllte gequält etwas von der Straße hoch. Der Arbeiter kam, nass von dem schlechten Wetter, schwitzend, geschwächt nach der Schlacht, zurück ins Zimmer und bat um etwas zu trinken.

»Und was gefällt Ihnen im Bereich der Filmkunst?«, schmeichelte sich Isja Moissejewitsch bei ihr ein. »Ich mag den Film Alexander Newski«, antwortete Soja Nikolajewna nach kurzem Nachdenken. In der letzten Zeit nörgelte der Direktor ständig an ihr herum. »Das Klassenbuch führen Sie nicht korrekt, und an der Wandzeitung beteiligen Sie sich aus irgendeinem Grund auch nicht.« Einmal öffnete sie während des Unterrichts die Tür zum Korridor. Er stand da und lauschte. Er blickte ihr ins Gesicht und ging weg, ohne etwas zu sagen. Er hasst mich und will mich rauswerfen, dachte Soja Nikolajewna, rollte sich auf ihrem Bett ein und schluchzte. Währenddessen heizte Soja Nikolajewnas jüngerer Bruder, der mit ihr in einem Zimmer wohnte, den Ofen. Ein kleiner Lümmel, der Schrecken des Treppenaufgangs. Er hörte, wie sie schluchzte, und drehte sich um. Im Vorbeigehen gab er der Schwester einen Klaps auf den dicken, fleischigen Po und sagte wiehernd: »Verknallte Alte!« – »Idiot!«, rief Soja Nikolajewna kläglich wie ein verletzter Vogel.

Dem Arbeiter gab man Wasser aus der Leitung. Er hatte Zeit, sich umzusehen: ein teurer Fernseher mit einer Vergrößerungslinse, obendrauf irgendein Musketier mit Degen und kurzer Hose, in einem vergoldeten Rahmen ein Bild, auf dem ein Mimosenstrauß, ein Messer und eine Zitrone gemalt waren. Den Kopf auf die Faust gestützt, beobachtete ein verschlafener kleiner Junge im Pyjama mit schwarzen Augen unverwandt den Arbeiter von seinem Bett aus. Über dem Bett an der Wand steckten in den Löchern von Nägeln, an denen irgendwann ein alter staubiger Teppich gehangen hatte, dünne Stöckchen mit roten Fähnchen. An jedem Feiertag dekorierte der Junge in Nachahmung der Straßen draußen die Wand: mit Sternen, Losungen und Führerporträts, und auf dem Bett stellte er eine Parade mit Zinnsoldaten und lädierten Schachfiguren nach. Bei den Pferden waren die Mäuler überhaupt ganz abgebrochen.

»Einen Dreck hat er gemacht, der Teufel soll ihn holen!«, rief Großmutter empört, während sie den Boden aufwischte, nachdem der Arbeiter gegangen war.

Der Junge brach sich fast die Finger ab, als er die Uniformhose zuknöpfte. Kurz vor dem Weggehen gab es Krach: Großmutter befahl, die neuen Gummigaloschen über die Stiefel zu ziehen. Sie hatte schwache Nerven, auf die sie stolz war. Großmutter hatte die Blockade überlebt. Schäumend vor Wut, schubste sie den Jungen vor die Wohnungstür, in Galoschen, ohne sich zu verabschieden. Mit den Tränen kämpfend, trat der Junge gegen die eiserne Lifttür, um den Fahrstuhlführer zu rufen. Während der sich nach oben in Bewegung setzte, streckte Großmutter den Kopf aus der Tür, schon wieder fröhlich und jung. Der Junge hätte sie am liebsten erstochen.

»Petrowitsch«, sagte Großmutter zu dem alten Fahrstuhlführer, der eine zerschlissene Uniform von weiß Gott welcher Armee trug. »Hier ist noch Schtschi drin. Zu schade zum Wegschütten. Aber den Topf bitte zurück. Und du sei ein artiger Junge«, sagte Großmutter zärtlich.

Der Fahrstuhlführer lächelte mit zahnlosem Mund und verbeugte sich. Während er mit dem Jungen nach unten fuhr, hob er ein wenig den Deckel an und roch lange genüsslich an der Kohlsuppe. In seiner Jugend hatte Petrowitsch als Koch bei den Fürsten Jussupow gedient. Er hatte sein Handwerk im Warschauer »Jagdclub« und dann in Paris erlernt. Im Treppenaufgang wohnten auch Herrschaften: Sie wurden immer von sauberen schwarzen Automobilen abgeholt. Petrowitsch stand stramm und salutierte. Für Papa schickten sie immer einen schokoladenbraunen Pobeda. Dem Fahrstuhlführer tränten die Augen. Der Junge schnüffelte: Petrowitsch stank, aber ein bisschen anders als der Arbeiter.

Draußen war die Nacht noch nicht vorbei. Schneeregen. Er konnte eine Haltestelle im rappelvollen O-Bus fahren, aber das tat er nie. Auf der ganzen Straße wurden die Dekorationen abgenommen. Für immer, so schien es. Der Junge war endgültig schlechter Laune. Nicht einmal die gesparten vierzig Kopeken konnten ihn heute erfreuen. Die Schirmmütze mit den Buchstaben SCH auf der Kokarde rutschte ihm über die Augen. Sie war zu groß, die Mütze, sie hatten die passende Größe nicht gefunden. Großmutter hatte von innen Watte drangenäht, aber die Watte fiel stückchenweise ab. Der Junge ging mit der schweren Schultasche durch den Schneeregen. Er bog von der Straße ab in eine von einer deutschen Bombe zerstörte Toreinfahrt und lief noch eine Minute durch eine Gasse, bis das Ziegelgebäude der Schule auftauchte.

Im Fenster des Direktors brannte grelles Licht. Der Direktor nächtigte oft in seinem Arbeitszimmer, er wollte nicht in die Wohnung auf der Marx-Engels-Straße gehen. In seiner Wohnung hatte bis zur Revolution der Schauspieler Katschalow gelebt. Der Direktor bewohnte ein feuchtes

Zimmer von dreizehn Quadratmetern, ein früheres Badezimmer. Hier und da verliefen noch Rohre. Der Direktor war unzufrieden mit sich. Er, der sowjetische Offizier und Frontkämpfer, verschob die Entscheidung von einem Tag auf den andern. Deutsche erschossen hatte er, ohne zu zögern. Der Junge betrat die Garderobe. Gedränge.

Der Junge hängte seinen Mantel an den Haken, sie schlugen ihm die Schirmmütze herunter, er stürzte sich darauf, um sie aufzuheben. Sie fingen an, Fußball damit zu spielen. Kickten sie in eine Ecke. Er bückte sich und bekam einen Tritt in den Hintern. Er drehte sich um. Der Drittklässler spuckte ihm gutmütig ins Gesicht. Er sagte nichts, wandte sich um, wischte sich das Gesicht ab, irgendjemand trat gegen seine schwere Schultasche, sie fiel ihm aus der Hand, ging auf, Schulbücher, Hefte, Federmäppchen flogen heraus. Er fing an, alles aufzuheben. Irgendjemand hatte seinen Stiefelabdruck auf einem Heft hinterlassen, und das Schreibheft hatte Eselsohren. Soja Nikolajewna konnte Schlamperei nicht ausstehen. Sie zeigte schlampige Hefte der ganzen Klasse und hielt sie mit zwei Fingern an einer Ecke wie eine tote Maus am Schwanz. Schließlich hatte sie den Ehrenburg zu Ende gelesen. Nichts Besonderes. Es ging um irgendwelche Künstler. Sie stritten miteinander. Es war langweilig. Als er die Hefte aufgesammelt hatte, waren schon alle weg. Er stand fassungslos da und wusste nicht, was er tun sollte. Wohin mit den Galoschen? Unter dem Kleiderhaken auf dem Fußboden stehen lassen? Aber würden sie die etwa verschonen? Der Junge sah bereits den brüllenden Schlund der Blockade-Großmutter. Die Schulglocke ertönte. Soja Nikolajewna konnte Schüler, die zu spät kamen, nicht ausstehen. Sie stellte sie in die Ecke und schickte sie dann zur stellvertretenden Direktorin, die den Spitznamen »Stockfisch« hatte. Die Wangen des Jungen glühten.

Er öffnete die Schultasche, wollte die Galoschen hineinstecken, aber da war nicht genug Platz. Plötzlich hatte er eine Idee. Er steckte eine Galosche in die rechte Hosentasche, die andere in die linke, bei der linken ging es etwas schwer, das Taschentuch störte, er zog es heraus, stopfte es in die Brusttasche seines Hemds, die Galoschen gingen hinein, nur die Absätze guckten ein wenig heraus. Er zog die Enden seines Hemds über die Hosentaschen und den Gürtel mit den Buchstaben SCH fester zu, dann verließ er rasch die Garderobe.

Der Direktor stand beim Eingang zum Treppenhaus. Der Direktor persönlich. An ihm vorbeizuschlüpfen war unmöglich. Das Gesicht des Direktors war furchterregend. Der Direktor erblickte den Jungen und ging ihm einen Schritt entgegen. Dem Direktor wurde schwindlig von den vielen Kindern. Er, der Frontkämpfer, der Ordensträger, erlebte seine Berufung an die Schule als schmerzlich. Er wollte höher hinaus. Besonders zuwider waren ihm die wohl behüteten kleinen Jungen, die nach Kinderseife rochen. Der Direktor wurde abgelenkt: Der ewig zu spät kommende Isja Moissejewitsch kam auf ihn zugeschossen. Der Direktor versperrte ihm den Weg. Der Direktor sagte:

»Sie da, ähm ... hören Sie mir auf, Ihren Ehrenburg zu verbreiten!« Der Literaturlehrer brauste auf: »Aber alle lesen ihn doch ...!«

»Alle! Hören Sie mir doch auf damit: alle!« Der Literaturlehrer wurde blass und zischte durch die Zähne: »Verräterin!« Der Direktor drückte einen Schlüsselbund in der Faust und sagte:

»Sie sind hier drin, in meiner Hand!« Und er ging, mit den Schlüsseln klappernd. Der Junge schlüpfte zwischen den zornigen Männern hindurch. Er rannte hinauf in den ersten Stock, den ausgestorbenen Korridor entlang, drückte die Türklinke herunter und kniff die Augen zusammen. In der Klasse brannte grell und kalt das elektrische Licht. Soja Nikolajewna stand am Tisch und sprach laut und deutlich. Sie beendete den Satz und richtete ihren Blick auf den Jungen. Er stand an der Tür: kahl geschoren, schwarze Augen, brennende Ohren. Zerrupft. Schmutzige Schultasche. Sie betrachtete ihn eingehend. »Was hast du denn da in den Hosentaschen?«, fragte sie verwundert. Vierzig Paar Kinderaugen starrten den Jungen an. Der Junge schwieg. Er spürte, wie Wasser aus den nassen Galoschen tropfte, durch den Stoff der Hosentaschen, die braunen Strümpfe sickerte und wie die Beine unangenehm kalt wurden. »Ich frage dich: Was hast du da in den Hosentaschen?«, fragte die Lehrerin, jedes Wort scharf betonend. »Nichts«, stammelte der Junge. »Na, dann komm mal her.« Er trat auf sie zu, vor Scham gekrümmt. Soja Nikolajewna hob den Saum seines Hemds ein wenig an und zog eine schwarze Galosche mit rosa Innenleben hervor. Sie nahm die Galosche mit zwei Fingern, hob sie hoch, zeigte sie der Klasse und sagte nur zwei Wörter:

»Eine Galosche.«

Die Klasse wieherte, kreischte, brüllte los. Die Kinder – viele von ihnen rachitisch, mit kränklichen Gesichtern – ließen sich auf die Schulbänke plumpsen, hielten sich die Bäuche. Es lachten: Adrianow, Baranow, Bekkenin, der sich später als Tatare entpuppte, und Berman, das schwach ausgeprägte Wunderkind. Dorofejew und Schuljow lagen sich in den Armen und lachten wie Herzen und Ogarjow, die pummelige Wassiljewa mit den Basedowaugen lachte ein verfrühtes tiefes Erwachsenenlachen, es prustete die herrliche Kira Kaplina, bei der als Erster in der Klasse der blutige Alltag der Fraulichkeit eintreten würde, es winselte die Naryschkina, das kleine Meerkätzchen. (Fünf Jahre später würde Isja sie fragen: Bist du eine von den Naryschkins?

Wieso sagst du nichts? Du brauchst keine Angst mehr zu haben. Aber sie würde nicht verstehen, was er meinte mit »eine von den«. Sie war einfach die Naryschkina aus der Juschinski-Gasse.) Es lachten: die Gorjainowa, die für zwei Jahre mit ihrem Mann dienstlich nach Kuba gehen würde, der zappelige Arzybaschew, später ein ziemlich bekannter Literat und Mitglied des Schriftstellerverbands, die Trunina, die die Schule mit einer Goldmedaille abschließen sollte, die Solotarjowa und die Gussewa, künftig Ärztin auf einer Station für epidemische Erkrankungen, auch die mit dreißig ergraute Gadowa, die Gitarre spielen lernte. Es lachte die Sokina mit den dünnen Beinchen, die früh an Blutvergiftung sterben wird, bereits gestorben ist die Njuschkina mit dem Lockenkopf, die in einen leeren Liftschacht stürzte, Glück hat dafür die rothaarige dumme Gans Trunina – ihr Mann ist ZK-Mitglied, allerdings beim Komsomol, Glück hat auch Nelli Petrosjan, die einen Ungarn heiratet und das ganze Leben Ungarisch sprechen wird – ägisch-mägisch – eine unverständliche Sprache! Es lachte der schwächliche Bogdanow, ihm wird zwei Jahre später Ilja Tretjakow – er lachte da hinten in der letzten Bank – mit einem mächtigen Tritt das Steißbein brechen, es lachte die Naschkatze Loss, die alte Petze, die Jakimenko stürzt sich im Suff aus dem Fenster, ist danach behindert, bringt Zwillinge zur Welt, die Judina lebt länger als alle anderen: An ihrem neunzigsten Geburtstag erscheint sie in einem knallbunten Badeanzug in der Kommunalka-Küche. Die schwer beeindruckten Mitbewohner reagieren mit tosendem Beifall. Nur Chochlow lachte nicht, weil er niemals lachte. Es lachten: der Mathematiker Sukatsch, der nach Workuta ziehen würde, der Mörder Kolja Maximow, er sollte einen Taubenschlagbesitzer erstechen, vor Lachen schüttelten sich der Schwarzhändler Wertschenko, der schon in jungen Jahren vor dem Hotel

»Peking« Ausländer um Kaugummi anbettelte, und Sascha Cheraskow. In das Gelächter fielen ein: Sajzew, der Brillenträger Schub und Stella Dikkens, die Rumänin aus antifaschistischer Familie. Der Fähnrich Schtschapow, der in einem Kolonialfeldzug verwundet wurde, der Karatekämpfer Tschemodanow und die Wagner, die busenlose Wagner, sie krähten, was das Zeug hielt. Die Baklaschanowa, Muchanow und Klyschko purzelten vor Lachen in den Gang wie irgendwelches Fallobst. Mit lachendem Gesicht machte der Sohn von Alexej Maressjew, der noch vor Schuleintritt bei den Pionieren aufgenommen wurde, einen Spaziergang auf den Händen. Und auch Soja Nikolajewna wurde von Gelächter gepackt. Die Kinder steckten sie an. Soja Nikolajewna hielt es nicht mehr aus und brach in dünnes, silbriges Lachen aus. »Ha-ha-ha-ha-ha«, lachte Soja Nikolajewna, die sich nicht mehr beherrschen konnte, »ha-ha-ha-ha-ha.«

Der Urheber des Gelächters, die Zielscheibe des allgemeinen Spotts stand neben ihrem Tisch mit nach außen gekehrten schmutzigen Hosentaschen. Aus seinen kohlrabenschwarzen Augen rannen heiße Tränen über das lange Gesicht, und plötzlich vernahm Soja Nikolajewna durch ihr unpädagogisches Lachen, durch das Lachen der Kinder hindurch, wie der Junge verzweifelt und selbstvergessen etwas flüsterte:

»Lieber Gott«, flüsterte der Junge, »vergib ihnen, lieber Gott, vergib ihnen und sei ihnen gnädig! Sie sind unschuldig, gutmütig und gut, lieber Gott!«

Soja Nikolajewna hörte auf zu lachen und sah, die Galoschen in der Hand haltend, den Jungen mit großen Augen an. Und da bemerkte sie, dass über dem Kopf dieses unordentlichen Erstklässlers, über diesem kahl geschorenen kleinen Kopf, fein wie eine Eiskruste, ein Heiligenschein schwebte.

»Ich liebe sie, lieber Gott!«, flüsterte der Junge.

»Ein Heiliger!«, sagte die Lehrerin erstarrend, und ihr Gesicht sah plötzlich schrecklich dumm aus.

»Was geht hier vor?« Auf der Schwelle erschien der Direktor.

»Ein Irrenhaus! Schluss damit!«

Alles verstummte. Soja Nikolajewna stand da, die Kindergaloschen in der Hand, und sah mit verständnislosem Blick den Direktor an.

»Sie sabotieren den Unterricht in dieser Schule!«, fuhr der Direktor sie an, die schrägen Stirnfransen schüttelnd. »Kommen Sie mit in den Korridor!«

Ohne etwas zu begreifen, wie im Traum, ging Soja Nikolajewna, mit den Galoschen in der Hand, hinaus in den Korridor. Der Direktor machte die Tür zum Klassenzimmer zu – sofort begannen dort die verwaisten Kinder wieder zu lärmen.

»Und was sind das nun wieder für Galoschen?«, fragte der Direktor mit brutalem Gesichtsausdruck.

»Die sind von einem Jungen«, stammelte Soja Nikolajewna, »er ist, verstehen Sie«, sie riss die Augen weit auf, »er ist ein Heiliger ...«

Der Direktor nahm Soja Nikolajewna die kleinen Galoschen aus der Hand, legte sie auf seine breite Handfläche und betrachtete nachdenklich ihr rosa Innenleben.

»Soja Nikolajewna!«, sagte er, wobei er ihr den scharfen Gestank aus seinem Männermund ins Gesicht blies. »So kann es wirklich nicht weitergehen. Ich habe ein Zimmer von dreizehn Quadratmetern. Direkt im Zentrum. Ziehen Sie zu mir. Werden Sie meine Frau.«

Soja Nikolajewna tat einen schwachen Aufschrei und flog rücklings von der Feuerleiter hinunter.

∼

Große Veränderungen waren im Gange. Wir siedelten nach Paris über. Vater wäre einverstanden gewesen, als erster Sekretär zu reisen, doch Molotow wurde wieder wütend, da er dies als ungerechtfertigte Degradierung betrachtete, und ordnete an, Vater in der Funktion eines Botschaftsrates an die sowjetische diplomatische Vertretung zu schicken. Stalin hatte man gerade erst im Mausoleum neben Lenin aufgebahrt, und Vater nahm mich mit einer speziellen Einladung mit dorthin; das einfache Volk war noch nicht zugelassen. Ich ging mit wie auf einen Vergnügungsausflug, ohne die geringste Ahnung, fröhlich hüpfend, doch nachdem ich in den marmornen Keller hinabgestiegen war, stürzte ich auf den Grund meiner kindlichen Ängste. Stalin und Lenin waren meine ersten Toten. Während aber Lenin sich still verhielt, versprühte Stalin einfach von Kopf bis Fuß den Tod. Er lag da als Neuling, schön und schrecklich, und später träumte ich noch lange von ihm, und sein Bild vermischte sich mit dem Totenschädel und den gekreuzten Knochen vom Strommast bei unserer Datscha. Ich erlebte eine so starke Erschütterung, dass ich mich in Paris lange unter Tränen vor dem Besuch von Napoleons Grabmal im Invalidendom drückte, denn ich befürchtete, er sei ebenfalls in einem offenen Sarg ausgestellt.

»Wie hast du dir den Kommunismus konkret vorgestellt?«
Vater schwieg eine Weile.

»Wir haben daran geglaubt, dass das die beste Form der Organisation des menschlichen Lebens ist. Die gerechteste. Basierend auf Prinzipien, die von der Menschheit und sogar von den Religionen anerkannt werden.«

Mit der Religion hat sich Vater immer schon schwergetan. Er hat niemals einen Fuß in eine orthodoxe Kirche gesetzt, nicht einmal, wenn es sich um ein Kulturdenkmal handelte. Ich sehe ihn in Peredelkino, nicht weit von der Kirchenvorhalle, in der Kälte stehen, im Licht der Kuppeln, schniefend, in dem Mantel mit Persianerkragen und hoher Persianermütze. Er unterhält sich mit einem Freund, dem lebenslustigen Guberman (der alle mit seinem Selbstmord überraschte; er hängte sich an der Tür auf). Übrigens ist Vater nie Antisemit gewesen, er hat sich niemals erlaubt, Dinge über Juden zu sagen, die die Russen in der Regel bei sich denken. Mama ist aus Neugier in die Kirche hineingegangen, mit ihrer Freundin Jelena Nikolajewna, die Lelik genannt wurde (Lelik ist auch schon tot, in den Siebzigerjahren ist sie in Paris am westlichen Überfluss verrückt geworden, und danach war sie lange in Behandlung). Mama durfte hineingehen, aber Vater ging nicht hinein – dies war feindliches Territorium. Bei uns zu Hause galt es als unanständig und peinlich, über Gott zu sprechen.

»Womöglich sagst du mir noch, dass du an Gott glaubst!«, kämpfte Mutter wütend gegen mein verbales Dissidententum an. Sie war die Enkelin eines Geistlichen, der sich extra in irgendeinem entlegenen Dorf verkrochen hatte, um der Familie nicht zu schaden. In den Jahren der Perestroika lockerte Mama, älter geworden, ihre Gottlosigkeit ein wenig, war jedoch überzeugt davon, dass ich und Gott unvereinbar seien.

»Was das für Prinzipien sind?«, setzte Vater unser Gespräch über den Kommunismus fort. »Sorge für den Menschen. Der Mensch über allem. Brüderlichkeit. Freundschaft. Kostenlose medizinische Versorgung. Kostenlose Ausbildung. Der Mensch trägt vor dem Kollektiv die Verantwortung für sein Handeln, für seine Arbeit. Wir sind autoritär erzogen. Wenn einer sich der Ausschweifung ergab, wusste er, dass er sich dafür vor der Parteiversammlung würde verantworten müssen.«

Die meisten aus Vaters Kreisen waren extrem zurückhaltende Leute und dachten nicht im Traum an Ausschweifungen. Molotows erster Referent, Boris Fjodorowitsch Podzerob, pinkelte in seiner Jugend bei einem Rendezvous mit einem Mädchen unauffällig in die Hose, da er sich genierte zuzugeben, dass er auf die Toilette musste. Natürlich gab es auch Ausnahmen. Ein enger Freund meines Vaters, der zappelige und kluge Andrej Michailowitsch Alexandrow, der den Faust auswendig auf Deutsch hersagen konnte und den später (er wurde ein einflussreicher Mitarbeiter Breschnews) die Amerikaner als russischen Kissinger bezeichneten, rezitierte, wenn er bei uns zu Besuch war, nicht nur permanent Goethe, sondern kniff auch lustig unsere Hausmädchen, womit er meine Mutter zur Verzweiflung brachte. Einmal entdeckte ich den russischen Kissinger im geschlossenen Kleiderschrank meines Kinderzimmers, wo er leidenschaftlich seine eigene Frau küsste. Sie winkten mir freundlich zu. Mit noch größerer Leidenschaft schleppten sie mich und meine junge Frau in das prestigeträchtige Haus gegenüber dem zentralen Telegrafenamt, um uns ihre Wohnung, genauer gesagt, ihr Schlafzimmer zu zeigen, in dem eine gute Kopie von Rembrandts *Danaë* hing. Es roch verdächtig nach Gruppensex. Schließlich zeigten sie uns nur ihre Nacktfotos, die sie auf dem antiken Tisch ausbreiteten.

Für Vater galten immer die Worte Bescheidenheit und Disziplin.

»Unser Scheitern hat globale Konsequenzen für die Menschheit«, sagte Vater. »Eine weltweite philosophische Katastrophe. Die Hoffnung ist verloren.«

Ein andermal allerdings, während eines Spaziergangs am Flüsschen Istra bei Moskau, äußerte er sich mit mehr zu ihm passendem Optimismus:

»Die Ideen (die kommunistischen) an sich sind nicht

schlecht. Die Erfahrung hat gezeigt, dass wir unter den gegebenen Bedingungen in Russland nicht dazu bereit waren. So wie wir heute nicht zur Demokratie bereit sind. Aber die Erfahrung war nicht umsonst. Irgendwann kann die Menschheit in neuer Form und auf einem höheren moralischen Niveau dahin (zur kommunistischen Sache) zurückkehren.«

Einmal, es war noch zur Stalin-Zeit, bekam meine Großmutter im GUM zu wenig Wechselgeld heraus. Sie wunderte sich:

»Was erlauben Sie sich eigentlich, wo doch mein Sohn im Kreml arbeitet!«

Die Kassiererin war drauf und dran, ihr den gesamten Tageserlös herauszugeben.

∾

In Anlehnung an das bekannte Spielzeug könnte man Stehauf-Stalin sagen. Stalin ist der Schöpfer des magischen Totalitarismus. Die Russen lieben Rätsel. Stalin hat ihnen ein Rätsel aufgegeben. Stalin ist vollkommen hermetisch, dicht wie ein Unterseeboot. Das ist unser gelbes Unterseeboot. Er hat nie gesagt, was er in Wirklichkeit will. Er hat alle ausgelacht und ist unerkannt gestorben.

Endlose liberale Bücher über Stalin zeichnen ihn als Tyrannen. Es war indessen der Westen, der der russischen Revolution geholfen hat, auf die Beine zu kommen und stark zu werden, den Sieg im Bürgerkrieg davonzutragen, die russische Emigration zu zersplittern und Stalin und Hitler zu Verbündeten zu machen, und hinterher hat er sich nicht gescheut, fast alle russischen Flüchtlinge an Stalin auszuliefern. Wir existieren im freien Raum, jeder moralischen Kritik des Westens enthoben. Wir müssen uns selbst in unseren eigenen Kategorien begreifen. Wir sind in Welten geflogen, in denen noch niemand je gewesen ist. Das sind unmenschliche Dimensionen. Das ist die Gleichheit vollkommen gegensätzlicher Dinge. Unsere Rückkehr ins System normaler Werte ist praktisch irreal. Wir imitieren nur den gesunden Menschenverstand.

Ich wuchs auf und verstand: Für den Westen und die Mehrheit der russischen Intelligenzija war Stalin eines und für viele Millionen Russen etwas anderes. Sie glauben nicht an einen schlechten Stalin. Sie können nicht glauben, dass Stalin jemanden gefoltert und gequält hat. Das Volk hat sich das Bild vom guten Stalin, dem Retter Russlands und Vater einer großen Nation, als stille Reserve bewahrt. Mein Vater stand Schulter an Schulter mit meinem Volk. Beleidigt Stalin nicht!

Ich habe keinen anderen Taiga-Napoleon, keine anderen Kommunisten und keine andere Großmutter und werde so bald auch keine anderen haben.

Ich hole aus der Familienschatulle all die verschiedenen Figuren mit ihren ovalen staatlichen Schildchen heraus. Das Schildchen bedeutet kosmische Inventur und Kontrolle. Solipsismus ist die Abwesenheit kindlicher Verletzungen. Aus purem Zufall habe ich mich in ein einziges Maß der Dinge verwandelt. Hier kommt Stalin, nach ihm Molotow, Berija, Mikojan, andere Politbüromitglieder sowie berühmte Ausländer: De Gaulle lächelt mir zu, Ribbentrop und Maurice Thorez, für mich tanzt der Tanzlehrer Enver Hoxha.

Entsprechend ihren Doktrinen oder auch deren ungeachtet, existieren sie ausschließlich zu meinem Vergnügen. Wenn man genau hinsieht, sind sie mein Produkt, und darum sind sie ganz und gar künstlich. (Wie jener Inder am Flughafen in Varanasi, mit einem Schnurrbart, breiter als sein pockennarbiges Gesicht, und einem vorsintflutlichen

Karabiner in den Händen, der eine drohende Geste machte, als ich aus Versehen gesperrtes Terrain – irgendeinen schmierigen Drecksboden – betrat, das von einem Bambuszaun umgeben war. Ich sah ihn an und konnte nicht glauben, dass er imstande wäre, mir irgendeinen realen Schaden zuzufügen.)

All das endete nicht korrekt. Ich vermutete solipsistische Rituale. Ich verneigte mich vor solipsistischen Idolen. Ich nahm mir fest vor, meinen Vater in seinen Lieblingsspielen nicht zu besiegen, besonders im Tennis – es half nichts. Die Zerbrechlichkeit des Daseins wird uns anschaulich vor Augen geführt am Beispiel meiner Familie. Die Schale ist zerbrochen. Der Inder trat aus der Klammer heraus und schoss – der Mistkerl! – in die heiße Luft. Die Schildchen flatterten zu Boden. Sogar Großmutter meuterte gegen die ihr von mir zugewiesene Rolle. Ihr war ein längeres Leben beschieden als der UdSSR, und vor ihrem Tode gestand mir Anastassija Nikandrowna, sie habe Lenin immer für einen »schlechten Menschen« gehalten.

»Warum hast du mir das nicht früher gesagt?«, fragte ich.

»Ich wollte dir nicht dein Leben verderben«, antwortete Großmutter heiser, sich in eine theatralische Intonation rettend. Sie wusste nicht, dass ich mir mein Leben auch ohne ihr Zutun verdorben hatte. Wir verheimlichten unsere familiäre Katastrophe vor ihr wie eine beschämende Krankheit. Sie wusste nicht, dass ich 1979, *gone with the wind* in den Samisdat, ohne es zu wollen, meinen Vater politisch ermordet hatte (Freudianer werden hier vermutlich aufhorchen).

Doch eine gute Neuigkeit gibt es zu vermelden: Das Gewissen existiert. In Russland muss man lange leben, um irgendetwas noch zu erleben. Aber das Gewissen liegt im Tiefschlaf. Negretos Hypnos ist sein Gott und Kommandeur.

Es träumt irgendetwas. Fortsetzung folgt. Und was ist denn Russland, wenn nicht Träume des Gewissens?

3

Mein erster Brief aus Paris an Großmutter, abgeschickt mit Diplomatenpost:

Paris, 13. September 1955

Liebe Großmutter, ich grüße Dich!

In Paris gibt es viele Autos, aber überhaupt keinen schwarzen Kaviar. Ich habe große Sehnsucht nach Dich (sic!). Bei uns ist so weit alles in Ordnung. Am Montag hat Papa mir einen tschechoslowakischen Tennisschläger gekauft. Heute haben Papa und ich Tennis gespielt. Ich kann schon ein bisschen. Manchmal mache ich Aufgaben. Unsere Schule liegt beim Bois de Boulogne. In unserer Klasse sind wenig Schüler. Meine Lehrerin heißt Kira Wassiljewna.

Wie ist das Wetter in Moskau? Das Wetter in Paris ist mittelmäßig. Aber es regnet sehr selten. Schreib mir bitte einen Brief.

Ich küsse Dich ganz ganz fest, Dein Enkel Viktor

∾

Der Bois de Boulogne ist kein Wald. Die Champs-Élysées sind keine Felder. Ende August reisten wir mit der Bahn – mit Umsteigen in Prag – nach Paris. An der Gare du Nord wurden wir von Botschaftsrat Anikin abgeholt. Ungläubig musterte er Mama, die ein elegantes schwarzes Kleid mit weißen Streifen trug, und entsetzt starrte er auf ihre Sandalen ohne Absatz. Zusammen mit unseren Koffern wurden wir in ein Auto verfrachtet und durch die Stadt zur Botschaft gefahren.

Paris empfing uns mit tropischer Hitze. Mama wunderte sich die ganze Zeit: »Die Leute laufen ja herum wie am Strand, in Shorts!« Im Wagen herrschte gehobene Stimmung, warum, weiß ich nicht. Wir waren alle nass geschwitzt. Die Kleidung klebte am Körper. Als Äffchen war auch ich gehobener Stimmung. Wir fuhren, wie man sich denken kann, über die Place de la Concorde, und Mama drehte meinen Kopf nach rechts:

»Siehst du, das sind die Champs-Élysées.«

Über sie gebeugt, klebe ich am Fenster. Vor mir eine leicht ansteigende breite Straße mit Autos und Bäumen an den Seiten, die in der Ferne mit einem kleinen Torbogen endete.

»Wo?«, fragte ich.

»Da, vor deiner Nase!«

Ich betrachtete aus aller Kraft die Straße, den Torbogen, ich wollte unbedingt die Champs, diese Felder, sehen, aber ich sah nichts, was meine Mutter mehr und mehr verwirrte. Ich sah nur hellgrauen Dunst am Rande des sonnigen Wetters. Wo? Wo?

»Dreh doch nicht den Kopf hin und her!«

»Tu ich doch gar nicht.«

»Na, siehst du sie?«

»Ja!«

Mein Paris begann mit einer Lüge. Mama ließ erleichtert von mir ab. Ich dachte, dass wahrscheinlich hinter jenem Torbogen die Felder begannen, die ich nicht zu sehen bekommen hatte, weil die Straße anstieg. Wie hatte Mama sie denn ausmachen können? Papa, der, glaube ich, einen Hut trug, freute sich ebenfalls über mein »ja«, denn der Hut auf dem Beifahrersitz nickte. Besorgt fragte Papa Anikin:

»Wie stehen sie zu uns?«

(Ich hätte immer gern ehrlich geantwortet: beschissen. Beschissen in Japan und der Ukraine, beschissen in Polen, Frankreich, Finnland, Ungarn, den USA. Nur in Serbien nicht beschissen.)

Diese Frage wurde zu einer Tradition; woher ich später auch immer zurückkam, Papa fragte mich jedes Mal mit unverfälschter Besorgnis:

»Wie stehen sie zu uns?«

»Das lässt sich nicht mit zwei Worten sagen«, lächelte der Diplomat.

Die Champs-Élysées. In meinem Kopf jedoch breiteten sich Kartoffelfelder aus, ein grenzenloser violetter Raum von Kartoffelblüten, der eine ungeheure Bedeutung für das Land hatte, in dem wir soeben angekommen waren, womöglich bildete er das Zentrum der französischen Welt, die vom Kartoffelverkauf lebte und sehr stolz darauf war. Ich sah Hunderte von französischen Feldarbeitern mit Hacken, Spaten und Harken die Straße hinauf- und an dem Torbogen vorbeigehen, um sich sofort der Feldarbeit zu widmen. Diese Vision überkommt mich bis heute, wenn ich über die Champs-Élysées gehe und denke, dass dort hinter dem Torbogen vielleicht wirklich Kartoffelfelder liegen. Vor lauter Angst, begriffsstutzig zu erscheinen, verschreckt durch Mamas ewige Sorge, aus mir könnte ein Einfaltspinsel werden, hatte ich nicht die Kraft gefunden, Mama gegenüber zuzugeben, dass ich keine Felder sah.

∽

Vater mäht den Rasen auf der Datscha in der Diplomatensiedlung Poluschkino, wo jedes Haus ein Spiegelbild des Landes ist, in dem der jeweilige Diplomat gearbeitet hat.

Die einen bauten noch zu Sowjetzeiten gediegene deutsche Häuschen, die anderen kalifornische, die dritten bulgarische oder rumänische, die vierten rote, mit Holz verkleidete im skandinavischen Stil. Meine Eltern erbauten etwas, was entfernt an ein Alpen-Chalet erinnerte. Eigentlich fehlten in der Siedlung nur noch chinesische Pagoden und russische Holzhäuser. Wäre Vater nicht nach Paris, sondern in ein anderes Land gegangen, hätte sich mein Leben anders entwickelt.

Jedem Russen mangelt es an Wärme. Aber es gibt zwei Mittel, gegen die Geografie anzukämpfen: sich Freunde anzuschaffen und Wodka zu trinken. Außerdem hat der Russe seine eigenen Tropen: Die Banja, das russische Dampfbad, das die Leute zunächst in rotgesichtige Teufel verwandelt, die auf Pritschen neben einem glühenden Ofen schwitzen, und danach in Engel, die nach dem Schwitzbad, in weiße Laken gehüllt, kaltes Bier trinken.

Wenn man von Amerika über den Nordpol nach Moskau fliegt, beginnt das Flugzeug schon am Rand des Eismeeres, allmählich zu sinken. Russland ist eine Schönheit in Schnee und Pelzen, aber der Russe lehnt es ab, sich als Nordländer zu verstehen, trotz Weißer Nächte in Petersburg, Nordlicht in Murmansk, Sibirien und der Taiga. Der Norden, das sind für ihn Finnland, Norwegen und vielleicht Jakutien, Russland dagegen ist das in Richtung Polarkreis abgedriftete geistige Zentrum der Welt. Russland ist nicht aus freiem Willen nach Norden ausgewichen, als es im frühen Mittelalter vor den Überfällen von Nomadenvölkern aus den Steppen des Südens floh. Es wartet auf seine Rückkehr in den warmen Schoß der Zivilisation.

Ich erlitt einen klimatischen Schock. Das Pariser Klima war ganz nach meinem Herzen. Mir gefallen die Dezember, in denen noch Rosen blühen. Ich träumte mein ganzes

Leben von Platanen und Kastanien. Paris wirkt ansteckend mit seinem Klima. Es ist unbekümmert. Die Schneewüste Russlands durchbricht der Buchsbaum im Jardin du Luxembourg, der sich in den Geruch meines Knabenalters verwandelt, die Visitenkarte meines Andersseins.

Wenn man in einem sowjetischen Zug durch Deutschland und Belgien fährt, spürt man jedes Mal die angespannte Düsterkeit des Himmels, die Unbeständigkeit des Wetters, aber kaum hat man die französische Grenze überquert, gibt es am Himmel einen unhörbaren Knall, die Wolken fliegen in verschiedene Richtungen davon, der Horizont weitet sich, der Himmel wird höher, die Pyramidenpappeln werden kräftiger, und ins Zugfenster sticht die Sonne.

Paris hat nicht die Eindeutigkeit eines südlichen Kurorts mit Palmen. In Rom wäre ich zum Hedonisten, in Berlin zum Exzentriker, in New York zum sowjetischen Beamten geworden, aber nur Paris konnte zu meiner zweiten Heimat werden.

Von der dünn besiedelten Insel meines frühkindlichen Paradieses in Moskau brachte man mich in das traditionelle echte Weltparadies – besungen, gerühmt und damals noch, Mitte der Fünfzigerjahre, unkastriert, lebendig und real. In diesem Paris arbeiteten viele Weißgardisten als Taxifahrer und sprachen in ihrem verlorenen Vogeldialekt; für sowjetische Menschen war es nicht ungefährlich, mit dem Taxi zu fahren. Ich begriff recht wenig, aber ich spürte vieles und nahm es durch die Haut auf. Ich tanzte nicht in diesem tanzenden Paris, ich ging nicht in Jazzclubs, ich saß nicht mit dem schielenden Sartre im Café. Aber ich veränderte mich grundlegend, ohne es zu ahnen. Allmählich veränderten sich auch meine Eltern.

∾

Ich sehe wie im Traum, wie sie sich, als wäre es im Theater, anfangen umzukleiden. Alles beginnt mit dem Umkleiden. Bei Mama werden plötzlich Arme und Hals freigelegt. Sie wird zusehends jünger, ihr Haar lockig. Anstelle der Hochfrisur, die ihrem Gesicht einen ewig erstaunten und besorgten Ausdruck verlieh, trägt sie das Haar jetzt kurz. Ihre Fotos aus der Zeit vor Paris zeugten von der asiatischen Prägung Russlands, Bloks Skythen mit den breiten Wangenknochen und den schmalen Augen – hier in Paris gewinnt dieses Asiatische weiche slawische Konturen. Mama trägt nun im Sommer modische gelbe oder hellblaue Glockenröcke und enge Blusen. Nach ihren strengen Moskauer Übergangsmänteln und einfarbigen Kleidern, genäht von einem Relikt der NÖP-Zeit, der Schneiderin Polina Nikandrowna, erscheinen sie besonders bunt, wie die Felder bei Paris, über die ich laufe und mit Mama und unserem neuen Dienstmädchen Klawa (Marussja Puschkina ließ man nicht mit uns nach Paris fahren, da sie als kleines Kind eine gewisse Zeit unter deutscher Besatzung bei Wolokolamsk gelebt hatte) roten, innen pechschwarzen Mohn pflücke. Mohnblumen pflücken wir besonders gern. Wir verlangen von Vater, dass er am Straßengraben anhält: Er fährt einen tollen grauen Peugeot 403 mit gelben Scheinwerfern, zwinkernden Blinkern (manche Pariser Autos hatten zu der Zeit noch Blinker, die beim Abbiegen wie ein gebrochener Flügel herausschnellten) und einem grünen Diplomatenkennzeichen mit roten Buchstaben und Ziffern, das die Neugier der damals noch sehr neugierigen Franzosen hervorruft und uns sogar in Paris zu etwas Besonderem macht. Diese Autonummer bietet göttliche Möglichkeiten. Man kann das Auto auch quer auf die Straße stellen, und der Polizist spricht trotzdem mit einem wie mit einem König. Im extremsten Fall kann man mit so einer Autonummer jemanden an-, um-

oder gar totfahren – halb so schlimm, man landet nicht im Gefängnis, wird bloß nach Moskau zurückgeschickt. Solche Möglichkeiten bespreche ich mit den anderen sowjetischen Jungen im gepflasterten Hof der Botschaft, und mir dreht sich der Kopf bei der Vorstellung, wie stark und immun gegen jede Bestrafung mein Vater ist, wovon er offenbar gar keine Ahnung hat. Einstweilen springen wir über den Straßengraben und pflücken am Hang Mohnblumen.

Papa zieht modische weite, fließende Hosen an. Das Hemd mit den kurzen Ärmeln und dem offenen Kragen trägt er in der Freizeit auf französische Art über der Hose. Auch er legt sich eine andere Frisur zu, das Haar nach hinten und vor allem zur Seite gekämmt wie ein französischer Künstler. Er hat sich auch schon eine große dunkle Brille gekauft, und Mama hat jetzt ebenfalls eine Sonnenbrille: gestylt, etwas spitzohrig, mit Perlmutteinlage, aber nicht allzu ausgefallen. Meine Eltern tauschen einmütig die Uhren an ihren Handgelenken gegen neue aus, Mamas Uhr ist winzig und länglich.

In Frankreich begann Mutter anders zu riechen als in Moskau. Wenn sie zu mir kam, um mir gute Nacht zu sagen, rochen ihre Hände und auch die Haut ihres Gesichts anders. In den neuen Gerüchen äußerte sich eine subtile, unrussische Entfremdung. Mama wurde weniger schwerfällig, ihrer Mutter weniger ähnlich, sie hielt sich weniger krumm, nahm deutlich ab, ihr Gang änderte sich – überhaupt war sie beweglicher und leichter, und sie ließ mich schneller allein. Wenn sie sich zur Nacht von mir verabschiedete, blieb sie nicht lange sitzen, sondern tätschelte mir tröstend die Hand, beendete das lang erwartete abendliche Gespräch – na, dann schlaf mal schön – und erhob sich leicht von dem Sofa, auf dem ich im großen Zimmer schlief.

Dies war ihr erster langer Auslandsaufenthalt. Japan zählte nicht. Nach Japan war sie über den Aufklärungsdienst als kleine Spionin gekommen, die im Büro des Militärattachés arbeitete und aus japanischen Zeitungen die für den Geheimdienst interessanten Informationen heraussuchte. Als beharrliche junge Frau lernte sie so gut Japanisch, dass sie als Erste unter allen sowjetischen Menschen von der Hinrichtung Richard Sorges erfuhr (sie las das auf Japanisch im *Parlamentsboten*). Sie wusste noch nicht, wer das war, doch nach dem Aufruhr unter den russischen Militärs in der Botschaft zu urteilen, musste etwas Schwerwiegendes passiert sein. Gegenüber der sowjetischen Botschaft war auf Japanisch zu lesen: »Alle Ausländer sind Spione«. Mama empörte sich über diese Taktlosigkeit. Ebenso empört war sie über die Taktlosigkeit der japanischen Männer, die nach dem Dampfbad im offenen Kimono durch Tokyo liefen und ihre Geschlechtsteile zur Schau stellten, während ihre Frauen kaum mit ihnen Schritt halten konnten.

Später in Moskau nahm sie an Verhören eines deutsch-russischen Ehepaars teil, Kollegen von Sorge, die nach Kriegsende aus japanischer Haft in die UdSSR gebracht worden waren. Die Russin hatte im japanischen Gefängnis geredet, und nun erwartete das Paar ein hartes Urteil. Man kann sich vorstellen, mit welchen Augen sie meine zukünftige Mutter betrachteten, die als Mitarbeiterin des GRU ihre Aussagen mitschrieb. Doch dann schob man die beiden still und leise nach Ostdeutschland ab, wo sie viele Jahre später als Helden gefeiert wurden. Nach der Heirat sorgte Vater dafür, dass Mutter eine ungefährlichere Arbeitsstelle bekam, nämlich in der Presseabteilung des Außenministeriums.

In Paris muss sich Mutter nicht mehr im Botschaftsbunker verstecken. Sie ist die Frau des Botschaftsrats für Kultur. Von ihr wird erwartet, dass sie sich gut kleidet, zu Empfängen geht und mit Louis Aragon und Yves Montand plaudert. Meine Eltern schaffen sich alle möglichen nützlichen Gegenstände und Geräte an, die Spielzeug ähneln: Mama bekommt ein rotes Necessaire mit einem Zöpfchen aus bunten Fäden, verschiedenen kleinen Scheren und einem goldglänzenden Fingerhut, sie trocknet sich das Haar mit einem Fön; Papa rasiert sich mit einem elektrischen Rasierapparat von »Philips« mit kleinen Rädchen. Ich bin neidisch, ich möchte damit spielen. Zu großen Regierungsempfängen zieht Papa einen Smoking mit weißer Fliege an. Er besitzt eine ganze Sammlung von Manschettenknöpfen. Die Zahl der Krawatten wächst. Mama steht vor dem Spiegel in einem knöchellangen goldglitzernd-roten Spitzenkleid. Vater treibt zur Eile an: »Wir müssen los.«

Achtung! Sie werden im Präsidentenpalais fotografiert. Mama wirft den Kopf leicht zurück, Papa blickt mondän in die Kamera. Supereltern!

Wir wohnen im siebten Arrondissement, in einer noblen Villa, über deren Hof aufgeregte russische Chauffeure eilen, ein SIS mit roter Standarte fährt vor, Botschafter Winogradow tritt auf die Vortreppe hinaus, und meine Eltern bringen mir für alle Fälle, sollte ich mich verlaufen, die Adresse unserer Botschaft bei: Rue de Grenelle, soixante-dix-neuf. Im Botschaftsgarten stromert Tschernomor, der große schwarze Hund des Botschafters, herum, der sich übrigens später als Hündin entpuppt. Im Teich Goldfische. In unserem Wohnzimmer ein echter Kamin mit hoher Marmorablage, der allerdings nicht funktioniert.

Auch ich verändere mich zusehends. Angefangen bei der Unterwäsche. Statt Unterhosen, Marke »Dynamo«, trage ich nun weiße Slips, die ein bisschen aussehen wie knappe Badehosen, vorn mit verdecktem Schlitz – wegen dieser Slips werde ich später in Moskau noch einigen Ärger haben –, und echte Shorts, die über dem Knie aufhören. Ich trage einen dunkelblauen Baumwollpullover – von der Existenz solcher Pullover wird Moskau erst in den Neunzigerjahren erfahren – und eine Jacke mit aufgesetzten Taschen. Mama und ich verlassen die Botschaft, biegen nach rechts ab, gehen an einigen Häusern vorbei: Auch ich lasse mir die Haare bei einem echten Pariser Friseur schneiden, bei dem es erstaunlich weiche Sessel gibt. Meine Eltern machen sich den französischen Stil zu eigen. Sie sind jung, schlank und wie dafür geschaffen. Wir kleiden uns gut, doch darüber zu reden gilt als geschmacklos. In unserer Familie herrscht ein Verbot; Geckenhaftigkeit wird als abstoßend empfunden. Meine Eltern werden nach und nach Ausländern ähnlich.

∼

Der Ausländer ist ein Feind. Papa arbeitet auf feindlichem Territorium. Paris ist ausschließlich von Feinden bevölkert. In der ganzen Stadt werden in Moskau verbotene ausländische Zeitungen verkauft, das Radio spricht über verbotene Themen, die Kinos zeigen verbotene Filme, ausländische Fahnen wehen in der Stadt. Die sowjetischen Diplomaten verlassen das Botschaftsgelände, als ob sie in den Krieg zögen. Kaum einer glaubt, lebendig nach Hause zurückzukehren. Der sowjetische Botschafter Pawlow, Winogradows Vorgänger, meldete stolz nach Moskau, dass er im Laufe eines ganzen Jahres nicht einen Franc darauf verwendet habe, Franzosen in der Botschaft zu empfangen. Papa kam in dem Moment nach Frankreich, als der Schädlichkeitsgrad von Ausländern etwas gesunken war. Als Touristen reisen sie in Gruppen nach Moskau und Leningrad. Papa half, diese Reisen zu organisieren. Er war unter der sowjetischen Losung der internationalen Entspannung nach Paris gekommen. Dennoch war alles gut, was den Westen schwächte, spaltete, subversiv wirkte. Natürlich war mein Vater ein echter diplomatischer Terrorist. Er träumte von einer kommunistischen Regierung in Frankreich, von einer sozialistischen französischen Republik. Kaum anzunehmen, dass er den Franzosen ihre Orangen und ihren Wein nehmen oder das Schlangestehen nach Milch und Camembert einführen wollte. An so etwas dachte er nicht. So weit ging seine Fantasie nicht. Hunger in Paris, Erschießungen und Säuberungen sollten andere organisieren. Leute, die er nicht mochte.

Mein Vater ist antihistorisch. Alles, wogegen er kämpfte, hat gesiegt. Alles, wofür er kämpfte, ist gemeinsam mit dem Namen des Landes, von dem er abgesandt war, untergegangen. Mit einer Ausnahme. Vater war Botschaftsrat für Kultur, und zu seiner Zeit begann der Kulturaustausch. Nach Paris fuhren sowjetische Musiker, der Zirkus, Galina Ulanowa. Die Franzosen heulen vor Begeisterung. Die Säle sind zum Bersten voll. Die russischen Emigranten sitzen in den Konzerten und weinen. Die Emigranten waren schlimmer als die Ausländer. Einmal fuhr ich mit meinen Eltern an die Nordsee in den belgischen Kurort Oostende. Nichts ahnend und friedlich sitzen wir in einem Café. Ich trinke Kakao. Plötzlich – ein Skandal. Irgendwelche netten Leute, die ebenfalls als Familie in dem Café sitzen, verlangen vom Besitzer, uns hinauszuwerfen, weil wir aus Moskau kommen.

»Das sind sowjetische Mörder!«

Der Besitzer wirft uns nicht hinaus, doch wir flüchten selbst so schnell wie möglich. Ich trinke nicht einmal meinen Kakao aus. Zwischen uns ein tiefer Graben von Millionen Menschenleben. Mein Vater ist ein Öffner kultureller Schleusen. Aber Papa mag trotzdem die Kultur nicht richtig; sie erscheint ihm als politischer Krähwinkel. Kultur – das ist Freizeitgestaltung, der sonntägliche Spaziergang durch die Museen. Er träumt davon, politischer Botschaftsrat zu werden, der unter Leitung des Botschafters Winogradow dem Westen realen Schaden zufügen kann.

Meinen anderen Vater kannte ich kaum, den, der in der Sprache des Hasses dachte und dabei den leninschen Wortschatz des Klassenkampfes benutzte, den Vater, der Wörter benutzte wie Provokation, Schmutzkampagne, Lügenmärchen, Helfershelfer, Politikaster. Wie er frohlockte, als Chruschtschow während seiner Frankreichreise (1960) in Reims die Franzosen in die Bredouille brachte, die den Namen ihrer Erzfeinde nicht über die Lippen bekamen.

»Also, wer hat mit Ihnen im Osten gekämpft?«
»Wir erinnern uns nicht.«
»Soll ich es Ihnen sagen? Wie sie hießen?«
»Wer?«
»Die Faschisten!«

Unsteter Blick. Die französischen Politiker, voran ihr Minister, schweigen feige. Ich weiß nicht, was meinem Papa durch den Kopf geht. Er erzählt mir glücklich, wie ein Mitarbeiter der westdeutschen Botschaft versuchte, gegen den von Chruschtschow geschürten Hass auf sein Land und dessen offizielle Delegation zu protestieren, der mein Vater nicht angehörte, die er jedoch gewissenhaft bediente.

Wenn aber der stellvertretende Außenminister Semjonow, ehemals Kommandant von Berlin und Vaters Vorgesetzter, der in seiner Freizeit eine Schirmmütze trug und auf Lenin machte, Vater veranlasste, abends Lenin zu studieren, um bei ihm Antworten auf Fragen der aktuellen Politik zu finden, dann wirkte Vater, in unserer Moskauer Wohnung auf der Gorki-Straße nach dem Abendessen in seinem aus Paris mitgebrachten gelben französischen Sessel sitzend, um sich herum die weinroten Bände mit Lenins Profil gestapelt, einen Bleistift in der Hand, wie ein gehetzter Schuljunge.

∾

Ich weiß: Mein Papa ist der gute Stalin. Ich habe meinen Vater niemals betrunken gesehen. Exquisites Trinken, Vorliebe für Whisky – das ist die Hauptkrankheit der Diplomaten aller Länder, einschließlich der islamischen Staaten, wie auch ihrer Ehefrauen, eine Krankheit, die in der Regel mit Alkoholismus im Rentenalter endet. Vater liebte den russischen Wodka, aber er trank nie auf russische Art, um sich zu betrinken. Er konnte einen Viertelliter Wodka im Schrank verstecken und so trinken, dass Mama es nicht bemerkte, die, seit ihrer Kindheit durch ihren alkoholkranken Vater traumatisiert, den Alkoholkonsum in unserer Familie streng überwachte, aber er erlaubte sich niemals, die Grenzen des Anstands zu überschreiten. Die Vorstellung, dass er sich volllaufen lässt und kotzt, ist ausgeschlossen. Wie oft habe ich mit trüben Augen die Kloschüssel umarmt und mein Innerstes nach außen gekehrt – ihm ist das nie passiert. Ich habe von meinem Vater nie ein obszönes Wort gehört. Nicht einmal das Wort »Scheiße« gebrauchte er. Und sogar das Wort »Mist« sprach er in seltenen Fällen aus. Die Geschichte, wie er den schottischen Matrosen saftige Schimpfwörter beigebracht habe, erscheint mir unglaubwürdig.

Allerdings sagte Papa immer Schóffór statt Chauffeur und Káffee statt Kaffée (was seit meiner Kindheit an mir klebte und lange nicht abgehen wollte). Aber meine Eltern verabscheuten russische Grobheit, sie gingen nicht in russische Kneipen – erst in Frankreich entdeckten sie, dass es so etwas wie Restaurants auf der Welt gibt.

∾

Paris besteht aus Essen. Es riecht durch und durch nach Essen. Die Franzosen tun nichts anderes, als zu essen. Sie sitzen auf der Straße und essen. Sie gehen – und essen. Sie liegen – und essen. In unseren Alltag dringt unmerklich französisches Essen ein. Mit dem Essen ist es schwieriger als mit der Kleidung. Was das Essen betrifft, so ist Papa extrem konservativ. Für ihn sind bis heute Pelmeni der kosmische Saturn seiner Wünsche. Und so kreisen sie wie Saturne durch meine ganze Kindheit – die Pelmeni, Papas rituelles Geburtstagsessen am 9. Oktober, das Klawa zubereitet. Sie war von Kindheit an eine wahre russische Heilige, ein unsichtbares Wesen, das außerhalb aller politischen Systeme existierte, ein selbstloser und unserer Familie treu ergebener Mensch mit erstaunlichen kulinarischen Fähigkeiten.

Klawas Pelmeni, hauchdünn wie Spitzen, waren klein und lauter Einzelstücke. Die Teigscheiben stach sie mit einem Wodkagläschen aus und legte die behutsam geformten Pelmeni auf ein reichlich mit Mehl bestäubtes Holzbrett, damit sie nicht zusammenklebten. Die Pelmeni wurden in einem großen Topf gekocht, und wenn sie langsam an die Oberfläche stiegen, nahte der heilige Moment des Kostens. Klawa brachte einen einzigen Pelmen, den sie mit einem speziellen Löffel mit kleinen Löchern aus dem Topf gefischt hatte, zum Probieren an den Tisch. Papa tat etwas Butter darauf, pustete, um sich nicht zu verbrennen, und steckte den Pelmen in den Mund.

»Na, und?«, fragte Klawa aufgeregt.

»Fertig«, sagte Vater schmatzend.

In dieselben Gläser, die an der Herstellung der Pelmeni beteiligt waren, wurde Wodka eingeschenkt. Zu Pelmeni floss der Wodka ausnahmsweise in Strömen, aber niemand wurde betrunken. Die Kombination von Pelmeni und Wodka garantierte den Triumph des russischen Geistes, vergleichbar etwa mit der Katjuscha oder Ballett im Bolschoi-Theater. Wodka begann ich später in Moskau zu trinken, zu Pelmeni und mit familiärem Segen. Vater und ich haben zum Abendessen gemeinsam an die hundert Stück vertilgt. Die Pelmeni gehörten zur platonowschen Idee der familiären Ewigkeit: Es war kaum vorstellbar, dass es mit Klawas Handarbeit irgendwann vorbei sein könnte. Die Pelmeni waren die Garantie dafür, dass in unserer Familie niemand alterte und noch weniger jemand starb. Niemand wagte es, sie familiär »Pelmeschki« zu nennen. Mama mochte keine Pelmeni. Nach dem Pelmeni-Essen mussten wir lange verschnaufen und tranken Tee mit Zitrone. An einen Nachtisch war gar nicht zu denken, der Zitronenkuchen allerdings, dessen Rezept Mama fürs ganze Leben aus Paris mitgebracht hatte, bildete die einzige Ausnahme von der Regel.

Einen ebensolchen Moskauer Atavismus wie die Pelmeni bildeten auch die in Pariser Geschäften gekauften Würstchen, obwohl sie keine rituelle Bedeutung hatten – nur waren sie hier weniger lecker im Vergleich zu den hellen mikojanschen Kreml-Würstchen, dafür würziger und verdächtig rötlich wie die Franzosen selbst.

Die grundlegende Wandlung begann mit dem Wein. Ohne es zu merken, fielen meine Eltern förmlich in die vorrevolutionäre Zeit zurück und strebten zugleich in die höhere Gesellschaft empor: Sie lernten französische Weine schätzen, die in der Folge zum Eichmaß in unserer Familie wurden. Vater versorgte uns in den »Nicolas«-Geschäften mit trockenem Wein, der im Moskau der Fünfzigerjahre als Häresie, saures Zeug und ungenießbar galt. Der Weg von süßem Krim-Portwein, Madeira und Sherry zu Bordeaux und Burgunder bedeutete eine entscheidende Aufgabe sowjetischer Positionen. Sonntags bekam auch ich von meinen neu bekehrten Eltern Wein, zunächst aber mit Wasser verdünnt. Das war eine Art Eucharistie. Zum Wein gesellten sich französische Weichkäse. Zuerst die zurückhaltenden, wenig stinkenden wie Camembert und Caprice des Dieux. Im Unterschied zu den gelben Moskauer Käsesorten konnte man diese entgegen allen Regeln mit Rinde essen. Dann gelangten auf unseren Tisch Sorten mit immer aggressiverer Duftnote, die die Russen abschreckten und im Kühlschrank unerträglich stanken, wie etwa Pont-l'Évêque.

Der bei uns entbrennende Krieg der zwei mächtigen gastronomischen Systeme bestand aus Angriff, Verteidigung und Gegenangriff. In der Küche werden blutige Steaks gebraten. Zusammen mit Rotwein verdrängen sie Klawas Frikadellen. Der Fleischwolf schweigt, doch plötzlich taucht an der linken Flanke getrocknetes Schwarzbrot auf. Dem kann keiner von uns widerstehen. Getrocknetes Schwarzbrot wird bei uns nicht mit Zwangsarbeit assoziiert, sondern mit der Sehnsucht nach dunklem, aromatischem Borodinski-Brot. Die ganze Familie vermisst dieses Brot. Großmutter schickt uns, wenn sich eine Gelegenheit bietet, getrocknetes Schwarzbrot in weißen, fest zugenähten Säckchen, auf denen mit Blaustift geschrieben steht: »An W. I. Jerofejew«. Vater und ich kauen es gern unterwegs, und in unseren Jackentaschen bleiben immer Krümel davon zurück. Dafür nimmt das Baguette mit der knusprigen Kruste, das wie eine Motte nur einen Tag lebt, den Kampf auf mit dem Moskauer Weißbrot zu zwölf fünfzig und trägt den Sieg davon. Nur die mit Mehl bestäubten Moskauer Kalatschi, diese Damenhandtäschchen, können ihre Überlegenheit aus der Ferne behaupten. Nach einer gewissen Zeit kommt der erste Salat auf den Tisch – weg mit dem mayonnaisegetränkten »Hauptstadt«-Salat! –, jener grüne Salat mit Tomaten und rohen Champignons, angemacht mit Olivenöl und Weinessig, der Moskau bis heute kalt lässt.

Gegen die Franzosen werden Salzgurken ins Feld geführt, gekochte mehlige Kartoffeln, eingelegte Reizker, Sauerkraut, leicht gesalzener Lachs – oder bist du etwa kein Russe? –, die Vorspeisen zerstören die napoleonischen Pläne, Krabbensalat mit grünen Gürkchen und Erbsen obendrauf. Borodino: Zartes Schweinefleisch kämpft mit Entenbrust. Dieses Kapitel müsste man auf leeren Magen schreiben, damit der Kampf auch echt, ehrlich und gerecht aussieht. Aber der größte Sieg der französischen Küche bei uns zu Hause sind die Pommes frites. Für die Zubereitung wurde ein spezieller Topf angeschafft, der einen familieninternen Neologismus erhielt: Wir nannten ihn »Fritniza« (später ging er in die russische Sprache ein als »Fritjurniza«). Wir schneiden die Kartoffeln in lange Streifen, tun diese in ein Sieb und das Sieb in heißes Öl. Die ganze Wohnung riecht danach. Steak, Pommes frites und Bordeaux – das ist eine Herausforderung selbst für unsere Pelmeni. Die russischen Bratkartoffeln, die ewig in der Pfanne anbrennen, treten in den Hintergrund. Ich lebe der Zeit um vierzig Jahre voraus. Mama kauft ein Gerät für das Pürieren von Lauch. Bei uns wird eine neue Suppe eingeführt: Poireau-pomme-de-terre. Mit knusprigen kleinen Croûtons und Smetana. Kürzlich habe ich in der Fernsehsendung »Smak« erzählt, wie man sie zubereitet, aber ich fürchte, in unserem Land findet sie keinen großen Zuspruch.

Mama geht noch weiter. Sie probiert alles aus. Sie isst Elsässer Schnecken und die klassische Zwiebelsuppe (nicht zu verwechseln mit Lauchsuppe), sie liebt Austern, ist versessen auf alle möglichen Fische, besonders sole mit Zitrone. Papa isst keine Austern. Wie Gogols Sobakewitsch weiß er schon vorher, wie die schmecken. So entfernt sich Mama mit ihrer Liebe zur französischen Küche von Papa, ihr gastronomischer Liberalismus kennt keine Grenzen, ausgenommen Frösche. Sie sagt, dass die unangenehm nach Fisch röchen, dass das etwas zwischen Huhn und Fisch sei, sie findet die Behauptung, Froschschenkel seien besonders zart und saftig, »lachhaft« (ein Lieblingsausdruck von ihr), aber vielleicht spricht da auch der russische Ekel aus ihr. An den Froschschenkeln scheitern die russischen Gallomanen.

Ich verstehe die Wut meiner Stammesgenossen, die nicht genug gefüttert und gehätschelt wurden und aufschreien: Leck mich doch am Arsch (Papa würde übrigens auch dieses Wort niemals gebrauchen) mit deinen Fröschen! Sie hassen mich aufrichtig und sehr lebhaft. In ihren gebrochenen Lebensläufen haben sie ohne Frösche und Poireau-pomme-de-terre einen Sinn gefunden und sind ihm treu geblieben. Sie konnten sich alles erklären und Rechtfertigungen finden. Ich bin froh, dass ihnen das gelungen ist. Ich gehe lieber auf Distanz. In meiner Kultur existiert eine doppelte Staatsbürgerschaft. Sie resultiert aus der Semiotik des Alltags, aus jenen unsichtbaren Kleinigkeiten, die mir in Fleisch und Blut übergegangen sind. Diese doppelte Staatsbürgerschaft erlaubt es mir zu sagen, dass Russland nicht zu Europa gehört: Es hat eine andere, Europa oft feindliche Natur.

Zusammen mit unserer Familie leben in der Botschaft, der Handelsvertretung, dem Konsulat und anderen sowjetischen Institutionen Hunderte von sowjetischen Menschen. Auch sie laufen durch Paris und kaufen sich sogar dies und das. Aber ihr Hauptziel ist es, Geld zu sparen. Sie sparen an allem. Zurückblickend frage ich mich: Warum haben sich gerade meine Eltern grundlegend verändert und Europa in sich aufgenommen, während die anderen größtenteils dieselben geblieben sind? Sich genauso anzogen wie in Moskau, sich zu Hause auf dem Küchenschemel die Haare schneiden ließen und mistige sowjetische Zigaretten qualmten, während Vater, der damals noch stark rauchte, sofort zu französischem Tabak überwechselte und »Tabac de troupe« rauchte, einen starken gallischen Armeetabak. Woher kam bei meinen Eltern diese Wandlungsfähigkeit?

Viele Jahre später haben mir verschiedene Leute immer gern zwei Dinge wiederholt: Meine Revolte sei ein Resultat mangelnder Liebe (meiner Mutter) und meine Weltsicht habe ihren Ursprung in meiner Pariser Kindheit. Ersteres ist Unsinn: Mamas hysterische Ängste, ich könnte ein Einfaltspinsel werden, weckten meine sehr tief gelagerten Begabungen und knackten meine Faulheit. Mamas mit den Jahren entwickelte, erstaunliche Fähigkeit, nahestehenden Menschen (nicht nur ihnen) Gemeinheiten ins Gesicht zu sagen, schockierte oft ihre Schwiegertöchter, mir aber half sie damit auf die Beine. Letzteres ist die reine Wahrheit, die übrigens eine merkwürdige individuelle Nuance besitzt. Nimmt man statt der Erwachsenen die Kinder, so kam – in der sowjetischen Schule am Bois de Boulogne – eine ansehnliche Zahl zusammen. Aber niemand war von Paris so geprägt wie ich. Diesen kleinen sowjetischen Parisern begegnete ich später fast nie mehr wieder, und die zwei oder drei, die mir über den Weg liefen, kann ich wirklich nicht des Vaterlandsverrats verdächtigen. Während meine Eltern sich in Paris grundlegend veränderten, ging ich, so fürchte ich, noch wesentlich weiter. In Paris habe ich meine Heimat für mein ganzes noch folgendes Leben verraten. Ich verriet nicht mein kindliches Moskau, das nur für mich existiert, sondern das Land, in dem ich mich nie ganz zugehörig gefühlt habe, obwohl ich mich zunächst sehr darum bemühte. Ich verriet meine Heimat, ohne es zu bemerken: leicht und frei.

∾

Ich verstehe bis heute nicht, wie das passiert ist. Eigentlich verirrte sich sehr wenig Frankreich in mich hinein. Ich lebte am äußersten Rand von Frankreich, doch ging es völlig und ganz in mich ein, überschwemmte mich. Als Botschaftsrat für Kultur hatte Vater die Möglichkeit, selbstständig das Land zu bereisen. Wir fuhren nach Cannes zum Filmfestival. Wir übernachteten unterwegs in kleinen französischen Gasthäusern. Zum Frühstück aßen wir Croissants, Erdbeer- und Aprikosenmarmelade, tranken *café au lait*. Das erwies sich als ausreichend.

In Paris ging ich in die sowjetische Grundschule. Das war ein sehr merkwürdiger Ort, wo in einem Raum die erste zusammen mit der dritten Klasse unterrichtet wurde und in einem anderen die zweite mit der vierten. Einmal besuchte uns Valentin Katajew mit dem Gesicht einer freundschaftlichen Karikatur (damals wurden gern solche Karikaturen von Schriftstellern gemacht). Offenbar hatte man ihn genötigt. Die Schüler lärmten auf halber Lautstärke, aber ich stützte meine Schläfe in die Faust und war bereit, ihm aufmerksam zuzuhören. Der Autor des Romans *Der Sohn des Regiments* sprach über etwas, das einer langen schwarzen Katze ähnelte.

»Aber das versteht ihr noch nicht.«

Ich behielt die Katze und »das versteht ihr noch nicht«, alles Übrige vergaß ich. Das war der erste Schriftsteller, den es zufällig mit einer langen schwarzen Katze in mein Leben verschlug. Die beiden Lehrerinnen widmeten eine halbe Schulstunde den Kleinen und eine halbe den Großen. Schlechte Noten gaben sie überhaupt nicht. Kirilla Wassiljewna war nicht nur Lehrerin, sondern auch Direktorin. Ich war insgeheim in sie verliebt. Außer in sie war ich noch insgeheim in ein namenloses Mädchen verliebt, das ein Jahr älter war als ich. Als sie abreiste, verliebte ich mich insgeheim in ein anderes Mädchen, das ebenfalls namenlos und ein Jahr älter war als ich. Im Hof der Botschaft in der Rue de Grenelle sammelte uns immer ein Bus ein.

»Habt ihr die Halstücher abgenommen?«, fragte der Busfahrer.

Wir liefen mit roten Halstüchern herum, aber während der Fahrt durch ganz Paris mussten wir sie abnehmen, da die Botschaft Provokationen gegen die sowjetischen Kinder befürchtete. Ich besaß kein richtiges Halstuch, es hatte nicht die richtige Farbe, Klawa hatte es aus dunkelrotem französischem Material genäht, es ähnelte eher einem Cowboy-Halstuch, und als Großmutter mir aus Moskau ein richtiges schickte, war das ein Festtag, nirgendwo bedeutete mir mein Pionierhalstuch so viel wie in Paris. Wir wurden zu Pionieren erzogen, aber ungewollt faulten wir ideologisch ein wenig an, und wenn wir in Paris über die Champs-Élysées fuhren, betrachteten wir begeistert die amerikanischen Autos mit ihren »Stoßzähnen«. Wir waren überzeugt davon, dass bei einem Unfall die Zähne von selbst ausgefahren würden, um das feindliche Auto aufzuspießen.

Die Kinder spielten im Hof der Botschaft. Der Kontakt zu Franzosen war minimal. Manchmal ging ich mit Mama in die Tuilerien, aber da war es ein bisschen langweilig, dort gab es nichts zu tun, außer Eis zu essen, dafür spielte ich am Teich im Jardin du Luxembourg stundenlang mit Segelbooten, die man dort ausleihen konnte. Mama setzte sich auf einen grünen Stuhl, der durchbrochen war wie Spitzen und so schwer, dass man ihn mit Geknirsche durch den Kies ziehen musste, um ihn auf den richtigen Platz zu stellen. Zu der Zeit kostete die Benutzung der Stühle ein paar Kopeken, alte Frauen mit gutem Gedächtnis sammelten das Kleingeld in einem Schüsselchen, wir nahmen einen Stuhl für uns beide, ich brauchte keinen: Über eine niedrige steinerne Brüstung gelehnt, folgte ich mit den Augen meinem Segelboot. Die Uhr an der Fassade des Palais du Luxembourg ging immer vor, die Zeit verflog mit einem Pfeifen, ließ Wind aufkommen, raschelte in den rostroten, angebrannten Blättern der hohen Kastanien mit ihren beschnittenen Kronen, warf die Statuen der französischen Könige um, die mich aus der Ferne beobachteten – kaum war man angekommen, ging die Sonne auch schon unter, Mama klappte ihr Buch zu, faltete die Zeitung zusammen, stopfte die Zeitschrift in ihre Handtasche: höchste Zeit, nach Hause zu gehen. Dieses Herausfallen aus der Zeit, wo man, vertieft in seine Lieblingsbeschäftigung, alles ringsum vergisst, war mein Kontakt zur aus endlosen Fantasien bestehenden kindlichen Ewigkeit.

Den Diplomatenkindern war es zu jener Zeit verboten, eine französische Schule zu besuchen. Ich lernte Französisch bei einer alten Armenierin, die, obwohl Emigrantin, aus unerfindlichen Gründen zumindest in einen Vorraum der Botschaft eingelassen wurde. Ich nahm bei ihr Privatstunden in dem kleinen leeren Zimmer (das wahrscheinlich für Gespräche genutzt wurde) neben der Pförtnerloge. Sie brachte französische Kinderbücher mit, deren Illustrationen mich beeindruckten, den Kindern passierte immer etwas Übertriebenes: Sie rannten so wild, fielen mit Schmackes hin (dabei flogen den Mädchen die Röcke hoch, und man sah die weißen Höschen), sie weinten so eindrucksvoll dicke Tränen, ohne irgendwie Mitleid mit sich selbst zu haben, dass mir danach die russischen Kinder in den Büchern übertrieben artig vorkamen, wie aus Schnee gebacken. Aber ich hatte nicht viele Stunden bei der Armenierin, und im Unterschied zu meinem jüngeren Bruder beherrsche ich Französisch nicht wie eine zweite Muttersprache. Von meinem Kinderfranzösisch ist mir nur ein kostbares Wort geblieben. Damit beschämte ich einmal zufällig Dubinin,

Chruschtschows sowjetischen Dolmetscher, der, als er hörte, dass ich Französisch lernte, zu mir sagte:
»Na, dann sag mal was.«
Er war damals Papas Untergebener und verhielt sich mir gegenüber betont aufmerksam.
»Coccinelle«, sagte ich verlegen.
»Was?«
»Coccinelle«, wiederholte ich noch verlegener. Ich bestand aus pathologischer Schüchternheit, so wie die Gurke aus Wasser.
Ich spürte, wie eine Welle von Verwirrung über die schöne hohe Stirn des zukünftigen russischen Botschafters in Frankreich lief, der 1991 vorbehaltlos und mit offensichtlicher Erleichterung den Putsch gegen Gorbatschow unterstützen sollte.
»Marienkäferchen«, murmelte ich.

∼

Sonntags gab es am Anfang der Champs-Élysées immer die »Marktbriefmarke«. Das war für mich das Wichtigste – die »Marktbriefmarke«. In Wirklichkeit hieß es Briefmarkenmarkt, aber ich verdrehte vor Aufregung die Wörter. Mama gab mir einmal in der Woche eine Münze im Werte von 100 damaligen Franc, lächerlich wenig, wofür ich mir etwas kaufen durfte. Bei schlechtem Benehmen gab es gar nichts. Ich konnte mir, wenn ich Geld gespart hatte, entweder Spielzeugsoldaten kaufen oder Autos von »Dinkey toys« oder Briefmarken. Ich wollte natürlich alles haben.
Was Briefmarken angeht, bin ich Dilettant; was ich dazu sage, hat nichts mit Philatelie zu tun. Meine Eltern und ich gingen zusammen für mich Briefmarken kaufen. Je nach ihrem Wert wurden sie entweder in großen durchsichtigen

Umschlägen verkauft, in denen hauptsächlich blasse französische Marken mit der die Nationalflagge haltenden Marianne steckten, verdünnt mit deutschen, belgischen, holländischen, spanischen mit dem fetten eigensinnigen Profil von Franco darauf und manchmal auch vorrevolutionären russischen Marken mit dem doppelköpfigen Adler, oder in kleinen Umschlägen als ganze Serien. Die teuren Marken wurden einzeln verkauft und waren für mich unerschwinglich. Man konnte viele billige Marken auf einmal kaufen, wozu mich meine Eltern vorsichtig ermunterten, und sie dann den ganzen Tag mit einer genetisch veranlagten Geduld einkleben, wie sie meinem Buchhalter-Opa von der Oktober-Eisenbahn (nach Großmutters Überzeugung konnte er den ihm verliehenen Lenin-Orden nicht entgegennehmen, weil ich ihn umbrachte) eigen gewesen war und auch Mamas Mutter Serafima Michailowna, die als Rechnungsführerin in Nowgorod gearbeitet hatte. Man konnte aber auch einige Marken aus den britischen Kolonien erwerben und außer sich sein vor Glück. Ich liebte die Marken aus den englischen Kolonien mit dem König darauf oder der neuen Königin Elisabeth II. mit ihrer Krone, dargestellt in einem Kreis. Eine Insel, die St. Helena hieß, versetzte mich geradezu in Ekstase, mir verschlug es die ohnehin nicht sehr stabile Sprache. Aber nicht weniger begeisterten mich die portugiesischen Kolonien mit ihren Fischen, Schmetterlingen und Tieren aus Angola und Mosambik. Bis heute stellen sich diese Länder für mich mit ihren bunten Briefmarken dar und haben in meinem Bewusstsein alles spätere sozialistische Unglück besiegt. Ich liebte auch die Markenvielfalt der Zwergstaaten wie San Marino, wohin ich später nur deshalb fuhr, weil ich Briefmarken dieses Landes gesammelt hatte, Monaco, Liechtenstein und Andorra. Ich ging einfachen Ideen auf den Leim: Ich liebte dreieckige Marken aus der Mongolei und auch solche ohne Zacken – sie schienen aus der Epoche der Dinosaurier zu stammen. Meine Eltern kauften mir Ordner und Kataloge. Ich suchte aus dem zweibändigen, penibel gemachten, klein gedruckten Katalog die gekauften Marken heraus und registrierte sie, indem ich unter die Beschreibung der Marke mit blauem Stift einen horizontalen Strich zog: gekauft. Die Idee, alle Marken der Welt zu kaufen, erschien mir realisierbar. Im Grunde genommen kaufte ich die Welt auf, und ob die Marken einen Poststempel trugen oder nicht, war mir nicht so wichtig. Die besten Marken sortierte ich in Alben mit kleinen durchsichtigen Aufklebern ein (manchmal gingen auch welche ab), die schlechteren lebten in den Ordnern, säuberlich sortiert, aber ein wenig beengt wie Passagiere zweiter Klasse.

Meine Sammelleidenschaft führte zu einem sinnvollen Ziel, das meine Eltern erfreute. Die Welt wurde mir durch die Briefmarken vertraut und blieb für immer in mir. Das Einswerden mit der Welt machte einen kleinen Kosmopoliten aus mir, der die Länder objektiv beurteilte, einen jungen Komparatisten mit diffusen politischen Orientierungen. Die sowjetischen Marken, die von Großmutter aus Moskau kamen, riefen gemischte Gefühle in mir hervor. Ich wollte gern, dass sie mir gefielen, meine Einstellung zu ihnen war die der Amerikaner zu ihren Gästen: Sie suchen nicht nach Fehlern und wollen diese auch gar nicht sehen, sie werten sie auf, und erst dann beginnt ihre allmähliche Abwertung. Auf den sowjetischen Marken war die mir verständliche Welt der Buchstaben und Geldwerte; die Rubel und Kopeken erfreuten mich. Noch mehr gefiel mir, dass ich Menschen, Orte und Ereignisse darauf wiedererkannte: Puschkin, Tschaikowski, Tschkalow, den Roten Platz, den Sturm auf das Winterpalais – großartig. Aber letzten Endes wurden auch noch andere Dinge daraus ablesbar: Ernsthaftigkeit, Erwachsensein, Befangenheit, Müdigkeit. Sie waren wie Lehrer, die man respektieren muss. Die kleinen waren allzu gesichtslos. Die Jubiläumsmarken mit den Porträts verschiedener Funktionäre waren langweilige Reproduktionen von Bildern. Kein Vergleich zu den Schmetterlingen aus den portugiesischen Kolonien, die viel interessanter waren als die düsteren Marken von Portugal selbst.

Die »Marktbriefmarke« am Anfang der Champs-Élysées war mein französischer Magnet. Was ich mir nicht alles ausdachte, um meine Eltern dorthin zu locken. Der Junge mit der dunkelblauen französischen Baskenmütze hörte auf zu existieren. Er verwandelte sich mehr und mehr in pure Leidenschaft. Ich liebte französische Rummelplätze, ich liebte Schießstände und konnte sogar so gut schießen, dass die Schießstandbesitzer sich über mich ärgerten, weil ich so viele Preise gewann. Den Briefmarkenmarkt aber liebte ich nicht einfach, für ihn schwärmte ich nicht nur – ich vergötterte ihn regelrecht. Er war meine kindliche Religion. Ich ließ mit halb abwesendem blassem Gesicht meinen Blick über die Tische und Stände schweifen. Die Marken waren mein Sex, mein Schöpfertum, mein Ein und Alles. Seitdem hat sich mein Leben in eine Abfolge von Magneten verwandelt. Mit derselben Besessenheit ging ich als Student in Paris immer wieder in die russischen Buchläden. Der verbotenste Laden der YMCA-Press, der erschütternde antisowjetische Literatur verkaufte und dem gegenüber der KGB, wie man mir Angst machte, eine Wohnung gemietet hatte, um vom Fenster aus die Käufer zu observieren, erschien mir noch jahrelang in meinen Träumen, immer wieder ging ich dorthin. Der Briefmarkenmarkt hat meine angeborene Besessenheit offenbart.

Vater, der aus der Kultur eine rein politische Wurzel zog, begann in Paris dermaßen aktiv den Westen zu bekämpfen, dass er sich bei den französischen Geheimdiensten den Titel »Spion« erwarb. Froment-Meurice, Botschafter Frankreichs und Vaters Gesprächspartner aus jener Zeit am Quai d'Orsay, beurteilte ihn mir gegenüber viele Jahre später feindselig als knallharten, unzugänglichen Diplomaten.

Paris strahlte damals im Lichte weltberühmter Stars, und Vater pflegte geschickt Freundschaften mit den nötigen Leuten. Auf sein Konto geht die Moskau-Tournee von Yves Montand nach den Ungarn-Ereignissen von 1956, ein Gastspiel, das bei vielen Franzosen Empörung hervorrief. Vater kannte Picasso recht gut, reiste zu ihm an die Côte d'Azur, aber noch stolzer war er darauf, dass er die Lenin-Granitbüste eines unbekannten französischen Bildhauers vor der Zerstörung bewahrte; der Führer der Revolution diente dann noch lange als Staubfänger in der »Roten Ecke« der Botschaft. Die Amerikaner waren für Vater die Hauptfeinde. Bei einer Vergnügungsfahrt mit Musik auf der Seine saßen einmal ein paar ausgelassene Burschen in bunten Hemden und mit Biergläsern in der Hand neben uns an Deck und sprachen laut Englisch.

»Vorsicht! Das sind amerikanische Soldaten, die sich umgezogen haben«, warnte Vater streng. Ich war neun und starrte die Feinde auf Ausgang in heiligem Entsetzen an.

Zugleich liebte Vater das Leben zu sehr, um den neblig sonnigen Charme von Paris nicht zu bemerken. Er besaß ein natürliches Feingefühl, das sich schlecht mit seiner Ideologie vertrug.

Jedenfalls herrschte in meiner Familie kein totalitäres Regime. Im Grunde war es das, was Vater ins Verderben stürzte.

Ich war der Gott des Krieges. Ich spielte so inspiriert mit meinen Spielzeugsoldaten, dass dies wahrscheinlich das erste Auftauchen einer Muse war, die keine würdigere Verwendung in meiner Kindheit finden konnte, welche endlos weit von jenen familiären Verhältnissen entfernt war, wo das Kind vom Säuglingsalter an als vererbungsbedingt begabt erklärt wird und ihm ständig Dutzende von Augen folgen, damit eines Tages verkündet werde, dass es sich um ein junges Genie handle. Meine Kriegsmuse erschien mir auf dem Fußboden unter dem runden Tisch des Wohnzimmers unserer Pariser Wohnung. Zwei Armeen griffen einander an, ihr Schicksal entschied die Treffsicherheit eines Gummibands, das von meinem Daumen oder einem Bleistift schnellte. Ich war der neutrale Interpret der Rolle des Zufalls. Ich hielt den Sieg auf der einen wie auf der anderen Seite für möglich.

Die russischen Spielzeugsoldaten jener Zeit, erworben im Moskauer Kaufhaus »Welt des Kindes«, hielten die Beine zusammen und die Hände an der Hosennaht. Alles war grob gemacht, aus staatlicher Produktion, aus einem Stück und auf einheitlichem rundem Fuß. Nur der Fahnenträger mit seinem roten Banner sah anders aus, aber auch bei ihm blätterte rasch die grüne Farbe seiner Uniform ab, und unter der Uniform trat graue metallische Nacktheit zu Tage.

In Frankreich wurde ein großes Sortiment von Militärs angeboten. *Political correctness* gab es noch nicht, und man durfte Cowboy und Indianer spielen. Aus demselben Plastik hergestellt, waren sie jedoch moralisch nicht gleichwertig. Die Indianer hatten Hakennasen, Bögen und Tomahawks. Ihre schrecklich angemalten Gesichter waren von Bosheit verzerrt. Sie waren eindeutig Feinde, die Cowboys in roten

Hemden, mit Lassos, Revolvern oder Gewehren in den ausgestreckten Händen dagegen verwegen lächelnde Kerle. Einige ritten zudem noch wagemutig auf Pferden. Die Cowboys und Indianer wurden von meinen Eltern nicht abgelehnt, aber für mich taugten sie nicht, weil ästhetisch bereits im Voraus entschieden war, welche Seite den Kampf gewinnen würde.

Völlig gleichgültig ließen mich die historischen Soldaten der napoleonischen Kriege, die mit großer Kunstfertigkeit gemacht waren. Ich war damals noch nicht reif für Geschichte, hatte keine Lust, Vergangenheit zu spielen. Ich brauchte Panzer und keine Kanonen mit Kugeln. Mir gefielen die modernen französischen Soldaten. Sie waren beweglich, aus Plastik, beinahe mit lebendiger Haut, aber irgendetwas an dem Plastik war zu leicht, und darum war es nicht schwierig, sie mit dem Gummiband umzuflitschen. Ich sehe deutlich den metallenen französischen Kommandeur (ich nannte ihn Hauptmann) vor mir, mit braungrüner Uniform und Helm, auf dem seitlich die französische Trikolore aufgemalt war. Er geht in den Kampf, die Pistole in der rechten Hand vorgestreckt. Er hat dicke, vielleicht sogar zu dicke schwarze Augenbrauen, die mich ein wenig irritieren. In allem Übrigen ist er das Ideal eines Kriegers. Ihm nach ziehen einfachere Soldaten ins Gefecht, aber sie haben Maschinengewehre, Granatwerfer, alle mögliche Technik inklusive Jeeps. Die sowjetischen Ölgötzen kauft man in großer Zahl; ihr Tod hat keine Bedeutung. Die französische Armee mit ihrem Hauptmann an der Spitze demonstriert ihre Flexibilität.

Ich schoss mit dem Gummiband abwechselnd mal auf die einen, mal auf die anderen – und sie griffen an, versteckten sich hinter den Tischbeinen. Als erschossen galt, wer auf dem Boden lag, als verwundet, wer sich, nicht ganz umgefallen, an einen Wagen lehnte oder gegen einen Waffenbruder. Die Verwundeten blieben drei Runden liegen und erhoben sich dann erneut zur Attacke. Ich spielte tagelang Krieg, selbstvergessen, als übte ich für meine Bestimmung, ich vergaß, meine Schulaufgaben zu machen, zu Abend zu essen und zu schlafen, ich wünschte nur eins: dass meine Eltern mich nicht störten. Manchmal erforderte der Krieg eine größere Anzahl von Soldaten, und dann dienten Schachfiguren als Verstärkung. Aufgeteilt in Schwarze und Weiße, zogen auch sie genauso wie die Soldaten in den Kampf als Vorboten der Sternenkriege.

Ich schoss ehrlich, darauf bedacht zu treffen, genauso wie ich Schach gegen mich selbst spielte, aber manchmal, wenn mein geliebter Hauptmann auf seinem ovalen Fuß fiel, griff ich zu einer List und tat so, als sei er auf eine Hand gefallen und also nur verletzt. Die sowjetischen Truppen waren mir teuer mit ihrer Fahne, aber im Grunde meiner Seele war ich für die Franzosen. Wären die französischen Soldaten schlechter gemacht gewesen, hätte ich keine gemeinsame Sprache mit ihnen gefunden. Wäre Frankreich kein so köstliches, duftendes und vor allem vertrautes Land gewesen, wäre ich ein sowjetischer Mensch geworden.

∼

Macht sich der russische Schriftsteller, der einen unwiderstehlichen muffigen Geruch besitzt, ans Schreiben seiner Autobiografie, hat er ein einziges Ziel: sich selbst als Gipfel der russischen Welt zu präsentieren, als Weihnachtsstern, der auf der Spitze des Tannenbaums steckt. Alle anderen Schriftsteller sind nur zusätzliche Figuren, die weiter unten hängen, von den Zweigen herunterfallen, aber nicht am Boden zerbrechen, sondern frech auf und nieder hüpfen.

Im Unterschied zu anderen Ländern, die Anspruch auf Originalität erheben, hält sich Russland nicht nur für einen Träger einzigartiger Werte, sondern auch für ein großartiges Land, das die Welt mit seinen Strahlen universaler Wahrheit erleuchtet. Aus demselben Holz wie Russland ist auch der russische Schriftsteller geschnitzt, der sich mit seinem Anspruch auf weltweite Geltung vorübergehend im Verborgenen hält, aber kaum treffen ihn Strahlen wenigstens lokalen Ruhms, erscheint auch schon aus der Larve – nein, kein Schmetterling, sondern ein Dinosaurier, der sich selbst zum König der Tiere erklärt.

»Ich erkenne weder die Philosophen des Westens noch die Weisen des Ostens an«, sagt der russische Schriftsteller. »Ich gehöre nur dem russischen Gott.«

Der russische Gott macht aus der Autobiografie des Schriftstellers einen fatalistischen Reif göttlicher Ordnung. Doch der Reif drückt allzu sehr auf den Kopf. Entweder hältst du das aus, oder du schreist. Der russische Schriftsteller befindet sich nie in einem friedlichen Zustand. Er ist erregt. Ihm ist es nicht gegeben, in die zwiespältige Welt von Zufälligkeit und Gesetzmäßigkeit einzudringen, deren musikalischen Rhythmus wahrzunehmen. Die Zufälligkeit bekommt er nicht in den Griff. Er ist ungeduldig. Das Chaos verdichtet sich und ergibt eine Zeichnung, ähnlich der Wolke, welche die Form eines Delfins oder Bären annimmt, je nach individueller Lesart, um sich dann wieder in formlosen Nebel zu verwandeln. Wenn es in der russischen Welt tatsächlich etwas Ureigenes gibt, dann ist das nicht Fuseldunst, sondern es sind die Verflechtungen von Wille und Absurdität, Gesetz und Gnade – heimlichen Anspielungen auf die Unterströmungen des Lebens.

∼

Sowjetische Clowns und Ballerinas, Schriftsteller und Maler, Musiker und Schauspieler – das war die Pariser Klientel meines Vaters. Mein Papa ist ein Zerberus. Ein nach Moskau geschicktes Chiffrogramm, in dem er einen Künstler als politisch unzuverlässig einstuft, kann diesem das Leben zerstören und ihm ein Reiseverbot einbringen. Vater ist eine wichtige und gefährliche Person. Man wirbt um seine Gunst und Freundschaft.

Papa glaubte, dass sie tatsächlich mit ihm befreundet seien, und einige, wie Leonid Kogan, waren das auch und fanden in ihm einen Gesprächspartner. Papa fuhr mit Kogan durch Paris, um eine einzigartige Geige zu kaufen, und seine detaillierte Erzählung, wie der Geiger dem Instrument lauschte, bringt mich auf den Gedanken, Papa sei in gewissen Momenten bereit gewesen zuzugeben, dass die Welt nicht nur von Politik regiert wird. Sein Lehrer Molotow indessen fand offenbar nicht zu Unrecht, dass in jedem Künstler die Fäulnis stecke und dass freundschaftliche Nähe zu ihnen (wie sie Woroschilow nicht fremd war) gefährlich sei. Den Zerberus musste man sich geneigt machen, um durchzuschlüpfen in eine geschützte Welt, die die großen sowjetischen Musiker, auch wenn sie dies nicht zugaben, mehr liebten als ihre Heimat und ihren Staat. Sie hatten nicht zu vergleichende Leidenschaften: Papa spielte Tennis, womit er schon vor Paris angefangen hatte. Sie hatten ihre Musik, und sie spielten natürlich mit ihm, benutzten ihn, wobei sie hin und wieder hinter zufällige Geheimnisse der verbarrikadierten Staatsmacht kamen.

Als Rostropowitsch und ich 1992 an der Inszenierung von Schnittkes Oper *Leben mit einem Idioten* arbeiteten, machte er meinem Vater Komplimente, äußerte sich begeistert über ihn als einen Menschen, der so gar nicht einem sowjetischen Schurken ähnlich gewesen sei. Mir war es angenehm, das zu hören, und als ich aus Amsterdam mit Vater in Moskau telefonierte, übermittelte ich ihm die Grüße von Rostropowitsch, und er war sehr stolz darauf. Für ihn waren Rostropowitschs Grüße Zeichen seines Erfolgs im Leben. Im Unterschied zu Mama verstand er wenig von Musik, und ich habe ihn nie selbst zu seinem eigenen Vergnügen klassische Musik auflegen sehen, bestenfalls empfand er Musik als Lebensuntermalung, aber Rostropowitschs Freundschaft schmeichelte seiner Eitelkeit.

Ich lud meine Eltern zur Opernpremiere ein. Ich weiß nicht, was sie in Wirklichkeit über diese Oper dachten, da sich aber die holländische Königin nach dem Finale erhob und stehend applaudierte, konnte man ihre Reaktion vorhersagen. Bei dem anschließenden Bankett traf Papa mit Rostropowitsch zusammen. Sie standen nicht weit von mir entfernt, küssten sich heftig, sogar auf den Mund, wie es schien, klopften sich gegenseitig auf die Schulter und wechselten ein paar Worte. Rostropowitsch stürmte weiter, durch den ganzen Saal, küsste alle ab und stieß auf mich:

»Na, wo ist denn nun dein Vater? Ich möchte ihn sehen!«
»Ihr habt euch doch geküsst!«
»Wann?«
»Gerade eben!«

Rostropowitsch runzelte die Stirn, versuchte, sich zu erinnern, was ihm jedoch nicht gelang, und eine Sekunde später war er bereits nicht mehr zu sehen. Am nächsten Morgen erzählte mir Papa, wie herzlich die Begegnung mit Rostropowitsch gewesen sei.

Die sowjetischen Künstler bewahrte Papa vor dem Sündenfall, die französischen verführte er. Meine Eltern berauschten sich an der Freundschaft mit Yves Montand und Simone Signoret. Die Fotos, auf denen sie gemeinsam an einem warmen, sonnigen Tag vor der Villa der Schauspieler zu sehen sind, gehören zu den kostbarsten Erinnerungsstücken meiner Eltern. Die Freundschaft mit Montand endete seltsam. Nach den Ungarn-Ereignissen hatte Vater ihn überredet, nach Moskau zu kommen, was er als persönlichen Sieg empfand. Alles Weitere lässt sich verschieden interpretieren. Moskau empfing Montand mit überwältigender Begeisterung. Sein Besuch war für die Moskauer, die, für dumm verkauft, die ungarische Revolution überhaupt nicht begriffen hatten, keineswegs ein Zeichen für einen sowjetischen ideologischen Trick, sondern für poststalinistisches Tauwetter. Objektiv engagierte sich Montand in Moskau für eine Liberalisierung Russlands. Aber Chruschtschow kam mit Gefolge zu seinem Konzert, und das wurde zu einer politischen Demonstration. Montand kehrte nach Frankreich mit dem Gefühl zurück, betrogen worden zu sein. Meine Eltern erzählten mir viele Jahre lang empört, dass er Schwierigkeiten gehabt habe beim Rundfunk und mit Schallplattenaufnahmen, dass man ihn boykottiert habe – auf diese Weise wurde er bestraft. Die Freundschaft mit meinen Eltern versandete nach seiner Rückkehr allmählich.

Simone Signoret schrieb viele Jahre später, schon nach dem Einmarsch in die Tschechoslowakei, ein Buch, in dessen Titel der Name meines Vaters vorkam: *Auf Wiedersehen, Wolodja*. Vielleicht war er hier gemeint als Symbol für ihren Bruch mit den Kommunisten. Montand wurde zum Sowjetfeind, spielte in dem Film *Das Geständnis* mit. Während Gorbatschows Perestroika kam er mit diesem Film nach Moskau. Vater fuhr zur Premiere, um den alten Freund zu treffen. Im Unterschied zu Rostropowitsch erkannte Montand ihn unter all den Menschen, und es war wohl klar, warum. Beide waren gealtert, hielten sich aber noch recht gut, obwohl bei beiden die Augen leicht wässrig geworden waren. Russland hatte sich ebenfalls verändert. Montand winkte ihm von Weitem zu, umgeben von einer Menge von Leuten, und rief laut: »A bientôt! A bientôt!« Doch er kam nicht auf ihn zu, lud ihn nicht zum Bankett ein, umarmte ihn nicht, küsste ihn nicht. Papa kam irritiert nach Hause. Das Thema Freundschaft mit Yves Montand wurde vorsichtig aus dem Familienrepertoire gestrichen.

∽

Wenn ich in Paris bin, besuche ich Notre-Dame, stelle zwei Kerzen »für die Gesundheit« auf, und wie eine dicke Kaufmannsfrau bitte ich Gott, dass meine Eltern lange leben und nicht krank werden mögen. Aufgrund der historischen Umstände sind sie von Dir abgefallen, aber sie sind schon alt, brauchen Verständnis, Zärtlichkeit und göttliche Güte. Ich gehe die Uferstraße entlang, vorbei an den Bücherständen, wo Zeitschriften aus den Fünfzigerjahren verkauft werden, deren damals aufsehenerregende Titelseiten einem heute so harmlos vorkommen, und plötzlich kehrt alles erneut zu mir zurück. Unsere Familie wurde von den Impressionisten moralisch zersetzt (schon Ende der Dreißigerjahre, in Moskau, schwärmte Mama für sie). Nicht umsonst bekämpfte der sowjetische Kunsthistoriker Kemenow sie bis zum Letzten. Er fand, wahrscheinlich zu Recht, dass sie die Idee der objektiven Wahrheit untergraben, den Stoff des Sinns zerstören und den Zufall preisen. Kemenow arbeitete damals in Paris bei der UNESCO, liebte Benois, und mit meinen Eltern spielte er bei Spaziergängen das Städtespiel:
»Kaluga!«
»Alma-Ata!«
»Krasnojarsk!«
»Klysmagrad!«, sagte Kemenow.
Alle lachten, auch ich, aber dann hörten meine Eltern auf,

ihn einzuladen; schlau, wie er war, konnte er hinter Mutters heimliche Liebe zu Monet kommen. Bereits lange vor der Entdeckung des frühen Majakowski – meines ersten (und letzten) Idols, der in meinem Zimmer über der Tür hing und äußerlich ein legales, innerlich aber ein höchst subversives Idol darstellte – waren die Impressionisten, sie alle, besonders van Gogh, Gauguin, Modigliani, meine Versuchung. Mein Sturz in den Abgrund. Ohne sie wäre ich vielleicht eher in Richtung Institut für Internationale Beziehungen gegangen, hätte davon geträumt, Außenminister zu werden – und vielleicht wäre ich es heute sogar. Aber diese Maler haben mich aus der Bahn geworfen, mir das Gehirn durchgepustet und den Weg in den Abgrund geebnet. Dann folgten rasch hintereinander die Kubisten, Abstraktionisten, Surrealisten. Den Zugang zu den Impressionisten eröffnete mir sehr früh meine Mutter. Man brauchte sie nicht zu lesen und sich mühevoll anzueignen, sie fesselten einen vom ersten Blick an. Sie reimten sich auf meine Mohnblumen bei Paris, auf meine Seine, meine Marne, meine Kastanien und Platanen.

∾

Je weiter ich an diesem Buch schreibe, desto schlechter komme ich mit den verborgenen und offenen Widersprüchen meiner Eltern zurecht. Sie sind wahrhaftig das UFO meines Lebens. Eine Analyse unserer Eltern ist eine Art intellektueller Inzest.

Welche Dämonen auch immer meine Seele zerreißen mochten (wie meine Mutter es ausdrückte), ich habe immer Dutzende von Rechtfertigungen dafür gefunden, in Bezug auf meine Eltern keine schmutzige Wäsche zu waschen. Ich kenne meine Eltern schlecht, und damit bin ich ganz zufrieden. Woher soll ich denn wissen, warum sie so schnell der europäischen Versuchung erlegen sind, warum gerade ihnen Europa seinen Stempel aufdrücken konnte.

Neben Essen und Kleidung war es sein Geschmack am Leben, womit Europa meine Eltern nach und nach bezwang. Papa begann Tennis zu spielen und vergaß das Schachspiel. Er kaufte Tennisschläger von Dunlop und Schlesinger, deckte sich mit Markenbällen ein, legte sich weiße Shorts zu und ein weißes Tennishemd mit dem kleinen grünen Krokodil. Ein nicht weniger bedeutender Moment war der Kauf einer Acht-Millimeter-Kamera. Zunächst diente sie rein touristischen Zwecken, passend zur Tauwetterperiode, dann jedoch muss der Moment der Selbsterkenntnis eingetreten sein. Die Kamera forderte automatisch von Vater eine Entscheidung: Was sollte er filmen und wozu?

Die Amateurfilmerei ist ein Kampf mit dem Tod. Meine Eltern bewahren bis heute eine Menge von Schmalfilmspulen auf. Ich habe sie mir lange nicht mehr angesehen (der Projektor ist defekt), aber viele Jahre lang war es so: Nach einem Mittagessen mit Gästen trug Vater die ausrollbare, silbrig schimmernde Leinwand ins Wohnzimmer, legte die Filmspulen in den Apparat ein, und es begann das Zirpen der rituellen Minuten, in denen die kurzen, selbst gedrehten Filme mit Loire-Schlössern, Fontainebleau und anderer französischer Architektur vor grünen Rasenflächen vorgeführt wurden. Russland hat Vater fast nie aufgenommen. Ich sehe mich selbst als linkische Figur in diesen Filmen, mit blassem Gesicht, mit französischer Baskenmütze auf dem Kopf und einem linkischen Lächeln. Im Vergleich zu den beständigen Gestalten der Bekannten meiner Eltern war ich jedes Mal anders, ein nicht festzumachendes Objekt, wie meine Handschrift, die Dutzende von Schattierungen hat, aber wegen des Computers längst bedeutungslos geworden ist. Vater kaufte einen Montagetisch mit einem kleinen Bildschirm; abends war er oft mit Schneiden und Kleben beschäftigt. Die Bilder waren anfangs schwarz-weiß, aus mittlerer und weiterer Entfernung aufgenommen. Fast nie gab es Nahaufnahmen, Vater genierte sich, den Leuten zu nahe zu treten. Ich kann mich nicht erinnern, ihn jemals schreiend, mit dem Fuß aufstampfend, außer sich gesehen zu haben. Einer seiner Vorzüge war zweifellos seine Selbstbeherrschung, die ich in weitaus weniger perfekter Form geerbt habe. Wahrscheinlich war er ein mäßiger Kameramann und Regisseur. In Vater begann sich die Idee der Selbsterkenntnis zu regen, konnte sich vielleicht aber nie ganz durchsetzen. Sein Interesse galt offensichtlich nicht der Kunst, sondern den Objekten als solchen, einer Sammlung des Gesehenen, einem unbewussten Rechenschaftsbericht über das gelebte Leben; und erst ganz zuletzt seiner auserwählten Position. Er filmte keine riskanten Bilder, und später einmal, als er von der kurzsichtigen Galina Fjodorowna, die es ihm offenbar angetan hatte, einen Schmalfilm über eine Reise nach Mali bekam, schnitt er gnadenlos auf seinem Montagetisch den Afrikaner heraus, der mit seinem schwarzen Glied vor der Kamera herumwedelte – zum großen Bedauern der Zuschauer, die sich bei uns zu Hause versammelt hatten. Das Heimkino trennte meine Familie von der Welt der Botschaft, die für sich lebte und nur sich selbst sah.

Die Vorführung der Filme geschah oft mit Musik, und auch hierbei trug Europa den Sieg davon. Im Unterschied zu den kleinen Mitarbeitern der Botschaft, die heimlich Leschtschenko hörten, der nicht mehr ganz, sondern nur noch halb verboten war, mochten meine Eltern keine verwegenen Lieder, sondern hörten lieber französische Chansons. Sie vergötterten Edith Piaf. Sie hörten Brassens. Später kam

Aznavour dazu und noch viele andere. Mit Yves Montand und Simone Signoret waren sie, wie bereits gesagt, eng befreundet (die Begegnung mit solchen Menschen war noch eine weitere starke Versuchung Frankreichs, was ich beinahe nie beobachten durfte, denn ich wurde solchen Leuten nicht gezeigt). Meine Eltern haben sich nie für Jazz interessiert, Frank Sinatra sang bei uns zu Hause nicht, dafür aber sorgten französische Chansoniers für gemeinsame häusliche Erlebnisse. Bis heute habe ich das Lied im Ohr:

Marjolenne, tu es si jolie ...

Mal vergesse ich den Text, mal fällt er mir wieder ein, fast bis zur letzten Zeile.

∾

Die Botschaft lebte auf ländliche Art, ein patriarchalisches Gutsherrenleben. Es fehlten nur noch die Hühner und Hähne. Über den Hof liefen Putzfrauen und Chiffreure, kleine KGBler und Chauffeure, dazu der ewig gehetzte Verwaltungsleiter. An der Spitze stand, Hände in den Hosentaschen, das Gewicht auf Sowjetart mal auf das eine, mal auf das andere Bein verlagernd, der Herr, Sergej Alexandrowitsch Winogradow, ein zufälliger Diplomat, der vom Bauwesen zur Diplomatie aufgestiegen war. Sein Gesicht mit den buschigen hellen Augenbrauen strahlte Erfolg und Ruhm aus. In Vaters häuslichen Gesprächen mit Freunden – meine Eltern waren in Paris mit zwei Ehepaaren befreundet, die dazugehörigen Männer waren der lachlustige *Prawda*-Korrespondent in Paris (was ich wusste) und der schöne Lodik, eine kleine Nummer beim KGB (was ich nicht wusste) – war das Wort Botschafter heilig. In meiner Erinnerung an die Tischgespräche meiner Kinderzeit konnte mit ihm gerade noch ein gewisser EnEs konkurrieren; beide Namen wurden nur halblaut ausgesprochen. Aber dieser EnEs erschien mir doch weniger bedeutend als der Botschafter, wenn auch als würdiger Mann. Ich wollte nicht in die Geheimnisse der Erwachsenen eindringen, ich hatte meine eigenen, und erst Jahre später entschlüsselte ich, dass mit EnEs Nikita Sergejewitsch Chruschtschow gemeint war. Die Frau des Botschafters, Jewgenija Alexandrowna, hielt sich noch majestätischer als ihr Mann, sie sprach kurzatmig, den Kopf nach hinten geworfen. Sie sah aus wie eine Zarin, dabei war sie in ihrer Jugend eine lettische Dreherin gewesen. Wenn es dem Botschafter und seiner Frau spätabends langweilig wurde, holten sie meine Eltern vor ihren Fernseher. Der Botschafter aß Nüsse, trank Bier und trat oft in direkten Kontakt zum französischen Nachrichtensprecher.

»Na, Junge, das war aber jetzt faustdick gelogen!«, brummte er, drohte ihm mit dem Finger und runzelte die Brauen. »Wir kennen dich, du amerikanischer Lakai!«

»Er kann dich doch nicht hören!«, wies Jewgenija Alexandrowna ihn zurecht. Der Botschafter wandte sich langsam nach ihr um und schwieg vielsagend. Wie viele Frauen von hochgestellten Leuten genoss sie es, dass er sich allein von ihr etwas sagen ließ. In ihrem neumodischen Citroën DS mitzufahren war unerträglich. Wenn Sergej Alexandrowitsch am Steuer saß, schrie sie ihn an:

»Was musst du diesem französischen Idioten hinterherrasen!«

Sergej Alexandrowitsch schwieg wiederum vielsagend. Meine Eltern wussten nicht, wer letzten Endes am längeren Hebel saß, und murmelten vage zustimmend, unklar, an welche Adresse, aber ihre Bemerkungen wurden sowieso nicht beachtet.

Ihre Verwandlung in eine Europäerin nahm Mama sehr mit. Wegen der ständigen Überreizung erlitt sie immer wieder Anfälle von Schwermut, aus heiterem Himmel bekam sie schlechte Laune oder begann zu weinen, legte sich aufs Bett und lag da mit geschlossenen Augen wie eine Tote. Das Telefon klingelte. In jenen Jahren läutete das Telefon durchdringend und fordernd. Der schwarze und schwere Apparat (der zugleich zerbrechlich war; wenn er auf den Boden fiel, war er hin) stand am wichtigsten Platz im Wohnzimmer, auf dem Kaminsims, er hatte eine schwer drehbare Wählscheibe und eine große glänzende Glocke, die von dem antiken Spiegel über dem Kamin verdoppelt wurde und an den Ersatzreifen auf dem Kofferraum vieler damaliger Autos erinnerte. Das Telefon war der Vorgesetzte; wenn es läutete, stürzte Vater ans Telefon und meldete sich: »Jerofejew!« Mama rutschte mühsam vom Bett herunter.

»Was ist, kommen Sie?«, ertönte Jewgenija Alexandrownas Stimme.

»Wir haben uns schon hingelegt.«

»Na und, dann stehen Sie auf!«

Hätte das Telefon etwas freundlicher, gar einschmeichelnd geklingelt, hätte meine Mutter sich vielleicht untergeordnet, aber so war es doppelte Gewaltanwendung. Sich zu unterwerfen war unter ihrer Würde, zumal sie sich in einem depressiven Zustand befand. Die nächtliche Verweigerung spielte eine große Rolle im Schicksal meines Vaters. Hier verlief wahrscheinlich die erste Wasserscheide zwischen Unsrigen und Nicht-Unsrigen. Die Unsrigen verweigerten sich niemals, nicht einmal auf dem Totenbett. Als der sterbende Gorki, der möglicherweise auf Geheiß des Führers vergiftet worden war, von Stalin, Woroschilow und Molotow aufgesucht wurde, die sich von ihm verabschieden wollten, bekam der Schriftsteller einen solchen Adrenalinstoß, dass er danach noch eine ganze Woche lebte. Der verdoppelte Organismus meiner Eltern hörte auf, die nötige

Menge von Adrenalin auszuschütten, sie vergaßen voreilig, was der Karriere nützt, diesen dem Lampenfieber des Schauspielers vor dem Auftritt ähnlichen Zustand: die Angst des kleinen Beamten, von der der Frau des Residenten in Paris, wie Mama öfter bemerkte, die Lippen zitterten und die Knie einknickten, wenn sie die ehemalige Lettin Jewgenija Alexandrowna begrüßte. Meine Eltern wurden nicht nur von den Fernsehabenden ausgeschlossen, sondern auch von den intimen Empfängen, auf denen sich die Botschaftselite versammelte – sie begannen im Rennen um die Macht zurückzufallen.

Irgendwo tief drinnen bekam auch der eheliche Zusammenhalt einen Knacks ab. Mama, die dank des Zusammenlebens mit Vater die Dimensionen menschlicher Persönlichkeit und politischer Ereignisse erkannt hatte, begann wie eine Verräterin, mit jener rein weiblichen Undankbarkeit, unter der erfolgreiche Männer oft leiden, gleichsam aus metaphysischer Rache für ihre Erfolge, Vater dafür zu verachten, dass er ein kleiner Beamter war.

»Was kann man schon von ihm erwarten? Er ist Beamter«, sagte sie später wiederholt zu mir, wobei sie sich durchaus bewusst war, was für eine kränkende Distanzierung dieses tschechowsche Wort für einen richtigen Mann bedeutete. Sie war nie zufrieden mit Vaters geistiger Veranlagung: Undeutlich wie durch einen Nebelschleier schwebte ihr, wenn schon kein Dichter, so doch zumindest ein Geisteswissenschaftler, ein Gelehrter und ein Leser von Romanen vor. Der unterbewusste Individualismus der Impressionisten mit ihrem auf Mutter ausgeübten Einfluss – in ihrem Fall nicht durch Proust ergänzt –, den sie trotz allem nicht zu meistern vermochte, genügte, dass sie sich ein eigenes Bild von ihrem Mann machte – in der konservativen russischen Tradition würde dies zwar nicht direkt regelwidrig, auf jeden

Fall aber unbescheiden wirken. Papa mit seinem Individualismus, der auf Kräutern der Karriere angesetzt war, benötigte offenbar größere Bewunderung und mehr Körperkontakt von Seiten seiner Gattin. Sein Schicksal war sparsam mit Zärtlichkeit. Jedenfalls genügte ich meinen Eltern nicht mehr. Schleunigst musste ein zweites Kind angeschafft werden. Indes hätten auch zehn Kinder ihre innere Entzweiung nicht überwunden. Auf dem Grunde ihres Bewusstseins war Mama überzeugt davon, dass das Wetter immer schlecht sein und die Sonne niemals hinter den dunklen Wolken hervorkommen würde. In ihr hatten sich Unzufriedenheit mit dem Verhalten der Welt – abgesehen von den Impressionisten – und die unterbewusste Gottesleugnung des Atheisten angesammelt, der längst davon überzeugt ist, dass es keinen Gott gibt. Was jedoch den Individualismus betrifft, so war ich beiden verwandt.

Am siebten November, zwei Stunden vor Beginn des Galaempfangs, versammelte Jewgenija Alexandrowna uns Botschaftskinder im abgedunkelten großen Saal. Die Tische brachen fast unter all den Köstlichkeiten zusammen. Verschiedene Weine und Säfte standen auch darauf. Wir hörten der feierlichen Rede zu, und dann wurden wir gefragt, wie wir in der Schule lernten.

»Gut ...«, antworteten die Botschaftskinder zögernd.

Am Fenster stand unbeweglich ein mondgesichtiges Dienstmädchen in weißer Schürze und lächelte dümmlich: Ihr Dima war eines der Kinder, das von der Botschaftergattin getätschelt wurde. Obwohl niemand schlechte Noten zu beichten hatte, wurde uns Kindern nichts angeboten. Schrecklich gehemmt bat ich um etwas zu trinken. Jewgenija Alexandrowna fragte zurück:

»Du möchtest etwas trinken?«

Ich nickte, ganz rot ob meiner Bitte, zugleich jedoch unterbewusst dreist, den kahl rasierten Kindern der Chauffeure und Chiffreure gar nicht ähnlich; mit meinem großen Kopf, innerlich unbändig, spielte ich darauf an, dass man uns wenigstens ein belegtes Brot anbieten könnte. Sie wandte sich mit einer halben Drehung des Kopfes, wobei sie ein weißes Taschentuch aus dem Ärmel zog, an das Dienstmädchen, das sofort einen scheinheiligen Gesichtsausdruck annahm.

»Bringen Sie ihm Wasser.«

Sie brachte mir Leitungswasser. Das Dienstmädchen wurde bald darauf mit einem Skandal hinausgeworfen und nach Moskau zurückgeschickt: Sie hatte Jewgenija Alexandrowna hemmungslos angebrüllt wie ein Tier, war in die Wohnung des Botschafters gestürmt und hatte herumgeschrien, weil der Botschaftsarzt sich nicht bei ihrem schwer kranken Dima blicken ließ.

»Unsere Menschen haben eben kein natürliches Empfinden für Subordination«, beklagte sich Jewgenija Alexandrowna bei meiner Mutter.

∼

An jenem Abend verprügelten mich meine Eltern. Die Revolutionsfeierlichkeiten in der Botschaft zeichneten sich aus durch kirchliche Pracht. Das große Tor der Botschaft wurde weit aufgemacht wie die heilige Tür in der orthodoxen Altarwand, und in den Hof hinein rollte ein unglaubliches Automobil nach dem anderen. Der Besuch in der sowjetischen Botschaft galt als schick. Autos mit und ohne Standarten hielten vor dem halbrunden Haupteingang, der Rokoko mit sowjetischem Elektrifizierungsplan verband. Aus den Autos sprangen die Chauffeure und öffneten die hinteren Wagentüren: Franzosen und andere Ausländer stiegen aus, geleckt wie kluge Meerestiere. Das durfte man sich nicht entgehen lassen. Uns, den Botschaftskindern, war es verboten, die Wohnung zu verlassen. Aber in diesem Moment wurden wir von niemandem kontrolliert. Alle hatten anderes zu tun, als auf uns zu achten. Alle waren mit dem Empfang beschäftigt.

Ich entwischte wie ein Schatten über die Seitentreppe der prachtvollen Stadtvilla, genauer gesagt, ich rutschte das massive Treppengeländer hinunter, öffnete die Hoftür und beobachtete, hinter den großen polierten Autos versteckt, gierig die feierlichen Ereignisse. Im Grunde war dies der Höhepunkt meines kindlichen Voyeurismus. Mein Herumspringen und Versteckspielen, mein unvorsichtiger Drang, mit einer Spielzeugpistole auf die mit Brillanten behängten alten Schachteln zu schießen, alarmierte schließlich die Botschaftswachleute. Sie zogen mir zwar nicht die Ohren lang, aber ich wurde identifiziert und verpetzt. Vielleicht war es sogar Jewgenija Alexandrowna selbst, die meinen Eltern Mitteilung machte.

Als an jenem Abend meine Eltern nach dem erfolgreich verlaufenen Empfang nach Hause kamen, parfümiert und elektrisiert von der Konversation in bester Gesellschaft (nach Empfängen unterhielten sie sich gewöhnlich noch lange im Schlafzimmer miteinander und tauschten ihre Eindrücke aus), rissen sie geräuschvoll die Wohnungstür auf (gewöhnlich kamen sie auf Zehenspitzen herein, um mich nicht zu wecken). Ich lag bereits im Bett.

»Vitja!« Schweigen.

»Vitja, schläfst du?«

Der Ton war gemein, aber ich, der ich nächtliche Gespräche liebte, reagierte unvorsichtigerweise darauf.

»Ich kann nicht schlafen«, lächelte ich heuchlerisch, denn ich war erst unter die Decke gekrochen, als ich die Stimmen meiner Eltern im Treppenhaus hörte.

Sie zerrten mich aus dem Bett, stellten mich in Unterhose und Hemd vor sich hin und gerieten in pure Raserei. Sie brüllten und putschten sich gegenseitig auf. Ich hatte meine Eltern nie so wütend gesehen – noch dazu beide gleichzeitig. Normalerweise schimpften sie einzeln mit mir. Aber jetzt verwandelten sie sich in zwei tollwütige Hunde in Smoking und langem Abendkleid.

»Wo ist der Riemen?«, schrie Mama und schubste mich in ihr Schlafzimmer.

Papa wollte seinen Gürtel abnehmen, aber zu seiner Abendgarderobe gehörte kein Gürtel für körperliche Züchtigungen, und daher ging er zum Kleiderschrank, um dort zwischen den Krawatten einen Gürtel zu suchen. Ich sah ihn an und traute meinen Augen nicht.

»Hinlegen!«, kommandierte Mutter.

»Wohin?«, fragte ich verwundert. »Mach ich nicht!«

»Warum bist du in den Hof runtergegangen? Was haben wir dir gesagt!«, sprach Vater das Urteil.

»Wieso, was ist denn?« Ich konnte es noch immer nicht glauben.

»Ich habe dir gesagt: Untersteh dich!«

Sie packten mich, aber ich, halb nackt, entwand mich ihnen. Vater schnappte mich – ich riss mich los. Ich flüchtete zurück ins Wohnzimmer, rannte um den Tisch herum, Stühle umwerfend, sie jagten mir nach, sie waren nicht mehr meine Eltern, mit denen man sich immer irgendwie einigen konnte. Sie waren aus der Rolle gefallen, aus den mir vertrauten Gleisen gesprungen und zu Ausführenden eines staatlichen Auftrags, zu gedungenen Henkern geworden. Schließlich bekamen sie mich zu fassen. Mama packte mich schmerzhaft am Ellenbogen und schleifte mich zurück. Ich klammerte mich an den Türpfosten, sie rissen mich weg und schleppten mich ins Schlafzimmer. Ohren,

Arme, Gesicht brannten. Sie warfen mich bäuchlings, die Arme ausgebreitet, auf ihr Doppelbett, und Mama zerrte grob am Gummiband meiner Unterhose herum, um sie mir herunterzuziehen. Das war eine so himmelschreiende Verletzung aller unserer Familiengrundsätze, dass ich vor Entsetzen ganz still wurde. Sie vergriffen sich an meinem mageren Körper. Ich weiß nicht, ob sie in ihrer Kindheit verprügelt worden sind oder nicht, aber die fundamentalen Regeln der körperlichen Züchtigung mussten sie in ihrem historischen Gedächtnis haben, obwohl sie sich bei ihrer praktischen Anwendung ungeschickt und plump anstellten: Ich riss mich los, rutschte vom Bett herunter, sie fingen mich wieder ein, drückten mich aufs Bett. Ich bekam keine Luft mehr. Der Gürtel schlug auf meinen nackten Rücken.

»Schlag tiefer«, ertönte Mutters Stimme.

Der Gürtel traf den nackten Po – ich heulte auf, Tränen schossen mir aus den Augen. Mein Gebrüll war in der ganzen Wohnung zu hören. Ich riss mich los, ich war empört: Der Anlass erschien mir letzten Endes nicht ernst genug – ich hatte nichts Schlimmes getan. Vielleicht hatten sie Angst, den Botschafter aufzuwecken, oder die Bestrafungsaktion war einfach kurz wie der erste Geschlechtsakt von Halbwüchsigen, jedenfalls ließen sie mich schnell wieder in Ruhe. Ich brüllte nicht mehr, ich heulte in meine Decke. Sie roch nach OMO, worin ich nach Öffnen der Verpackung immer bunte Glasmurmeln fand – der Traum unserer ganzen Botschaftsschule.

»Schlaf jetzt!«

Ich lag auf meinem Sofa mit den verknüllten Laken, mein Po war geschwollen, niemand kam zu mir, um sich zu entschuldigen. Verräterisch still legten sie sich ins Bett und löschten im Schlafzimmer das Licht – ich zitterte vor Entrüstung über ihr Verhalten. Ich wurde böse und verfluchte ihre elenden Feiertage.

Meine Eltern hatten mir eine meiner wichtigsten Vergnügungen verdorben. Ich war tief, wenn auch nicht für lange von ihnen enttäuscht. Es war das einzige Mal in meinem Leben, dass ich verprügelt wurde. Aber sie spalteten meine kindliche Welt in zwei Hälften. Fortan begann ich zu registrieren, was ich meinen Eltern vorzuwerfen hatte. Ich begann in zwei parallelen Welten mit ihnen zusammenzuleben, so wie gewöhnlich Mann und Frau miteinander leben: Für Friedenszeiten gibt es die eine Geschichte ihres Verhältnisses, im Kriegszustand erinnert man sich an eine andere Liste von Ereignissen, die von Streit zu Streit länger wird. In der Nacht der Züchtigung erinnerte ich mich an Dinge, die viele Jahre später geschehen würden. Ich erinnerte mich daran, wie mein Papa die Beherrschung verliert, in unsere Moskauer Küche gestürmt kommt und Klawa und Mama anbrüllt, sie sollen sofort damit aufhören, das Brett auf den Fußboden zu legen, wenn sie Fleisch hacken – unter uns wohnt für eine gewisse Zeit ebenjener Winogradow, vor dem Papa eine Heidenangst hat. Ich erinnerte mich daran, wie in derselben Moskauer Wohnung Mama mit übelster Laune in meinem Zimmer saugt, da wir keine Putzfrau mehr haben, und ich sehe, dass der Schlauch vom Staubsauger abgegangen ist, der Staubsauger heult, aber alle ihre Bewegungen sind sinnlos wie in einem Chaplin-Film. Ich beginne zu lachen, sie versteht überhaupt keinen Spaß mehr, geht plötzlich hoch und schlägt mir mit aller Kraft ins Gesicht.

Auch Jewgenija Alexandrowna war nach dem Empfang vollkommen überreizt und schrie einen der Kellner an:

»Wie konnten Sie es wagen, Duclos nach dem Essen eine Zigarre anzubieten? Sind Sie verrückt geworden? Er ist doch Kommunist!«

Die ehemalige Dreherin war auch noch Malerin. Sie malte im Garten und auf der Datscha des Botschafters bei Paris. Vater lobte vorsichtig ihre Landschaften und Stillleben.

»Diese Wolke da bei Ihnen, sie wirkt richtig lebendig.«

Auf das Kompliment hin wandte sich Jewgenija Alexandrowna geschmeichelt und herablassend um. Viele Jahre später war ich mit Wiesława in Jewgenija Alexandrownas neuer Wohnung in der Alexej-Tolstoi-Straße, wo die sowjetische Elite wohnte. Kurzatmig führte sie uns vor ihren Bildern herum.

»Das bin ich«, sagte sie, indem sie auf verschiedene Bilder zeigte, »das bin ich auch, und das ist Picasso, das ist Chagall, das – Léger, und hier, das ist auch von mir.«

Es heißt, dass die Franzosen sie mochten. Die Winogradows starben, ihre Wohnung wurde, soweit ich weiß, ausgeraubt. Aber vielleicht auch nicht. Alles ging durcheinander und war irgendwie bedeutungslos.

∼

»Weißt du, dass du ein Brüderchen bekommen hast?«

Ich rannte über eine große Wiese mit einer wichtigen Aufgabe, gespannt wie eine Sprungfeder, als mich Kirilla Wassiljewna an der Hand festhielt. Sie brachte mich aus der Fassung. Ich hatte nicht nur keine Ahnung, dass mein Bruder geboren worden war, ich hatte nicht einmal mitbekommen, dass meine Mutter schwanger war. Sie hatte es so geschickt verborgen, dass ich keinen Verdacht schöpfte. In meiner Familie war Körperlichkeit nicht verboten. Sie existierte überhaupt nicht. Eine nackte Mama gab es nicht. Einen nackten Papa gab es nicht. Sie waren immer irgendwie angezogen. Es war unmöglich, sie sich nackt vorzustellen. Im Schwimmbad zog sich Vater wie ein Franzose in einer eigenen Kabine um. Einmal, als wir kein warmes Wasser hatten, bat Mutter mich, ihr beim Haarewaschen zu helfen und ihr Wasser aus einem Topf über den Kopf zu gießen (damals erfüllten manche Dinge nicht mehr ihre eigentliche Aufgabe). Ich betrat in Panik das Badezimmer, als ob ich erneut ins Mausoleum ginge, ich hatte Angst, sie nackt zu sehen, aber sie hatte Büstenhalter und Unterrock an und ein Handtuch über den Schultern – das war der Gipfel von Mamas Nacktheit. Alle Absonderungen, Ausscheidungen, Unreinlichkeiten des Organismus existierten ebenfalls nicht, oder sie existierten in so kleinen Proportionen (wie etwa die aus dem Kamm gezupften und ins Klobecken geworfenen Haare), dass sie keine Bedeutung hatten. Blut war die einzige Körperflüssigkeit, die in unserer Familie Beachtung fand. Meine Eltern führten kein einziges Mal mit mir ein Gespräch darüber, woher die Kinder kommen.

Die sowjetische Kolonie unternahm eine Erholungsfahrt nach Mante. Man kam in Bussen oder mit dem Auto. Auf dem Rasen in Mantes verbrachten wir die Maifeiertage. Im Sommer gab man die Kinder ins Ferienlager. Hier habe ich erstmals zu lesen begonnen. Bis dahin konnte ich Lesen nicht ausstehen: Ich las schlecht, stockend und quälend langsam Buchstaben und Silben aneinander reihend. Mama war entsetzt. Und nun hatte es mich gepackt. Wenn alle Mittagsschlaf hielten, las ich Jules Verne. Einen Band nach dem andern. Die blaue Werkausgabe. Suchtlektüre im Untergrund. Während der Mittagsruhe war Literatur verboten. Aufseher kamen in Wolfsmasken. Ich versteckte Jules Verne unter dem Kopfkissen.

Kirilla Wassiljewna sah mich gespannt an. Ich sagte:
»Ich weiß.«
Keine Ahnung, warum ich das sagte. Vielleicht, weil ich in sie verliebt war. Kirilla Wassiljewna sah mich erstaunt an.

Später sah mich Mama, der Kirilla Wassiljewna sagte, dass ich Bescheid wisse, noch viel erstaunter an. Aber sie fragte nicht, woher ich es wisse. Vor Verlegenheit rannte ich weg in den verwilderten Kirschbaumgarten.

∾

Dort trieb sich ein echter Franzose herum, ein großer Junge mit stumpfsinnigem Gesicht. Ich möchte das französische Volk nicht beleidigen, aber meiner Meinung nach war der Junge nicht schwachsinnig. Wir fanden eine gemeinsame Sprache, da wir in etwa dieselbe Anzahl französischer Wörter kannten.

»Coccinelle?«
»Coccinelle!«
Aber das waren keine »coccinelles«, sondern eine Mischung aus Ameisen und Marienkäfern, kleine Feuerwehren mit flachen gefleckten Flügelchen, die im ganzen Wäldchen herumkrabbelten. Der Schwachsinnige und ich sammelten sie in leeren Streichholzschachteln. Er wollte mir etwas zeigen. Er zog die ganze Zeit seine Hose hoch. Wir machten ein Lagerfeuer. Ich fand es schrecklich, dass sie alle da in den Streichholzschachteln verbrannten, aber ich blieb mit ungerührtem Gesicht sitzen. Über den Kirschbaumgarten gingen im Ferienlager Legenden um. Uns wurde verboten, dorthin zu gehen. Es hieß, dort gebe es Schlangen. Der Schwachsinnige war ungeschickt und hatte Hände wie ein Gorilla – er gefiel mir. Wir freundeten uns an. Auf einem Baum sitzend, pflückten wir gemeinsam die roten und gelben Kirschen. Aber manchmal heulte er. Blieb plötzlich mitten im Garten stehen und heulte. Einmal formte er die linke Hand zu einem Röhrchen und steckte den rechten Zeigefinger in das Loch. Ich verstand, was er meinte. Hierher kämen

viele Leute, um sich damit zu befassen. Er könne mir die Stellen zeigen. Ich tat so, als ob mich das nicht sonderlich interessiere. Ich war stolz, dass mein Freund Franzose war.

Er hatte gutmütig beschlossen, mir mit seinen Gorillahänden das Rauchen beizubringen. Er zog ein zerdrücktes blaues Päckchen mit filterlosen Zigaretten aus der Hosentasche. Ich hatte zum ersten Mal eine Zigarette zwischen den Zähnen, die linke Hand in der Hosentasche meiner Shorts, aber ich konnte mich nicht durchringen, sie anzuzünden. Tabakkrümel gerieten mir in den Mund, brannten auf der Zunge, die Lippen klebten am Zigarettenpapier fest, ich bekam sie kaum auseinander. Ich fürchtete, dass das Rauchen auch nur einer einzigen Zigarette sich verheerend auf meine Gesundheit auswirken würde. In meiner Fantasie malte ich mir ungeheuerliche Bilder aus. Meine Ängstlichkeit wich angesichts einer Flasche Bier. Er hob die Flasche:

»Tu veux?«

»Je veux!«

Wir tranken gleich aus der Flasche. Ich erschrak erneut: Und wenn sich der Schwachsinn nun durch Spucke überträgt? Ich stellte mir vor, wie ich ins Lager zurückkomme – als plumper Schwachsinniger – mit Zigarette zwischen den Zähnen – wie ich Kira Wassiljewna einen Schrecken einjage – wie sie aufschreit – und wie ich ihr mit meinem unmenschlichen Geheul antworte – alle Kinder kommen angerannt – aus Vitja Jerofejew ist ein Teufel geworden – ich mache mich an Kirilla Wassiljewna heran und will sie auf den Mund küssen – vielleicht ist er ja ein Teufel? – nicht zufällig rutscht ihm immer die Hose runter – nicht zufällig ist es verboten, in den Kirschbaumgarten zu gehen – nicht zufällig haben wir unschuldige Kinder in Streichholzschachteln verbrannt – »coccinelles« – meine Eltern werden angerufen und kommen angebraust, ich erkenne sie überhaupt nicht wieder – Vitja! Vitjuscha! – ihr habt mich zu wenig geliebt – aus irgendeinem Grund habt ihr einen Bruder in die Welt gesetzt – gebt euch doch mit ihm ab – einen Kinderwagen haben sie gekauft – ja, ich bin ein Teufel – sie haben mich vergessen – ich vergesse mein Russisch, stehe da, muhe französisch – Schweigen – glaubst du an Gott? – aus mir bricht es heraus:

»Ich möchte, dass er auch an mich glaubt.«
»Warum sollte er denn gerade an dich glauben?«
»Wieso nicht?«
»Guck dich doch an.«
»Und?«
»Hast du die Waldfeuerwehr verbrannt?«
»Und?«
»Eben.«
»Gott ist kein Oberst«, wandte ich ein. »Er liebt die Abwechslung.«

Ich fühlte, wie ich schwankte, wie der Kirschbaumgarten verschwamm. Ich blinzelte – der Schwachsinnige lachte. Durch den Schwachsinnigen verdarb mich Frankreich. Er hatte möglicherweise überhaupt keinen Namen; ich hatte für ihn ebenfalls keinen. Wir kamen ohne Namen aus. Dies erlaubte uns, Dinge zu tun, die Leute mit Namen nicht tun durften. Wir kletterten dann auf den höchsten Kirschbaum, um oben, klebrig vom süßen Harz, den Liebespaaren aufzulauern. Wir saßen da wie zwei große Vögel: er in seiner rutschenden Hose, Spucke auf den Lippen, ich in Shorts, mit blutig geschlagenen Knien. Niemand kam. Ein anderes Mal bemerkten wir ein Pärchen, das durch den Garten lief und sich versteckte. Das Herz begann schrecklich zu klopfen. Sie setzten sich ins hohe Gras – und verschwanden für immer aus unserem Blickfeld.

Im Schulspeisesaal war der Kapitalismus ausgebrochen. Wir malten mit Buntstiften Geldscheine. Die gelben waren die wertvollsten – 10 000 Franc. Damit konnte man bei den Tischnachbarn Bananen kaufen oder einen Fruchtjoghurt. Die Gefräßigen kauften sich Frikadellen. Die Erzieher drehten den Kindern die Hosentaschen um. Ich wurde entlarvt. Es stellte sich heraus, dass ich es war, der sich ausgedacht hatte, Geldscheine in die Hefte mit den großen französischen Kästchen zu malen. Die Erzieher kamen zu dem Schluss: Vitja Jerofejew ist ein Falschmünzer.

Das Malen von Geldscheinen war vermutlich der erste ideologische Skandal meines Lebens. Wäre ich der Sohn eines Botschaftschauffeurs gewesen, hätte man mich gehörig bestraft. Doch ich besaß einen Schutzbrief – mit einem Botschaftsrat wollte man sich nicht anlegen. Vorsichtig beschwerte man sich bei Mama. Sie erteilte mir einen Rüffel, aber ich weigerte mich zu verstehen, was am Malen von Geldscheinen schlimm sei. Das war ein Spiel, dem Leben im Ausland entlehnt; in Russland hätte ich wohl kaum angefangen, Geld zu malen. Ich verstand, dass die sonntägliche 100-Franc-Münze, die mir meine Eltern gaben, ein Geschäft war. Formal bekam ich die Münze für gute Noten und gutes Benehmen, aber es wurde noch ein anderer Zweck verfolgt: Die 100 Franc waren ein Blitzableiter. Eigenes Geld schränkte meine Konsumanforderungen ein, die andernfalls grenzenlos gewesen wären. Das Malen von großen Geldscheinen war der Vektor meines Traums. Außerdem vertuschte Kirilla Wassiljewna den Skandal aus persönlichen Erwägungen.

Samstags war Badetag. Alle liefen seit dem frühen Morgen aufgekratzt herum. Statt Mittagsruhe zu halten, wurden die

Kinder nach dem Essen gewaschen, was bis zum Abendessen dauerte. Im Badezimmer standen mehrere Wannen, so ähnlich wie in der Banja. Die Kinder wurden getrennt gewaschen, erst die Mädchen, dann die Jungen. Ich geriet bei der Waschaktion Kirilla Wassiljewna in die Hände. Das war bereits gegen Abend. Kirilla Wassiljewna war beim Waschen der Kinder mächtig ins Schwitzen gekommen. Die Hände waren rot, von den Haarspitzen tropfte es. Sie wischte sich auf russische Art mit dem Unterarm übers Gesicht. Papa hegte große Sympathie für Kirilla Wassiljewna. Er hatte sie gefilmt. Kirilla Wassiljewna sitzt in Mantes im Gras und betrachtet interessiert etwas. Plötzlich beginnt sie heftig zu applaudieren, sie schlägt sich fast die Hände wund. Dann hört sie auf, rupft etwas Gras aus. Sitzt da und kaut an einem Halm. Papa zeigte den Film ein paarmal, denn er hielt ihn für sehr gelungen. Das war bereits kein Schwarz-Weiß-Film mehr, sondern ein Buntfilm, einem Traum ähnlich. Eines Tages kam Papa verstimmt nach Hause. Man hatte ihm die Filmkamera aus dem Auto gestohlen. Es war eine quadratische tschechische Kamera, die man wie eine Uhr mechanisch aufziehen musste. Mir gab man sie nicht in die Hand. Meine Eltern waren der Meinung, dass die französische Geheimpolizei sie gestohlen habe, mir aber sagten sie, es seien einfach Diebe gewesen. War mein Papa ein Spion?

∼

Man läuft an der Oberfläche des Textes, malt wie auf Sperrholz, und plötzlich bricht man ein, und in der Tiefe sieht man seine eigenen Augen.

»Du hast eine Haut, zart wie bei einem Mädchen.«

Das sagte Kirilla Wassiljewna, als sie mich in der Wanne wusch. Es schüttelte mich vor Verlegenheit. Am ersten September kaufte man mir einen Blumenstrauß und schickte mich wieder in die Schule. Die Schule war wie ein Spiel – dort zu lernen, empfand ich als leicht und angenehm. In den Pausen rannten wir auf den Hof hinaus. Die Wege waren mit Kies bestreut. Wir bewarfen uns mit Steinchen. Ein Junge namens Orlow, mit einem geraden schwarzen Pony, schlug mir einen bleibenden Zahn aus, womit er sich einen Platz in der Literaturgeschichte sicherte. Ich ging auf ihn zu, vermutlich mit entschlossenem Gesichtsausdruck, doch ich schlug ihn nicht: In dieser Schule war es nicht üblich, sich zu prügeln.

Im Mai fuhren wir über Bordeaux, Biarritz, Lourdes (wo die Krücken von geheilten Krüppeln vom Himmel herabhingen) und Toulouse nach Cannes zum Filmfestival. Meine Eltern wohnten im Hotel Carlton mit Blick aufs Meer, mich quartierten sie getrennt ein, in einem winzigen Zimmer unterm Dach. Ich hauste dort wie eine Taube. Auf dem Filmfestival von Cannes begriff ich, was vollkommene Einsamkeit ist. Meine Eltern gingen abends aus, nach Parfüm duftend. Mama – im schwarzen Kleid mit einem großen weißen Auflegekragen – kam mir völlig fremd vor. Schon seit meiner frühen Kindheit erdachte ich mir meine Eltern von A bis Z, ich befahl ihnen, unveränderlich zu sein, und sie gehorchten mir: Sie entsprachen ihrem Bild, wurden niemals alt, aber als sie sich plötzlich aus irgendeinem Grund veränderten wie in Cannes, wurde mir ganz seltsam zumute.

»Aber was denn, mein Kleiner, im Hotel brauchst du doch keine Angst zu haben, es wird dich schon niemand stehlen«, redete Mama mit fremder, zärtlicher und falscher Stimme auf mich ein. Sie hatte es offenkundig eilig, mich loszuwerden, und mir war es peinlich für sie. Denn ich war ja krank. Meine Hände waren verbunden. Auf dem Weg nach Cannes hatte ich an der Côte d'Azur (ich war zum Pinkeln ausgestiegen) den ersten Kaktus meines Lebens erblickt. Die Dinge ließen mit ihren Namen immer mein Bewusstsein hinter sich. Der Kaktus war die Fortsetzung meiner Flucht aus dem Norden. Nachdem ich diese Flucht in Paris begonnen hatte, konnte ich sie nicht mehr stoppen. Ich vergaß auf der Stelle, dass ich zum Pinkeln aus dem Auto gestiegen war, stürzte auf den Kaktus zu, griff mit beiden Händen danach, um ihn mit der Wurzel auszureißen und als Trophäe aus dem Süden mitzunehmen. Die Strafe folgte auf dem Fuße.

Mama gab mir einen Gute-Nacht-Kuss und entschwebte zum Empfang der großen Stars. Ich lag da und dachte darüber nach, dass die Eltern sich scheiden lassen würden. Sie hatten sich auf dem Weg hierher heftig gestritten. Mama hatte zu Papa gesagt, er habe die falsche Straße genommen, die Krücken von Lourdes hatten ihnen vorübergehend die Streitlust genommen, wir waren alle bestürzt über die Krüppel, aber dann fingen sie wieder an zu streiten. Erst spät schlief ich langsam ein – bereits in einer zerstörten, auseinanderbrechenden Familie –, als das Treppenhaus des Hotels sich mit dem Lärm gut gelaunter Menschen füllte und die Lifttüren klappten. Nur morgens war es in Cannes nicht langweilig. Während des Frühstücks kamen Leute an unseren Tisch, die Russisch sprachen. Sie fragten, warum meine Hände verbunden seien, und lachten samtweich über meine Antwort. Die schönen Frauen ähnelten Pferden. Bei allen bebten die Nasenflügel. Wenn sie sich von unserem Tisch entfernten, schimpfte Mama:

»Schau dir das an: Sie hat den Träger mit einer Sicherheitsnadel am Kleid festgemacht!«

Papa kaute schweigend sein Croissant.

»Sag ihnen das! Jedenfalls hätten sie besser die Sachen anbehalten, in denen sie aus Moskau gekommen sind. Das wäre zumindest ungewöhnlich. Billige Blusen bei ›Tati‹ zu kaufen! Hast du die Afrikanerinnen gesehen? Hundertmal besser! Eine Schande!«

Papa trank schweigend seinen Tee aus. Er kritisierte Frauen praktisch nie, schon gar nicht solche, die Pferden ähnelten. Bei Mama begann sich ein Gefühl für französische Maßstäbe zu entwickeln. Sie war furchtbar empört, als die Botschaftsputzfrau in meiner Anwesenheit zu ihr sagte:

»Die Franzosen sind sehr schmutzige Leute. Wenn sie Staub saugen, legen sie die Schuhe aufs Bett.«

»Unsinn!«, entfuhr es Mama.

Ich fühlte, wie die Putzfrau sie ansah. Im Grunde war es dasselbe, als wenn die Putzfrau gesagt hätte, dass die Juden habgierig seien, und Mama sich beeilt hätte, dem zu widersprechen.

∼

Was soll ich mit dieser Putzfrau anfangen? Wodurch ist sie besser als die russische Staatsmacht? Welche historische Angst hat sie auf den Gedanken gebracht, dass die Franzosen »sehr schmutzige Leute« seien?

Die russische Staatsmacht ist durchschaubar. Sie ist dafür geschaffen, Dinge zu tun, die den Widerwillen des Westens erregen. Die Hetzkampagne gegen Pasternak, Chruschtschows Schuhaktion auf der UNO-Vollversammlung oder der Einmarsch sowjetischer Truppen in die Tschechoslowakei – überall sehe ich gemeinsame Züge der Abschreckung. Die raffinierte Gemeinheit solcher Handlungen besteht in der groben Verhöhnung der menschlichen Werte, auf denen die Zivilisation basiert. In meiner Kindheit sagte man: Das ist, wie in eine Pfütze zu furzen. Ich bin beeindruckt von der Fähigkeit des russischen Staates, seinen Ruf zu ruinieren.

Aber ich verstehe die wachsende Gereiztheit der Staatsmacht, und in gewisser Weise empfinde ich sogar Mitgefühl. Es gibt bei uns keine elementare Ordnung, keinen Respekt vor dem Gesetz. Die russische Gesetzgebung war stets dermaßen antimenschlich, dass ihre Umgehung als Heldenmut und nicht als Verbrechen galt. Die Staatsmacht will nicht zurück zum Kommunismus, stützt sich aber auf ein Grundmodell der russischen Staatlichkeit, die nur eine einzige Machtvertikale akzeptiert. Die ewige Angst, dass anderenfalls das riesige und sehr lange Land auseinanderbricht wie ein knuspriges französisches Baguette – das ist der Albtraum der russischen Regenten. Russland gleitet automatisch in den Autoritarismus ab, egal, welches ideologische System gerade herrscht. Geld war in Russland niemals ein positiver Wert, schon gar nicht viel Geld, und dies auch noch in privater Hand. In diesem Fall greift der Regent im Kampf mit der Fliehkraft zu Machtstrukturen wie der Opritschnina (unter Iwan dem Schrecklichen) oder der Geheimpolizei.

Eine Staatsmacht, die ihre Niederlage fürchtet, bewaffnet sich mit der allgemeinen Angst vor ihr als einzigem haltbarem Zement. Angst blockiert, allerdings nicht nur die russische Unordnung, sondern auch jede Produktivität. Russland möchte im zivilisierten Raum fliegen und beschneidet sich die Flügel in der Annahme, dass es sich lediglich die Raubvogelkrallen beschneide. Das Schema ist so simpel, dass man daran verzweifeln könnte.

Der Ausweg aus dieser Situation wäre eine weitere Stufe der Scham über unsere Schweinereien, Reue und das Versprechen, nicht in Lüge zu leben. Aber wann wird das sein? Das irrsinnige Tempo in der Entwicklung der westlichen Technologien lässt Russland keine Chance, sich in die hinterste Ecke zu verziehen. Es hat keine Wahl. Es ist dazu verurteilt, entweder ein Teil der zivilisierten Welt zu sein oder überhaupt nicht zu sein. Die liberalen Ressourcen in Russland sind noch zu klein, historisch nicht entwickelt und nicht erprobt. Die ihren Schrubber schwenkende Putzfrau ist der potenzielle Wähler. Nach dem Chaos der Neunzigerjahre bekommt die oberste russische Staatsmacht ein weiteres Mal eine Ahnung von der Schwäche der liberalen Ressourcen westlichen Typs. Das heutige Russland ähnelt einer Kuh am Strick, die von den Liberalen auf den Markt gezerrt wird, sich jedoch sträubt, da sie glaubt, dass man sie dort entehren oder vielleicht sogar fressen wird.

∼

Wahrscheinlich bin ich dafür geschaffen, Hollywood-Drehbücher und Seifenopern zu schreiben. Jedenfalls war die kindliche Periode meines Schöpfertums – ein Haus des Schöpfertums! – der Kreativität? – der Degenerativität! – die kindliche Periode meines Talents – Mist – passt alles nicht – alle Begriffe der Literaturtheorie sind bankrott, klar ist jedenfalls, dass es mit ebendiesen Genres zu tun hatte. Ich schließe nicht aus, dass das Genre meiner Kindheit, das Anfängergestammel der Fantasie – dass dies die beste Gewähr ist für Erfolg im späteren Leben: Was braucht das Publikum sonst noch? Kurzum, ich begann mit Actionfilmen, Verfolgungsjagden, Schießereien, Werwölfen, Hexen und Leichenbergen.

Auf dem Rückweg von Cannes nach Paris stellte ich eine seltsame Spaltung bei mir fest. Wenn ich aus dem Wagenfenster die Platanen betrachtete, die zu beiden Seiten der Nationalstraße vorüberflimmerten, ihre Wipfel so ineinander verflochten, dass sie die Straße in einen hohen grünen Tunnel verwandelten – Autobahnen gab es damals noch nicht –, wenn ich mir die Tankstellenschilder von Total und Shell (wir tankten mit Gutscheinen für Diplomaten) ansah oder die Straßen in den Städtchen der Provence, konnte ich plötzlich in eine andere Welt eintauchen. In jener Welt lebten Menschen, die echten Menschen ähnlich waren, aber sie hatten andere Beweggründe für ihr Tun. Mein Bewusstsein konnte an irgendeinem Auto mit Reservereifen auf dem Kofferraum hängen bleiben, und ein zufälliges Wort von Vater oder das Rascheln der Straßenkarte mit dem Männchen aus Autoreifen darauf in Mamas Händen genügte, um mich in ein hochempfindliches Gerät zu verwandeln, durch das Stromstöße verschwommener Geschichten liefen.

Die Geschichten waren ineinander verwoben und erzeugten neue Geschichten von Verschwörungen, stockten, weil sie keine Fortsetzung finden konnten, gerieten in Sackgassen, drehten um und liefen weiter, als wäre nichts gewesen. In diesen Geschichten hatte Papa eine echte Pistole in der Tasche, realer als jeder Realismus, und ich erzählte meinen Klassenkameraden, einschließlich Orlow, der mir den Zahn ausgeschlagen hatte, dass Papa eine scharfe Waffe besitze. Zu meiner Verwunderung entdeckte ich eines Tages, als Papa auf der Arbeit war und ich seine Schreibtischschublade öffnete, dass die Waffe sich materialisiert hatte: eine kleine schwere Pistole, eine Gaspistole allerdings. In diesen Geschichten wurden wir von Polizisten gejagt, die als Bauern und Fahrradfahrer verkleidet waren. Aus den Wipfeln der Platanen wurden wir von Scharfschützen beschossen. Wir hatten die Aufgabe, Kirilla Wassiljewna im zerrissenen Kleid, von Kopf bis Fuß verdreckt, aus der Gefangenschaft zu befreien. Ein anderes Mal transportierten wir säckeweise Geld. Vielleicht war das gar nicht so weit von der Wahrheit entfernt: Winogradow und Vater versorgten die französische kommunistische Partei heimlich mit Schwarzgeld. Außerdem durften sich unsere Botschaftsangehörigen in der Regel nicht frei im Land bewegen, man benötigte eine Genehmigung vom französischen Außenministerium, Strecke und Datum wurden genau festgelegt (die französische Antwort darauf, dass Ausländer in der UdSSR nicht frei reisen durften); ich wusste damals nichts davon, aber mir schien, dass Frankreich für uns ein Land mit sieben Siegeln sei. Wir bogen auf eine Seitenstraße ab, um irgendwo Mittag zu essen. Ich blickte mich aufmerksam um. Wo war ein sicherer Ort? Keine leichte Aufgabe: Überall Privatbesitz, manchmal wurden wir verjagt, und die sowjetischen Seelen meiner Eltern kochten vor Empörung. Die Wälder und Felder bevölkerte ich mit Räubern, Klassenkameraden, Mädchen aus den französischen Kinderbüchern, Bekannten meiner Eltern, Verkäufern vom Briefmarkenmarkt. Orlow wurde die Rolle des Verräters nicht los.

Auf Schleichwegen gelangten wir in die Alpen. Auf der Karte verwandelte sich die Straße in eine Darmverschlingung.

PAPA Bald kommt der Pass.

MAMA Was für eine Luft! Mach das Fenster zu. Es zieht.

In den Kurven kämpfte ich gegen den Brechreiz. Das Ziel war die Grenze. Die Finger der rechten Hand zur Pistole geformt, schoss ich heimlich auf die entgegenkommenden Autos und sah, wenn ich mich umdrehte, wie sie in den Straßengraben flogen und explodierten. Manchmal gelang es mir, ein Passagierflugzeug abzuschießen. Jede Person in Uniform musste beseitigt werden. Ich stand nicht auf der Seite des französischen Gesetzes. Beim Schießen gab ich ein Geräusch von mir, so etwas wie »puff!«, und manchmal wandte sich Mama zu mir um.

MAMA Auf wen schießt du?

Mama gehörte nicht zu der anderen Welt und störte in diesem Fall bloß.

»Auf niemanden«, antwortete ich immer.

Sie glaubte mir nicht und bat mich, mit der Schießerei aufzuhören. Schlimmer noch war, wenn sie sich über mich lustig machte. Das war unerträglich und verdarb mir meine Geschichten sehr. Ich würde sie nicht Kriminalgeschichten nennen. Sie hatten ein Krimi-Sujet, aber die Geschichte selbst verlief sich in der Unendlichkeit. Ich arbeitete als Papas Leibwächter, und ich schützte ihn mit der Selbstaufopferung eines Alexander Matrossow. Der namenlose schwachsinnige Franzose wurde zu einem schönen Mann, der aussah wie Valentino, aber ich wusste nicht, was ich weiter mit ihm machen sollte, und musste ihn, so bitter es war, einem Querschläger aussetzen. Zu Abend aßen wir in kleinen Gasthäusern. Manchmal tranken die Franzosen Rotwein und sangen, wenn es eine Hochzeit oder sonst irgendeine Feier gab. Viele waren angeheitert und schlicht wie ein Kiefernstamm. Die meisten waren Spione, die uns beschatteten. Ihre Hochzeiten vernichtete ich ebenfalls, mit einer Krümmung meines Fingers. Die dünne Wirtin eines Gasthauses war eine Hexe und wollte mich während des Abendessens vergiften. Ich weigerte mich, Wasser zu trinken, und mit dem Essen spielte ich Roulette – dieses Stück ist vergiftet, das hier nicht. Zum Ende des Essens fielen mir die Augen zu. In unserem Zimmer stand der beklemmende Geruch dürftiger französischer Gemütlichkeit. Über dem Bett hing ein braunes Kruzifix. Ich fürchtete mich vor nichts, aber das Kruzifix machte mir Angst. Statt Kissen gab es Nackenrollen, von denen normale Menschen Nackenschmerzen bekommen – meine Eltern baten die Hexe um Kissen. Die Reisegeschichten sprudelten nur so. In veränderter Fassung kamen sie vor dem Einschlafen zu mir zurück. Mit einem besonderen Gefühl spürte ich erneut, dass die Eltern der Scheidung nah waren. Mich selbst stellte ich mir als unglückliche Waise vor, ich beging aus Boshaftigkeit ungeheuerliche Verbrechen, mich erwartete das Gefängnis. Am Morgen schien die Sonne durch die geschlossenen Läden. Von irgendwoher duftete es köstlich nach Kaffee. Wir mussten weiterfahren und unsere gefährliche Mission erfüllen. Unerwartet wurde mein Bruder geboren. Erstaunt darüber, dass ich Bescheid wusste, nahm mich Kirilla Wassiljewna für alle Fälle unter ihre Fittiche. Sie hatte recht: Ich durchschaute sowohl die unbefleckte Empfängnis meiner Mutter als auch die unbefleckte Geburt meines Bruders.

∾

Kirilla Wassiljewna seifte den orangen Schwamm ein. Solche synthetischen Schwämme gab es in Moskau nicht. Der Schwamm war groß, porös, löcherig wie ein Käse.

»Dreh dich zu mir um«, sagte Kirilla Wassiljewna, nahm mich bei der Hand und drehte mich zu sich um.

Ich erstarrte immer bei diesem Kommando und bemühte mich, als Letzter beim Waschen dranzukommen, um so den beschämenden Moment hinauszuzögern. Sie drehte mich um, beugte sich vor und begann meine Knie abzureiben. Ich sah von oben, wie unter dem rotgrünen Kittel ihre großen, nicht gebräunten Brüste wackelten.

»Wie viel Narben du hast!«, sagte sie spöttisch. »Du Held!« Die Tür ging auf, und den großen Baderaum, der voller Dunstschwaden hing, betrat das Kindermädchen im weißen Kittel.

»Kirilla Wassiljewna, kommen Sie nicht zu spät zum Abendbrot!«

»Der hier ist schon mein Letzter.«

»Ich helfe Ihnen.«

»Ach was, er ist ja schon groß, er kann sich allein fertig waschen! Stimmt's?«

Ich nickte. Sie drückte mir den eingeseiften orangen Schwamm in die Hand.

»Und Sie?«, fragte das Kindermädchen.

»Gleich, gleich«, lachte Kirilla Wassiljewna, sich die Stirn abwischend. »Uff, bin ich müde!«

Das Kindermädchen trat auf die Badewanne zu, die an derselben gefliesten Wand wie meine stand, und drehte das kalte und heiße Wasser auf. Es schoss in einem starken Strahl in die Wanne.

»Heiß heute. Ich bin schweißgebadet!«

»Und ich erst!« Kirilla Wassiljewna kratzte sich unter der Achsel.

Das Kindermädchen knöpfte den weißen Kittel auf. Sie zog ihn aus und legte ihn auf einen Schemel, nachdem sie dessen Oberfläche für alle Fälle betastet hatte, ob sie auch nicht nass war. Sie hatte nur noch eine rosa Unterhose bis zum Bauchnabel und einen weißen Büstenhalter an. Dann zog sie die rosa Unterhose aus, wobei sie ihre dünnen Beine sehr hoch hob, und stand einen Moment im Büstenhalter da, während sie mit der Hand die Wassertemperatur kontrollierte. Sie drehte sich zu uns um, zog den Büstenhalter aus und stieg, ihre kleinen Brüste knetend, in die Wanne.

Ihr Beispiel inspirierte Kirilla Wassiljewna. Auch sie drehte die Wasserhähne an der Wanne auf, die meiner gegenüberstand – an der anderen Wand. Dann ging sie zur Tür und schob den Riegel vor. Nun knöpfte auch sie ihren Kittel auf und warf ihn schwungvoll auf den anderen, ziemlich nassen, seifigen Schemel. Unter dem Kittel war nichts. Kirilla Wassiljewna hatte einen nicht sehr großen, aber sehr runden Hintern. Ich sah meine Direktorin verschämt an.

Übrigens war ich in sie verliebt. Als sie uns in der Klasse das Gerundium erklärte, stand sie seitlich zu der braunen Tafel und ähnelte einem Fuchs. Kirilla Wassiljewna hob ein Bein, um in die Wanne zu steigen, und für eine Sekunde, als leuchtete ein Blitz auf, sah ich das kleine braune Löchlein von ihrem Po, die rosa sich öffnenden Lippen und die schwarzen Haare ihrer Weiblichkeit. Ich stand in meiner Wanne, den orangenen Schwamm in der Hand, weder tot noch lebendig. Auch der schwachsinnige Franzose hätte mir keine wahrheitsgetreueren Informationen verschaffen können. In der Wanne bis zum Knie im Wasser stehend, beugte sie sich zu Waschlappen und Seife hinunter, wobei sie mir eine Seite zuwandte, und ich sah ihre großen Brüste mit den aufrecht stehenden rosa Brustwarzen sanft hin und her schaukeln.

»Kirilla Wassiljewna!«, rief das Kindermädchen aus ihrer Wanne. »Ich kann Ihnen den Rücken waschen. Wollen Sie?«

Kirilla Wassiljewna streckte ihren Rücken, drehte sich zu mir um, die schwarzen Löckchen unter ihrem Bauch präsentierend.

»Wasch dich selbst«, sagte sie mit einem Auflachen. »Ich frag mal den Kavalier hier. Er ist schon fertig mit Waschen.«

Das stimmte nicht ganz. Ich hatte mich noch nicht ganz gewaschen.

»Wäschst du mir den Rücken?«, fragte sie mit einem erneuten Auflachen.

∼

Warum schreiben Schriftsteller ihre Autobiografie? Eine schwere Krankheit, meiner Meinung nach. Es ist dasselbe, wie seine Initialen in eine Bank zu ritzen. Die Aufgabe des Schriftstellers ist es nicht, eine Autobiografie zu schreiben, sondern sich dem zu entziehen oder die Fische damit zu füttern. Gorki nudelt in seiner autobiografischen Trilogie kilometerweise Dialoge herunter, deren Glaubwürdigkeit ebenso groß ist wie ihre Verlogenheit. Die bleierne Abscheulichkeit des russischen Lebens wird verkauft gegen tonnenschwere Bitterkeit. An dieser Bitterkeit ist nichts Revolutionäres, sie reicht nah an sologubsche Ausweglosigkeit heran. Null gleich null. Nabokov behauptet im Gegenteil, er habe im Paradies gelebt. Dieses Paradies besteht bei ihm aus eitlen Details aus dem satten Leben eines egoistischen kleinen Herrn, den hernach die Revolution mit großem Genuss bestrafte. Nabokov ist bestrebt, rhythmische Wiederholungen in seinem Leben zu finden, er zündet Streichhölzer an, um seinen Sinn zu feiern, da er jedoch Agnostiker ist, gerät er in seine eigene Falle und verfehlt das Thema. Seine Flucht vor der Zufälligkeit gleicht einem Slalomlauf. Seine Erinnerungen sind abstoßend selbstzufrieden. Das ist ebenjene Banalität, der er den Krieg erklärte. Gorki und Nabokov – die beiden Pole der russischen Literatur – haben ihre Autobiografien zu einem gleichermaßen geschwätzigen Produkt gemacht.

Das Leben des Schriftstellers fliegt über dem Lebenssinn. Es nährt sich nicht von Millionen Kleinigkeiten wie das Leben anderer Menschen. Im Unterschied zu seinem Wort ist es weniger als der Schriftsteller selbst. Es erniedrigt ihn. Seine Metamorphosen sind nur durch pures Leiden interessant. Nicht der wahrheitsgetreue Bericht, sondern der Verrat ist seine Heimstatt. Dostojewski gab die Inschrift auf dem Grabstein seiner Mutter dem abgerissenen »Glied« eines seiner nichtsnutzigen Helden:

»Ruhe sanft, geliebte Asche,
bis zur freudigen Auferstehung.«

Was immer er tut, er verliert nur Zeit. Seiner selbst unwürdig, besteht er aus verlorener Zeit. Er ist mit Revolutionären befreundet, er wird zum Einsiedler, er brodelt, er ist ruhig, er steht ständig in der Schuld seiner unverstandenen Eltern, er gießt sich Zärtlichkeit aufs Haupt wie Salböl – all das ist Kindergestammel. Joyce, der das Porträt eines Künstlers in seiner Jugend zeichnete, ließ sich dermaßen hinreißen vom Thema Heiligkeit und Wollust, dass er das Wichtigste vergaß: Der Schriftsteller besitzt weder Wollust noch Heiligkeit. Er ist ein Blatt Papier. Andernfalls haben wir es mit Masturbation ohne Ende zu tun.

Hastig in einen Doppelgänger verkleidet, martert Bunin den Leser mit endlosen Naturbeschreibungen, die er mit seiner Kindheit verbindet: Millionen von Sonnenuntergängen, Straßen im Schneegestöber, Monden über Feldern. Aber sein wichtigstes Talent ist die detaillierteste Beschreibung von Toten im Sarg. Der Nachbar, der Vater, der Großfürst, das Kind – lauter Tote. Alle Anzeichen der Verwesung: die Farbe der Lippen, der Venen an den Schläfen, der Lider, Hände – alles wird vom Meister der Beobachtung registriert. Aber diese unterhaltsame Nekrophilie – mir nahe durch das Gefühl der Todesangst – endet schließlich in einem totalen autobiografischen Fiasko: Aus dem kleinen Helden, einem bezaubernden lyrischen Jungen, wird ein nervöser, eifersüchtiger junger Mann, der herrisch fordert, dass man ihn für alles liebt, und pathetische Gedichte über ebenjene Natur verfasst. Er predigt Ästhetizismus und ist in Wirklichkeit gleichgültig gegenüber dem Leiden des Volkes. Der Schriftsteller hat sich selbst betrogen.

Botschafter Winogradow beauftragte Vater, Bunins Witwe aufzusuchen, um ihr das Archiv des Schriftstellers abzukaufen. Vater machte sich furchtlos auf den Weg zu ihrer Wohnung. Sie begegnete ihm mit Argwohn, blickte über das Treppengeländer nach unten und sagte:

»Ihr Sowjets kommt nie allein.«

Sie glaubte, Vater hätte Aufpasser im Schlepptau. Als die Witwe ihn endlich in ihre ehemals reiche, von Armut ruinierte Wohnung einließ, erschreckte sie ihn mit den Worten:

»Bei mir tagt einmal die Woche, immer donnerstags, ein antisowjetisches Komitee!«

Papa zuckte nicht mit der Wimper.

»Das, gnädige Frau, geht mich nichts an.«

Die arme Witwe verkaufte ihm Manuskripte. Papa erwirkte für sie eine lebenslange sowjetische Pension in konvertierbarer Währung. In politischer Hinsicht hielt Vater Bunin für einen »Wirrkopf«: ein weiches, alles rechtfertigendes Wort, wenn es nicht um die eigene Intelligenzija ging. Chagall, Annenkow, Serge Lifar, Larionow und Natalja Gontscharowa – alle diese Emigranten wurden allmählich zu den »Wirrköpfen« gezählt.

Schließlich ging es auch um Berdjajew; auch er wurde zum »Wirrkopf«.

An einem sonnigen Tag in Deauville (wo ich als Neunjähriger zum ersten Mal das Meer und Muscheln gesehen hatte), als wir (ich war schon Student) am Meer spazieren gingen – die Strandflaggen und die Stoffbespannungen der Liegestühle knatterten im Wind, unser Spaziergang erinnerte an Bilder aus einem französischen Film –, sprachen der dicke vitale Wolodin, falscher Botschaftsrat – einer der KGB-Residenten –, und seine bezaubernde Frau, Pianistin am Bolschoi-Theater (Mama wollte sie in Moskau furchtbar gern zu uns nach Hause einladen, doch die Pianistin ließ sich nicht darauf ein; hier gab es eine eigene Hierarchie), über das Berdjajew-Archiv. Er sagte, Moskau sei am Archiv dieses »Wirrkopfs« interessiert. Vater, der nicht eine Zeile von Berdjajew gelesen hatte, nickte. Plötzlich blieb Wolodin stehen.

»Wenn man uns jetzt überfällt, dann schlage ich mit dem größten Vergnügen zu!«

In seinen Augen stand der blanke, unverhohlene Hass. Ich blickte mich um und versuchte, potenzielle Angreifer auszumachen. Es war windig und sonnig. Kinder rannten umher. Der Hassausbruch ließ allmählich nach. Wir gingen Mittag essen. Bei Papa kam so etwas nicht vor. Sein Hass drückte sich niemals in physischen Gemeinheiten aus, er bekam höchstens einen entschiedenen Gesichtsausdruck. »Wirrkopf« war indessen ein verlogenes, wenn auch prägnantes KGB-Wort. In der Tat, Schriftsteller sind »Wirrköpfe«. Besser kann man es nicht ausdrücken. Alle Schriftsteller gefallen sich selbst, sie sind wissbegierig, scharfsichtig, falsch, lüstern und haben Augen, die in sie selbst hineinschauen. Auf allen Porträts sehen Schriftsteller tiefsinnig aus. Wahrscheinlich bin ich kein Schriftsteller: Auf Fotos sehe ich aus wie ein zufälliges Präfix des Lebens. Zu dreißig Prozent besteht der Schriftsteller aus einem tiefen Gefühl der Selbstzufriedenheit. Zu zwanzig aus einem Gefühl des Todes. Zu den übrigen fünfzig Prozent aus dem Glauben an seine Einzigartigkeit. Er vertraut seinem Geburtstag nicht – er ist aus dem Weltall gekommen und wird mit ihm für immer verschmelzen. Er sucht geheimnisvolle Male an seinem Körper. Ich zum Beispiel habe unter der linken Brustwarze eine angeborene Narbe. Ich habe schon viele Menschen betrachtet – niemand hatte etwas Vergleichbares. Wahrscheinlich stammt das aus meinem vorigen Leben. Darin war ich ein Halbgott. Nimmt man dem Schriftsteller seine Unverwechselbarkeit, dann ist er am Ende. Dieses Gefühl der Einzigartigkeit macht den Schriftsteller besonders reizbar. Tolstoi verwischte die Spuren und machte aus seiner Autobiografie moralische Selbstjustiz, die im Tolstoianertum endete. Der Weg, den Dobytschin nahm, war genau entgegengesetzt: Er vermischte Wichtiges mit Belanglosem, wodurch der moralische Aspekt seines Erzählens auf den Nullpunkt sank. Majakowski machte den Spötter. Pasternak den Grübler. Proust erzählte, er sei zufällig von Kopf bis Fuß. Einander unterbrechend, teilen die Schriftsteller Details aus ihrem Leben mit, überzeugt davon, dass das jemanden interessiert. Aus irgendeinem Grund habe ich *Kinderjahre Bagrows des Enkels* nicht gelesen. Vielleicht ist das eine Ausnahme? Ich weiß es nicht. Die Autobiografie muss in eine Sackgasse führen. Ich brauchte nur einige Dutzend Autobiografien zu lesen, um zu erkennen, dass ich niemals eine Autobiografie schreiben würde.

∾

Ich spürte, wie das Kindermädchen auf einmal still wurde in seiner gusseisernen Wanne auf Füßen. Jetzt fällt mir plötzlich ein – als ob ich in dieser Sekunde kopfüber in die Kindheit eintauchen würde –, dass sie die junge Ehefrau eines Mitarbeiters der Handelsvertretung war, äußerlich sehr französisiert, modebewusster als meine Mama, und sich im Sommer mit Kinderhüten etwas dazuverdiente. In die Handelsvertretung fuhren wir, um sowjetische Filme anzusehen; besonders gefielen uns *Nun schlägt's 13!* und das Unkraut, das in einem Chruschtschowschen Agitationsfilm jener Jahre den Mais attackierte. Das Unkraut sang amerikanischen Boogie-Woogie und fegte alles, was ihm in die Quere kam, hinweg. Am Eingang zum Kinosaal wirbelte die Frau des Mitarbeiters in einem Glockenrock aufgekratzt um die Männer herum. Mama verurteilte sie dafür. Sie fand, dass eine Frau, deren Ehemann bei der Handelsvertretung ist, nicht Kindermädchen sein dürfe; sich so für Geld zu verkaufen, das sei nicht gut.

»In Ordnung«, sagte ich als braver Schüler.

Kirilla Wassiljewna setzte sich mit dem Rücken zu mir auf den Badewannenrand. Ich wusste bereits, dass ich mit diesem Ereignis jahrelang leben würde. Wie ein Erwachsener begriff ich, alle möglichen Zwischengedanken überspringend, dass sie es wagte, mich zu bitten, ihr den Rücken zu waschen, weil die Mitarbeiterin der Handelsvertretung anwesend war; wären wir beide allein gewesen, wäre niemals etwas dergleichen passiert.

Ich trat auf ihre Badewanne zu, nahm ihr den Waschlappen aus der Hand, der absolut russisch und bereits eingeseift war, und begann zum ersten Mal im Leben einen fremden Rücken zu waschen. Der Rücken der Direktorin bedeckte sich mit roten Flecken.

»Schön machst du das!«, sagte sie, als ob sie mir für das Lösen einer Rechenaufgabe eine Note gebe. »Weißt du noch«, fuhr sie fort, »wie ich die Klasse, als ihr bei den Pionieren aufgenommen werden solltet, gefragt habe, warum das so heißt – Pionier, und wie du dich gemeldet hast?«

»Ja, weiß ich noch«, brummelte ich.

»›Pionier‹, hast du gesagt, als ich dich drangenommen habe«, Kirilla Wassiljewna lachte, »›Pionier kommt von Pionie! Pioniere mit ihren Halstüchern sind genauso rot wie Pfingstrosen!‹« Kirilla Wassiljewna bog sich vor Lachen. Das Kindermädchen in seiner Wanne reagierte jedoch überhaupt nicht auf ihre Worte, und ich wurde wieder rot wie damals in der Klasse, über und über rot wie eine »Pionie«.

»Du bist mir eine Pionie!« Kirilla Wassiljewna konnte sich gar nicht beruhigen. Sie stellte sich in der Wanne hin, streckte die Hände vor zur Wand wie ein gefangener Algerier auf einem Foto im *Paris-Match* und beugte sich etwas vor, die Beine leicht gespreizt.

»Na dann, mach weiter!«, sagte sie. »Wo du schon mal angefangen hast, dann wasch mich auch bis zu Ende.«

Ich seifte erneut den Waschlappen ein.

»Dummerchen!«, sagte sie, den Kopf zu mir umdrehend. »Das wäscht man mit den Händen.«

Ich seifte mir beide Hände ein und begann ihr den Po abzureiben. Sie stand da, die Gesäßbacken rhythmisch bewegend. Sie lehnte den Kopf gegen die Wand, fuhr mit den Händen nach hinten und schob die Gesäßbacken auseinander.

»Hier auch. Nur bitte sanft.«

Vor mir öffnete sich wieder ihr kleines braunes Löchlein. Ich wusch die rötliche Pofalte und berührte mit dem Finger das Löchlein. In diesem Moment gab es mich bereits nicht mehr. All das tat ein anderer. Mein Herz wollte mir aus der Brust springen. Das Löchlein war stramm, stark, entschlossen wie Kirilla Wassiljewna selbst. Plötzlich spannte sich das Löchlein an, als ob es beleidigt schmollte, es öffnete sich und wurde rosarot: Mit einem Zischen entwichen ihm Winde.

»Entschuldige«, sagte sie. »Ich kann nicht mehr.«

Ich dachte, dass Kirilla Wassiljewna keine Lust mehr hatte, sich zu waschen, trat ein wenig von ihr zurück und sah plötzlich, wie sie, die Beine weiter gespreizt, mit einem starken gelben Strahl in die Wanne pinkelte. Danach sagte sie mit einer mir unbekannten dumpfen Stimme:

»Und nun untenrum.« Ich verstand nicht.

»Was?«, fragte ich nach.

Sie drehte sich zu mir um und legte meine seifige Hand auf ihre gelockte Scham.

»Hier«, sagte sie.

Ich begann ihre Haare zu waschen. Sie schob meine Hand ohne Eile tiefer, wo es glitschig war, wo es keine Haare gab. Ich spürte ein Höckerchen.

»Fass es an«, sagte sie. »Fass meine Klitoris an.«
Ich tat es, nahm das Höckerchen zwischen zwei Finger.
»Siehst du, sie ist groß«, stöhnte sie, »wie ein kleiner Schwanz.«
Ich fuhr fort, das zarte Höckerchen zu berühren, von dessen Existenz ich eben noch keine Ahnung gehabt hatte.
»Gefällt es dir?«, krächzte Kirilla Wassiljewna. »Jetzt tiefer. Steck dein Fingerchen in die Möse.«
Mein Finger versank in ihrer feuchten Öffnung. Ich nahm noch einen hinzu. Kirilla Wassiljewna schlug aus wie ein Pferd.
»Deine Faust«, sagte sie, »steck deine ganze Faust da hinein!«
Ich steckte meine ganze Faust hinein und begann sie hin und her zu bewegen. Kirilla Wassiljewna krümmte sich in der Badewanne.
»Sag: Ich liebe deine Möse«, bat Kirilla Wassiljewna, schon halb im Delirium. »Sag es, bitte: Ich liebe deine Möse.«
»Ich liebe Ihre Möse«, sagte ich schüchtern, während ich weiter meine Hand bewegte.
Sie öffnete plötzlich die Augen, die längst geschlossen waren, betrachtete mich mit trübem Blick und fasste zärtlich meine kleinen Eier an. Sie bewegte ein wenig die Hand, nahm meinen Pimmel und schob mit den Fingern die Haut zurück.
»Er steht!«, sagte sie, verschluckte sich beinahe und hielt mich fest in ihrer Hand. »Er steht, mein Kleiner, er steht!«
Kirilla Wassiljewna zuckte immer stärker, der Mund klappte auf, sie sah aus, als ob sie sehr leiden würde, als ob man ihr gerade einen Zahn gezogen hätte. Sie stieß aus ganzer Kraft auf meine Faust, die in ihrem Schoß verschwunden war, und zuckte, als hätte man sie soeben erhängt. Schließlich fuhr ihr ganzer Körper zusammen, und sie ließ sich

langsam in die Wanne zurücksinken, wobei sie sich weiblich sanft von meiner Hand befreite. Sie senkte den Kopf aufs Wasser und saß da mit einem verschwimmenden Gesichtsausdruck wie unfertiges Rührei. Nach einiger Zeit sagte sie dumpf, ohne den Kopf zu heben:

»Bist du auch gekommen?«

»Ja«, sagte das Kindermädchen wie im Schlaf. »Ich habe das ganze Wasser auf den Boden gespritzt.«

»Hast du ihn gesehen?«, fragte Kirilla Wassiljewna.

»Deswegen bin ich ja gekommen«, sagte das Kindermädchen.

»Noch keine Haare, und steht schon wie eine Eins!«

Kirilla Wassiljewna berührte müde noch einmal mein Pimmelchen.

»Toller Kerl, du Pionie, du!«, lobte sie. »Und jetzt ab zum Abendessen!«

Die Frauen entstiegen wie zwei Wasserfälle ihren Badewannen. Kirilla Wassiljewna küsste das Kindermädchen auf den Mund, bei der Umarmung drückten sich ihre Brüste platt, und dann sagte sie lachend:

»Und da behauptest du, wir haben keine Männer!«

Als wir uns mit Handtüchern abgetrocknet und angezogen hatten, richtete Kirilla Wassiljewna, deren Haare in alle Richtungen abstanden, an mich die strenge Frage:

»Du wirst kein Falschgeld mehr machen?«

»Nein.«

»Du wirst es im Leben nicht brauchen.«

Ich weiß nicht, warum sie da so sicher war. Die Vorhersage bewahrheitete sich nur teilweise. Nach diesem Vorfall begann es bei mir von Zeit zu Zeit in der Leistengegend angenehm zu ziehen. Mit Kirilla Wassiljewna habe ich mich nie wieder in der Wanne gewaschen. Das Kindermädchen sah ich Jahre später in Moskau auf der Straße wieder. Ich war mit Mama unterwegs, und sie kam uns entgegen. Erzählte, dass ihr Mann bei einem Frontalzusammenstoß auf der Moschaisker Chaussee ums Leben gekommen sei. Sie sah mich an, als hätte ich nie ihre rasierte Scham gesehen, als sie ihren weißen Büstenhalter auszog.

∾

Wir hatten niemals Haustiere. Alle hatten welche, nur wir hatten keine. Meine Eltern mochten weder Katzen noch Hunde. Meine Eltern runzelten unmerklich die Stirn, wenn sie irgendwelchen Haustieren begegneten, obwohl die diplomatische Höflichkeit sie veranlasste, Hunde und Katzen von Freunden zu fragen:
»Na, wie heißt du denn?«
Mit Tschernomor jedoch freundeten sie sich an. Den Kinderwagen mit meinem Bruder stellten sie verbotenerweise in den Garten des Botschafters, obwohl Winogradow allen kategorisch untersagt hatte, sich dort aufzuhalten. Jewgenija Alexandrowna sagte:
»Tschernomor ist nervös. Er mag keine Kinder.«
Aber der Kinderwagen blieb stehen. Nur schwer kann ich mir meine Eltern vorstellen, wie sie irgendein Haustier streicheln. Hunderassen, mit Ausnahme von deutschen Schäferhunden, kannte man bei uns zu Hause nicht und wollte sie auch gar nicht kennen. In Paris war mein Traum, dass sie mir ein Äffchen kauften – das taten sie nicht. Nicht einmal Fische, wie sie am Seine-Ufer in der Nähe des »Samaritain« verkauft wurden, gab es bei uns. Auch keine Ratten, Kaninchen, Eichhörnchen im Rad, Meerschweinchen, Singvögel. Niemals schrie bei uns zu Hause ein Papagei mit seiner irren Stimme. Meine Eltern gingen nicht reiten, züchteten keine Hühner. Keine einzige Schildkröte

ist je über unsere Türschwelle gekrochen. Schließlich wurde die Fotze zu meinem Haustier. Die Fotze war meine Mitstreiterin. Die Fotze war meine Künstlerin. Die Fotze war der Hexenschuss meiner Freiheit. Die Fotze hindert mich zu schreiben. Die Fotze ist die Freundin meines Lebens.

∼

Als ich den französischen Schwachsinnigen im Kirschbaumgarten wiedersah, wollte ich ihm erzählen, wie ich Kirilla Wassiljewna gewaschen hatte, aber so viele französische Wörter standen mir nicht zur Verfügung.

»Tu habites où?«, fragte ich.

»Ici«, lächelte er unbestimmt, den Blick vor sich hin gerichtet.

Wir saßen auf der Gartenmauer, die mit lila Bougainvillea und namenlosen flötenartigen roten Blumen überwuchert war, in denen immer viele Ameisen herumkrabbelten. Hinter uns rauschte der Park von Mantes mit seinen Buchen. Er hielt mir eine Zigarette hin. Ich hatte nichts mehr zu verlieren. Ich zündete sie an, ein kleines bisschen den Rauch einziehend und Tabakkrümel spuckend. Plötzlich bemerkten wir ein französisches Pärchen, das durch den Garten ging. Sie machten einen schüchternen Eindruck, sie schlichen durch die Gegend, blickten sich um. Das hatten sie offenbar auch nötig. Sie setzten sich unter einen Kirschbaum und begannen sich zu küssen. Ich sah ironisch zu, mit schiefem Mund, wir waren viel zu weit weg, um irgendetwas erkennen zu können, und außerdem war das hier nach Kirilla Wassiljewna lächerlich, nicht der Rede wert.

»Nachts gibt es hier viele Sterne«, brachte der Schwachsinnige überraschend hervor.

»Ja«, stimmte ich zu.
»Magst du Sterne?«
»Ja.«
»Ich auch. Komm nachts mal her. Ich zeig sie dir.« Er machte mit der Hand eine weit ausholende, einladende Geste.
»Gut!«, freute ich mich.
Sie hatten sich hingelegt, bei ihr blitzte etwas Weißes zwischen den Beinen auf, und dann konnte man wegen ihm fast überhaupt nichts mehr sehen. Nur ihre in die Luft gestreckten Beine. Aber als ich mich zu meinem französischen Freund umdrehte, um ihm zu sagen, dass es trotz allem nicht schlecht wäre, ein Fernglas zu haben, das ich immer mit heimlichem Beobachten assoziiert habe und nicht mit Theaterpremieren, bei denen ich niemals an der Garderobe ein Opernglas ausgeliehen habe, selbst wenn ich in der letzten Reihe saß, bot sich mir ein erschütternder Anblick. Er hatte die Hose offen. Sein Bauch war nackt. Auf dem Bauch wuchsen gelbe Haare. Eine Unzahl von Sommersprossen und Muttermalen. Ein Glied enormen Ausmaßes. Beinahe ins Nichts starrend, zerrte mein Freund daran herum; es baumelte stramm mit rosa Kopf von einer Seite zur anderen. Der Schwachsinnige bemerkte meinen Blick und forderte mich mit einem Muhen dazu auf, ebenfalls die Sache anzugehen. Doch ich blieb meiner Direktorin Kirilla Wassiljewna treu.
Heute, wenn ich an diese Geschichte zurückdenke, weiß ich nicht mehr, was daran erfunden ist, erzeugt von wiederholtem Durchs-Gehirn-Drehen, und was die historische Wahrheit. Diese Geschichte steckt seit Mitte der Fünfzigerjahre in meinem Kopf – unerschütterlich wie ein Fels. Ich erinnere mich sehr genau an das gelbe Falschgeld, aber ich habe Schwierigkeiten, auf die einfachsten Fragen zu ant-

worten: War Kirilla Wassiljewna eine Erotomanin? Oder handelte es sich nur, wie es ja vorkommt, um eine Laune von ihr? Wieso dann aber die Frage an das Pseudo-Kindermädchen wegen der Männer? Vielleicht stellte sie diese Frage auch viel später? Aber wie konnte sie es wagen? Und nur sie? In der Botschaft gab es damals einen Riesenskandal. Einer der Mitarbeiter hatte statt seiner Frau seine Geliebte mit nach Paris genommen und zuvor zu diesem Zweck das Foto der Letzteren bei der Personalabteilung eingereicht. Jewgenija Alexandrowna, die nicht einmal mit Frauen aus zweiter Ehe etwas zu tun haben wollte, befreundete sich überraschenderweise mit der Geliebten, die in der Öffentlichkeit standhaft den Namen einer anderen (ihr wohl kaum angenehmen) Frau trug. Die außereheliche Konterbande wurde erst entlarvt, als die Ehefrau, beunruhigt, da ihr Mann aus Frankreich nichts von sich hören ließ, im Ministerium anrief. Zu sowjetischen Zeiten war das eine Geschichte, vergleichbar der von Romeo und Julia. Von Kirilla Wassiljewna existieren noch die wenigen Amateurfilmaufnahmen. Sie applaudiert unserer Gruppe: Wir – fünf Jungen – bilden eine Pyramide auf einer Waldwiese, ziemlich ungeschickt. Ich trage ein aus Papier ausgeschnittenes »D« für »Dynamo« auf dem dunkelblauen Pullover, ich bin wieder kahl geschoren. Sie sieht zu, applaudiert, rupft einen Grashalm aus, steckt ihn in den Mundwinkel und kaut darauf herum.

∾

Picasso sah ich zum ersten Mal an der Côte d'Azur – auf der Terrasse eines Cafés. Papa war mit dem großen Schauspieler Tsch., der bei Eisenstein gespielt hatte, hierher gekommen. Mama war mit dessen Frau befreundet. Als wir in Sotschi im Regierungssanatorium waren, in dem Jahr, als ich schwimmen lernte, sagte die Frau von Tsch. bei einem Spaziergang durch den subtropischen Park zu Mama:

»Sie können sich nicht vorstellen, wie traurig es ist, mit einem unintelligenten Mann alt zu werden!«

Das behielt ich für mein ganzes Leben im Gedächtnis. Später begegnete ich vielen Schauspielern: Die nicht dumm waren, waren schlechte Schauspieler.

Picasso erschien: klein, im gestreiften Matrosenhemd, mit aufgerissenen Augen, mit Stierblick. Er begrüßte Papa und den Schauspieler, und wir gingen irgendwohin. Der Schauspieler sollte etwas von Majakowski lesen. Unterwegs schloss sich uns der Dichter Aragon an. Er war mit Papa befreundet, und wenn er sich mit Elsa Triolet gestritten hatte, kam er in die Botschaft, um sich bei Papa über seine Frau zu beklagen, über die Köchin und die Frauen überhaupt. Ich wusste, dass er Kommunist war. Der Kommunist Aragon betrachtete sich gern im Spiegel. Wenn es einen Spiegel im Raum gab, hörte er nicht auf, sich darin zu betrachten. Dann kam noch ein kräftiger kleiner Mann dazu – Maurice Thorez. Wir gingen in irgendein Haus. Der Schauspieler Tsch. spielte Majakowski und eine Frau, beide Rollen. Man sah, dass sie nicht zusammenbleiben würden, und ich wünschte mir gequält, dass meine Eltern sich nicht scheiden ließen. Nach der Vorstellung tranken die Männer Bier. Picasso nahm mich bei der Hand und sagte:

»Du hast musikalische Finger.«

Später sagte Rostropowitsch mir dasselbe, nachdem ich ihm die Tür unserer Moskauer Wohnung aufgerissen und er meine Hand ergriffen hatte: Er brachte mir Briefe von meinen Eltern. Aber ich hatte kein Gehör, und da halfen auch die Finger nichts.

»Was willst du mal werden?« Picasso blinzelte kräftig, ohne zu lächeln.

»Nichts«, antwortete ich, dem Röntgenblick des Künstlers ausweichend. Ich sah, dass Papa unruhig wurde und mir zu Hilfe kommen wollte, aber Picasso begann plötzlich zu lachen:

»Gute Antwort.«

Alle anderen sahen mich zärtlich an. Ich nahm eine Papierserviette und einen Stift, legte meine Hand auf die Serviette, und während sie sich unterhielten, fuhr ich die Umrisse der gespreizten Finger meiner Hand nach. Ich schenkte die Zeichnung Picasso. Er sagte, dass ich eine schnelle Auffassungsgabe besitze – dabei schnippte er sich mit dem Finger an die Schläfe. Picasso nahm die Zeichnung und bemalte meine Finger mit seinem Finger, den er hin und wieder mit Rotwein befeuchtete. Alle taten, als beachteten sie ihn nicht, aber als alle Finger bemalt waren, gerieten Aragon, Papa, der sowjetische Schauspieler Tsch. und der französische Oberkommunist in helle Begeisterung und sagten alle durcheinander, dass ich diesen Moment mein Leben lang nicht vergessen würde. Picasso sah mich an und sagte, ich hätte so traurige Augen wie Cocteau. Ich wusste nicht, wer Cocteau war, und erst später erzählten sie mir, dass Cocteau eben Cocteau sei. Was aus der Zeichnung mit meinen fünf Fingern geworden ist, weiß ich nicht, aber ich erinnere mich, dass Picasso mit demselben Stift seinen Namen darunter setzte und sie mir überreichte. Ich schließe nicht aus, dass meine fünf Finger irgendwo in einer Schweizer Privatsammlung hängen und eine Million Dollar wert sind. Später fuhr Papa noch einmal, diesmal ohne mich, in den Süden zu Picasso; von dieser Reise gibt es eine ganze Fotoserie, die Papa von Picasso machte, so wie ich ihn gesehen hatte, nur in unterschiedlichen Verkleidungen.

Mal trägt er eine Clownsnase, mal sonst noch irgendwas. Papa sagte, Picasso habe sich nach meinen Malerfolgen erkundigt. Für mich ist er ein zeitloser Künstler, weder dem Alter noch einer Mode unterworfen. Er bemalte meine Finger mit dem Wein nicht einfach alle im selben Farbton. Ein Finger war kräftiger rot, ein anderer ganz blass. Alle fanden, dass die gespreizten Weinfinger eines kleinen Jungen ein Meisterwerk seien. Doch hatte diese bemalte Zeichnung auch etwas unbeschreiblich Beunruhigendes: Es schien, als wäre das nicht nur Wein, sondern noch etwas anderes, vielleicht Blut.

∾

Unsere Botschaft wurde mit Eiern beworfen. Das geschah im Herbst. Die weißen Mauern der Botschaft waren mit roter Farbe bespritzt. Es hieß, dass am frühen Morgen irgendwelche Rowdys mit Autos vorgefahren seien und die Botschaft mit roten Farbeiern beworfen hätten und dass die Polizei nichts unternommen habe, um uns zu schützen.
»Ich glaube, das ist eine Provokation«, sagte ich.
»Daran besteht kein Zweifel.« Mama trug vorsichtshalber meinen kleinen Bruder auf dem Arm in der Wohnung herum.
»Oder ist das der Anfang des Dritten Weltkriegs?« Mama drückte meinen Bruder an ihre Brust.
»Was redest du da!«
In der Botschaft waren alle schrecklich aufgeregt, es ging zu wie in einem Ameisenhaufen. Alle rannten irgendwohin, auch Papa. Mein Bruder wurde in dem Jahr geboren, als die politischen Erdbeben begannen. Im Sommer in Mante, auf der Toilette, fiel mir ein Stück Zeitung in die Hände, in dem von Stalins Personenkult die Rede war. Stalin hatte für mich keine große Bedeutung. Ich selbst war Stalin. Wohl weniger meine Krimiseifenopern als vielmehr dieses Gefühl, das

Zentrum der Welt zu sein, machte mich zu einem verletzlichen, einsamen, leidenden Wesen. Ich spürte plötzlich, dass man mich zur Seite schob:

Die Welt wurde sehr viel entspannter, meine Eltern flüsterten immer häufiger, tuschelten und ließen mich nicht an ihren Erwachsenengesprächen teilhaben. Das war ein Komplott gegen mich.

Als ich die roten Mauern des Botschaftsgebäudes sah, den ersten Abstraktionismus meines Lebens, geriet ich in furchtbare Aufregung. Plötzlich ging mir auf, dass man nicht nur Eisenbahn spielen konnte, nicht nur mit Zinnsoldaten und dass Briefmarken nicht der Gipfel aller Wünsche waren. In dieser Welt konnte man weitaus bedeutendere Dinge tun. Man konnte, wie sich herausstellte, mit roter Farbe gefüllte Eier schmeißen und damit eine Riesenverwirrung auslösen. In den Fluren der Botschaft tauchten Pappkartons auf: Es hieß, die Botschaft würde geschlossen und alle führen nach Moskau zurück. Man verbot uns, in die Schule zu gehen. Das war ein Fest. Alles wurde abgesagt. Ich erfuhr, dass es Leute auf der Welt gab, die Ungarn hießen. Ich entschied, dass Ungarn und Rowdys dasselbe war. Sie hatten rebelliert. Im *Paris-Match* sah ich Panzer, die in eine Stadt einfuhren. Auch sie wurden beworfen: nur nicht mit Eiern, sondern mit Steinen.

Die ungarische Revolution war für mich ein Wendepunkt. Ich erwachte zum Erwachsenenleben. Endlich wollte ich etwas darüber wissen. Ich begann meinen Eltern unkindliche Fragen zu stellen. Die Welt weitete sich plötzlich. Meine Eltern wehrten mich ab. Das rief neue Fragen hervor. Mama sagte nachdenklich:

»Vielleicht müssen wir nach Moskau zurück.«

In ihren Augen war keine Freude. Auch ich begann meine Sachen zu packen. Mein Spielzeug, meine Schulbücher, meine Briefmarkenordner. Ich sah, wie Arbeiter die Farbe von den Mauern entfernten. Die Botschaft stand verloren da. Etwas war geschehen in der Welt. Jene heile und unteilbare Kinderwelt gehörte der Vergangenheit an. In jener Kinderwelt hatte ein sauberes Botschaftsgebäude existiert, in das nur die eigenen Leute eingelassen wurden: Dort saß ein Diensthabender in der Pförtnerloge – ein wichtiger Mann, der auch, das wusste ich, eine Pistole hatte. Im Garten jener Welt stromerte der Hund Tschernomor umher. Botschafter Winogradow stieg die Außentreppe hinunter und setzte sich mal in den Citroën, mal in den SIS. Ich wusste eins genau, das hatten meine Eltern mir beigebracht, für den Fall, dass ich mich verlief: Ich-wohne-Rue-de-Grenelle-soixante-dix-neuf. Das war meine Parole. Auf einen Schlag war alles zerstört. Die Worte verloren ihren früheren Sinn. Die rote Fahne war vom Tor der Botschaft heruntergerissen. Das wollte nicht in meinen Kopf. Die Fahne herunterreißen? Wer hatte das gewagt? Die konspirative Wohnung war entdeckt. Die Welt hatte Schlagseite. An wem lag das? An irgendwelchen Rowdys, die Eier geworfen hatten. Sie erzeugten neue Rowdys. Die neuen kamen jeden Tag mit Losungen und Fahnen, schwenkten sie und schrien uns durch Lautsprecher irgendetwas zu. Sie wollten uns stürmen. Die Botschaft war nun von Polizei umstellt. Die Situation wurde sehr interessant. In der engen Rue de Grenelle war kein Durchkommen mehr. Am liebsten wäre ich auch ein Rowdy gewesen. Einer, der sich traut, der diesen ganzen Tumult ausgelöst hatte. Dessentwegen Polizeibusse und Militärautos mit langen Antennen, die bis zum ersten Stock hinaufreichten, in die Straße gefahren kamen. Die Polizei trug Helme. Die Botschaftsmitarbeiter stapelten gepackte Kisten vor ihren Wohnungstüren für den Fall der Abreise. Sie waren irgendwie langweilige, schwächliche Leute – jedenfalls keine Rowdys. Durch Budapest fuhren sowjetische Panzer. Ich beschloss, ein schrecklicher Ungar zu werden, der einem Indianer ähnlich war. Ich bekam selbst Lust, mit Eiern zu werfen. Das blieb mir für immer erhalten.

∾

Es war gegen drei Uhr nachmittags. Mein Papa aß wie gewöhnlich in einem Pariser Restaurant zu Mittag; er trank Wein und sprach mit einem ihm äußerst angenehmen Mann. Das Gespräch wurde auf Französisch geführt, obwohl das für beide Männer eine Fremdsprache war, da mein Vater Englisch letzten Endes nicht gut genug konnte. Sein Gesprächspartner war ein gewisser Liebig, ebenfalls Botschaftsrat wie Papa, gewissermaßen Papas Doppelgänger, nur reicher und transatlantisch. Das Mittagessen ging dem Ende zu.

»Hören Sie«, konnte Vater sich nicht enthalten zu fragen, »warum wollten Sie nicht mit mir in dieses Restaurant gehen?«

»Das verrate ich nicht.« Liebig grinste.

»Ach, bitte!«

»Ich bin schon einmal hier gewesen. Ich wurde von zwei Kellnern bedient. Einem älteren und einem jungen, offenbar einem Praktikanten. Also, dieser junge Mann war so aufgeregt, dass ihm die Hände zitterten und er mir aus einer Sauciere zerlassene Butter in den Kragen schüttete!«

Die Männer lachten einträchtig. Die Franzosen blickten sich nach ihnen um. Das Dessert wurde serviert. Papa nahm Pfirsich-Melba, Liebig zog Apfelkuchen vor. Zum Dessert diskutierten sie die thematischen Sahnetörtchen.

»Na, da haben Sie uns aber vor eine Aufgabe gestellt mit Ihrem Ungarn«, sagte Liebig, müde lächelnd.

Papa hörte nur »Ihr« Ungarn und wartete schweigend, was weiter kommen würde. Hinter den Fenstern des Restaurants Nieselregen. Tauben saßen unter den Markisen. Die schwarzen Gitter der Pariser Balkone ähnelten Nekrologen. Liebig tauchte in Vaters Leben auf, wenn sich in der Welt Kataklysmen ereigneten. Er lud Vater gewöhnlich in luxuriöse Restaurants ein, Vater ihn in bescheidenere.

»Was geht da eigentlich vor?«, fragte Liebig.

»Ein faschistischer Aufruhr«, sagte Vater, während er mit dem Löffelchen den Pfirsich in kleine Stücke zerteilte. Das Löffelchen rutschte ab und schlug unangenehm gegen das Glas.

»Ein Aufruhr?«, fragte Liebig ironisch und etwas bedrohlich zugleich. Hinter seinem Rücken hatte sich die ganze militärische Macht der Vereinigten Staaten versammelt. Aber Papa erschrak weder über die Ironie noch über die militärische Macht.

»Nun ja«, sagte Vater, »ein Aufruhr.«

»Ich liebe den Regen in Paris«, bemerkte Liebig. »Was für eine erstaunliche Ruhe! Wie gern man nach dem Essen ein Schläfchen machen würde! Schlafen Sie nach dem Mittagessen?«

»An den Wochenenden ja«, verriet Vater ein häusliches Geheimnis.

»Wie lange?«

»Etwa anderthalb Stunden.«

»Nun, und was werden Sie mit dem Aufruhr tun?«, gähnte Liebig, höflich den Mund bedeckend.

»Das ungarische Volk ...«

»Ich verstehe. Und Sie?«

»Wir erweisen ihm brüderliche Hilfe.«

»Wladimir«, sagte Liebig, »Sie haben eine Woche. Wenn

Sie Ihre Operation vor Ablauf einer Woche beenden, werden wir uns nicht einmischen. Cognac?«

»Heute zahle ich«, sagte Vater. »Zwei Cognac«, bestellte er beim Kellner. »Und die Rechnung bitte.«

»Ich würde mich am liebsten so selten wie möglich mit Ihnen treffen«, sagte Liebig, mit dem Cognac anstoßend, »aber ich fürchte, daraus wird nichts.«

»Es wird Zeit für mich.« Vater trank den Cognac in einem Zug aus. Die Männer erhoben sich und drückten einander die Hand.

»Sie tragen einen guten Tweed-Anzug«, lobte Vater.

»Schottisch«, nickte Liebig. »Aus Edinburgh.«

»Da war ich während des Krieges.«

»Ich weiß«, lächelte Liebig. »Ich bleibe noch ein wenig. Ich möchte eine Pfeife rauchen.«

Vater verließ ruhigen Schrittes das Restaurant, nachdem er an der Tür seinen grauen, zweireihig geknöpften Regenmantel vom Haken genommen hatte. Er stieg in den Peugeot 304, setzte vom Trottoir zurück und raste über den Boulevard Raspail Richtung Botschaft, während die Scheibenwischer die nassen, nach süßem Tod riechenden Kastanienblätter von der Windschutzscheibe wischten.

»Les feuilles mortes«, murmelte Vater. Er stellte sich vor, wie der große, kräftig gebaute Liebig in diesem Moment gebeugt in der engen Telefonzelle neben der Restauranttoilette stand und die Nummer seiner Botschaft wählte.

»Und?«, fragte Botschafter Winogradow, gequält die buschigen Augenbrauen hebend. Er wartete wie ein kleiner Junge im Vestibül.

»Wir haben eine Woche«, sagte Vater rasch und sanft.

»Schreib ein Telegramm, Funker«, schmunzelte der Botschafter Winogradow. »Nach ganz oben. Du bist der Schreiberling.«

»Ich habe genug von der Kulturarbeit«, bemerkte Vater nebenbei.

»Verstehe.«

Der Botschafter teilte die Leute in Schreiberlinge und Nicht-Schreiberlinge ein. Er selbst gehörte zu den Letzteren.

»Unterschreiben wir gemeinsam, wenn du nichts dagegen hast?«, fügte er ein wenig schmeichlerisch hinzu.

∾

»Nein, so was«, reagierte ich auf Mamas Begeisterungausbruch, »um die Erde herum fliegt er! Biep-biep-biep! Kosmos – dass ich nicht lache!«

»Du liest wohl keine Zeitung, die ganze Welt ist begeistert!«

»Wenn er wenigstens zum Mond fliegen würde …!«

»Woher hast du bloß diesen Widerspruchsgeist?«, fragte Mama, unangenehm berührt.

Sie hatte recht. Ich begriff die Bedeutung des ersten Sputniks nicht. Bei mir entwickelte sich der Widerspruchsgeist. Ich wusste nicht, woher ich ihn hatte. Aber es handelte sich in der Tat um einen Geist. Ich war schüchtern, aber ich besaß einen Widerspruchsgeist. Und er wurde größer. Zunächst war er spontan. Nicht, dass ich einfach nörglerisch gewesen wäre. Aber es gefiel mir, eine eigene Meinung zu haben. Der Widerspruchsgeist, der sich in mir eingenistet hatte, war mit vielem unzufrieden – vom Sputnik bis zu meinen Schuhen – und trieb Mama zur Verzweiflung.

Ich sah ein Modell des Sputniks auf der Weltausstellung in Brüssel und war wieder enttäuscht: So klein war er! Außerdem war da ein Mädchen aus meiner Schule. Ich war in sie verliebt, und sie stellte mit ihrer Person den Sputnik in den Schatten. Wir standen nebeneinander am Eingang zum sowjetischen Pavillon, in der Nähe des Atomiums, das glänzte wie Hundeeier. Sie war ein Jahr älter als ich. Unsere Eltern unterhielten sich, sie zog Grimassen und hampelte herum, und obwohl ich in sie verliebt war, schämte ich mich für sie. Wir sprachen nicht miteinander. Aber in meiner Parallelwelt kam sie in allen Krimigeschichten vor. Sie wurde von Feinden verletzt – ich verband sie. Die Reisegeschichten waren übrigens lustig –, da triumphierte ich. Die Nachtgeschichten vor dem Einschlafen waren dagegen quälend. Ich verlor auf der ganzen Linie: Meine Eltern ließen sich scheiden, das Mädchen starb, alle starben. In mir lebten Ängste.

Auf der Rückfahrt besichtigten wir in Reims einen lächelnden Engel. In Frankreich gingen meine Eltern in die katholischen Kirchen wie in Museen und begeisterten sich, den Reiseführer in der Hand, für die Gotik. Ihnen gefielen die Glasfenster, die auch mir gefielen: Sainte-Chapelle, Notre-Dame, Chartres, alles, wie es sich gehört. Aber schon diese Museumsimpfung des Katholizismus brachte mich vom rechtgläubigen Weg ab. Bei meiner krankhaften Fantasie hatte ich wahrscheinlich einen Glauben dringend nötig. Mit den Schrecken des Todes musste ich selbst fertig werden, ohne Hilfe von außen. Mir sagte niemand, dass Gott existiert. Aber ich wäre wohl kein Schriftsteller geworden, wenn ich einen Glauben gehabt hätte.

Das Schreiben erwies sich als Glaubensersatz, zumindest anfangs. Ich durchschritt die durch eine formale Religion erzeugte europäische Gottverlassenheit des 20. Jahrhunderts und bezahlte fremde Rechnungen.

Mama hatte wie ich Angst vor Toten, Angst, sich ihnen zu nähern, sie zu berühren. Für sie war ihr Großvater nur eine kalte tote Hand, die man küssen musste. Die extreme Angst vor Toten, die ich von meiner Mutter geerbt habe, verstärkte sich noch durch Papas Wehleidigkeit, die sich auf mich in vollem Ausmaß übertragen hat. Über diese Wehleidigkeit frotzelte Mama immer wieder. Übrigens ist das nicht das richtige Wort, frotzeln, es stammt aus einem anderen Vokabular. In meiner Familie kam dieses Wort nicht vor. Ich brauche es nur zu benutzen, und schon sehe ich meine Familie nicht mehr – das ist etwas anderes. Es gibt einen ganzen Vorrat an Wörtern, der in unserem Leben nicht zugelassen war. Mama frotzelte nicht – Papas Wehleidigkeit ärgerte sie deutlich, aber sie nahm sich mit aller Kraft zusammen, und auch das war ihr anzumerken. Besonders in den Momenten, in denen Papa wehleidig wurde, zog sich mir das Herz zusammen, denn ich verstand, dass Papa nicht ihr Ideal war. Die lyrischen Beziehungen meiner Eltern sind für mich in Dunkel gehüllt.

∼

Während in Moskau meine Familie eine die ganze Welt enthaltende silberne Kugel war, brach diese in Paris auseinander – in meiner Kindheit offenbarten sich zwei entgegengesetzte Seiten. Mama tauchte auf wie eine Nixe und wurde sich der liberalen Werte des Lebens bewusst: Der Mensch ist das Maß aller Dinge. Sie glaubte an den Prozess der Entstalinisierung, der niemals zu einem Prozess wurde. Man hatte Russland die Augen ausgestochen: Es drehte sich im Kreis oder bewegte sich tastend – mal vor, mal zurück. Mama fügte sich weniger einer weiblichen Logik als vielmehr dem Blick des nahen, aber außenstehenden Beobachters, was ein Allgemeinplatz war für das weibliche moralische Urteil in Russland, von Nadeshda Mandelstam bis in unsere Tage.

Ihr weibliches moralisches Urteil stand auf schwankendem Boden. Sie waren Frauen eines Jahrhunderts ohne Glauben. Je schwankender jedoch die Grundlagen ihres Urteils waren, desto strenger wurden die Frauen. Mama nahm den Weg eines Untergrundliberalismus. Der Stalinismus ihres Mannes ärgerte sie. Vater, der Staatsbeamte, sah die Effektivität des Kriegs- und Nachkriegsstalinismus für die Großmacht, und er kam davon nicht los. Ich saß zwischen zwei Stühlen. In kultureller Hinsicht zog es mich mehr zu Mutter. Die grundsätzliche Lebenseinstellung von Vater war mir indessen näher: Energie, Willenskraft, Erfahrung, Krieg und Spiel. Auf Mutters Seite blieben die Bücher. Die Geburt meines Bruders löste die Spannung. Mein Bruder wurde sofort zum Liebling meiner Mutter, und es war unmöglich, mit ihm zu konkurrieren. Das entfernte Mutter von mir, während Vater keinem der Söhne den Vorzug gab. Er zog uns eindeutig seiner Arbeit vor. Als Schüler Molotows vergaß Vater dennoch nie das Wichtigste – die Lehre von der Weltrevolution. Später sagte er zu mir, bei Gesprächen mit bourgeoisen Kulturgrößen habe er gespürt, dass die Wahrheit auf seiner Seite sei. Deshalb hielt sich die Wahrheit über Vaters liberales Antauen in engen Grenzen. Zu aggressivem Stalinismus wechselte er jedoch nicht, wie das unser Nachbar und Vaters ehemaliger Vorgesetzter Boris Podzerob tat, der gut sichtbar auf Fotos in Potsdam vertreten ist und der sich vor Schüchternheit beim Rendezvous mit dem geliebten Mädchen in die Hose pinkelte. Podzerob übte Vater gegenüber offene Kritik an Chruschtschow, hatte in seinem Arbeitszimmer über dem Schrank ein Stalin-Porträt hängen, im Schrank einen Altar mit Stalins Werken, Fotos, Notizen. In seinem Arbeitszimmer traf sich ein Zirkel von Stalin-Anhängern aus dem ehemaligen Kreml-Dunstkreis. Das waren echte Ritter des Gulag. Chruschtschow, der dem Westen als unbeugsamer

Kommunist erschien, der lediglich aus taktischen Erwägungen Stalin entthront hatte, der bereit war, dem Westen zu zeigen, wer der Herr im Haus ist, und Amerika während der Kuba-Krise in Bedrängnis zu bringen, war in den Augen echter Glaubenskenner nicht nur ein politischer Waschlappen, sondern auch ein Verräter. Podzerob klopfte frühmorgens, die *Prawda* in der Hand, an die Tür unserer Moskauer Wohnung, als Chruschtschow abgesetzt wurde. Er frohlockte. Podzerob war konsequent, Vater nicht. Ihm fehlte es an Philosophie – er kam ins Trudeln. Bei uns zu Hause war der Geist Stalins nicht anwesend. Vater überschritt nicht die Grenze zum Dissidententum, zu einer parteifeindlichen Gruppierung, aber am Glanz seiner Augen, wenn er von seiner Arbeit im Kreml erzählte, sah man, wo seine wichtigsten Jahre waren.

∾

In meiner Kindheit log ich gern. Ich log ohne jeden Nutzen für mich, einfach aus Liebe zur Lüge. Ich malte die schwarz-weiße Welt mit den Farben meiner Lüge an und versetzte meine Zuhörer mit allen möglichen und unmöglichen Geschichten in Aufregung. Meine liebsten Zuhörer waren abwechselnd Marussja Puschkina, Großmutter und Klawa, die mir leicht Glauben schenkten. Dann wurden sie von meinen Klassenkameraden abgelöst. Ich log, dass man mir auf der Weltausstellung in Brüssel angeboten hätte, die Erde im Sputnik zu umkreisen, ich log, dass ich Autofahren gelernt hätte und ganz allein dreihundert Kilometer gefahren wäre, dass ich mit einer echten Pistole geschossen und in Paris einen Brillanten von hundert Kilogramm gesehen hätte. Großmutter, die nie im Ausland gewesen war, verblüffte ich mit allen möglichen unglaublichen Geschichten über Paris, nicht nur mit der von dem Brillanten; ich erzählte ihr, dass ich an der Außenseite des Eiffelturms an den Eisenträgern hochgeklettert wäre, und zu meiner großen Begeisterung nahm sie mir das ab, als ich ihr aber erzählte, dass die Leute in Paris geröstete Kastanien essen, wollte sie es nicht glauben. Der armenischen Emigrantin, die mir ein wenig Französisch beibrachte, erzählte ich lustvoll Lügengeschichten über Moskau. Ich log, dass es in Moskau blau-gelbe wundersame Oberleitungsbusse gäbe, die mit Autopilot gesteuert würden und selbst wüssten, wo sie anhalten müssen, ich log, dass ich im Alter von drei Jahren mit dem Wodkatrinken begonnen hätte, wie alle normalen russischen Kinder, und dass ich die Kremlsterne mit meinen Händen berührt hätte.

»Und, wie sind sie?«, staunte die Armenierin. »Aus Rubinen?«

»Das weiß ich nicht«, antwortete ich. »Aber sie sind scharf, und ich habe mich daran geschnitten.«

»Stimmt es, dass bei euch die Schulkinder Uniform tragen?«, wollte die Armenierin wissen.

»Ja«, antwortete ich. »Und jeder trägt einen Dolch an der Seite. In unserem Land haben alle Uniformen: die Arbeiter, die Bauern und mein Papa auch.«

Ich kam richtig in Fahrt bei dieser Mischung aus Lüge und Wahrheit, wir vergaßen über dem Schwätzen die Zeit. Endlich besann sich die Armenierin und sah mit ihren traurigen armenischen Augen, unter denen große schwarze Säckchen hingen, auf ihre Armbanduhr:

»Eh bien. Nous allons, vous allez, ils …?«

Aber es war schon zu spät, die Französischstunde ging zu Ende. Leichten Schrittes kam Mama in einem weiten Kleid ins Zimmer. Wegen meiner Lügerei habe ich nur »coccinelle« gelernt.

»Sie ist ganz begeistert von dir«, sagte Mama über die Armenierin.

Kein Wunder, denn die Armenierin hatte nun ihrer Emigrantengemeinde einiges zu erzählen.

Ich redete weiß der Kuckuck was für ein Zeug zusammen. Es ging mit mir durch. Ich erzählte Großmutter, dass ich wegen einer Wette ein ganzes Tintenfass ausgetrunken, mich aber nicht vergiftet hätte, dass ich mich mit Orlow geprügelt, ihm den Arm gebrochen und er jetzt nur noch einen hätte, dass ich einen eigenen Diplomatenpass besäße und die Pariser Gendarmen vor mir strammstünden und salutierten, dass ich eine goldene Uhr besäße, die ich auf der Straße gefunden hätte, und dass Papa in Wirklichkeit wichtiger wäre als der Botschafter Winogradow. Ich erzählte Großmutter, dass man mir in Paris in der Schule solche Aufgaben stellte, dass ich schon lange nachts nicht mehr schlafen würde, dass ich im Sportunterricht wie ein Zirkusartist fünf Mädchen auf meinen Schultern getragen hätte. Sie hörte zu, unter Ohs und Achs, regte sich auf, war besorgt. Manchmal konnte sie nicht anders und nahm mich vor den Eltern in Schutz. Die waren oft entsetzt, versuchten, mich beim Lügen zu ertappen und zu entlarven. Mama und Papa waren schlechte Gesprächspartner. Ich bemühte mich, Papa überhaupt nicht anzulügen, und Mama entlarvte mich immer schnell, ärgerte sich und nannte mich Baron Münchhausen. Sie zog mir die Ohren lang und sagte:

»Lügen haben kurze Beine.«

Es war widerlich. Ich weiß nicht mehr, wann ich zu lügen gelernt habe. Ich glaube, ich wurde schon so geboren. Mir gefiel es, wenn die Welt von meinen Fantasien vibrierte. Das Lügen brachte meine Vorstellung von der Welt ins Wanken. Ich sah, dass die Welt sich unter meinen Lügen bog, und ich hörte auf, an ihre Festigkeit zu glauben. Ich fand, dass ohne meine Geschichten die Welt langweilig und flach, vollkommener Unsinn sei. Ich war der Hauptheld meiner Lügen. Aus der Lüge entstand mein Verhältnis zum Wort. Alles Menschliche klang in meinem Ohr anders. Zum Beispiel hörte ich in Krylows Fabel von der Libelle und der Ameise (das war noch in der Kindergruppe bei einem Spaziergang auf der Twerskaja-Straße):

Von Verzweiflung übermannt,
Kommt zur Ameis' Siegerrand

Und weiter:

Lass mich, Gevattrin, nicht Imstiche ... – hörte ich. Mir schien, das Wort »Imstiche« sei das schönste Wort auf der Welt. Mir gefiel der Siegerrand mehr als Ameise und Libelle. Ich gebe bis heute Siegerrand und Imstiche den Vorzug. Schon in der Schule gefiel mir der Titel des Stückes von Gribojedow, *Verstand schafft Leiden*. Als ich den richtigen Titel erfuhr, verdross mich seine Banalität.

∼

Am meisten auf der Welt hasse ich Damenunterwäsche und Spione. Mit Spitzenunterwäsche für Damen habe ich große Probleme. In dem Moment, als mich meine Großmutter, die mich warm halten wollte, mit einem selbst gemachten weißen Leibchen mit riesigen Knöpfen und Gummibändern daran, die meine braunen Strümpfe hielten, in die erste Klasse schickte und ich an einem dunklen Herbstmorgen als junger Moskauer Transvestit mit nacktem Pimmelchen zwischen den weiblichen Accessoires vor dem Spiegel stand, rebellierte meine spontane Männlichkeit. Ich lief mit dem Leibchen herum wie ein Schwein, das geopfert werden soll. Nicht einmal Strumpfhosen kann ich bei Frauen leiden. Frauen, die die Wäschefantasien der Firma »Wilde

Orchidee« mögen, akzeptiere ich nicht. Selbst beim Cancan finde ich Höschen abstoßend. Ich hasse schon die Idee des Büstenhalters, der die Brüste einschnürt und auf dem Rücken mit speziellen grässlichen Häkchen geschlossen wird. Ich akzeptiere weder die sportlichen amerikanischen Büstenhalter, die allen Titten im realen Leben wie auch in Hollywood-Filmen den Krieg erklärt haben, noch den Wäscheschnickschnack der Alten Welt. Wenn ich eine Frau in Unterwäsche sehe, wende ich mich ab. Das ist nichts für mich. Dank sei meiner Großmutter – mit dem Geschlechtstrieb treibt man keine Scherze. Ich liebe die Frauen ohne jede Unterwäsche, mit freien Titten.

Ebenso wenig mag ich Spione. Als eine meiner süßen Moskauer Verehrerinnen mir sagte, sie sehe mich nur in zwei möglichen Hypostasen, entweder als Schriftsteller oder als großen Agenten, antwortete ich: »Meine Liebe, zieh mir bitte kein Leibchen mit Gummibändern an.« Ich mag nicht einmal die ironische Hypostase des James Bond. Seine Feinde sind meine Feinde, aber trotzdem ruft dieser englische Humor bei mir Brechreiz hervor. Der Spion ist der geborene Lügner und Gewalttäter. Ich kann Männer nicht ausstehen, die bei der Arbeit mit ihren Kräften spekulieren. Sie widern mich an. Im Grunde bin ich nicht gegen Vergeltung. Um auf Ehrenburg zurückzukommen, muss ich zugeben, dass ich die Vorstellung von den Juden, die Ende des Krieges die Deutschen in die Gaskammern stecken, und zwar genau im Verhältnis 6 000 000 : 6 000 000, interessant finde. Und die Rote Armee, die alle deutschen Frauen vergewaltigt, ist mir ebenfalls nicht unverständlich. Aber James Bond ist nicht mein Held. Und was habe ich davon, alles zurechtgerückt zu haben?

∾

Darf ich vorstellen: Wladimir Iwanowitsch Jerofejew – eine wichtige Figur der sowjetischen Spionage in Frankreich. Ein unbefangener Historiker der französisch-sowjetischen Beziehungen Mitte des 20. Jahrhunderts würde möglicherweise meinen Vater in ebendieser Eigenschaft politisch verewigen. Armer Papa! In Frankreich geriet er zwischen zwei Geheimdienste. Was für Schweine, diese Franzosen! Im Oktober 1996 erklärte ihn ausgerechnet *L'Express*, jene Zeitschrift, die Papa viele Jahre allwöchentlich gelesen hatte, zum Spion.

Was da mit meinem Vater geschah! Er lag zu der Zeit im Kreml-Krankenhaus, ließ sich sofort vom Chefarzt entlassen und eilte nach Hause, wo er dem französischen Fernsehen ein Interview gab. An seiner unmittelbaren, naiven Reaktion erkannte ich, dass er bis auf den Grund seiner Seele empört war. Eine organisierte Provokation gegen ihn. Da sitzt er im Wohnzimmer in dem gelben Sessel vor der Kamera, in dunklem Anzug und teurer Krawatte, um Widerstand zu leisten, aber Mama erlaubt niemandem, in der Wohnung in Schuhen herumzulaufen, alles wegen der Teppiche und dem Teppichboden, in dieser Hinsicht haben sie Asien bei sich zu Hause, und die Putzfrau kommt nur einmal die Woche, sodass Papa Pantoffeln an den Füßen hat, gute schwarze, wahrscheinlich auch französische, aber trotz allem eben Pantoffeln, die ihm von den Fersen rutschen und überhaupt nicht zu seinem drohenden Aussehen passen, und dieser Schuft von Kameramann, sehe ich, hält auf die Pantoffeln drauf, um meinen Vater vor ganz Frankreich lächerlich zu machen, und ich sitze in einer Ecke des Zimmers, schweige, dabei müsste ich aufstehen und diesem Schuft von Kameramann eine in die Fresse hauen, weil er meinen Vater bloßstellt, aber ich bleibe sitzen, schweige, und er tut mir leid.

Ich sitze da und denke darüber nach, dass Papa sich im Grunde nicht von einem Nazi-Diplomaten unterscheidet, der nach dem Krieg auch noch zum Spion erklärt wird, was macht das schon für einen Unterschied, aber das ist kein Nazi, kein Kommunist – das ist mein Vater, mein alternder Vater, mein Vater, den ich 1979 umgebracht habe und der mir das verziehen hat, und ich sehe vor mir, wie Freunde mich einmal in ihrer Wohnung in Mannheim in die hinteren Zimmer führten und mir dort das Porträt ihres Großvaters zeigten, in voller Nazi-Montur, darunter stand ein Strauß frischer Blumen, der jeden Tag ausgetauscht wurde, wie ein Wachtposten, und sie sagten mir, er habe an einer Verschwörung gegen Hitler teilgenommen, aber für mich war die Uniform wichtiger, und ich konnte mich nicht überwinden und Mitleid empfinden. Als das Fernsehinterview vorbei war, erzählte ich ihm das mit den Pantoffeln, und er wurde blass. Er versicherte mir, er sei kein Spion gewesen. Da sagte ich ihm, was ich während des Interviews gedacht hatte, weil ich der Meinung war, dass nur Grausamkeit zur Wahrheit führt. Als ich in Paris war, ging ich zu meinen Freunden von *Le Monde*. Aber zuvor fragte ich Vater:

»Warst du wirklich kein Spion?« Vater verneinte.

»Aber du hast doch wahrscheinlich illegal Gelder an die französische kommunistische Partei weitergegeben?«, fragte ich auf gut Glück.

»Das wohl. Winogradow hat mich bei der Geldübergabe mitgenommen.«

Le Monde druckte Vaters Dementi. Vater war sehr zufrieden.

Ich sagte zu ihm:

»Was meinst du, gibt es einen Unterschied zwischen einem Nazi-Diplomaten und einem Nazi-Spion?«

Vater dachte nach.

»Konnte ein Nazi-Diplomat, Hitler treu ergeben, ein anständiger Mensch sein?«

»Kaum«, sagte Vater.

»Nimm Paris während der Besatzung. Siehst du einen Unterschied zwischen einem Ribbentrop-Diplomaten und einem Nazi-Spion?«

»Was willst du damit sagen?«

»Für die Franzosen warst du ein Nazi-Diplomat. Nur dass du nicht Hitler, sondern Stalin gedient hast.«

»Das ist nicht dasselbe.«

»Das meinst du. Aber für die Franzosen ist es dasselbe.«

Er stand da, blass, mit bebenden Lippen. Er musste zurück ins Krankenhaus. Aber trotzdem war er froh, dass *Le Monde* sein Dementi gedruckt hatte.

∼

Der Spionageskandal, in dessen Zentrum mein Vater geraten war, weitete sich aus. Den Franzosen fiel es wie Schuppen von den Augen. Sie fanden Zutritt zum Archiv des Außenministeriums der Russischen Föderation und lasen unter anderem die chiffrierten Telegramme meines Vaters mit dem Vermerk »Geheim«.

Niemand hätte sich vorstellen können, auch mein Vater in seinen schlimmsten Träumen nicht, dass diese Telegramme aus den Fünfzigerjahren irgendwann dem Feind, und mochte es auch der frühere, immer jedoch existente Feind sein, in die Hände fallen würden. Und da war er, der gute Stalin: Vater, der historische Dinosaurier, trat für die Ehre seiner nicht existierenden Heimat ein. In den chiffrierten Telegrammen berichtete er über die Stärke der französischen Truppen in Algerien, über ihre politischen Säuberungen, über Folterungen, außerdem gab er Adressen amerikanischer Geheimdienste in Paris an. Woher wusste er das alles?

Der französische Historiker Thierry Wolton formulierte das Urteil gegen meinen Vater (dem ich politisch schwer widersprechen konnte): »Jeder Diplomat, der sich mit einem politischen Funktionsträger oder Journalisten traf, hatte darüber dem Residenten des KGB einen Bericht zu übergeben. Auf diese Weise wurde jeder sowjetische Diplomat, der im Westen arbeitete, zum Agenten der Geheimdienste. So war es offenbar auch im Fall von Wladimir Iwanowitsch Jerofejew, der in seiner Zeit als Botschaftsrat in der Botschaft der UdSSR in Paris vom 19. August 1955 bis zum 24. Juni 1959 ständigen Kontakt zu Charles Ernu unterhielt.«

Dank sei den Historikern. Jetzt weiß ich, an welchem Tag ich die Champs-Élysées nicht sah.

»In Frankreich betrachtete man Jerofejew als großen Kenner des politischen und kulturellen Lebens des Landes, und im normalen Rahmen seiner Tätigkeit unterhielt er Kontakte zu Künstlern wie Yves Montand, Claude Hautan-Loras sowie zu Politikern (Léo Amon, Jean de Lipkovski u. a.). Am 24. April 1957 frühstückte er zum Beispiel mit Charles Hernu im Restaurant ›La Rôtisserie Périgourdine‹.«

Ich stelle mir lebhaft meinen Vater vor, beim Frühstück (auf Russisch: beim Mittagessen) in einem Pariser Restaurant mit einem Mann, der den Kapitalismus ebenso hasste wie ich den Kommunismus. Als ich, Doktorand am Moskauer Institut für Weltliteratur, französische Diplomaten in ihrer Moskauer Botschaft kennenlernte, hatte ich größte Lust, ihnen irgendetwas Antisowjetisches zu sagen, alle möglichen Geheimnisse auszuplaudern, sodass sie bereits dachten, ich sei ein Spion und Provokateur. Meine von Vater geerbte Naivität trieb mich sogar noch weiter. Ich versuchte, dem amerikanischen Botschafter zu suggerieren, dass sein russischer Chauffeur ganz sicher für den KGB arbeitete.

Wegen meiner Besuche bei ausländischen Botschaften wurde ich alsbald zum KGB am Kusnezki Most zitiert, wo man mich vage einzuschüchtern versuchte, mir jedoch am Ende des Gesprächs die Mitarbeit anbot. Ich sagte, dass ich mich mit meinem Vater darüber beraten müsse. Seltsamerweise ließen sie sich davon sehr irritieren. Sie rückten mir noch etwa dreimal auf die Pelle. Unter ihnen tat sich ein quirliger junger Mann, ein gewisser Boris Iwanowitsch, hervor.

»Wir haben alle jungen Schriftsteller erfasst«, brüstete er sich. Ich stellte meine Ohren auf Durchzug, wie ich überhaupt alles, was nicht direkt etwas mit mir zu tun hatte, geflissentlich überhörte. Wir saßen an einem Tischchen in dem bunten Café im Haus der Schriftsteller.

»Hör mal, kannst du mir bei einer Sache helfen?«

»Worum geht's?«

»Meine Schwester hat sich in Indien mit einem Typen eingelassen. Könnte man sie nicht über deinen Vater zurückholen?«

»Wieso, darf sie keinen ranlassen?«, fragte ich grob zurück. Er brauste auf wie ein kleiner Werwolf. Ich erschrak allerdings auch ein wenig über meinen scharfen Ton. Doch der Sohn eines Botschafters war für so ein kleines Licht eine Nummer zu groß. Zudem war meine Frau Ausländerin, zwar aus Polen, aber eben nicht eine von uns. Einen Unterschied zwischen Hernu und mir gab es allerdings. Er war vom bulgarischen Geheimdienst angeworben worden, man bezahlte ihm Geld für Informationen, und als er das Vertrauen gegenüber den Bulgaren verlor, übernahmen ihn die Russen, und in der Zeit zwischen den beiden Geheimdiensten traf sich Wladimir Iwanowitsch viermal mit ihm. Ich wusste nicht, sagte Papa, dass Hernu vom bulgarischen Geheimdienst angeworben war. Seltsam indessen ist, dass Hernu schließlich französischer Verteidigungsminister wurde.

Die Franzosen, leichtsinnig wie aus dem Bilderbuch, besannen sich plötzlich und gruben historisch aus, was längst mit bloßem Auge sichtbar war: Frankreich, das Washington zurückwies und mehr als genug eigene Kommunisten hatte, war leichte Beute für Moskau, das alle möglichen »Einflussagenten« nach Paris schickte, und mein Vater schnitt von diesem französischen Kuchen sehr diplomatisch ein kleines Stück ab. Als die Franzosen sich besannen, traten sie mit Vaters Entlarvung auf den Plan. Vater schickte über mich ein Dementi an *L'Express*. Dort wunderten sie sich wahrscheinlich, dass er noch am Leben war, und antworteten überhaupt nicht, das Dementi wurde nicht abgedruckt, was zumindest unhöflich war. Vater bedrängte und bat mich, über meine französischen Journalistenfreunde auf die französische Presse einzuwirken. In seiner Aufregung beklagte er sich einmal sogar bei Bella Achmadulina.

»So ist das«, sagte sie feindselig, in der Rolle des ewigen Gewissens, »ich zum Beispiel habe mich mal mit einem Diplomaten freundschaftlich unterhalten, und er hat mich daraufhin bei seiner Behörde denunziert. Das ist unfair, ich würde sogar sagen, unanständig.«

»In der diplomatischen Praxis«, erklärte ihr Vater und lüftete ein wenig den Vorhang vor den Geheimnissen seines Berufs, »existieren spezifische Arbeitsformen, die Diplomaten in der ganzen Welt schreiben Protokolle über ihre Arbeitsgespräche.« Weiter wollte er sagen, dass das Gesprächsprotokoll eine wichtige Informationsquelle über die Situation in dem Land ist, in dem sich der Diplomat aufhält ... Stil markiert den Schurken.

Kurzum, dadurch wird es möglich, konkrete Maßnahmen zur Weiterentwicklung und Vertiefung der Beziehungen und der Zusammenarbeit mit diesem Land auszuarbeiten. Solche Gesprächsprotokolle werden nach einem festgelegten Verteiler an die Zentrale geschickt, inklusive Minister, dessen Stellvertreter, Leiter entsprechender territorialer Abteilungen.

Als Vater dieses Geheimnis den Musikern offenbarte, hörten sie ihm zu, für sie war ein Minister trotz allem auch eine wichtige Person, aber mit der Dichterin kam es zu keinerlei Verständigung, und das Gespräch drohte in gegenseitiger Entfremdung zu versinken. Zudem begannen die russischen Journalisten, die nach Vaters Meinung eine patriotische Position hätten einnehmen müssen, *L'Express* zu unterstützen, Vater begann aus irgendeinem Grund, sie sowjetisch zu nennen und zur Ordnung zu rufen, beschwerte sich bei meinem ehemaligen Nachbarn im Diplomatenhaus (dort hatte mich Vater in einer Wohnungskooperative untergebracht), der zu der Zeit die Presseabteilung im Außenministerium leitete, und bat ihn um eine Pressekonferenz, aber der ließ Papa abblitzen wie eine lästige Fliege. Vater meldete sich oben an, bei Minister Primakow, aber der fand nicht die Zeit, den Pensionär zu empfangen. Der stellvertretende Minister empfing ihn dann doch (was Vater als altem Beamten eine gewisse Befriedigung verschaffte), und Vater bekam Gelegenheit, auf die Franzosen zu schimpfen, wobei er entschieden betonte, dass er kein Spion gewesen sei. Da schrieb dieser gemeine französische Historiker auch noch, dass Vater in Schweden ebenfalls Spion gewesen sei. Das war für mich eigentlich keine Offenbarung. Noch zu Sowjetzeiten entdeckte ich ein bekanntes amerikanisches Buch (hieß der Autor Smith?) über den KGB (das Buch stand bei meinen Eltern im Bücherregal) und fand darin Vaters Namen in Zusammenhang mit seiner Tätigkeit in Schweden. Der Franzose behauptete, dass Vater dem GRU nützliche Dienste geleistet habe. Gerade darauf war Vater ja stolz.

VATER Im Auftrag der Kollontai hielt ich ständigen Kontakt zu dänischen und norwegischen Patrioten, die gegen Hitler kämpften und die oft nach Schweden kamen. Sie berichteten über die militärischen Operationen der Nazis, und ich teilte dies der Kollontai mit. Sie gab diese Informationen nach Moskau weiter und auch an die Verbündeten. So übermittelte sie dem britischen Botschafter Informationen, die ich von den dänischen Patrioten erhalten hatte, und zwar über den Standort von Hitlers Raketenbasen für die V1 und V2, die auf England und vor allem London gerichtet waren. Daraufhin wurden diese Basen sofort von der englischen Luftwaffe bombardiert.

»Nur solche Pseudo-Patrioten wie dieser Thierry Wolton«, sagte Vater zu mir, »die sich während des Krieges weiß der Teufel womit beschäftigt haben, können uns, den sowjetischen Diplomaten, die wir vom Außenministerium der UdSSR gesandt waren, den Vorwurf machen ...«

Ich hörte nicht weiter zu. Ich dachte über die Bedeutung des Wortes »Patriot« nach, darüber, dass 1945 der Krieg für einen sowjetischen Diplomaten nicht zu Ende war. Was gegen die Deutschen gut ist, das soll gegen die Amerikaner schlecht sein? Unfreiwillig war ich zwischen Familie und Geschichte hin und her gerissen. Die Rolle eines neu gebackenen Pawlik Morosow, der seinen Vater nicht nur einer Achmadulina ausliefert, sondern auch einem mir unbekannten Thierry Wolton, verlockte nicht. Ich überlegte, was für ein Typ dieser Thierry (ich habe einige dieser Professoren gesehen; sie riefen mich an, drängten mir ihre Freundschaft auf) sein mochte: ein dröger Universitätsgelehrter mit billigem Pariser Snobismus, einer alten hässlichen Frau, einem verdreckten Renault oder ein kluger sympathischer Misanthrop wie mein Freund aus Nanterre, der zu Sowjetzeiten, als er in der französischen Botschaft arbeitete – wo wir uns kennenlernten –, für sowjetische Dissidenten illegal kofferweise Geld mitbrachte? Und Papa durfte französischen Kommunisten kein Geld bringen? – Wie dem auch sei, auf welche Weise erfuhr Vater die Adressen amerikanischer Agenten in Paris?

∼

Am 24. Juni 1959 verließ Vater Frankreich nicht aus freiem Willen. Frankreich hatte ihn dazu gebracht, französisches Essen und Trinken zu lieben, und ihn dann ausgespuckt. Hatten die Franzosen ihn tatsächlich zur Persona non grata erklärt? Meine Eltern packten eiligst ihre Sachen. Zu allem Überfluss ließ sich Botschafter Winogradow die Gemeinheit einfallen, im letzten Moment einen hohen Parteifunktionär aus Moskau in ihrer Wohnung einzuquartieren, sodass sie sozusagen auf dem Dachboden hausen mussten. Dabei hatte Botschafter Winogradow vor Kurzem, gerade mal vor einem Monat, im Mai, offiziell den Vorschlag nach Moskau geschickt, Papa zum zweiten Mann in der sowjetischen Botschaft zu machen – zum Gesandten. Das hätte Vater die Möglichkeit eröffnet, im Weiteren folgenden Schachzug zu machen: als Botschafter in die Schweiz oder nach Belgien zu gehen. Und nun plötzlich Moskau.

Der KGB-Resident in Paris mochte Vater nicht. Er merkte immer deutlicher, dass mit Papas Einstellung irgendetwas nicht stimmte. Er wusste nicht, wie er das erklären sollte. Weder Moskau noch sich selbst. Auf den ersten Blick schien mit Vater alles in Ordnung zu sein.

Im Grunde verachtete der Resident alle Diplomaten: Ihre

Informationen waren oberflächlich und unzuverlässig, die meisten kamen nach Paris, um ein schickes Leben zu führen und Klamotten zu kaufen. Botschafter Winogradow hielt er für einen Angeber. Der Resident verachtete auch die »engen Nachbarn« von der sowjetischen Spionageabwehr, die ihn selbst heimlich beobachteten. Der Resident mochte die »Illegalen« im Untergrund, die ihm unterstellt waren und unter Lebensgefahr Mikrofone in Büros und Wohnungen französischer Minister installierten und missliebige Personen und Verräter liquidierten. Das war seine Sache. Doch der Resident wusste auch, dass mit ihm etwas nicht in Ordnung war, dass er sich gehen ließ: Er trank still vor sich hin und würde bald Alkoholiker sein. Es fiel ihm schwer, sich morgens zu rasieren. Schon zweimal hatte er seine Frau geschlagen, die den Diplomatengattinnen gratis Englischstunden gab und selbstgemachte Piroggen mit Fleischfüllung zum Unterricht mitbrachte. Er hatte schon einmal seine eigene Wohnungstür eingetreten, die seine Frau abgeschlossen hatte, damit er nicht trank. Der Referent wusste, dass die »engen Nachbarn« darüber Bescheid wussten.

Meinen Vater verachtete der Resident nicht. Er hielt ihn für einen aktiven und qualifizierten Mann, seine Berichte nach Moskau waren nützlich, klug, ja, man konnte sagen, glänzend. Alles richtig, aber der Resident vertraute seinem Instinkt. Es ging nicht einmal darum, wie Papa sich kleidete, bewegte, sprach – aber genau daran, wie er sich kleidete, bewegte und sprach, war etwas, das ihn auf der Hut sein ließ und in Anspannung versetzte. Papa stand nicht auf der Stelle, er entwickelte sich, wuchs wie ein Baum, aber an diesem Baum erschienen unverständliche Früchte. In Vaters Person argwöhnte der KGB-Resident eine dumpfe Gefahr für sich selbst als lebendiges Wesen. Hätte Winogradow Moskau nicht vorgeschlagen, Vater zum Gesandten zu machen, wäre vielleicht noch alles gut gegangen. Aber der Resident sollte dazu eine Beurteilung kundtun, für Vaters Aufstieg grünes Licht geben, und dies stimmte ihn sehr nachdenklich.

Jeder von uns wird von vielen verschiedenen Leuten nicht gemocht, ihr tierischer Instinkt wird durch jede unserer Bewegungen gereizt, aber das Wichtigste ist, ihnen keinen Anlass zu bieten, ihr konkretes Verhältnis zu uns zu formulieren, nicht abhängig von ihnen zu werden, ihnen keine Möglichkeit zu eröffnen, uns mit geschärftem japanischem Schwert einen Hieb zu versetzen.

Papa setzte sich selbst dem Schlag aus. Er wollte nach oben, sein Geruch sollte sich in der ganzen Botschaft ausbreiten. Alles wurde auf der Geruchsebene entschieden. In diesem dumpfen Konflikt zwischen dem namenlosen Residenten (Papa nannte ihn mir gegenüber nie, aus der patriotischen Furcht heraus, man könnte, wenn man an dieser Schnur zieht, gleich die ganze Kette russischer Spione in Europa hervorziehen, bis in die heutige Zeit, und Mama sagte zu mir, dass er wahrscheinlich einen falschen Namen getragen habe, und fügte hinzu, er sei »kein dummer Mann« gewesen) und meinem Vater bildete sich bereits das Paradigma meiner weiteren Beziehungen zu Menschen heraus. Papa war selbst Wegbereiter der Entfremdung dank seiner natürlichen, charmanten Art, erfolgreich zu sein – so etwas mögen Leute vom Schlage des KGB-Residenten nicht. Jener fuhr ein gutes französisches Auto (die französische Spionageabwehr machte die russischen Agenten mühelos anhand der Automarke aus; die Diplomaten fuhren schlechtere Wagen, und Residenten tarnten sich im Allgemeinen auch gar nicht besonders, denn ihre Auffälligkeit war für sie sogar ein Schutz), hatte eine geschwätzige Frau, die pathologische Angst gegenüber Jewgenija Alexandrowna hegte, Geld, nützliche Beziehungen in Moskau, aber er besaß nicht, was mein Vater besaß: die Fähigkeit eines schmetterlingshaft leichten Flugs durchs Leben. Papa gab meiner Existenz eine Aufgabe auf.

Alles Weitere war vorherzusehen. Den Informationen des Residenten zufolge machten sich alle möglichen suspekten Personen an Vater heran, wie zum Beispiel Bonner, der Besitzer eines Tabakwarenladens – vom Stil her eine flaubertsche Gestalt –, und dessen Frau, der ein Modegeschäft am rechten Seine-Ufer gehörte, wohlhabende Leute, die nach Vaters Meinung nützlich waren für die UdSSR, denn sie reisten als Touristen mit dem Schiff nach Odessa (die sowjetischen Zöllner an der Grenze durchbohrten ihre mitgebrachten Apfelsinen mit Stricknadeln, um staatsfeindlicher Betätigung vorzubeugen oder vielleicht auch um die Ausländer daran zu hindern, die Apfelsinen an Land zu verkaufen) und erzählten allen, dass es ihnen dort gefallen habe. Die Familie Bonner war ihrerseits an Kultur interessiert (Mama fühlte sich davon angezogen); sie gingen zusammen mit meinen Eltern ins Theater, pflegten Meinungsaustausch mit ihnen, luden meine Eltern zu sich nach Hause ein. Mitten auf dem gepflasterten Hof der Botschaft sagte der Resident, nachdem er sich anerkennend über Vaters Effektivität geäußert hatte, ihm offen ins Gesicht:

»Ich habe Ihre suspekten Kontakte nach Moskau gemeldet.« Vater erklärte mir, dass es zu dieser Zeit ein unausgesprochenes, aber klares Verbot gegeben habe, Kontakte nicht professioneller Art zu einfachen ausländischen Bürgern zu unterhalten. Und Mama und er hatten freundschaftliche Beziehungen zu den Bonners.

Noch schlimmer war meiner Meinung nach, dass Vater und Mutter große französische Einflussagenten waren, denn sie brachten alle möglichen schönen Dinge mit nach Moskau, wie Möbel, Tafelsilber, Tischdecken, und diese Dinge verwirrten das Volk. Außerdem brachte Vater Markentennisbälle mit nach Moskau, die sehr viel besser waren als diejenigen, die ich im Geschäft »Dynamo« kaufte, sofern es überhaupt welche gab.

Die ganze Angelegenheit war ziemlich verwickelt. Meine Eltern hatten enge Freunde, Lodik und Galotschka (Galina Fjodorowna), und ihre Tochter, Irotschka, war meine Freundin. Als die Erwachsenen einmal im Kino waren, stellte ich Irotschka in die Badewanne und drehte die Dusche auf. Sie wurde ganz durchnässt, denn sie hatte ihre Sachen anbehalten. Ich wusste nicht, was ich tun sollte, und stellte sie an einen hohen Heizkörper am Fenster, und so stand sie da, still vor sich hin trocknend, bis ihre Eltern zurückkamen, die zuerst nicht begriffen, was passiert war, in ihrer Bestürzung mich des Sadismus und Erotismus verdächtigten (beides war möglicherweise latent vorhanden), aber dann, nachdem der Dampf abgelassen war, erleichtert lachten. Ein andermal beschloss Vater, sich mit Onkel Lodik zu beraten, der in der Gruppe des Residenten unter dem Dach der UNESCO arbeitete. Irgendetwas an Bonners Verhalten hatte Vater stutzig gemacht. Onkel Lodik war ein »entfernter Nachbar« und ein sehr schöner Mann. Papa erzählte ihm, was ihn bewegte. Andererseits hatte auch seine Frau, Galina Fjodorowna, wie meine Eltern dachten, mit dem KGB zu tun, denn als Mama ihr sagte, dass sie mit dem Tabakladenbesitzer ins Theater gingen, tauchten in der Pause plötzlich Lodik und Galotschka im Theatercafé auf – ein bezauberndes Paar – und wurden den Bonners vorgestellt. Da wusste Lodik schon von Papa, dass Bonner nicht bei der Spionageabwehr war, einmal allerdings habe er Papa im Vertrauen erzählt, dass in Frankreich ein Verfahren entwickelt worden sei, Öl in trockener Form zu transportieren.

»In Form von Granulat«, erklärte Bonner bei Zitronentorte (deren Rezept Mama übernahm) in seiner Wohnung.

Papas Wachsamkeit war durch jahrelange Erfahrung geschult. Er spürte, dass etwas nicht stimmte mit diesem Trockenöl, dessen Formel Bonner ihm anzubieten bereit schien, es trat eine Pause ein, und Papa war auf der Hut.

»Ich bin kein Spezialist für diese Dinge«, sagte Papa ruhig, die Gefahr von sich abwendend, »aber wenn Sie wollen, dann gehen Sie doch zur Handelsvertretung.«

»Interessantes Theater«, reagierte Lodik. »Was hat er gesagt: in Form von Granulat?«, hakte er nach kurzem Überlegen nach. Er versprach, alles in Ordnung zu bringen. Eine Stunde später war Lodik beim KGB-Residenten, um sich lieb Kind zu machen. Vielleicht wollte er sich auch an mir wegen seiner Tochter rächen, die ich mit vagen erotischen Vorstellungen in der Badewanne gewaschen hatte. Er war ein weicher Mensch, von seinem Temperament her kein Agent, und man wollte ihn bereits nach Hause schicken, umso mehr, als seine Frau Galina Fjodorowna ihm versehentlich kochendes Wasser aus dem Kessel über die Hose geschüttet hatte, woraufhin er sie zum ersten Mal im Leben mit obszönen Ausdrücken beschimpft hatte, und nun schützte er die Botschaft vor der Anwerbung eines Botschaftsrates.

Der Resident, den alle kannten, da er sich nicht versteckte und, wenn wir nach Mantes fuhren, dort auf dem Rasen saß, Wodka trank und Schaschlik aß, ohne jede Liebe zu Paris, den Seine-Brücken, den Platanen und roten Kastanien, in Gesellschaft von seinesgleichen, »nahen« und »entfernten Nachbarn«, sodass also der Grad seiner Konspiration eher niedrig war, nicht nur für einen auf einem Fest zufällig anwesenden Journalisten von *L'Humanité* (»Die erkennt man mit bloßem Auge«, flüsterte er Papa zu), sondern auch für uns Kinder – dieser Resident beschloss, Papa rasch und ohne Aufhebens nach Hause zu schicken. Er witterte, dass Papa seine Hauptaufgabe verkehrt verstand: Er arbeitete in weißen Handschuhen. Im Grunde arbeiteten der Resident und er in demselben Zirkus, nur Papa in weißen Handschuhen und er mit der Peitsche in der Hand. Sie wollten dasselbe erreichen: Alles sollte zusammenbrechen und Frankreich bei null anfangen. Der Botschafter erhielt ein Telegramm.

»Wolodja, ich verstehe überhaupt nichts, aber du wirst abberufen. Sieh mal.«

Er zeigte ihm freundschaftlich das Telegramm. Er hätte es ihm auch nicht zu zeigen brauchen. Die Männer sahen sich in die Augen. Sie machten keine leeren Worte.

»Ich kläre das«, sagte Winogradow entschlossen.

Botschafter Winogradow setzte sich für Papa ein, aber wie auch im Fall der Kollontai war der Botschafter nicht allmächtig. Der KGB stürzte Vater. Erschüttert, enttäuscht von ihren Freundschaften, von Liebe zu Paris erfüllt, beleidigt, frustriert reisten meine Eltern nach Moskau ab.

Doch das Außenministerium – die Religion meiner Eltern – ließ sie nicht sterben. Als Papa nach der Ankunft in Moskau bei Gromyko vorstellig wurde, hatte jener allen Grund, gewichtig und mit heuchlerischem Gesicht zu ihm zu sagen:

»Wir vertrauen Ihnen. Sie werden im Außenministerium arbeiten wie früher auch.«

Alles war gut. Nur gab es Paris nicht mehr.

∼

Das Gedächtnis ähnelt einer Leiche. Wohin sind all jene Ereignisse entschwunden, über die ich alle zwei Wochen meinen Eltern in diverse Länder schrieb, wobei ich sorgfältig vermied, über mich selbst zu schreiben? Wo sind Hunderte von Briefen geblieben, die man immer irgendwo hinbringen und jemandem übergeben musste? Zum Belorussischen Bahnhof, immer in Eile kurz vor der Abfahrt des Zuges »Moskau–Paris«, in fremde Wohnungen, zum Smolensker Platz, wo man im gotischen Windfang des Außenministeriums von einem Bein aufs andere trat. Die Gespenster von Oswald Spengler und Danilewski spazieren durch mein Buch. Ich springe von diesem Thema ab. Die Lebenslinie setzt sich aus Geisteslinien zusammen. Damit droht Einsamkeit, die man aber mit diversen Zerstreuungen überlisten kann. Weisheit ist auch eine Sackgasse, wenn man permanent den Unterschied zwischen Glauben und Wissen betont. Weisheit wird auf Dauer öde. Die Aufklärung behindert eine Klärung, aber geistige Enthaltung ist Ermunterung zur Barbarei. Eine Rechnung aus dem Berliner Restaurant »Sale e Tabacchi« über 49,50 Euro. Gib einer Frau erst zu essen, und dann fick mit ihr.

Vier Gläser mittelmäßigen italienischen Weins. Möchten Sie mit oder ohne Kohlensäure? Ein Fläschchen Evian. Einmal Fasan mit Birne. Ich verstehe es nicht, allein zu leben. Ich brauche die Reflexionen, in die sich meine Verliebtheiten in Frauen verwandelt haben. Ich knipste die Frauen an wie Glühbirnen, bemüht, die Beleuchtung zu wechseln, wenn ich sie zu eintönig fand. Wie sie hießen? Ich kann mich nicht einmal an die Hälfte von ihnen erinnern. Glück ist eine extreme Form von Prüfung im Leben. Wie die Blätter von einem Kohlkopf sind Neid, Bosheit, Eitelkeit von mir abgefallen. Uneigennützig höflich, verwandle ich mich in einen erfolgreichen Strunk. Ich grabe mich ein in den Sternensand.

∾

Ich zaudere immer noch, dabei ist es höchste Zeit, meine Bücher, Schulbücher, Spielsachen zusammenzupacken und nach Moskau abzureisen – aber ich fahre nicht. Meine Eltern verbringen noch ein ganzes Jahr ohne mich in Paris, bis sie abberufen werden, aber ich muss fahren: An den Ufern der Seine gibt es keine russische Oberschule.

Ich kannte den Rückweg auswendig, wie »Ich liebe die Gewitter Anfang Mai ...« – wenig hatte sich seit Custines Zeiten geändert. Damals, als Schüler, und viel später, als mein Vater nach Paris zurückkehrte, um als stellvertretender Generaldirektor der UNESCO zu arbeiten (die Kultur wollte Vater wie zum Hohn nicht entlassen), und ich wieder die Möglichkeit hatte, in Paris zu sein, empfand ich mit wachsender Deutlichkeit den Rückweg nach Moskau wie die sibirische Verbannung der Bojarin Morosowa.

Die Hektik des Packens ließ traurige Gedanken nicht aufkommen, aber kaum wurde mein Koffer nach draußen getragen und unter Begräbniszeremonien im Kofferraum verstaut, begann ich tapfer gegen meinen gequälten Gesichtsausdruck anzukämpfen.

»Was ist denn mit dir los?«, fragten meine Eltern scheinbar im Ernst.

»Ich möchte nicht weg von euch«, lächelte ich mühsam. Wir fuhren langsam, immer wieder an Ampeln stehen bleibend, über den Boulevard de Sébastopol in Richtung Gare du Nord, die Pariser liefen mit ihren Baguettes federnden Schrittes den Gehsteig entlang, und ich wünschte mir inständig, dass die Eisenbahner anfingen zu streiken oder wir in einen Stau gerieten und den Zug verpassten.

Auf dem Bahnhof steht ein mit nichts zu vergleichender sowjetischer Waggon, schwer wie ein Panzerwagen, gebaut in der DDR. Der Zugbegleiter ist nicht da. Er steht an einem Kiosk am Anfang des Bahnsteigs. Geil, aber mit gleichgültigem Gesicht, blättert er in einer erotischen Zeitschrift mit nackten Titten drauf. Er kommt zurück, außer Atem. Er hat viele Gesichter. Er sieht aus wie ein Wächter, der einen Schatz bewacht, wie ein Hausmeister, der die Straße fegt, ein Tschekist, ein Humorist, ein Bergadler, ein Soldat, ein Kommandeur. Er ist bereits ganz Russland, in die Paradeuniform des Eisenbahners gezwängt. Sich in die Fahrkarte vertiefend, demonstriert er die byzantinische Langsamkeit des Denkens. Der Weg ist nicht weit. Europa ist nicht die Transsib. Der Abschied ist verlogen. Du öffnest das obere Viertel des Fensters, wo du den Kopf sowieso nicht durchstecken kannst, und winkst zerstreut den Eltern zu, die dir ihrerseits fürsorglich bis zu deinem endgültigen Verschwinden zuwinken.

Wir haben das Spinnennetz der Gleise um den Bahnhof herum noch nicht verlassen, da schließt der Zugbegleiter auch schon alle Türen ab. Aus dem Spaßvogel wird ein Gefängniswärter, der Tee in Gläsern mit metallenen Teeglashaltern austeilt. Normalerweise ist es der letzte Wagen. Man kann auf die hintere Plattform hinausgehen und sich in einen Rückspiegel verwandeln. Jetzt werden wir durch Frankreich, Belgien, Westdeutschland fahren – auf dieser Strecke behält der Zugbegleiter die Reisepässe bei sich, angeblich um das Wohl der Fahrgäste besorgt –, die westlichen Grenzer bekommen von ihm die Pässe, in die sie ihre Stempel drücken, man wird nicht gestört, aber die Hauptsache ist, er kontrolliert, dass niemand abhaut.

Durch Europa rast der Zug wie verrückt, in Belgien taucht wie immer ein Bahnhof mit dem Namen HUY auf, was auf Russisch Schwanz bedeutet, Westdeutschland geht auf wie ein Hefeteig. Der Zug fährt in dichtere Schichten der Atmosphäre ein: die Grenze zur DDR. Aber noch einmal wird Nachsicht geübt: am Westberliner Bahnhof Zoo, wo der Zugbegleiter immer nervös wird und beobachtet, wie man für das letzte Geld Bier, Nüsse und Schokolade kauft. Der Zug rattert hart über die Brücke, man sieht die Mauer und die Friedrichstraße – wir sind angekommen. Der Zugbegleiter wird plötzlich sehr schlicht, zu einem ganz anderen: Vom gutmütigen Aufseher verwandelt er sich in einen stoppelbärtigen Gruppenältesten. Wir sind alle gleich, nur er ist gleicher. Grunzend und mürrischen Blicks verteilt er die Pässe – jetzt seht selbst zu, wie ihr zurechtkommt. Die ostdeutschen Grenzer schrauben die Decken ab, leuchten mit Taschenlampen in die Toiletten und sämtliche Ritzen, die Polen verhalten sich gleichgültig in ihren Schirmmützen mit den Adlern darauf, ihnen ist das alles wurscht, draußen gleitet Warschau vorüber mit seinem sowjetischen Kulturpalast, dann Wald, ein Flüsschen, stop! Vor der Grenze zieht sich der Zugbegleiter um und sieht aus wie eine Braut. Gleich kommen die Bräutigame. Wie Sand am Meer. Auf das abrupte Kommando eines Offiziers stürzen sie sich auf den Zug. Mit Getöse fallen die Grenzbeamten mit ihren deutschen Schäferhunden an der Leine in die Wagen ein. Die Passagiere erstarren. Die Schäferhunde drängen sich in die Abteile (alle verlassen ihre Abteile!), springen auf die Betten. Der Zug steht für Stunden – die Fahrgestelle werden ausgetauscht wie die Gesellschaftssysteme. Frauen wälzen sich durch den Gang, fragen, ob man frisches Obst oder Gemüse dabeihabe. Wie eine Strafe kommen leidenschaftslose Zöllner und perverse Zöllnerinnen mit sadistischen Sehorganen statt Augen herein, sie kassieren Frauenzeitschriften ein, wühlen in Koffern herum, in Taschen von Hosen und Jacken, fordern auch mal jemanden zum Aussteigen auf. Die Heimat beginnt. Der Zug setzt sich in Bewegung, und alle, völlig zerrupft nach dieser Filzaktion, schauen mit zitternden Wangen aus dem Fenster. In Brest laufen die

Dienstreisenden in ihren Trainingsanzügen über den Bahnsteig, um Bier zu besorgen. Die Heimat riecht nach Schiguljowskoje-Bier. Die Heimat setzt sich aus Leere zusammen. Die weißrussischen Felder. Die russischen Wälder. Der Löffel klappert an das Teeglas in dem Eisenbahn-Teeglashalter. Plötzlich erinnert man sich daran, dass es Holzhäuser gibt. Ewig steht eine Weichenstellerin in Wattejacke mit erhobener gelber Signalflagge an der Bahnschranke.

In Brest hatten wir nie Probleme – meine Eltern besaßen Diplomatenpässe. Wir wurden respektiert und nicht behelligt. Man salutierte uns. An jenem Tag im Sommer 1958, als ich von Paris nach Moskau fuhr, endete meine Kindheit.

4

Vor die Wohnungstür, auf den Fußboden im Flur, legte sie ihre ausgemusterte, hellblaue knielange Unterhose. Nicht so sehr, um sich darauf die schmutzigen Schuhe abzuwischen, sondern vielmehr als Flagge, die von ihrer Machtübernahme kündete. Sie verhüllte die Deckenlampen mit alten Bettlaken, sogar über das Bild im Wohnzimmer hängte sie ein Laken, über die Sofas und Sessel legte sie Lappen – zum Schutz der Möbel. Als meine Eltern nach ihrem Urlaub nach Paris abreisten, veranstaltete Großmutter eine Art Maskierung der Wohnung. Mich ließ sie selbst genähte Sachen anziehen. Mit meiner Kindheit endete auch das Paradies. Ich wurde Großmutter ausgeliefert, ihr überlassen wie ein Kuckucksei. Ich begriff nicht sofort, aber als ich begriff, war ich schon in einem Kinderstraflager, einem Gefängnis für minderjährige Straftäter, gelandet. Ich durfte nicht auf dem Sofa sitzen, aber auf diesen Lappen zu sitzen, hatte ich sowieso keine Lust. Ich durfte sein, was ich in Wirklichkeit nicht sein konnte. Großmutters Nerven waren vollkommen zerrüttet. Sie brüllte. Sie fuhr immer wie wahnsinnig zusammen, wenn das Lüftungsfensterchen aufging. Egal, wie ich mich benahm, es passte ihr nicht, denn die ganze Welt passte ihr nicht. In dieser Welt lebte sie auf Pump, sie hütete Sachen, wie man seine Seele hütet. Sie kämpfte gegen Motten. Daran gab es keinerlei Logik. Meine Eltern musterten später die Sofas und Sessel aus, ohne sie noch einmal anzusehen – sie nahm sie zu sich nach Hause.

Die Beziehung zu meiner Großmutter ging innerhalb weniger Tage zum Teufel. Früher war sie meine geliebte Oma – jetzt meine Peinigerin. Kinder mit nach Hause zu bringen war verboten – es hätten ja Diebe und deren Helfershelfer sein können. Großmutter schloss mich wie Tomaten in einem Einmachglas ein. Ich schwamm ein ganzes Jahr lang darin herum. Ich versank in verzweifelter Einsamkeit, die mich offenbar rettete – ich versank in mir selbst. Großmutter hatte wie ich die vierte Klasse abgeschlossen. Von meinem Schulstoff verstand sie gar nichts. Sie kontrollierte die Noten.

Meine Eltern schickten mich auf eine normale Schule, die Schule Nr. 122, die sich in der Palaschewski-Gasse in der Nähe des Puschkin-Platzes befand, wo ich schon in die erste Klasse gegangen war. Diese Schule besuchte auch der Dissident Bukowski, aber er war älter als ich, und ich kannte ihn damals nicht. Als Bukowski und ich uns später in Cambridge begegneten und die ganze Nacht Rotwein tranken, erinnerten wir uns an die Lehrer, an die stellvertretende Direktorin und Geografielehrerin mit dem Spitznamen »Stockfisch«. Ich hätte auch auf eine Schule für privilegierte Kinder geschickt werden können, was zum Beispiel die Podzerobs taten. Ich weiß nicht, was dabei herausgekommen wäre. Alexej, der an meinem Geburtstag mit Tomatensaft auf Stalin anstieß, wurde Diplomat, der andere Sohn drogenabhängig. Ich freundete mich mit dem zukünftigen Rauschgiftsüchtigen Kirjuscha an. Ich fand ihn interessant, und er war mir sozial nahe. In meiner Schule gab es viele Kinder aus den Kellerwohnungen der Seitengassen und den Gemeinschaftswohnungen der Gorki-Straße. Bei der Hälfte der Klasse heizte man zu Hause noch mit Holz. Meine Klassenkameraden kamen mir vor wie Landstreicher, wie kleine Clochards.

Der Unterschied zwischen Paris und Moskau war so eklatant, so betäubend, dass Moskau mir als fantastische Stadt erschien, die es eigentlich gar nicht gab. Ich machte mich auf, das Nichtsein zu erforschen. Zusammen mit Kirjuscha stromerte ich abends durch die Stadt. Er zeigte mir die gefährlichen Stellen. Meiner Meinung nach waren alle Stellen gefährlich. Im Viertel Krasnaja Presnja brannten die Mülltonnen. Von der Schule durch die Seitengassen nach Hause zu gehen war riskant. Oft hielten uns irgendwelche Rumtreiber an:

»Habt ihr Geld?«

Wenn wir nein sagten, ließen sie uns hüpfen. Dann klimperte das Kleingeld in der Hosentasche, und sie schlugen uns, weil wir gelogen hatten, und nahmen es uns weg. Wenn nichts klimperte, schlugen sie uns trotzdem. Ich begriff rasch, was nicht vermittelbare Erfahrung bedeutet. Niemand verstand, was das heißt – Paris. In der wärmeren Jahreszeit wurde in den Pausen auf dem Schulhof mit Schädeln Fußball gespielt. Wo die Schule stand, war früher ein Friedhof gewesen, und in der Gasse hatten irgendwann die Henker gewohnt. Wer besser angezogen war, den mochte man nicht; ging jemand mit Hut vorüber, schrien alle:

»Da kommt ein Hut!«

Die Briefmarkensammlung siechte dahin. Vor den jungen Schwarzhändlern, die in Toreinfahrten auf dem Kusnezki Most in der Nähe des Geschäfts »Philatelie« illegal englische Kolonien verkauften, hatte ich Angst. Dafür wurden in den Bäckereien leckere Kalatschi verkauft. Das Leben geriet zum Vergleich. Im Winter gab es auf den Patriarchen-Teichen eine Eisbahn – das hatten wir in Paris nicht. Wenn man es schaffte, sich an den Rumtreibern vorbeizuschmuggeln, konnte man da Schlittschuh laufen. Aber auch dort lungerten welche herum. Sie prügelten sich gekonnt auf ihren Schlittschuhen und machten die Mädchen an. Mich verprügelten sie selten, ich war mutig. Aber ich prügelte mich nicht gern. Auf den Gängen liefen zwei schreckliche Oberstufenschüler herum. Einmal verpassten sie mir eine mit der Faust ins Gesicht – einfach so. Es tat weh. In meinem Herzen hatte ich Kirilla Wassiljewna, ihr lichtes nacktes Bild in der Badewanne ließ mir keine Ruhe. In der Schule gab es auch Erotik. Wir beobachteten heimlich die Mädchen, die sich vor der Turnstunde umzogen. Aber die Mädchen trugen seltsame rosabraunhimbeerfarbene lange Unterhosen, sie rochen nach Armut, hatten Wanzenbisse, sie waren krankhaft blass. Das Einzige, womit ich der Schule dienen konnte, war Kaugummi. In Paris hatten meine Eltern mir kein Kaugummi gekauft, aber in der Schule Nr. 122 träumten alle nur von amerikanischem Kaugummi.

Einmal war Kolja Maximow bei mir zu Hause, entdeckte in der Küche kleine Dinger, die aussahen wie Kaugummi, und steckte sie in den Mund. Es war französischer Klebstoff und kein Kaugummi. Ich sehe ihn bis heute vor mir mit verklebtem Mund.

Wäre ich raffinierter gewesen, hätte ich wahrscheinlich die Rumtreiber bestochen, aber ich hatte keine raffinierte Ader. Ich wurde kein Zyniker, sondern ein kleiner Johannes der Täufer, der allen und jedem versprach, dass Moskau eines Tages in einem Meer von Lichtern und Leuchtreklamen erstrahlen, die Perestroika, und ein neues Leben beginnen wird. Man sah mich an wie einen Irren. Mein Moralismus weitete sich aus, reifte mit jedem Jahr. Ich predigte eine andere, höhere Lebensqualität, wo es keine aggressiven Typen, keine Armut und keine Wanzen geben würde. Mama hat diese Predigermentalität bis heute bewahrt. Zu ihrer Lebensreligion ist das französische Vorbild geworden, zu ihrem Gott die diplomatische Etikette. Bei alldem hatte sie mir nicht beigebracht, richtig mit Messer und Gabel zu essen. Ich beugte mich über den Suppenlöffel fast bis auf den Teller, schlürfte geräuschvoll den heißen Tee. Ein schlechter Arzt, der sich erst selbst kurieren muss. Das Lernen war eine zähflüssige Qual. Es gab in meinem Leben keine langsamer vergehende Zeit als meine Schulstunden. Die Zeiger auf der quadratischen Uhr über der Tür klebten am Zifferblatt. 45 Minuten erschienen mir wie eine Ewigkeit. Heute sehne ich mich manchmal nach dieser sich dehnenden Zeit.

∼

Als Mama mich, nach ihrem letzten in Paris verbrachten Jahr, auf dem Belorussischen Bahnhof erblickte, fasste sie sich an den Kopf, statt mich zu küssen. Kaum dass wir zu Hause angekommen waren, versah sie mich von Kopf bis Fuß mit Pariser Sachen. Das Leben mit den Eltern war leichter. In der Schule hatte ich mich eingewöhnt. Zu meiner Lieblingsbeschäftigung war das Eiskaufen im GUM geworden. In Sowjetzeiten gab es im GUM märchenhaft gutes Eis. Es wurde in Waffelbechern zu zwanzig Kopeken verkauft (nach der Geldreform von 1961). Die Becher lagen auf großen Blechen: Es gab die Sorten Erdbeere, schwarze Johannisbeere, Crème brûlée oder auch einfach Vanille. Nina Sergejewna, die Frau des *Prawda*-Korrespondenten in Paris, sagte:

»Wenn man bei uns alles auf dem Niveau machen würde wie unser Eis, dann würden wir schon im Kommunismus leben.«

Aus irgendwelchen Gründen geschah dies jedoch nicht. Neben dem Eis war da der Sommer. Wir fuhren auf die

Datscha. Auf dem Gelände von Tschkalowskaja wuchsen hohe Birken. Es war ein von Mitarbeitern des Außenministeriums okkupiertes Landgut. Sie spielten da Tennis. Dort waren sogar ehemalige »englische« Spione mit mageren sommersprossigen Gesichtern und Beinen – sie hatten unserem Land die Geheimnisse der Atombombe verkauft und spielten nun in aller Seelenruhe Tennis. Es schüttete wie aus Eimern. Ein richtiger Wolkenbruch. Alle zwängten sich in den großen Vorraum des Speisesaals. Ich stand direkt vor der Tür, den Geruch des Regens einatmend. Ich habe immer schon diese Grenze gemocht, zwischen Wärme und Kälte, Lüge und Wahrheit. Die Schwelle ist meine normale Heimat. In die dunkelste Ecke des Vorraums gedrückt, standen abseits zwei mittelgroße Menschen, die niemand, wie ich spürte, beachten wollte. Einer von beiden war Molotow, der Organisator sowjetischer Kolchosen, ein Mann des Universums. Neben ihm Polina Schemtschuschina, die als Letzte Stalins Frau lebend gesehen hatte. Der Regen hörte auf. Alle strömten in die nasse Natur hinaus. Meine Eltern, empört über die menschliche Gemeinheit, traten auf die ehemaligen Hausherren zu. Die hatten meine Eltern irgendwann einmal zu sich auf die Datscha in Sotschi eingeladen. Nach dem Regen beschlossen meine Eltern, sie zu einem Spaziergang aufzufordern. Dicke Wassertropfen fielen von den Birken. Meine Eltern erzählten vom Leben in Paris. Molotow sagte zerstreut:

»Tatsächlich?«

Die Schemtschuschina lobte aufgeregt Chruschtschow, den Mann, der Molotow ins Abseits geschoben hatte. Molotow verlor alle seine Posten, da er von ihm zum Anführer einer prostalinistischen parteifeindlichen Gruppierung erklärt worden war; sein Sekretariat löste man auf. Nach diesem tiefen Fall wurde Molotow unser Datschanachbar.

Auch als Polina Semjonowna aus dem stalinistischen Gefängnis zurückkam, hielt sie dem Führer die Treue bis ans Ende ihrer Tage. Meiner Mutter wollte das nicht in den Kopf. Einmal verbrachte sie drei Tage mit Polina Semjonowna in einem Zimmer des Kreml-Krankenhauses und war verblüfft, was für eine flammende Revolutionärin sie war. Morgens hörte die Schemtschuschina immer Nachrichtensendungen über Kopfhörer und las, den Bleistift in der Hand, alle wichtigen Zeitungen. Sie schien auf diese Weise den Tod fernhalten zu wollen. Die beiden kranken Frauen kamen auf Fjodor Raskolnikow zu sprechen, den sowjetischen Botschafter in Bulgarien während der Zeit der Säuberungen. Raskolnikow war bekanntlich der Enkel eines Mannes, der einem berühmten Buch entstiegen war. (Das passiert manchmal in Russland und wird von Daniil Andrejew bestätigt.) Als er eine Liste der Bücher von »Volksfeinden« bekam, die aus der Bibliothek entfernt werden sollten, beschloss er, nicht mehr nach Russland zurückzukehren. Die Menschwerdung des Helden wurde unterbrochen, als der KGB seinen Enkel einige Zeit später aus einem Pariser Fenster stieß. Die Schemtschuschina sagte:

»Besser in der sozialistischen Heimat sterben als in einem kapitalistischen Land leben.«

Die beiden Frauen diskutierten feindselig miteinander, ohne eine gemeinsame Sprache zu finden. Die an Leberkrebs sterbende Schemtschuschina nannte Stalin liebevoll Jossif. Molotow besuchte sie jeden Tag. Polina Schemtschuschina hatte recht. Stalin war der einzige Garant für den Kommunismus in Russland. Wie viel Jauche auch über ihm ausgegossen wurde, er lebt.

Er lebt, obwohl seine nächste Umgebung ihn vernichtet hat. Er lebt ungeachtet des XX. Parteitages. Er ist aus der Hölle auferstanden, ungeachtet dessen, dass derselbe russische Mystiker Daniil Andrejew ihn in der Weltrose auf dem Grund der Hölle gekreuzigt hat. Er lebt ungeachtet der Perestroika. Er ist an die Oberfläche gekommen wie ein Ertrunkener. Er ist an die Oberfläche gekommen und auferstanden. Auf magischen Totalitarismus steht stalinsches Copyright. Stalingrad wird schließlich seinen Namen tragen. Stalin muss nicht rehabilitiert werden, weil er bereits rehabilitiert ist. Im russischen Volkscharakter gibt es so einen Aspekt: Der Russe findet nicht die Kraft, sich den stalinschen Qualitäten zu widersetzen. Der russische Volkscharakter wirft sich vor Stalin zu Boden. Er vergöttert Stalins Humor. Er vergöttert Stalins Heimtücke. Er vergöttert Stalins Grausamkeit. Der russische Volkscharakter wartet auf die Strafe für seine Unordnung. Stalin wird kommen und ihn bestrafen. Nur Stalin kann der russischen Volksunordnung Einhalt gebieten. Je weiter Stalins Opfer in die Vergangenheit rücken, desto stärker und strahlender wird Stalin. Die Opfer sind Wölkchen der Zeit. Lüstern sehen sich die Russen Filme über Stalin an, hören Witze über Stalin. Stalin geht im Kreml die Treppe hinunter, ihm entgegen stürmt ein Usbeke in asiatischer Tracht mit Blumen in der Hand. Stalin hat sogar einen Usbeken glücklich gemacht.

Ein echter Gott wie Stalin ist gnadenlos. Er verlangt unter Androhung ewiger Folter, dass sein Vermächtnis erfüllt wird (aber sogar dies umgehen die Menschen; es reicht weder Glaube noch Mut). Stalins Auferstehung wird eine permanente sein wie Trotzkis permanente Revolution. Jeder Vorgesetzte in Russland arbeitet à la Stalin. Er hat keine stalinschen Maßstäbe, aber er hat stalinsche Prinzipien. Ob Chef eines Unternehmens, einer Gesellschaft, einer Bank, eines Verlages, der Regierung oder sogar Vorsteher einer kleinen Bahnstation – alle strahlen die stalinsche Idee aus. Die Energie des europäischen Liberalismus ist in Russland zu schwach, um andere Führungsformen zu reproduzieren oder gar zu entwickeln. Jeder Regent in Russland stellt sich unwillkürlich auf die Stalin-Welle ein. Stalin wird unwillkürlich zum Ideal.

»Warum sollte ich Vitja ersäufen?«, dachte Mama über Dostojewskis Worte nach.

Lenin war niemals ein Gott. Er war Großpapa Lenin für die Kinder und der große Revolutionär für die Erwachsenen. Seine theoretische Tätigkeit 1917 war genial in ihrem revolutionären Geist und revolutionär in ihrer Genialität. Der sie krönende Oktober-Umsturz verdient nur ihretwegen den Namen Revolution. Dass die immer gleichen Ziele jeder Revolution – Freiheit, Gleichheit, Brüderlichkeit – grundsätzlich unerreichbar sind, das steht auf einem anderen Blatt. Man muss entweder einen Rückzieher machen oder die Grenzen der menschlichen Natur überschreiten. Stalin war ein mittelmäßiger, wenn auch standhafter Revolutionär. Aber sein Lebenswerk war nicht die Revolution, sondern das Überschreiten der Grenzen der menschlichen Natur mit dem ganzen Land, dem ganzen Volk.

Die menschliche Natur ist nicht imstande, dies zu akzeptieren. Aber der Russe ist innerlich bereit, aus der menschlichen Natur herauszutreten. Er ist durchtrainiert. Er trinkt Wodka – und tritt heraus. Die ganze Bevölkerung der Sowjetunion entsprach nicht den Vorstellungen vom idealen Bürger, darum war jeder ein Feind des Volkes, und jeder fühlte sich insgeheim als solcher. Gesetz ist gleich Ungesetzlichkeit, Recht gleich Rechtlosigkeit, Leben gleich Tod. Um großer Ziele willen, die unerreichbar waren, haben wir Millionen Menschen vernichtet. Wir haben die Schwerkraft der gewöhnlichen Moral überwunden, die Grenzen der menschlichen Werte überschritten.

Wir verließen langsam (wie auf Brüllows Bild *Der letzte*

Tag von Pompeji) und gebeugt die höfliche Welt, in der sich Liebespaare auf der Leinwand siezten, ungeachtet allen Stalinismus. Die Zerstörung des höflichen Russlands, worüber Custine voller Entzücken schrieb, hat Stalin überlebt. Ich habe seine Überbleibsel erwischt.

∼

Kleiner, wenn du eine Oma hast, wenn sie noch nicht gestorben ist, tu ihr weh. Brich ihr den Arm, beiß ihr die welke Brustwarze ab. So hat es mir Onkel Slawa beigebracht. So. Nur so. Nur so geht's. Abbeißen und ausspucken.

Bäh!

In jenem Sommer verschied Oma. Wütend hatte ich sie angeschrien: Alte Schreckschraube. Ich flehte um Verzeihung, fiel auf die Knie, heulte. Sie hat mir nicht verziehen. Unter Getue und tragischen Gesten wurde Vater gerufen. Oma bestand auf hartem Durchgreifen. Nebenan war eine Siedlung für zukünftige Kosmonauten. Der noch unbekannte Gagarin guckte des Nachts in die Sterne, und die Geldscheine waren so groß, dass ein erwachsener Mensch sich ohne Weiteres hinhocken und den Hintern damit abwischen konnte. Die Gegend war wunderbar, also wirklich wunderbar. Hohe Birken, hohes Gras. Bis zu den Knien im Gras zum großen Teich runterzugehen war sehr angenehm. Ich erinnere mich an die Erwartung des Schlages, das ängstliche Sehnen der Gesichtsmuskeln, jetzt, jetzt gleich, gelähmte Wangen, Ohrensausen – Vater schlug nicht zu.

Ich weiß nicht, wie man im Sommerhaus der Nachbarn das Essen kochte, wir jedenfalls kochten auf dem Petroleumkocher. Oma traute Elektroherden nicht, denn die Elektrizität hatte die Angewohnheit, den Geist aufzugeben. Der Petroleumkocher erhob sich über Leben und Haushaltsgeräte wie die Kopfbedeckung eines Hohepriesters, und er hatte ein lustiges Guckfenster wie der Ofen, in dem man damals die Verstorbenen verbrannte. Die Butter spritzte, Wurstscheibchen – Marke »Vorzugswurst« oder »Doktorskaja« – hüpften auf und nieder und krümmten sich und bekamen Ähnlichkeit mit Ohren. Mit sanfter Stimme sang Oma in den Garten hinaus:

»Eeessen!«

Im Garten war ich: mager und großköpfig, eierköpfig und nicht erweckt. Noch nicht ich. Noch-nicht-ganz-ich. Ichnichtich im Alter von beinahe dreizehn, ganz erschöpft vor lauter Einsamkeit. Irgendwo im Park spielte Musik. Da war das panische Gefühl, dass das Leben vergeht und an mir vorbeigehen wird. Ich hockte auf einem Haufen Sand wie auf einem Misthaufen und spielte in völliger Hoffnungslosigkeit, aber mit Hingabe Eisenbahn. Es war eine Eisenbahn made in USSR, hässlich und strapazierfähig, das Gehäuse des Kesselwagens warf ich in den Müllschlucker, als ich schon verheiratet war. Oder ich las, bis ich ganz benommen war. Aus Einsamkeit verwandelte ich mich unerbittlich in einen gebildeten jungen Mann. Das völlige Fehlen von Freunden trieb mich in die Bekanntschaft mit Onkel Slawa.

Ich nannte ihn nicht sofort Onkel Slawa. Die Sommerhäuser waren Staatseigentum und für die mittlere Ebene bestimmt, Zäune zwischen uns gehörten sich nicht. Wir wuschen uns in der Küche, zwischen Töpfen und Nachtfaltern, in einem Trog. Oder auf der Veranda. Immer diese extreme Abneigung, vor dem Schlafengehen die Füße in einer Schüssel zu waschen. Aus dem Teekessel goss Oma heißes Wasser dazu. Na, ist es warm? Wasch dir auch die Knie. Wozu hast du dich bloß mit dem eingelassen? Pass auf, du wirst noch deinem Vater schaden damit. Spritz nicht den Fußboden nass.

Du tauchst den dicken Zeh ins Wasser. Brrr, noch wärmer! Sie gießt nach, die Träger des Büstenhalters stechen ins Auge, es dampft. Und wenn sie dich plötzlich verbrüht? Wieso denn? Ich hatte Angst bekommen, sie könnte mich in der Nacht erwürgen, weil ich jung war, also aus Neid. Hörst du, was ich sage? Er passt nicht zu dir. Guck mal, niemand grüßt ihn. Und morgens wachst du auf: Sonne, Wärme – sie hat es nicht getan. Barfuß läufst du los, um dich zu waschen.

Unsere Bekanntschaft unterlag also von Anfang an einem Verdikt. Oma hatte schon früh begonnen, mir Angst vor Männern einzujagen. Er lockt dich mit einem Bonbon in den Wald, dann zieht er dich aus – und Schluss! Ängstlich stellte ich mir einen schrecklichen Mann vor, der sommerliche Kinderkleider und kleine Sandalen in einen Sack stopft und verschwindet, das Fallholz knackt unter seinen sich entfernenden Schritten, mich überlässt er nackt im Wald meinem Schicksal, mit einem Bonbonpapier in der Hand. Ich schwor ihr, dass ich niemandem trauen würde, sie strich mir mit rauer Hand über den Kopf, und manchmal scheint mir, ich hätte diesen Schwur gehalten.

Außer mit Oma stand ich noch mit dem streunenden Kater auf Kriegsfuß. Den Müll brachten Onkel Slawa und wir an dieselbe Stelle, zu einer großen stinkenden Grube. Onkel Slawa – so wagte ich ihn schon im August zu nennen, als die Sternschnuppen fielen und wir nebeneinander auf der Bank mit der großzügig geschwungenen Rückenlehne saßen, abgelenkt von unserer Hauptbeschäftigung, und uns im Stillen etwas wünschten –, da ist noch eine, sagte ich, und da noch eine! Ich wünschte mir, er möge mich umarmen, mich an sich drücken. Ja, viele sind es heute, meinte auf einmal Onkel Slawa mit einem schmerzlichen Unterton in der Stimme. Er fuhr fast nie weg vom Sommerhaus, lebte dort friedlich, und jede Fahrt nach Moskau kränkte mich tief.

Ein schwarzer, ziemlich alter SIM fuhr am Sommerhaus vor, der Kofferraum, klein wie ein Nagelnecessaire, öffnete sich, der Chauffeur bewegte sich ein wenig träge hierhin und dorthin, es erschienen die weiblichen Hausgeister – er kam heraus in einem tadellosen dunklen Anzug, mit dunkler Krawatte und dunklem Hut. Exakt in jeder Bewegung, korrekt und ein kleines bisschen verwirrt, duckte er sich und tauchte in den SIM ein, ließ sich ohne Eile in den Rücksitz fallen, welcher demütigenderweise, damit er ihn nicht beschmutzte, einen dunkelroten Plüschüberzug hatte. Ich erinnere mich an den Geruch des graublauen Qualms aus dem Auspuffrohr des SIM. Der Geruch unserer Trennung. Wenn er an dem mageren Halbwüchsigen mit dem großen verlegenen Mund vorbeifuhr, hob und senkte er den Arm, der auf den Ellenbogen gestützt war. Für eine Sekunde zeichnete sich auf seinem Gesicht ein verschwommenes, väterliches, schmerzliches Lächeln ab. Auch ich warf den Arm zum Abschiedsgruß in die Höhe, stand lange am Wegesrand und spürte, wie die Erde, die sich drehte, die Reifen seines Wagens bewegte.

Irgendwann war irgendeinem Glaser auf dem Weg eine große Glasscheibe zu Bruch gegangen, und die Splitter lagen da und blitzten in der Sonne wie hundert von Onkel Slawas Zwickern, und meine Oma, deren Mann, das heißt mein verstorbener Großvater und Buchhalter bei der Eisenbahn, auch sein ganzes Leben einen Zwicker getragen hatte, sagte wohlwollend, dass ein Zwicker einen Mann kleide. Und wischte sich auf Witwenart eine Träne weg. Wenn sie schlechter Stimmung war, sagte sie, ich hätte Großvater auf dem Gewissen, denn ich hätte ihn mit meinen Launen gequält und immer gezwungen, mich auf dem Arm herumzutragen, wovon er einen Infarkt bekommen habe und schrecklich früh und zur Unzeit gestorben sei, noch bevor er – die Augen der Großmutter wurden träumerisch – den bereits versprochenen Lenin-Orden bekommen habe, oder sie sagte, ich sei undankbar, denn wie könne man Großvater nur vergessen, der für mich so viel Gutes getan habe, und wie hat er sich um dich gekümmert im Sommerhaus in Rasdory, Pfeifen hat er geschnitzt, und auf den Knien ist er gerutscht beim Autospielen, und einmal habe ich ihn plötzlich gesehen: in einem weiten Pyjama und in einem vollkommen idiotischen mittelasiatischen Käppchen, und leider ohne Orden, wie er einen braungelben O-Bus hin und her schob. »Es ist schön, Milizionär zu sein«, sagte Großvater kurzatmig und blinzelte mir zu. »Man kann immer so mit der Kelle hierhin und dorthin winken.«

»Eeessen!«, schrie Oma.

Früher hätte man dem Glaser diese Splitter zu essen gegeben. Nach dem Mittagessen machte Oma ein Schläfchen auf der Liege im Garten, in ihrem dunkelblauen Kattunsarafan, eine Decke über die Beine geworfen, und ich saß auf dem Sandhaufen und ließ den Kesselwagen die Schienen runterfahren – plötzlich fuhr Oma hoch – die Milch war übergelaufen, hatte sich über den Petroleumkocher ergossen und stank –, sie riss die Decke weg, und ich sah, dass sie unter dem Sarafan nichts hatte als schwarzes Haar, und für den Bruchteil einer Sekunde blitzte noch eine rosa Wunde auf – ich erstarrte auf meinem Sandhaufen, wie vor den Kopf geschlagen, den Kesselwagen in der Hand.

Unter den wehrlosen Reifen des SIM knirschten jetzt die Splitter. In der Sommerfrische trug Onkel Slawa immer einen hellen Anzug, ohne Krawatte, und einen hellen Hut. Er liebte es, seine Kreise zu ziehen, er entfernte sich niemals weit vom Sommerhaus. Und immer hatte er seinen Stock dabei. Einen einfachen Stock mit einfachem Knauf. Er war unbiegsam und unverwüstlich wie ein Panzerschränkchen.

Die Sommerfrischler machten kehrt, wenn sie Onkel Slawa von Weitem sahen, und diejenigen, die ihm begegneten, gingen vorüber, ohne den Blick zu heben. Bratwurst mit Makkaroni. Das Lieblingsabendessen. Aber wenn man sich an Wurst überfrisst, kriegt man Sodbrennen. Ich quälte mich mit Sodbrennen und Einsamkeit. Das Abendessen endete mit Krach und dünnem Tee. Oma ließ mich nicht Transistorradio hören. Sie glaubte, das Transistorradio gehe davon kaputt, wenn man es hörte. Zu jener Zeit war das Transistorradio eine überwältigende, für die einheimische Bevölkerung unerklärliche Neuheit. Oma wickelte das Transistorradio in einen Lappen und versteckte es im Schrank. Es war ein beeindruckender Kasten, knallrot mit einem weißen Plastikgriff, aus unbekannten Gründen ein norwegisches Modell. Als ich einmal heimlich den Kasten mit an den großen Teich nahm, waren die Ortsansässigen regelrecht aus dem Häuschen. Sie umringten mich, neugierig und misstrauisch, und in ihren Gesichtern stand geschrieben, dass man sie nicht hinters Licht führen könne: Ein Radio kann nicht ohne Kabel spielen, einfach so von selber. Mit dem Transistorradio am Teich fühlte ich mich wie ein junger unverstandener Gott. Papa hat's mir erlaubt, sagte ich.

»Na und, wenn schon«, sagte Oma. »Du machst alles kaputt, und das machst du auch kaputt.« Alles im Leben wickelte sie in Windeln: Meine Fahrradlampe bewahrte sie auch in einem Lappen auf. Papa hat's erlaubt! Ich geb's nicht her! Doch, tust du doch! Sie trieb mich bis zu Tränen, und dann verzog sie sich und trug das Transistorradio mit dem unglücklichen Gesichtsausdruck einer gekränkten Bulldogge fort. Und ich lief in den Garten: Er war voller Tau und ich voller Tränen. Wenn man Tränen vergossen hatte, schien die Welt noch schöner.

Onkel Slawa und ich trafen uns jeden Abend gegen neun auf der Grenzbank unter der hohen Birke. Oma näherte sich uns nie und hörte nicht, was wir hörten. Sie runzelte nur die Stirn: »Was willst du von dem?« Aber sie respektierte es.

Ich kam immer als Erster und war aufgeregt, ob er vielleicht nicht käme. Onkel Slawa kam eine halbe Minute später. Auf dem Einunddreißigmeterband fischte ich hin und wieder Pausenzeichen aus dem Radiochaos heraus. In der Regel brachten sie zunächst die Nachrichtenübersicht, danach die ausführlichen Meldungen. Onkel Slawa legte die Handflächen auf den Knauf seines Stocks, auf die Hände legte er das Kinn – Schnurrbart, Zwicker und Hut ruhten und störten nicht. Wir waren ganz Ohr. Die Stimme war ständig nahe daran abzutauchen, und man musste sie immer wieder neu zu fassen kriegen. Es wurde gestört. Bis 63, wenn ich mich nicht irre. Man ließ uns irgendwelche nebensächlichen Meldungen hören, doch sobald es um uns oder Berlin ging, wurde auf Befehl von irgendwem gestört, und etwas zu verstehen war nahezu unmöglich. Aber ein klein bisschen war eben doch möglich, und Onkel Slawa ging niemals weg, und Oma sprang wieder und wieder von der Liege auf, und des Nachts stand sie an meinem Kopfende: erwürgen oder nicht erwürgen? Onkel Slawa ging niemals weg, wenn sie anfingen zu stören, niemals räusperte er sich oder brachte seinen Ärger oder seine Unzufriedenheit zum Ausdruck; er nahm die Störungen wie eine unvermeidliche Naturerscheinung hin. Er blieb gelassen, saß da und wartete, bis ich jenen Zwischenbereich gefunden hatte, wo man halbwegs hören konnte. Er war schweigsam, aber immer freundlich, von Anfang an war er freundlich gewesen, und obwohl er friedlich und unerschütterlich dasaß, verließ mich nie das beunruhigende Gefühl, er sei hier ein zufälliger Gast: Da setzte er sich nun zu einem Jungen auf die Bank, jener drehte am Radio, und zufällig hörte er das, was man nicht hören durfte, und der alte Konspirator war ja nicht schuld daran, da aber dieses Zufällige zufällig jeden Abend geschah, Abend für Abend, spielte er diese scheinbare Zufälligkeit nicht vor mir, sondern vor der ganzen Welt, die nicht existierte. Die Bank war taub und gehörte nur uns, und in diesen Minuten waren wir allein im Universum, er und ich, schweigsame Verschwörer, die etwas Unerlaubtes hörten, beide gleich im Unrecht, der Pionier und der Pensionär, die sich beide in eine illegale Lage begeben hatten, aus irgendeinem Grunde aber einander nicht verraten würden. Und das brachte uns natürlich näher, und von Abend zu Abend wurde er mir gegenüber gütiger, ich war nicht mehr einfach der kleine Junge, ich bekam einen Namen, mit undeutlichen Gesten gab er mir zu verstehen, dass er nicht böse auf mich sei, dass man nichts hören konnte, und ich verlor allmählich das Gefühl der Peinlichkeit, dass ich neben ihm saß und nicht immer erfolgreich mit den Störungen zurechtkam. Nach dem Mittagessen machte Oma im Garten ihr Schläfchen auf der Liege, und plötzlich – die Milch! Mit diesen Milchergüssen und mit Onkel Slawa als ständigem Hörer verlebte ich den ganzen Sommer, Kommentare hörte er sich selten an, nach den Meldungen erhob er sich leise und ging weg, und bloß einmal hörten wir in den Meldungen Onkel Slawas Namen, als gesagt wurde – ich erinnere mich genau –, dass die Studenten der Universität von Beirut die Polizei mit Cocktails beworfen hätten, die Onkel Slawa zu Ehren so hießen wie er. Die Stimme Amerikas war für mich keine geringere Offenbarung als das schwarze Haar unter dem Sarafan, und ich blickte Onkel Slawa verstohlen an: Wie reagierte er auf seinen Namen? Zeig eine Reaktion! Nichts. Er fragte mich nie nach irgendetwas aus, stellte keine herablassenden Fragen, auch ich fragte ihn nie nach irgendwas. Aber ich erinnerte mich, wie Vater, das war vor einigen Jahren in Sotschi, gerade aus dem Meer kam, und plötzlich – alle Leute rannten zum Lautsprecher hin – wurde verkündet: Sie sind entlarvt. Sie alle. Ich erinnerte mich, wie verdrossen meine Eltern waren, besonders verdrossen war Papa in seiner Badehose. Neben mir – ich hätte mir so gewünscht, zärtlich miteinander zu sein, Luftschlangen steigen zu lassen, übers Feld zu laufen und einander zu küssen – saß der Schöpfer des mir unbekannten Cocktails, und Oma machte große Wäsche, und wie immer an solch einem Tag war ich auf mich selbst gestellt, und ich stahl aus dem Schrank das, was mir zu nehmen kategorisch verboten war: das väterliche Luftgewehr mit den kleinen Kugeln, und ich rannte zur Müllgrube, um den Kater abzuknallen. Der Kater ließ sich dort nicht blicken, und ich saß lange an der stinkenden Müllgrube auf der Lauer, bis ich die Nase voll hatte. Als ich die Nase voll hatte, lief ich mit dem Luftgewehr in den Wald und erwies mich als guter Schütze. An jenem Tag der großen Wäsche erschoss ich viele Krähen, Bachstelzen, Meisen und andere mir unbekannte Piepmätze. Mir gefiel es, wie sie wie kleine Papiersäckchen zur Erde fielen. Auf dem Heimweg schoss ich einen schönen Specht ab, er fiel mir geradewegs vor die Füße, und er tat mir überhaupt nicht leid. Dann lief ich wieder zur Müllgrube, und als der Ruf »Eeessen!« an mein Ohr drang, erblickte ich den schmächtigen grauen Kater, der gerade in der Grube beschäftigt war. Der Kater wollte sich aus dem Staub machen, aber ich rief ihn mit tückischer Stimme: »Miez-miez.« Er blinzelte, argwöhnte eine Falle, genauso wie die Ortsansässigen in einem Radio ohne Kabel eine Falle vermuteten. Ich legte meine ganze Zärtlichkeit in das folgende Miezmiez. Der Kater zögerte. Ich hob vorsichtig den Lauf des

Luftgewehrs und zielte mit freundlichem Gesichtsausdruck. Der Kater stand unentschlossen da. Ich schoss ihm in die Stirn. Er fauchte ein herzzerreißendes Fauchen und warf sich ins Gras. Zitternd vor Erregung, lud ich das Gewehr nach.

»Eeessen!«

Den Kater habe ich nie wieder gesehen. Onkel Slawa reiste auch bald ab. Irgendwer trug meinem Vater zu, ich sei mit dem Luftgewehr herumgerannt und hätte alles, was lebte, abgeknallt. Was es doch für Schweine gibt. Ich gab zu, ohne Erlaubnis das Gewehr genommen zu haben, und weinte, bat um Gnade. Vor dem Einschlafen hatte ich wegen der rosa Wunde einen leisen süßen Druck untenrum. »Wie man es macht?«, fragte Onkel Slawa verwundert. »Guck mal. Man nimmt die Haut ...« – »Aber kommen da keine Bakterien rein?« – »Ach was, Bakterien! So. Genau. Na los, nur keine Angst, du Knöspchen!« Er hat mit mir zusammen antisowjetische Propaganda gehört, dachte ich kalt. Der Kommunismus ist unausweichlich. Vater schlug mir zornentbrannt ins Gesicht. Onkel Slawa wurde kurz vor seinem Tod wieder in die Partei aufgenommen.

∼

Gegenüber meiner Schule Nr. 122 gab es Kino umsonst. Man guckte im Stehen, wer nicht groß genug war, auf Zehenspitzen. Man guckte gewöhnlich allein, aber manchmal auch im Gedränge, sich gegenseitig knuffend. Im Winter guckte man im Schnee stehend, der eine knirschende Eiskruste hatte, auf der man ausrutschte und mit einer Papirossa zwischen den Zähnen hinfiel. Schlechtes Schuhwerk quoll auf, die Socken wurden nass, die Füße froren ein und zwickten dann lange auf russische Art, wenn man wieder im warmen Zimmer war. Dieses Zwicken von auftauenden Füßen ist ein sich ständig wiederholendes Motiv meiner Kindheit.

In dem Kino konnte man vom Hof aus, besonders in der Dämmerung, eine große Anzahl nackter Frauen sehen. Die Scheiben waren aus Mattglas, aber nicht von innen angestrichen, sondern von außen, mit weißer Farbe. An verschiedenen Stellen hatten die Kerle sie mit den Fingernägeln abgekratzt. Einige Löchlein waren größer – die hatten die Frauen von innen mit nassen Papierfetzchen zugeklebt, denn sie ahnten, wofür sie gut waren. Aber die kleinen waren nicht zugeklebt. Iljuscha Tretjakow erzählte, dass sich einmal ein Fenster geöffnet und jemand einen Kübel kochend heißes Wasser über den Männern ausgekippt habe. Es gab viel Männergefluche und Frauengekreische. Aber wenn man diesen Vorfall außer Acht lässt, sagte Tretjakow, dann haben sich die Frauen wohl damit abgefunden, dass sie heimlich beobachtet werden, und manchmal nehmen sie sogar bestimmte Posen ein.

Ich wollte lange nicht mitgehen zu diesem Männer-Kino, das er sich beinahe jeden Tag ansah. Ich war in meiner Entwicklung etwas hinter meinen Altersgenossen zurückgeblieben, obwohl ich so tat, als ob ich ihnen ebenbürtig sei. Ich stolperte über den Namen eines Fußballers. In der Klasse machten sich alle über den bekannten Fußballer Malofejew lustig. Ich hatte keine Ahnung, dass man bei diesem Namen an »malofja«, »Sperma«, denken musste, und ich geriet in die Bredouille.

»Ich kenne mich nicht so gut aus mit Fußball«, brummte ich. Ich war nur einmal mit Papa bei einem Fußballspiel gewesen, und zwar während der Maifeiertage im Dynamo-Stadion, wo zur Saisoneröffnung Dynamo gegen Spartak spielte. Wir sahen uns die erste Halbzeit an, die unentschieden ausging, und verließen das Stadion, enttäuscht von diesem seltsamen und langweiligen Spiel.

»Wieso Fußball?«, wunderten sich meine Klassenkameraden. Plötzlich begriffen sie, was los war, und lachten so laut und verächtlich, dass ich noch lange vor dem Einschlafen von diesem Gelächter gepeinigt wurde. Ich war zu spät dran bei der kindlichen Verteilung von Obszönvokabular. Erst später lernte ich es wie eine Fremdsprache. Aber ich hatte zwei treue Freunde, Borja Minkow und Iljuscha Tretjakow, die sich entschlossen, mich einzuweihen.

»Du weißt bestimmt auch nicht, was ein Kondom ist, oder?«, fragte Borja.

»Na ja, ich kann es mir vorstellen«, log ich.

»Und wo wird es verkauft?«

»Weiß ich nicht.«

»Komm mit, ich zeig's dir«, sagte mein Freund.

Jeder russische Junge kann eine Geschichte erzählen, die mit Kondomen zu tun hat. Das Kondom ist der Luftballon der russischen Kindheit. Wir gingen in eine Apotheke auf der Gorki-Straße, die nach Baldrian roch (wie alle sowjetischen Frauen von innen), und Borja sagte, man müsse zuerst an der Kasse vierzig Kopeken bezahlen. Ich kramte zwei Zwanzigkopekenstücke aus der Hosentasche, bezahlte und trat mit dem Kassenbon in der Hand an den Schalter, wo Medikamente ohne Rezept verkauft wurden. Borja hielt sich etwas abseits.

»Geben Sie mir bitte ein Kondom!«, sagte ich zu der jungen Apothekerin in weißem Kittel und weißer Haube. Sie nahm den Kassenbon, sah mich schräg an und lief in den hinteren Teil der Apotheke. Nach einiger Zeit erschien eine dicke Tante in der Seitentür, ebenfalls in weißem Kittel.

»Warst du das, der ein Präservativ verlangt hat?«, fragte sie und sah mich streng an.

»Nein«, sagte ich, »ich brauche ein Kondom.«
»Wozu?«
»Für eine wichtige Angelegenheit.«
»Für eine wichtige Angelegenheit?«, staunte die Apothekerin. »Wie alt bist du?«
»Ich gehe in die fünfte Klasse.«
»Dann komm in drei Jahren wieder.« Sie unterschrieb den Kassenbon, gab ihn der Kassiererin und drückte mir vierzig Kopeken in die Hand.

Borja, das muss ich ihm lassen, machte mich am nächsten Tag zu einem Helden: Er erzählte, dass ich in die Apotheke gegangen sei, um ein Kondom zu kaufen. Unsere Klassenkameraden sahen mich mit Hochachtung an, die Mädchen kicherten wohlwollend und berührten wie zufällig zärtlich meine Hand.

»Also, da du schon mal ein Kondom kaufen warst«, sagte Iljuscha Tretjakow, »brauchst du ja jetzt vor gar nichts mehr Angst zu haben. Gehen wir!«

Ich konnte nicht mehr nein sagen. Aber ich zögerte es hinaus und ging erst im Winter mit, als ich bereits in der sechsten Klasse war.

Das Lustvollste daran – es war die reinste Theateraufführung. Die Frauen boten auf ihrer Banja-Bühne eine Szene aus dem Leben. Sie wuschen sich, rieben sich gegenseitig mit Waschlappen ab, übergossen sich aus Kübeln, unterhielten sich oder saßen nachdenklich da. Sie lebten ein von dem langen Iljuscha Tretjakow und mir völlig getrenntes Leben und waren dabei einfach köstlich: die eine wie Erdbeeren, eine andere wie schwarze Johannisbeeren, und sogar die alten Vanille-Frauen waren köstlich. In meinem entzückten Voyeurismus fand ich, dass Frauen jeden Alters schön seien (jedenfalls von Weitem). Dort waren auch unsere Klassenkameradinnen, die, wie sich herausstellte, bereits Haare auf ihrem Schamhügel hatten, mit ihren Müttern und ihren Großmüttern. Einige blickten tatsächlich zu den Fenstern herüber, hinter denen Iljuscha und ich nicht zu sehen waren, und schienen sich in interessanten Posen präsentieren zu wollen.

Ich spähte mal mit dem einen, dann mit dem anderen Auge, und vor lauter Anspannung bekam ich eine Wimper ins Auge (was in diesem Alter ständig passiert). Ich rieb das tränende Auge, möglicherweise, weil es so wehtat, vielleicht aber auch, weil ich so überreizt war, aber ich erinnere mich genau an den Moment, als das Bild in der Banja sich veränderte. Die Lüftungsklappe schlug zu. Und ich sah statt des friedlichen Bildes weiblicher Waschungen eine Art Sündenfall weiblichen Fleisches. Zuerst entschwanden die Mädchen mit ihren frisch bewachsenen Schamhügeln irgendwohin, und an ihre Stelle traten die ungeheuerlichen Gestalten verfetteter Weiber mit Hängebäuchen bis zum Knie, Titten, die aussahen wie mittelasiatische Melonen vom Markt, und Klappergestelle von Greisinnen. Ich dachte in diesem Moment nicht über die Vergänglichkeit weiblicher Schönheit nach; ich fühlte plötzlich, wie in der Banja der Tod erschien. Er kam in einer Gummischürze auf dem nackten Körper, mit entblößtem Hintern, und sah aus wie die Banja-Wärterin.

Ich wandte mich zu Tretjakow um, aber auf einmal stürzte sich ein Milizionär aus dem Hinterhalt auf uns. Tretjakow stand näher zu ihm. Der Milizionär packte seine Pelzmütze mit den Ohrenklappen und riss sie ihm vom Kopf. Dieser Überfall hatte etwas äußerst Deprimierendes, Fieses, Gemeines und mit Gerechtigkeit Unvereinbares. Meine erste Liebe zur Gerechtigkeit war übrigens mit einem Fahrrad verbunden. Meine Eltern hatten mir aus Paris ein rotes Fahrrad mit Scheinwerfer und tollen Bremshebeln an der Lenkstange mitgebracht – es war einfach ein Wunderding. Ich fuhr damit die Uspenskoje-Chaussee entlang, nicht weit von unserer Datscha. Ein Milizionär hielt mich an: Hier darf man nicht Fahrrad fahren. Er tat etwas sehr Niederträchtiges – er ließ nicht nur die Luft aus den Reifen meines Pariser Fahrrads, sondern warf auch noch die Ventile weg. Daran war etwas extrem Banditenhaftes, etwas aus einem anderen Leben. Während er mich quälte, fuhr noch ein Fahrradfahrer vorbei. Den hielt er nicht an.

»Warum halten Sie den denn nicht an, wo er doch auch gegen die Bestimmungen verstößt?«, fragte ich mit hämmerndem Herzen.

»Gerechtigkeit kannst du zu Hause suchen, bei deiner Mama«, sagte der Milizionär – im Sowjetland war jeder Milizionär ein Bote des Gulag.

Die Antwort, die für ihn nichts bedeutete, zeigte mir plötzlich, wie tief mein Land gefallen war. Ich wurde für einige Jahre zum Moralisten. Ich entlarvte die Ungerechtigkeit an allen Ecken und Enden.

Tretjakow ging gehorsam mit zur Milizstation, um seine Mütze zurückzubekommen. Tretjakow führte man ab, und mich, betäubt von dem Überfall der Miliz, ließ man allein zurück. Seine Mutter wurde aufs Revier bestellt. Auf dem Weg nach Hause dachte ich darüber nach, wie es mir wohl ergangen wäre, wenn der Milizionär meine Mutter angerufen und gesagt hätte, dass ich heimlich nackte Frauen beobachtet habe. Ich begriff, dass ich, wie man beim Schach eine Figur hergibt, die Mütze für die Ehre geopfert hätte und ohne sie weggelaufen wäre.

∼

Ich bin ein Komsomolze. Ein Sowjetmensch war ich ein einziges Mal – als ich mit vierzehn dem Komsomol beitrat. Alle taten das, also auch ich. Trotz des Unterschieds zwischen Moskau und Paris. Wer nicht beitrat, musste weiter das idiotische Pionierhalstuch tragen, egal, ob bereits Härchen auf der Oberlippe sprossen oder nicht, und wer beitrat, bekam ein hübsches Komsomol-Abzeichen, damit sah die Schuluniform jedenfalls besser aus als mit dem roten Halstuch. Viele Mädchen waren schon Komsomolzinnen, sie wurden zuerst aufgenommen, und da noch Pionier zu bleiben war einfach peinlich. Über die Möglichkeit, dem Komsomol nicht beizutreten, dachte ich gar nicht erst nach. Der Komsomol war mehr so etwas wie eine Eingliederung in das Erwachsenenleben als eine ideologische Entscheidung. Außerdem ging es auch um den Nutzen für die Zukunft: Alle wussten, dass nur Komsomolzen studieren durften. Als man mich im Stadtbezirkskomitee fragte, welches mein Lieblingsbuch sei, sagte ich:

»*Die junge Garde.*«

Ich liebte Remarque, fand aber, dass Remarque nicht zum Komsomol passte. Ich verließ das Stadtbezirkskomitee mit einem ganz frischen Mitgliedsausweis, auf den ich sehr stolz war. Das war mein erster Ausweis. Die Saat des Konformismus war aufgegangen – man hatte mich durchgelassen. Offenbar hatte ich gute Chancen, sowjetischer Diplomat zu werden.

∾

Erika hatte eine orange Hülle mit einem goldfarbenen Reißverschluss. Aber wenn man die Hülle entfernte, wurde Erika irrsinnig schön, sogar schöner als die beiden Kunststudentinnen, die ich auf Tschkalowskaja kennenlernte und mit denen ich abends am Lagerfeuer über moderne Kunst diskutierte. Die eine von beiden, Natascha, ebenfalls Tochter eines Botschafters, der ich für den Sommer den Staffelstab meiner Verliebtheit übergeben und mit weichen Knien nach einem nächtlichen Bad im Teich ein weißes, am Lagerfeuer leuchtendes Handtuch gereicht hatte, erzählte die Geschichte von Papanin, den ihr Vater kannte. Papanin hatte sich für sein ehrlich verdientes Geld eine große Datscha bei Moskau gebaut. Stalin erfuhr davon.

»Warum laden Sie uns eigentlich nicht zur Einweihung ein?«, fragte Stalin ihn am Telefon.

Papanin gab ein königliches Essen. Stalin kam zusammen mit Molotow und Woroschilow. Die Politbüromitglieder lobten die Datscha. Stalin hüllte sich in Schweigen. Vor dem Aufbruch brachte er einen Toast aus.

»Genosse Papanin«, sagte er. »Danke. Trinken wir auf dieses neue Kinderheim!«

»Aber Papanin hat doch für sein ehrlich verdientes Geld ...«, rief ich verwirrt, ganz aufgeregt über die Geschichte.

»Die Leute erzählen diese Geschichte mit Begeisterung«, bemerkte die namenlose Künstlerin, der ich ebenfalls ein weißes Handtuch brachte, aber sie genierte sich im Unterschied zu Natascha in der Dunkelheit nicht.

»Vielleicht sind Kinder wichtiger als Papanin?«, änderte ich meinen Standpunkt, was ich in jenen Jahren öfter tat.

»Schauen wir uns Modigliani an«, sagte Natascha.

Sie hatte von der Datscha einen angenehm riechenden quadratischen Band aus dem Skira-Verlag mitgebracht.

Erika stand über jeder Verliebtheit. Erika war sumpfigmetallisch. Erika klapperte mit den beschlagenen Hufen. Ihr schwarzes duftendes Band, das flink von einem zum anderen Rädchen lief, ihre feinen Finger mit den Buchstabennägeln – das war Liebe. Ich habe niemals – bis zum heutigen Tag – daran gedacht, dass Erika ein Frauenname sein könnte. Erika war der Name meines persönlichen Traums. Erika – so hieß die Schreibmaschine, die mich zum Schriftsteller machte. Erika ist das wichtigste Exponat meines persönlichen Museums. Theoretisch kann man bis heute auf ihr schreiben. Ein DDR-Produkt, ein schwerer, aber tragbarer Gegenstand. Wozu haben meine Eltern sie gekauft? Sie benutzten sie selten. Sie war so etwas wie ein Briefmarkenmarkt – meine Passion. Ich hatte sie ins Herz geschlossen. Umso mehr, als man sie mir nicht geben wollte. Man fürchtete, ich könnte sie kaputtmachen. Erika wurde vor meinem Zugriff hinter dem Schreibtisch versteckt oder unter dem Bett. Das Schreiben wurde von vornherein zu einem verbotenen Thema. Ich tippte auf ihr einige Wörter, vertippte mich, verwechselte die Buchstaben – und begriff. Sie war nicht für Wörter, nicht für Buchstaben, sie war zum Fliegen da.

Das erste Gedicht meines Lebens, auf Erika getippt, hieß »Maiglöckchen«. Es war Mitte Mai. Im Wald bei der Bahnstation Rasdory an der Strecke nach Ussowo sah ich Maiglöckchen und schrieb, suchte gequält nach Reimen. Das Gedicht schickte ich meinen Eltern nach Afrika. Meine Eltern schwiegen sich dezent dazu aus. Die Maiglöckchen spiegelten meine absolute literarische Talentlosigkeit.

Zu dieser Zeit war ich bereits in einen Wortstrudel geraten. Das geschah in der achten Klasse. Den Hausaufsatz »Wie ich den Sommer verbracht habe« schrieb ich noch als leere Worthülse. Ich schrieb, wie ich den Sommer im vorbildlichen Ferienlager »Artek« verbracht hatte. Ich schrieb über die Stahlbetonkonstruktionen der Pionierwohnheime. Das war wie ein Brief an die Eltern – nicht das Eigentliche. Dort waren zahlreiche Kinder Fidel Castros, viele von ihnen mit eindeutig arabischem Aussehen, mit denen ich in die

Berge ging und Bier trank. Im Pionier-Untergrund gab es einen georgischen Pionier mit einem riesigen Glied, das er uns während der Mittagsruhe im Zelt zeigte. Er verlangte Vergleiche. Er war bereit zum Schwänzewettstreit – das war ein neues Thema in meinem Leben. Dort war eine Pionierleiterin, bei der die Haare aus der Unterhose herausguckten. Sie liebte Françoise Sagan. Ich schrieb mit toten Worten. Puschkin entkorkte mich. Wir sollten über *Jewgeni Onegin* schreiben. Ich muss etwas geschrieben haben, was die Lehrerin erschreckte. Das war verrückt. Aus den toten Worten wurden lebendige. Alles erstrahlte. Die Lehrerin war richtig verschreckt. Es fehlte nur noch die Druckerpresse. Sie tauchte auf – und ich wurde Schriftsteller. Als Oma Sima sah, dass ich mich nachts im Wohnzimmer mit der Schreibmaschine einschloss, bekam sie einen Wutanfall:

»Du schreibst Pornografie.«

Eine wahre Kassandra. Ich schrieb Gedichte über Maiglöckchen. Meine Eltern lebten in Afrika. Oma Sima lebte eigentlich in Leningrad, aber wenn sie nach Moskau kam, las sie alles, was sie in den elterlichen Bücherregalen finden konnte: Balzac, Dickens, Tolstoi – ganze Werkausgaben. Ich habe nie wieder einen so süchtigen Leser gesehen. Sie vergaß sie alle wieder ganz schnell und las sie erneut – wie zum ersten Mal. Sie stellte eine Karikatur der Literatur in Aktion dar. Alles gerät in Vergessenheit. In Oma Sima grummelten dunkle Leidenschaften. Marina, meine Cousine zweiten Grades, vertraute mir viele Jahre später an, dass Serafima Michailowna einen Sexfimmel hatte; sie habe überall, in allem nur Geschlechtsorgane gesehen. Vermutlich hätten Oma Sima und ich viele Themen für gemeinsame Gespräche gehabt, doch dazu kam es nicht.

∾

Nur träge Liberale haben Stalin noch nicht mit Hitler verglichen. Aber hinter Hitler stand lediglich eine entzündete nationale Idee. Eine Auferstehung Lenins, Trotzkis oder Hitlers ist unmöglich. Das sind ausgereizte Karten der Geschichte. Stalin hat ein anderes Schicksal. Auf seinem Gemälde hat nicht nur Iwan der Schreckliche seinen Sohn umgebracht, sondern ganze Völker wurden umgesiedelt. Er hat nicht deshalb allein gearbeitet, weil er misstrauisch war, sondern weil er einsam war. Er wollte die Welt verändern und hat das faktisch auch geschafft. Je mehr sich Vater für Stalin schämt, da er für ihn keine menschliche Rechtfertigung findet, desto mehr interessiert mich Stalin als Künstler, der seinen Weltentwurf in die Realität umgesetzt hat. Hinter Stalin steht ein großer Traum. Er hätte auch in Afrika oder den USA Realität werden können. Der Mensch ist für das Fliegen geschaffen wie der Vogel für das Glück. Stalin sagte, dass der Mensch fliegen könne. Nicht fliegen können nur Gutsbesitzer und Kapitalisten. Stalin schuf den großen Luftmythos. Tschkalow wurde der Vogelmensch. In der UdSSR wurde das größte Flugzeug der Welt gebaut. Alle mussten fliegen und mit Fallschirmen abspringen (mein Vater sprang auch mit dem Fallschirm ab). Zuerst mit dem Flugzeug fliegen und dann ohne.

In diesen Traum setzte die europäische und amerikanische Elite ihr Vertrauen. Als ich Ende der Achtzigerjahre das erste Mal nach Amerika kam, war ich erstaunt über die große Anzahl von wirtschaftlichen Begriffen im amerikanischen Wortschatz. Alle redeten von Krediten und Geschäften, das waren Wörter für den alltäglichen Gebrauch. Mit solchen Wörtern kann man reich werden, aber nicht in den Himmel fliegen. Stalin wollte Ikarus haben. Stalin wollte fliegen. Dass er nur einmal mit dem Flugzeug geflogen ist, nach Teheran – und dabei schreckliche Angst hatte –, kann nur dem westlichen Kritiker Anlass zur Ironie bieten.

Ich rannte zum Manege-Platz, um unter Militärlastern durchzukriechen, als Gagarin losgeflogen war. Ich mag sein Lächeln bis heute. Wir waren alle angesteckt vom Traum des Fliegens. Doch dem Menschen wachsen, wie sich zeigte, die Flügel nur langsam. Der Kampf für den Traum löste sich auf in Kleinigkeiten, schaltete um auf die Inbesitznahme der Welt. Molotow stritt mit Hitler um jedes Stück Land, um die Sowjetunion zu vergrößern. Das Fliegen wurde auf später verschoben – aber vergessen wurde es nicht.

Stalin wollte vor seinem Tod seine alte Garde vernichten, die Zeuge seines Aufstiegs zur Macht war. Er wollte als ideales Konzentrat des Traums erhalten bleiben, ohne jede menschliche Beimischung. So träumt der erfolglose, verlassene Liebhaber vom Tod all derer, die Zeugen seiner Schande gewesen sind. Zumindest wechselt er seinen Freundeskreis. Stalin verlangte unter Folter Geständnisse – er wollte echte Feinde des Fliegens haben. Er hatte erkannt, dass es interessant ist, Menschen zu töten. Er genoss seinen Sadismus. Er lachte, als man ihm erzählte, wie Sinowjew zur Erschießung geführt wurde. Er ließ auch den erschießen, der ihn zum Lachen gebracht hatte. Aber er war ein grober, ungebildeter, unsensibler Mensch. Er liebte die Reproduktionen aus der Zeitschrift *Ogonjok*. Er brauchte keine Eremitage. Er erbrachte mit seinem ganzen Leben den Nachweis, dass die Menschen keine Flügel haben. Manch einer könnte einwenden, dass er damit offene Türen einrannte.

Von den Menschen, die Russland bevölkern, kann man das jedoch nicht behaupten. Wenn sich über den Mülltonnen ein Schwarm Krähen erhebt, die sich auf den benachbarten Birken niederlassen oder am Himmel ihre Kreise ziehen, dann weiß ich: Die Russen sind losgeflogen. Sie fliegen des Nachts. Sie wollen nicht über Kredite und Geschäfte reden. Sie träumen wie zuvor vom Fliegen. Sie träumen pathetisch, altmodisch. Das ist der Schlüssel zu meinem Vater, dem stalinschen Falken. Und der Schlüssel zu meinem Land. Für einen Traum ist kein Opfer zu hoch. Millionen kosten nichts. Die Juden können nicht fliegen – weg mit ihnen! Der Westen kann nicht fliegen – weg damit! Aber wenn es sein muss, dann bringen wir auch den Juden das Fliegen bei. Und wenn ich wie ein kleiner Ball in meiner Biberlammmütze und mit Fausthandschuhen an einem Bändchen um den Hals – Aí! – Wer da? – Aí! – schon draußen auf dem Treppenabsatz stand, um nicht im Wohnungsflur zu schwitzen, sang ich mit den anderen Jungen ein Lied, wobei wir mit Fingern auf die Mädchen zeigten, als wären sie keine vollwertigen Menschen:

Flugzeuge kommen ganz zuerst im Leben. Und Mädels? Die Mädels kommen später eben.

Wir spürten ganz richtig, dass das ein frauenfeindliches Lied war. Wir liefen in der Gruppe, immer zu zweit, den Twerskoi-Boulevard entlang. Die Eltern schickten mich in keinen staatlichen Kindergarten – bei all ihrem Stalinismus wählten sie für mich trotz allem eine private Kindergruppe, ein kümmerliches historisches Nebenprodukt der NÖP. Auf dem Holzrahmen des Sandkastens saß eine ältere Dame mit Hut und schwarzem Schleier. Sie schien geradewegs einem Tschechow-Stück entstiegen. Sie war schwerfällig, litt unter Atemnot. Sie konnte eindeutig nicht fliegen. Sie war wie durch ein Wunder mit dem Leben davongekommen. Unter uns – den fliegenden Kindern. Aber unser Lied war nur ein Glied in der Kette der fliegenden Bilder. Die fliegende Kellnerin wurde zur Heldin der Sechzigerjahre.

Die fliegende Untertasse ist eine Obsession des russischen Okkultismus der Perestroika. Wenn nicht fliegen, dann wenigstens laufen. Der russische Gott ist ein Läufer. Laufen, schwimmen, gehen, oft den Arbeitsplatz wechseln (»Zugvogel«), durch die Gegend pilgern, aus dem Gefängnis fliehen – nur nicht auf der Stelle stehen. Dabei handelt es sich um eine selten träge Nation. Wenn ich überlege, warum ich so viel geflogen bin, dann verstehe ich, dass der Traum auch mich berührt hat. Auch ich bin ein Fliegender. Gegen diesen Traum anzukämpfen ist möglich. Aber die Russen werden das nicht begreifen. Oder sie werden sich gänzlich verändern. Russland ist ein Flugplatz für den Traum vom Fliegen. Letatlin war die Verbindung von Avantgarde und Revolution. Alles fliegt. Und wenn der Russe emigriert, verliert er seinen Flugplatz – er ist der unglücklichste Emigrant der Welt. Es stellt sich heraus, dass der Russe im Westen zu arbeiten versteht, er versetzt seine Umgebung in Erstaunen: unkultiviert und kriminell, aber im Ganzen normal. Genau so ist das – aber er hat keinen Flugplatz mehr. Natürlich ist das Land ein Zirkus. Alle sind Flieger geworden, aber ohne Hosen. Alle Flieger haben sich gegenseitig umgebracht. Sind vom Himmel gefallen. Die Fallschirme haben sich nicht geöffnet. Sind auf den Boden gekracht. Stalin ist tot.

Ich bin hierher geschickt, um all das mit meinen eigenen Augen zu sehen und auf der Handfläche zu zeigen – hier, so ist es in Wirklichkeit. Aber die Analyse ist ein Feind des Traums. Der Schlüssel ist der Tod des Märchens. Hände weg von unserem Märchen! Hier nun erhebt sich Kierkegaard: Entweder – oder.

∼

Mütterlicherseits sind wir alle Kai aus Andersens Märchen *Die Schneekönigin*. Der Splitter eines Spiegels ist in uns eingedrungen: Wir sehen alles in einem hässlichen Licht.

Auch uns gegenseitig. Oma Sima saß da als eine große Körpermasse und verschlang wie ein Denkmal für den Individualismus, die Brille auf der Nase, Romane. Sie bewegte sich schwerfällig, sie half kaum im Haushalt. Ich hatte den Eindruck, dass sie kalt sei. Ich meine nicht, dass sie nicht zärtlich gewesen ist, aber sie war ein kalter Frosch. Mit kaltem Blut. Auch Mama hatte ihr ewig kaltes Eckchen wie ein Pfefferminzbonbon. Aber Oma Sima war wirklich kalt, und kalt blubberten ihre sumpfigen Leidenschaften. Papa wurde Botschafter in Afrika.

Er nahm den grauen, in Leinen gebundenen sowjetischen Weltatlas von 1940 aus dem Bücherregal, in dem die Sowjetunion mit den gerade erst angegliederten Territorien in einem solchen Rot dargestellt war, dass es einem flimmerte vor Augen, und das gestrichelte Polen als Zone staatlicher Interessen Deutschlands bezeichnet wurde. Papa blätterte weiter und zeigte mir Afrika, das lilafarbene französische Afrika, aber er fand Senegal und Gambia nicht: Er war gleich in zwei Ländern Botschafter. Ich wurde der Sohn eines Botschafters.

∾

In der schwarzen Paradeuniform »Seiner Exzellenz« mit vier goldenen Generalssternen auf den Schulterstücken überreichte Vater dem talentierten senegalesischen Dichter Senghor, der eine schöne französische Frau aus der Normandie hatte, sein Beglaubigungsschreiben, absolvierte wie Tschitschikow Antrittsbesuche bei den örtlichen Würdenträgern und Botschaftern aus Übersee, machte allen Komplimente und gefiel allen. Jetzt leitete er selbst eine diplomatische Vertretung, vom Koch bis zu den Botschaftsräten, und machte sich sogleich daran, unermüdlich gegen die

Überreste des Kolonialismus und für eine lichte afrikanische Zukunft zu kämpfen. Afrika stellte sich der Sowjetunion als Übungsparadies dar. Die Sklaven und Wilden von gestern trugen jetzt weiße Boubous und träumten vom Sozialismus. Hier und da entstanden plötzlich sozialistische Regime. Es gab natürlich einzelne Fehlschläge: An das tropische Guinea lieferte Moskau Schneeräumwagen, und jemand witzelte, dass es in der Sahara nach Einführung des Sozialismus einen chronischen Mangel an Sand geben werde, doch Vater arbeitete gewissenhaft an der Fehlerbeseitigung. Ich hörte von allen Seiten nur Gutes über ihn: von oben, von unten, von den Weißen und den Schwarzen. Wenn im Hafen von Dakar, wo riesige Ratten herumliefen, wie sie sich nicht einmal Gogol hätte ausdenken können, sowjetische Schiffe anlegten, ging Vater an Bord und nahm die Berichte der Kapitäne entgegen. Als sowjetische Fußballer angereist kamen, strich Papa den Burschen aufmunternd über die flachsblonden Köpfe, und dann fieberte er für sie im Stadion, obwohl er sich in den Regeln dieses Spiels, das er nicht besonders mochte, schlecht auskannte. Es kamen sowjetische Cineasten, er setzte sich für sie ein, es kamen Militärberater, er setzte sich für die Militärberater ein, es kamen die Nachbarn vom KGB, um mit dem sowjetischen Residenten namens Telega zu sprechen, und er fand auch mit Telega eine gemeinsame Sprache. Alles lief wie am Schnürchen.

Wer nicht in Afrika war, weiß nicht, was das Leben ist. In Afrika ist die Hülle des Lebens entfernt wie die Schale von einer Apfelsine. Afrika ist die Fortsetzung Russlands, ebenso wie Krieg die Fortsetzung von Politik ist. Wäre Papa nicht an der französischen Spionageabwehr gescheitert, hätte er als Botschafter in Belgien gearbeitet und wahrscheinlich dem Westen sehr viel mehr geschadet als im Senegal. Rührig, umgänglich, liebenswürdig wie er war, entwaffnete er die Feinde mit seinem absolut unsowjetischen Charme. Er trat zum Kampf gegen sie an wie zum Schachspiel, mit gleich bleibendem Wohlwollen, doch am Ende blieb immer er der Sieger. Er wunderte sich sehr, dass die Feinde nicht aufgaben. Er glaubte an die Farbe seiner Figuren.

Er kaufte ein Haus im Zentrum von Dakar und lud mich in den Ferien ein. Papa wusste gar nicht, was für ein Geschenk er mir damit machte. Schwarzafrika – das ist eine fotografische Vergrößerung. Nicht umsonst lieben die Fotografen Afrika so. Die Baobabs sind stärker als Gaudís Kathedralen, die Tänze zu den Klängen der Tamtams sind stärker als alle karamasowschen Gespräche über den Sinn des Lebens, jeder Stein in der Savanne ist stärker als das Evangelium, die Affen sind stärker als der Mensch. Das war nicht nur eine neue Farbe des Lebens, das war eine andere Dimension. Sonnenuntergänge, Gewitter, Medina, Moscheen, Boubous, Masken, Dschungel – all das ist stärker als Nacht, Straßen, Straßenlaternen, Apotheken. Wir fuhren mit dem Landrover durch die Sahara nach Mauretanien, ich sah Hunderte von Othellos in edlen Fetzen. Wir fuhren nach Ziguinchor und Gambia, wo minderjährige Jungen ihre Schwestern für ein paar Groschen verkauften, was von den schwedischen Touristen sehr geschätzt wurde, und wo das Parlament nach englischem Vorbild erbaut war. Ich sah einen internationalen Urlaubsort, mit Stränden, Palmen, Baobabs, ehemaligem Sklavenhandel, Sonne über dem Kopf, Bars und Seeigeln. Zu jener Zeit war ich bereits Vaters ideologischer Feind. Bei Sonnenaufgang fing ich Fische im Ozean. Ich reiste zweimal im Sommer und in zwei Hypostasen zu Vater nach Dakar: als Schüler, der noch ein Jahr Schule vor sich, und als Student, der gerade sein zweites Semester hinter sich hatte.

Der Schüler war überzeugter Moralist. Ich war an Moralismus wie an Masern erkrankt. Die Welt rief bei mir starken Juckreiz hervor: Alles war ungerecht daran – von meiner Schule bis hin zu den ästhetischen Vorstellungen von Chruschtschow, der abstrakte Malerei nicht ausstehen konnte. Ich verschlang die Gedichte Jewtuschenkos, als wären sie für mich geschrieben. Professor, irgendwie gefallen Sie mir nicht, dafür gefalle ich Ihrer Frau und Ihrem Sohn, einem störrischen Burschen, der offenbar nicht nach seinem Vater kommt. Ich zitiere frei nach dem Gedächtnis. Das war mein Niveau. Ich fand, dass ich dem störrischen Burschen ähnlich war, und überlegte mit wehem Herzen, dass auch ich nicht nach Vater kam. Jewtuschenko ließ mich die Entfremdung von meinem eigenen Vater spüren, die ich mir nicht eingestehen wollte.

Ich kannte Papa wie früher hauptsächlich in den Ferien, ich sah vor mir einen Botschafter auf Urlaub. Er verstand es, seine Ferien überall zu organisieren; Dakar war ein luxuriöser Urlaubsort. Wir spielten Tennis zusammen, und kleine schwarze Jungen rannten auf dem Tennisplatz hin und her und gaben uns die Bälle. Das war nicht ganz die sozialistische Art, aber wenn wir auf ihre Dienste verzichtet hätten, hätten die Jungen kein Geld verdienen können, und so mussten wir uns entscheiden: entweder ihnen real helfen oder auch im Tennisclub für den Sozialismus kämpfen. Wir zogen es in diesem Fall beide vor, vom Sozialismus Abstand zu nehmen. Nach dem Tennis gingen wir in die Clubbar, wo Vater ein Konto hatte, und er bot mir vorschnell an, davon Gebrauch zu machen. Ich lud die Söhnchen von reichen Franzosen, die mit Erdnüssen Millionen gemacht hatten, mit solcher Großzügigkeit nicht nur zu Getränken, sondern auch zu gebratenen Tauben ein, dass Vater sich einen Monat später an den Kopf griff, mich aber nicht erschlug.

Er hatte zu Geld immer schon ein beiläufiges Verhältnis. Er glaubte leicht an seinen Erfolg im Leben und beneidete niemals seine Freunde: weder Trojanowski noch Dubinin oder Alexandrow, die es geschafft hatten, schwindelerregende Karrieren zu machen.

Ein Gedicht Jewtuschenkos hatte prophetische Bedeutung für unsere Familie. Jewtuschenko kam nach Dakar zu einem Festival der Kunst Schwarzafrikas gereist. Papa mochte ihn nicht. Sie gingen zusammen zu Senghor, der Jewtuschenko fragte, wer ihm besser gefalle, Majakowski oder Jessenin.

JEWTUSCHENKO Das ist dasselbe, wie Tomaten mit Gurken zu vergleichen.

Papa fand die Antwort frech. Er lebte nach den Regeln seiner diplomatischen Ethik. Ich hingegen war begeistert von Jewtuschenkos Antwort. Seine Verhaltensweisen, sein Liebesverhältnis mit Bella Achmadulina waren für mich eine absolute Kulterscheinung. Während des Festivals verliebte sich Jewtuschenko in meine Mutter, und sie blühte vollkommen auf von der Art, wie der erfahrene, erfolgreiche Schürzenjäger ihr den Hof machte. In Dakar schrieb er folgende Verse:

Legt mich unter den Baobab
Wo ich Freude mit hübschen Weibern hab.

Papa explodierte, übersah den Dichter demonstrativ, machte Mama eine eifersüchtige Szene. Als Mutter nach Moskau kam, erzählte sie mir, stolz auf ihren Sieg, zum ersten Mal, dass mein Vater eifersüchtig sei, dass er bleich werde, wenn er eifersüchtig sei. Auf diese Weise konnte ich einmal dank Jewtuschenko hinter die Kulissen des elterlichen Lebens blicken.

∼

Ich sage Ihnen, was das für mich war, die »Sechziger«. Meine neue »Marktbriefmarke«. Die »Sechziger« waren wie die Briefmarken aus den portugiesischen Kolonien. Achmadulina – die Eidechse. Wosnessenski – der Schmetterling. Jewtuschenko – der Jaguar. Von der Bühne herunter rezitieren sie Gedichte darüber, wie grellbunt sie leben in der dreieckigen Form ihrer Marken aus den portugiesischen Kolonien. Ich bin ganz benommen davon. Aber ich lebe mit Großmutter zusammen, die die Deckenlampen in Laken hüllt. Ich möchte Bohemien sein.

Kirill Wassiljewitsch mit einem Familiennamen aus der russischen Klassik – Tschistow – und dessen Frau Bella Jefimowna stellten unter den Freunden meiner Eltern eine Ausnahme dar. Sie waren Philologen und interessierten sich sehr für Lyrik. Sie lebten arm, aber sauber in Petrosawodsk. Sie schenkten Mutter schmale Bände mit neuer Lyrik. Sie liebten Achmatowa und Zwetajewa, deren Gedichte, getippt auf kariertem Papier, Mama und ich lasen. Ich fuhr nach Petrosawodsk, nach Kischi – ich war bereit, die heilige Rus zu lieben, die Avantgarde, die Intelligenzija, französischen Käse – alles, nur nicht die sowjetische Wirklichkeit in meinem Leben mit Großmutter.

Auf einer Schulvollversammlung hielt ich die stammelnde Rede eines jungen »Sechzigers« über die Ungerechtigkeiten an unserer Schule. Jahrelang glaubte ich, dass ich meine Vorstellungskraft, meine geschärften Empfindungen, meinen leidenschaftlichen Drang zu Literatur und Gerechtigkeit mit allen Menschen teilte, dass an mir nichts Besonderes sei: Andere würden einfach nicht darüber nachdenken. Aufrütteln musste man sie! Natürlich hatte ich nicht vergessen, was einer meiner Mitschüler über *Jewgeni Onegin* gesagt hatte:

»Was quält der sich auch mit solchem Quatsch rum! Eins in die Fresse, dann beruhigt er sich schon!«

Na schön, leicht zurückgeblieben, der Typ, dachte ich. Ich lebte in einer platonowschen Welt der Träume. Mir schien, dass die Lehrer, einschließlich des Sportlehrers, intelligente Leute wären.

»Aber er ist doch Lehrer!«, empörte ich mich, als unser Sportlehrer sich eine kleine Sauerei erlaubte (heimlich Mädchen beobachtete). Die intelligente Freundin meiner Mutter fauchte. Ich blieb stur. Mir schien, dass die Welt veränderbar und vernünftig sei. Ich ahnte nicht, dass ich wie ein weißer Rabe aussah. Ich wunderte mich, dass unsere Klassenlehrerin mir im Abschlussexamen nur ein »Gut« gab – die offensichtliche Strafe dafür, dass ich Geschichte besonders intensiv gelernt hatte, um sie mit Fragen zu traktieren. Ich dachte, wir polemisieren ein bisschen. Es stellte sich heraus, dass sie mich nicht ausstehen konnte. Sowohl wegen der Fragen als auch deshalb, weil ich, nachdem ich »Komsorg« – Komsomolorganisator – geworden war, in der Klasse eine samtene Revolution anzettelte: Wir hörten Schallplatten mit französischem Rock 'n' Roll, Johnny Hallyday. Ich sah, wie unsere bettelarmen Kinder, wenn auch nicht alle, bei der lauten Musik richtig auflebten, und ich dachte mir so, wir vereinigen uns alle in Ekstase – doch Zilja Samoilowna Paltschik, die den Ruf hatte, eine der besten Lehrerinnen in Moskau zu sein, eine gefärbte Blondine in mittleren Jahren, befand, das sei eine Provokation. Aber sie hatte Angst vor mir, dem Botschaftersohn. Ich konnte mir erlauben, über die Stränge zu schlagen. Ich hielt auf der Vollversammlung unserer Schule, in Anwesenheit der Direktorin, eine revolutionäre, durch mein Gestammel (wegen meiner furchtbaren Schüchternheit) verdorbene Rede, und plötzlich erklärte die Direktorin vor der ganzen Schule, ich sei ein Faschist.

Faschist! Ich, der ich ein hervorragender Schüler war, Englisch in Sprachkursen des Außenministeriums lernte, mich in Geschichte auskannte, der Erste war in Literatur, mir korrektes Schreiben aneignete, indem ich in den Ferien nach der achten Klasse Rosentals Russisch-Lehrbuch auswendig lernte, so toll für die Schülerwandzeitung schrieb, dass die Lehrer glaubten, ich würde aus der Zeitschrift *Amerika* abschreiben – ich, ein Faschist? Ich schwärmte für Modigliani, van Gogh, den frühen Majakowski. Ich stahl aus der Schulbibliothek Hefte der Zeitschrift *Junost*, in denen Axjonows Roman *Fahrkarte zu den Sternen* abgedruckt war – aus purer Begeisterung. Ich flog, die Welt zu verbessern, mit mir flogen in einer Fliegerstaffel die »Sechziger«-Dichter, die ganze Stadien erobert hatten, und plötzlich – Faschist.

In Wirklichkeit war ich kein Faschist, sondern Moralist, und mein erster Protest, den ich durchlebte, war ein moralischer Protest. In den letzten Schuljahren dachte ich in den moralischen Kategorien von Gerechtigkeit und Sieg des Guten. Ich stand der russischen Literatur nahe. Ich liebte die Chemie, da ich darin die Alchimie fand. Ich experimentierte zu Hause. Irgendetwas phosphoreszierte heftig in einem Reagenzglas aus meinem kleinen Übungslabor »Der junge Chemiker«. Meine Eltern wunderten sich, die Lippen verständnisvoll zusammengepresst, doch sie fürchteten um die rosa gestrichenen Wände mit dem aufgerollten silbrigen Weintraubenmuster in meinem Zimmer, wie von alten Malern aus dem Silbernen Zeitalter ausgeliehen. Die junge Chemielehrerin mochte mich. Ich suchte in der Chemie das Elixier der Güte. Leidenschaftlich entlarvte ich Betrug, wo ich konnte. Die ganze Welt lügt – ich entlarvte die Welt. Mama log, Papa log, die Klassenlehrerin Zilja Samoilowna log, meine Mitschüler logen, die Fernsehsprecher logen, die Zeitungen, die Partei und die Regierung. Einzig mein geliebtes Frankreich log nicht. Und Dostojewski log auch nicht. Ich bekam keine Luft mehr vor Lügen. Ich log ebenfalls, aber ich log inspiriert, die Welt hingegen log gemein, böse, todbringend. Wie Belinski, der jeden Tag zum Nikolai-Bahnhof kam, um nachzusehen, wie der Bau der Eisenbahn voranging, die Petersburg und Moskau verbinden sollte, glaubte ich an die progressive Entwicklung der Zivilisation: Ich freute mich über jedes neue Schaufenster, über die ersten Schaufensterpuppen, die weiß der Teufel woher kamen, im Geschäft »Kleidung« auf dem Puschkin-Platz, über den Bau des »modernistischen« Hotels Minsk, das mich damals vage an die Existenz eines Le Corbusier erinnerte, über die sich in Moskau vergrößernde Zahl der Privatautos, von denen sich zu der Zeit höchstens drei vor einer Ampel ansammelten. Ich träumte von Staus, von Cafés und Cocktails. Ich weiß nicht, warum, aber ich glaubte ganz fest an die Menschen, das Böse hielt ich für nicht mehr als eine korrigierbare Abweichung, und wenn ich diese Position beibehalten hätte, würde ich einen sicheren Platz in der russischen Literatur gefunden, das Böse gerodet, mich unter die »Sechziger« gemischt haben, wäre deren kleiner Bruder geworden, und so schlecht es mir weiterhin auch gegangen wäre, ich hätte dazugehört – für immer. Ein feiner Kerl. Menschen, ich habe euch geliebt.

∾

Es ist Zeit, wenigstens etwas Grundsätzliches zu sagen. Ich bin ohnehin schon spät dran mit einem Fazit zu meiner Kindheit. Also, bevor ich mein Studium an der Universität beginne, lege ich mir meine erste feste Vagina zu und verliebe mich schließlich. Sprechen wir also von Geheimnissen.

Meine Fantasien fielen auseinander in Reise- und Spielfantasien, die ich tagsüber hatte, und in solche, die nachts zu mir kamen und mit Ängsten verbunden waren. Das führte dann zu schöpferischer Schizophrenie, zu meiner Spaltung in Tag und Nacht, in Verstandeskategorien und Wahngestalten. Kindliche Ängste ergossen sich aus Mangel an Glauben aufs Papier, und das war die rettende Entleerung, die nicht nach Mitleid oder Unterstützung verlangte, das war Befreiung.

Nichtsdestoweniger beschränkte sich die Angelegenheit nicht darauf, ebenso wenig wie – in der Folge – auf meinen Vatermord. Es gab noch ein tieferes, dauerhafteres Geheimnis, das mit der Umleitung von Energie zu tun hatte. Sowohl der Vatermord als auch die Befreiung von Phobien bedeuteten ein Schöpfertum »von innen heraus«, eine Selbstäußerung, die nicht in das Geheimnis passte, die ich, dem Geheimnis treu bleibend, nur oberflächlich anrührte. Es gibt viele Spekulationen, verbunden mit diesem Geheimnis, die es in einen Gemeinplatz metaphysischer Sehnsüchte verwandelt haben. Jeder, der gerade nichts Besseres zu tun hat, behauptet, dass schöpferische Energie von außen komme. Genau das ist eigentlich Talent – Energie durch sich hindurchzulassen. Schöpfertum »von innen heraus« ist bestenfalls Imitation. Schöpfertum »von außen« besitzt keinen garantierten Charakter, wird mit den Jahren nicht besser, sondern löst sich eher in nichts auf. Seinen Platz nimmt die Selbstwiederholung ein.

Schöpfertum »von außen« neigt zum allgemeinen Stil der Zeit, das heißt, es kommuniziert auf dem Niveau moderner Begriffe, es bewegt sich immer in einer Biosphäre der Gegenwart. Doch es befindet sich außerhalb von modischen Konstruktionen, besitzt ein zwiespältiges Verhältnis zur Zeit, genauso wie zum menschlichen Sinn, weshalb es der Übersetzung in andere Sprachen schwer zugänglich ist – zum Beispiel Puschkin. Die Übersetzung macht ihn bestenfalls zu einer eleganten Sammlung trivialer Wahrheiten.

Die Vermischung dieser beiden ungleich großen Begriffe hat es immer gegeben, aber besonders im 20. Jahrhundert, als das metaphysische Dach heruntergerissen wurde, ging alles durcheinander. Schöpfertum »von innen heraus« besitzt große ästhetische Möglichkeiten, mit seinen Leistungen bin ich oft konfrontiert worden. Das Geheimnis jedoch bestand in meiner Verwandlung in einen Träger, der fähig ist, andere Möglichkeiten und eine andere Welt zu reproduzieren. Die Verwandlung in einen Träger gab mir rare Momente eines realen ekstatischen Zustandes, in dem mein Text mir schon nicht mehr gehörte und ich, wenn ich ihn ansah, mich wunderte: Das hast du geschrieben? Formalismus hat mich niemals angezogen, auch nicht in seiner verbotenen Form. Weder die Tartuer Schule noch der französische Strukturalismus sind mir jemals als Bewegung für eine Entdeckung von Geheimnissen erschienen. Dort gab es nur die Aufgabe zu lösen, wie *Der Mantel* gemacht ist.

Aber ich fühlte, dass »der Mantel nicht gemacht wird«, dass der Schriftsteller kein Meister ist, im Gegensatz zu dem, was Michail Bulgakow meinte. Der Schriftsteller ist ein tollwütiger Wecker, der klingelt, damit die Welt aufwacht, und er ist nicht aufgezogen von der Sorge des Schriftstellers um den Zustand der Welt – solcherart Klingeln gibt es auch so schon genug –, sondern aus einem ganz anderen Grund. Da jedoch der Schriftsteller schwach, taub und mit seinem Privatleben beschäftigt ist, hört er die durch ihn hindurchlaufenden Wellen schlecht, er redet ins Blaue hinein, fügt seinen eigenen Senf hinzu, verdirbt die ursprüngliche Grundidee, die er als Träger zu reproduzieren aufgerufen ist. Das ist auch der Grund, warum mir der Gedanke schriftstellerischen Stolzes oberflächlich und lächerlich erscheint. Der Schriftsteller kaut an den Fingernägeln, weil er schlecht hört. Er sieht vor allem die eigene Unvollkommenheit. Er ist ein lausiger Träger. Er schämt sich. Er möchte unter den Tisch kriechen vor Scham. Er wird nicht fertig mit der Aufgabe. Er kann dies nicht einmal mitteilen, denn es gibt niemanden, der zuhört. Der einzige Mensch, mit dem ich über dieses Thema sprechen konnte, war Schnittke.

Alles Übrige reduziert sich auf soziale Rollen, Protest, Flucht in den Ruhm, schöpferische Lebensstrategien und ästhetische Leistungen bei der Abarbeitung seiner Verletzungen. Es gibt nicht wenige halb entwickelte, wortzauberisch begabte Genies, am Anfang scheinen sie von einem fremden Blatt zu singen wie der frühe Majakowski, aber wenn sie dann gelernt haben, mit Wörtern zu jonglieren, imitieren sie einen Zustand, der jedoch nicht das Lebensmandat darstellt. Die Schwäche meines Gehörs hat mich Demut gelehrt. Der Stolz ist von selbst abgefallen. Doch als ob man meiner Demut nicht glauben wollte, gab man mir einen Namensvetter, der mir auf mechanische Weise Stolz einhämmerte. Es heißt, dass einmal ein buddhistischer Mönch, der nach Petersburg gekommen war, nicht einschlafen konnte. Auch in der folgenden Nacht konnte er nicht schlafen. Die besorgten Schüler, die begierig auf ihre Anweisungen warteten, fragten ihn, warum er nicht schlafe. In eurer Stadt, antwortete er, kann man schwer einschlafen: Auf den Bäumen gibt es viel zu viele unaufgeräumte Seelen. Wahrscheinlich hängen im ganzen Land tote Seelen an den Bäumen, die ohne Reue gegangen sind. Das bringt einen aus dem Konzept – man möchte unwillkürlich die Totenmesse für sie lesen. Während Papa nach Paris entsandt und mit Kultur betraut wurde, schickte man mich ins Leben in einem Land, das sich als Metapher für missglückte Vorhaben, als verkörperte Unordnung erwies. Man sagte zu mir: Das ist dein Arbeitsplatz.

Aber dessen bewusst wurde ich mir erst sehr viel später, lange nach der Zeit, als Mama, schwanger mit meinem Bruder (wovon ich nichts wusste), in den Louvre und ins Museum der Impressionisten ging. Für sie war Kultur Muße, Freizeit, die sie am liebsten auf ihr ganzes Leben ausgedehnt hätte. Eigentlich hätte sie meine Verbündete im Leben sein müssen, aber dem war nicht so: Der Konsum von Kultur ist schädlich für den Künstler; er soll sie nicht schlucken, sondern in Stücke reißen. Mama wollte so gern Literatur übersetzen, und sie besaß zweifellos literarische Fähigkeiten. Aber als bescheidener Mensch hielt sie diese für unbedeutend. Sie begeisterte sich für talentierte Menschen. Sie ernährte sich von Kultur. Sie hielt Papa dazu an, Ausstellungen zu besuchen, und er begeisterte sich für Kunstwerke, bemüht, der kulturbeflissenen Gattin zu entsprechen, obwohl ich bezweifle, dass er jemals den Unterschied zwischen Leonardo da Vinci und Laktionow verstanden hat. Und hier ist er mir sehr viel näher als Mama: Wie sein Lehrer Molotow verstand er instinktiv, dass Kultur gefährlich ist, dass sie an sich Rechtsabweichung ist, Vermischung der Perspektiven, Schwächung der Rolle des Staates.

Sogar seine Kontakte zu Musikern, die nach Paris kamen und die er begleitete, schwächten ihn mit unnötigen Gedanken und Gefühlen, nicht zuletzt mit Tönen. Er gab ihnen nach und ließ viel Überflüssiges in sich ein. Die unschuldigsten Musiker wie Kogan und Rostropowitsch, die von seinen Berichten an den Botschafter und nach Moskau abhingen, waren noch zu ungestüm und unvorhersagbar. Sie hatten etwas »anderes« an sich. Nie konnte man verstehen: Überschreiten sie die Grenze des Erlaubten, wenn sie eine wertvolle Geige kaufen oder sich mit einem amerikanischen

Kollegen unterhalten (mit dem sie sich immer gleich verbrüderten) – oder nützt das der sowjetischen Kultur? In der Politik gab es weniger Dimensionen: Vorgesetzte und Untergebene, Gesinnungsgenossen, Kollegen, Freunde und – Feinde. Sodass sich also Vater, als Botschafter Winogradow ihn von der Kultur in die Politik versetzte, wahrscheinlich nicht nur freute (zurückhaltend; ich habe bei Vater niemals eine andere Art von Freude gesehen), sondern auch erleichtert aufatmete. Er kehrte in eine vertraute Welt zurück ... Aber ich sagte, dass ich spät dran bin. Papa ist schon lange in Afrika.

∾

Im August, wenn über Afrika Regenwolken wie schwarze Johannisbeeren hingen und es in der Luft nach Gewitter roch, das einer großen internationalen Krise wie der Kuba-Krise ähnelte, wenn sich die Wolkenbrüche in Überschwemmungen verwandelten, dann fuhr Papa in die Ferien nach Moskau.

Botschafter – das ist eine ernsthafte Loslösung vom Volk und auf jeden Fall eine nützliche Bekanntschaft. In der Heimat erwartete ihn »Sosny«. Das regierungseigene Erholungsheim »Sosny« war mein liebster Ferienort, obwohl ich dort nie übernachtete. Ich kam an freien Tagen zu meinen Eltern und genoss mein kindliches Paradies. Nach allen Gesetzen meines rasch fortschreitenden und kein Halten kennenden Liberalismus war dies ein verfluchter Ort: Dort machten die wahren Volksfeinde Urlaub – die obersten Regierungslakaien. Doch innerhalb der Tore von »Sosny« wich mein Moralismus jedes Mal dem Hedonismus. Dies war nicht so sehr ein Kompromiss des Gewissens als vielmehr der prachtvolle Unverstand des kleinen Herrn. Um sich unter die russischen Schriftsteller einzureihen, beginnt man am besten als provinzielles Naturtalent oder mit einer schweren Kindheit, als Missgeburt oder Prostituierte. Letzten Endes hat man mir in meiner Heimat meine abstoßende Herkunft nie verziehen.

»Sosny« bedeutete alljährlich Beförderung für meine Eltern. Es ging weniger um das Schwimmbad, die Ärzte mit dem sauberen Lebenslauf, die perfekte Liebenswürdigkeit des Personals, den Bootsverleih an der Moskwa, das Kasino, den Tennisplatz als um pures Prestige. Die Botschafter hatten das Recht, ihren Urlaub mit denen zu verbringen, die den Machthabern ganz nahe standen. Sie wechselten sozusagen aus der Business-Class in die Erste Klasse. Es gab auch noch exquisitere Orte wie das Sanatorium »Barwicha« – dort erholten sich Trojanowski, Dubinin und Alexandrow –, aber so hoch waren meine Eltern noch nicht geflogen (und meinetwegen schafften sie es auch nicht mehr). Aber in »Sosny« bei Nikolina Gora war der Kommunismus ebenfalls schon aufgebaut. Das konstruktivistische, schiffsähnliche Gebäude hatte bereits im Bestimmungshafen angelegt. In seinen geräumigen Kajüten mit Balkon roch es nach Sorglosigkeit – kriminellerweise liebte ich diesen Ort vollkommen unabhängig von Staatsmacht, Partei, der sowjetischen Wirklichkeit und den Kurgästen. Am anderen Ende des stark bewachten Parks stand eine verfallene Kirche im Barockstil, wie er für die Gegend um Moskau typisch ist, mit Weinblättern in Stein – auch die liebte ich. Alles dort war mir lieb.

Ich nahm Vaters Fahrrad und fuhr auf den entfernteren Wegen. Ein riesiger Park mit Pilzen, an die noch keiner herangekommen war. Dort gab es ein solches Lebensgefälle, dass niemand hinter den Zaun gelassen werden durfte. In »Sosny« vergaß ich, dass mir mein Vater fremd vorkam. Eigentlich war seine Fremdheit ausgewogen, nuanciert. Seine Freunde hassten *Ein Tag im Leben des Iwan Denissowitsch*; bei uns zu Hause am Mittagstisch, zwischen den Gängen Marlboro rauchend, sprachen sie mit herrschaftlichen Stimmen – ich höre vor allem die Stimme von Oleg Alexandrowitsch Trojanowski, einem echten, gut aussehenden Herrn der sowjetischen Diplomatie, Botschafter in Japan und China, Sohn eines Kampfgenossen von Lenin, mit Datscha in Schukowka, Veranda, einem riesigen Transistorradio der Firma Zenit, aus dem ausschließlich das perfekte Englisch der BBC-Sprecher zu hören ist; mein Papa hat es zu so einem schönen, hochherrschaftlichen Leben nicht gebracht – über Solschenizyn als antisowjetischen Autor zu einem Zeitpunkt, als er mit dieser Erzählung noch für den Lenin-Preis nominiert war, sie diskutierten hitzig, schäumten vor Empörung. Vater verurteilte ihn in meiner oder Mamas Anwesenheit nicht ein einziges Mal. Er hörte den Freunden zu, gab aber keine Urteile ab. Wahrscheinlich hatte er den *Iwan Denissowitsch* gar nicht gelesen. An der inneren Front schwieg er sich aus. Und dieses Schweigen war Gold. In meinem Zimmer stand auf der Fensterbank eine kleine Solschenizyn-Büste aus gebranntem Ton von Silis und Lemport: ein Fuß aus Büchern und ein wenig Stacheldraht. Die Büste war vor missgünstigen Blicken ein wenig hinter der Gardine versteckt, und meine Eltern kämpften mal träge, mal energisch gegen sie an, bis sich eine Lösung fand.

»Schlimmstenfalls ist das Beethoven«, sagte Mama.

Auf diese Weise wurde Solschenizyn bei uns zu Hause zu Beethoven. Auf dem Balkon in »Sosny« lag Mama im blau-weißen Liegestuhl, blätterte in dicken Heftern vorrevolutionärer Zeitschriften wie *Niwa* und las Papa und mir mit einem fröhlichen Lächeln, das eine rührende horizontale Falte über der Oberlippe produzierte, Reklame und ärztliche Aufrufe zum Kampf gegen Hämorrhoiden vor; Papa spielte selbstvergessen Tennis, auch in diesem Punkt wurde er ein Verbündeter in meinem Leben. Wenn es draußen regnete und nach Tannennadeln roch, die in den Pfützen schwammen, sagte er, dass bald die Sonne herauskäme, und nahm mich mit zum Tischtennis oder Billard oder auch zum überdachten Tennisplatz mit Holzboden und sehr kurzem Vorlauf. Bei Papa entwickelten sich leicht playboyhafte Züge. Er begann sich auffällige teure Pullover von bekannten ausländischen Firmen zu kaufen.

Nach dem Regen bildeten sich sommerliche Dunstschwaden. Ich trat in die Pedale, flog durch den Naturschutzpark. Ein Zeitgenosse des Gulag, ein älterer Wächter, sprang hinter einem Busch hervor und hielt mein Fahrrad am Lenker fest. Beinahe wäre ich gestürzt. Er hatte einen so wütenden Gesichtsausdruck, als wollte er mich erschießen. Er dachte, ich käme aus der einfachen Welt. Doch auch bei mir kochte die Wut hoch. Das war die Wut des Botschaftersohns. Ich war im Recht. Ich bellte ihn an:

»Was soll das, kannst du nicht sehen?« Er war ein Dreiviertelleben älter als ich.

»Was sehe ich nicht?«

Er hatte keinen Widerstand erwartet.

»Die Marke!«

Ich zeigte auf die staatliche Registriermarke, die an den Speichen des Vorderrads befestigt war. Wir waren zwei erstaunliche Lumpen. Er begriff, dass er einen Bock geschossen hatte. Aus einem blindwütigen Wächter wurde eine verlegene Figur. Seine Verwandlung war unglaublich. Aus dem fassungslosen Onkelchen wurde sodann ein verschreckter Leibeigener, der sich gegen seinen kleinen Herrn aufgelehnt hat. Die russische Geschichte bäumte sich auf. Er begann sich eifrig zu verbeugen, eilig zu entschuldigen – er hatte sich auf fremdes Terrain begeben. Dafür konnte man ihn jetzt davonjagen.

Ich hatte nie zuvor solch ein beschämendes Schauspiel gesehen. In Dakar hatten sich die Vater untergebenen Diplomaten um mich bemüht. Auch die Senegalesen glaubten, ich würde, da ich der Sohn des Botschafters war, später ebenfalls Botschafter werden, und als Vater einmal nicht in irgendeine Stadt zu einem muslimischen Fest fahren konnte, auf dem wie bei einem Kindergeburtstag keine alkoholischen Getränke, sondern orangefarbene Fanta getrunken wurde, gaben sie sich gern auch mit mir als Dauphin zufrieden, und der mich begleitende Diplomat zollte mir unterwürfig die gehörige Anerkennung. Aber das war afrikanischer Hokuspokus. Der Wächter hingegen durchlöcherte sich selbst auf heimischem Boden. Aus ihm schoss der Eiter heraus. Er schrumpfte, seine Uniform faltete sich zusammen. Der Wächter war platt. Vor mir breitete sich eine große Pfütze stinkenden gelb-grünen Eiters aus. In meiner Jugend glaubte ich aufrichtig an das russische Volk, das von der Geschichte getreten war. Das Volk zog mich an wie Schwarzbrot. Ich glaube sogar an das vom Kommunismus geknechtete Proletariat, bis zu dem Zeitpunkt, als wir in der elften Klasse ein Schulpraktikum in einem Funkwerk in Marjina Roschtscha machten. Doch auf dem Parkweg erschien mir das ganze russische Volk wie eine Eiterpfütze. Das war eine mystische Erscheinung. Dieses Gefühl war schrecklicher als alle meine Kinderängste, und es verlangte, dass ich mich davon befreite. Ich wusste nicht, wie man das machte. Meine Literatur war ein Embryo im ersten Monat, noch nicht fähig zu selbstständigem Leben. Ich glaubte nicht an die Lebensfähigkeit dieses Embryos.

∽

Ich weigerte mich, die Wirklichkeit als real zu akzeptieren. Ich sprang in eine Welt der Gespenster hinein. Großmutter erfand immer neue Formen ihrer gespenstischen Blockadegeschichte: Sie wickelte sogar meine Fahrradlampe für den beinahe unmöglichen Fall eines Nachkriegslebens in einen Lappen ein. Meine Eltern schrieben mir aus Afrika optimistische Briefe mit Beschreibungen von seltenen Muscheln und dergleichen Geheimnissen der Unterwasserwelt. Mit französischer Nonchalance, die vollkommener Gleichgültigkeit ähnelte, ließen sie mich mit meinen Aufnahmeprüfungen an der Universität allein. Bei der mündlichen Prüfung in Literatur drehten sie mich durch den Wolf.

»In welchem Abschnitt des Poems ›Gut und schön‹ findet eine Begegnung zwischen Majakowski und Blok statt?«, lautete eine ihrer Fragen. Ich erinnerte mich nicht an die Nummer des fraglichen Abschnittes, dafür aber verstand ich die simple Bedeutung, die Majakowski in diese mystische Szene gelegt hatte, und das riss mich heraus – ich bekam das rettende »Sehr gut«. Erst als ich schon drei von vier Prüfungen ohne jedes Vitamin B unter extremen Wettbewerbsbedingungen bestanden hatte – zu Hause verfolgte Mutter mit glasigem Blick meine Qualen –, kam Vater überraschend herbei, um seinen verdienten Urlaub anzutreten, und sie liefen eifrig mit einem gewissen Sassurski, einem entfernten Bekannten von Vater, durch die Flure der Philologischen Fakultät auf der Suche nach dem Raum, wo ich die Prüfung in Geschichte ablegte, um dem Dozenten etwas ins Ohr zu flüstern, aber sie fanden mich nicht – ich hatte die Prüfung bereits bestanden.

∼

Das unreife Bewusstsein eines Orangerie-Kindes, das von zwei ungleichen, jedoch gleichermaßen oberflächlich verinnerlichten Kulturen an den Beinen in entgegengesetzte Richtungen gezogen wurde, verwandelte sich in einen hungrigen Geist. Nach einem Nervenzusammenbruch, nächtlichen Albträumen und sonstigem, für die Phase nach derlei Examen typischem Unsinn glaubte ich mit den kläglichen Überresten meines jugendlichen Idealismus, dass die Universität eine freie Akademie sei. Die erste Vorlesung am ersten September war zur Geschichte der KPdSU. Allerdings kam danach Radzig, der Homer auf Altgriechisch rezitierte. Er räumte ein, dass er nicht genau wisse, wie es in Wirklichkeit geklungen habe, denn er habe damals ja nicht gelebt, doch als ich den gebrechlichen alten Mann betrachtete, verdächtigte ich ihn eher der Alterskokketterie. Die Universität hatte für mich einen Nutzeffekt wie eine Dampflok – nicht mehr als fünf Prozent. Man brachte mir einigermaßen Französisch bei, aber alles Übrige war Freizeit. Nach dem ersten Studienjahr erkannte man mich in der Botschaft in Dakar nicht wieder. Jemand flüsterte Mama zu:

»Wie er sich verändert hat!«

Ich ähnelte einem Abriss der Philosophie des 20. Jahrhunderts. Mir fehlte der Rückhalt. Alles war dem Zufall überlassen. Höchstens ein auf den Kopf fallender Stein schien mir eine gesetzmäßige Erscheinung zu sein. Ich wusste nicht, woran ich meine Moralvorstellungen aufhängen sollte. Mein Moralismus brach zusammen. Im ersten Studienjahr ging ich in die wissenschaftliche Bibliothek – das war meine Universität. In jugendlicher Begeisterung entdeckte ich für mich die russische Philosophie von Solowjow bis Berdjajew. Ich ertrank im russischen Idealismus. Mir gefiel sein angewandter Charakter. Im Grunde genommen war das Pseudophilosophie. Es ging um die eigene Rettung. Damit hatte sich auch Dostojewski befasst. Eine enorme Welt strömte in mich ein. Trotz allem aber fehlte mir der Rückhalt – ich war nicht gläubig.

Vielleicht habe ich mich an Dostojewski überlesen. Sein Kellerloch war für mich überzeugender als Aljoscha Karamasow. Er war wirklich ein Kind des Jahrhunderts des Unglaubens und stürzte viele russische Seelen ins Verderben. Seine klassische Gottverlassenheit und Leere, seinen hilflosen Leidensweg zum Sinn lud er dem Leser auf. Er trug das Kreuz und trug es nicht bis ans Ende – er brach unterwegs zusammen. Er stieß schwere Winde aus und schwächte damit im Grunde die russische Energie. Rosanow klagte über Gogol, der die Russen in einen dunklen Wald von toten Seelen geführt und sie dort ohne einen Funken Hoffnung zurückgelassen habe. Doch Gogol hielt sich mit seiner genialen Sprache wie ein Schwimmer im Toten Meer. Dostojewski zog alle hinab in die Tiefe. Nur Einzelne kamen wieder an die Oberfläche. Zum Nachtisch las ich Samjatin und das ganze übrige Wortschneegestöber der Zwanzigerjahre. Und da braute sich eine jugendliche Tragödie zusammen. Ich entdeckte Nietzsche. In Leningrad, wo ich bei Freunden meiner Eltern die Winterferien verbrachte. Ich las nachts beim Duft der Neujahrstanne und der großen unbeherrschbaren Privatbibliothek Nietzsche, und sie, für mich zwei sehr alte und sonderbare Leute, machten schwer atmend hinter einer halb geschlossenen Tür Liebe. Nachdem ich Nietzsche gelesen hatte, verlor ich die Verbindung zur Zeit. Allerdings liebte ich noch lange die Lyrikabende der »Sechziger«, ging dort immer wieder hin wie in einen Traum. Sie erschienen mir wie zuvor als Götter. Aber die Gottverlassenheit wurde zum Hauptthema. Ich erblickte einen Riss zwischen Moral und Welt. Die Zufälligkeit der Welt wurde zu meiner Zufälligkeit. Die Welt war davongeflogen in die Absurdität. Ich war neunzehn Jahre alt.

In der Lotterie zog ich zwei Glückslose. In Frankreich war zu jener Zeit ein Marquis-de-Sade-Boom ausgebrochen. Ich stürzte mich auf ihn mit pornografischen Absichten und fand einen Philosophen; in schwerfälliger, trockener, aber sehr überzeugender Form lehrte er mich die Theorie der Straflosigkeit, die, angewandt auf den sowjetischen alltäglichen Schwachsinn, mir für viele Dinge die Augen öffnete. Ich bin dem Marquis bis heute für seine Schulung dankbar. Das zweite Glückslos war Schestow. Er erzählte mir, dass die russischen Schriftsteller wie eine verwundete Löwin seien. In ihrer Seite steckt ein Pfeil, sie blutet, aber sie läuft los, um ihre Jungen zu füttern, wobei sie so tut, als wäre sie gesund. Schestow erleichterte meinen Zwist mit der Welt; er empfahl, sich dem Zufall und der Verzweiflung auszuliefern, sich dem Sinn von der anderen Seite zu nähern, indem man die Unvollkommenheit der Welt akzeptierte. Mit einer gewissen historischen Verspätung, wie in Russland üblich, lief ich mit fliegenden Fahnen dem aus der Mode kommenden Existenzialismus hinterher. Ich fühlte mich wie Sartres Held aus *Der Ekel*. Ich ekelte mich vor den Menschen. Gut und Böse vermischten sich. Ich hatte wüste Einsamkeitsanfälle, mit neunzehn Jahren verlor ich jede Lebensmotivation, nichts war mir lieb, ich war nah am Selbstmord, so nah, wie mir das meine atheistische Todesangst erlaubte. Ich zog verschiedene Formen des Selbstmords in Erwägung. Mich rettete die Liebe.

∼

Die kritische Masse von Zufälligkeiten indessen, die sich in seinem jungen Leben angesammelt hatte, wurde von den

Spielen des Schicksals vorangetrieben. Das Schicksal spielte mit ihm Versteck. Darauf kam er nicht gleich. Alles begann mit Lappalien. Kaum hatte er gedacht, dass ihm schon lange kein Staubkorn mehr ins Auge geflogen war, da musste er auch schon in die Augenklinik gleich neben seinem Haus in der Blagoweschtschenski-Gasse, wo er neben Leuten mit Veilchen im Wartezimmer saß. Ein andermal, als er gerade daran dachte, dass er schon lange keine schlechte Note mehr bekommen hatte, fand er sich plötzlich vollkommen hilflos vor einer Geometrie-Aufgabe an der Tafel stehend. Dasselbe passierte ihm mit der Angina. Nach und nach fügten sich die Beispiele zu einem System zusammen. Das Schicksal spielte mit ihm ein übles »Gegenteil«. Die Dinge ereigneten sich wie bestellt genau dann, wenn er sich darüber wunderte, dass sie ausblieben, sich Zeit ließen, oder aber, wenn ihm ihr mögliches Eintreten bereits zweifelhaft erschien. Das Schicksal entzog sich immer der Aufgabe, die er sich gestellt hatte. Wenn er ins Ferienlager fahren wollte, um ein neues Mädchen kennenzulernen, oder wenn er eines zum Tanzen aufforderte, war das Resultat betrüblich, das Schicksal erteilte ihm eine Absage, aber wenn er überhaupt nichts im Sinne hatte, war das Schicksal bereit, ihn überaus großzügig zu behandeln. So zum Beispiel träumte er die ganzen letzten Schuljahre hindurch davon, in der allseits beliebten Zeitschrift *Junost*, in der auch seine Idole abgedruckt wurden, eine kleine Auswahl seiner Gedichte samt einem Foto zu veröffentlichen (das Dichterfoto auf der Lyrikseite der Zeitschrift war besonders anrührend), er schickte die auf der Erika getippten Gedichte mit der Post, buchstäblich auf die andere Straßenseite, wartete mit einem Gefühl im Magen, das erotischem Schmachten glich, und – wurde abgelehnt (sogar der Vordruck mit der knappen Absage rief bei ihm Respekt und Freude hervor, denn immerhin hatte man überhaupt geantwortet; die Lyrikabteilung von *Molodaja gwardija* reagierte mit einer weitschweifigen Abfuhr und warf ihm vor, »volksfeindliche« Gedichte, gereimt à la Majakowski, verfasst zu haben – daraufhin schickte seine Großmutter heimlich, voller Angst vor den Konsequenzen, diese Beurteilung an die Eltern in Afrika, die ihrerseits darauf überhaupt nicht reagierten); aber kaum begann er ernsthaft an sich zu zweifeln, kam es zu einer ermutigenden Entscheidung, die er nicht erwartet hatte.

Zunächst gelangte er zu dem Schluss, dass er vorsichtiger sein müsse. Er versuchte, sich der Fragestellung an sich zu widersetzen, warum ihm dies oder jenes nicht passierte. Er erkannte, dass er, statt zu warten, gerade nicht warten durfte, das Ziel, das er verfolgte, über Bord werfen sollte. Genauso wartet ein Mensch, der an Schlaflosigkeit leidet, vergebens auf den Schlaf, er ruft nach ihm mit Hilfe von monotonem Zählen von Schafen oder Kamelen in der Wüste, schläft indes unerwartet ein, wenn er bereits jede Hoffnung verloren hat. Besonders vorsichtig wurde er, was seine Mutter betraf. In der fünften Klasse empfahl ihm die Bibliothekarin in der Kinderbibliothek in der Trjochprudny-Gasse ein Jugendbuch eines zeitgenössischen Autors. In realistischer Manier wurde der Tod der Mutter des jungen Helden beschrieben. Die literarischen Qualitäten des Autors, dessen Namen er ebenso wenig behielt, wie man sich an den Namen eines Filmregisseurs erinnert, konnte er kaum beurteilen, aber das Thema setzte sich in seinem Kopf wie ein Splitter fest und ließ ihn jahrelang nicht los. Er hatte Angst, Mama könnte sterben. In seinem Kopf starb Mama Millionen Tode, einer schrecklicher als der andere. Er vergaß sogar seine Pariser Angst vor der Scheidung der Eltern. Obwohl er nicht endgültig das Versteckspiel seines Schicksals durchschaute, hatte er doch eine Vorahnung und war gezwungen, ein Verteidigungskonzept zu entwickeln, um zumindest Mutter nicht zu schaden. Er begann zu begreifen, dass er, wie die Dinge lagen, in diesem Fall zum Beschützer des Lebens seiner Mutter wurde, aber das verriet er niemals und niemandem, so wie er es auch jetzt nicht verraten würde, selbst wenn man ihn zwänge, die dritte Person Singular gegen die erste oder gar zweite einzutauschen.

Da er andererseits verstand, dass er nicht direkt um etwas bitten konnte, versuchte er, den Schlüssel zur Enträtselung dieses Spiels zu finden. Jedes Wissen ist mangelhaft und zu viel zugleich. Zudem ist es nicht zuverlässig. Mit zunehmendem Alter kam er dahinter, dass das Interesse des Schicksals an Spielen unterschiedlicher Tragweite, vom Staubkorn im Auge bis zum Autounfall, ihn von dem Vorwurf befreite, sein Leben sei zufällig, und kundtat, dass man auf ihn Acht gab. Er verstand die Wichtigkeit dieser Auslese und war bereit, ihr so zu entsprechen, dass man ihn nicht der Manipulation verdächtigen konnte. Zu seiner Rechtfertigung hätte er sagen können, dass diese Auslese nicht nur ihn selbst betraf, und dies war im Grunde eine nicht weniger gute Kunde als der Text der Evangelien, obwohl die Hoffnung sich in diesem Fall auf einen lokal sehr begrenzten Bewusstseinsabschnitt beschränkte. Ihr musste man nicht nur Rechnung tragen, sie durfte man mit keinem literarischen Unternehmen beschädigen, sie durfte nicht Gegenstand eines interessanten Gesprächs sein, das den Zuhörer auf sich aufmerksam machte, aber als Offenbarung brauchte es eine apokryphe Botschaft für die Zweifelnden und Verzweifelten. Später, angesichts dessen, wie seine erfolgreichsten Kollegen in Vers und Prosa intertextuelle ästhetische Schlösser aufbauten, mit ihrem Witz, ihrer Beobachtungsgabe, dem Erforschen des vergänglichen Lebens von Sprache und Stil, dem Ersinnen ihres Images, von ihrem Äußeren – dunkle Brille und schwarze Kleidung – bis hin zu strategischen Aufgaben der literarischen Karriere ihre Leser entzückten, wusste er, dass sie niemals ausgestattet gewesen waren mit diesem gefährlichen Wissen um die Hoffnung, das Demut erzeugt und einen auf den Gedanken von der Begrenztheit jedes modischen Stils bringt. Die Grobheit des tolstoischen Umgangs mit der Sprache, angereichert mit einer Fülle an Details, die an die Kathedrale von Toledo erinnern, hervorgerufen von der Suche nach einer würdigen Versöhnung mit dem Unerreichbaren, wurde für ihn natürlich keineswegs zum Vorbild, das Nachahmung verdiente. Wie bei dem Versteckspiel, welches das Schicksal mit ihm spielte, verstand er, dass keinerlei Bilder irgendwelche Symbole sein konnten und dass sich irgendein bescheidener Hinweis auf die Wahrheit hinter einer vollkommen zufälligen Ecke, einem Peinlichkeit erzeugenden Wort oder einer irren Szene versteckte. Aber das war für ihn Zukunftsmusik. Damals, als er erwachsen wurde, dachte er darüber nach, wie weit er in den Stoff der Ereignisse eindringen könnte. Er wusste genau, dass er keine Bestellung aufgeben konnte: Der Gedanke, dass er schon lange kein Staubkorn mehr ins Auge bekommen hatte, entstand bei ihm unwillkürlich, er musste lernen, solche Gedanken zurückzuweisen, aber er verstand, dass die Unwillkürlichkeit des Gedankens ebenfalls eine komplizierte Verflechtung von Umständen war, in die sich eigene Absichten aufnehmen ließen. Wenn ihm der amerikanische Präsident Kennedy mit seinen, wiederum vom Gegenteil her gedacht, Intentionen der Weltbeherrschung nicht gefiele, was nichts mit jugendlichem Neid zu tun hätte, sondern mit Überlegungen zu den Rollen in der Welt, obwohl auch reinster grober Unfug eines vorzeitigen Hackers nicht ausgeschlossen wäre, und ihm unwillkürlich der Gedanke käme, dass schon lange kein amerikanischer Präsident mehr eines gewaltsamen Todes gestorben sei, so könnten die Ereignisse vom 22. November 1963 eine Antwort auf seine unwillkürlichen Gedanken sein. Er vermochte keine Verschwörung anzuzetteln, aber jemand konnte das für ihn tun. Ein weitaus offensichtlicherer Fall wäre das Regime seines eigenen Landes gewesen, doch er war vernünftig genug, die Regeln des Spiels nicht zu verletzen, die sehr viel wichtigere Dinge betrafen. Versteckspiele waren sein Leitstern jedenfalls bis zu dem Moment, da er selbst den Algorithmus von Zufall und Fatalismus zu spüren bekam, der die Basis der Dinge in der Welt bildete, in der wir uns gerade alle befinden. Wie dem auch sei, Kennedy wollte er nicht umbringen.

∼

Meine gutmütige Mutter half mir mit Büchern. Wenn ich aus Dakar über Paris nach Moskau zurückreiste, brachte auch ich selbst – unter Nutzung des Diplomatenpasses – eine Menge Bücher der YMCA-Press mit. Zu Hause kam es deswegen zum mächtigen Krach. Mama sortierte die Bücher nach möglichen (Lyrik, Philosophie, Nabokov) und unmöglichen (Grobheiten, über unser Leben, Autoren, die im Ausland geblieben waren: *L'antisoviétisme primaire*). Die Grenze (des letztlich liberalen) Verbots verlief zwischen Orwell (möglich) und Beethoven (unmöglich). Mit den Büchersäuberungen begann der Widerstand. Unser kulturelles Bündnis wurde durch Mutters Angst um Vater zerstört, die jedoch aus liberalen Gründen nicht verbalisiert wurde.

MAMA Du schadest Vater. Nein und nochmals nein.

Am meisten auf der Welt fürchtete Papa, seinen Diplomatenpass zu verlieren. Unfall, Ausraubung, Malaria, Tod von Freunden – alles Bagatellen im Vergleich zum Verlust des Passes. Den Diplomatenpass einzubüßen war, wie den Kopf unters Fallbeil zu legen. Papa trug seinen Pass überall mit sich herum und vertraute ihn nur einem einzigen Menschen an, wenn er am Strand von N'gor schwimmen ging – meiner Mutter. Wir gingen ins Wasser, und Mama passte auf meinen Bruder und den Pass auf. Mein Bruder trug eine Brille. Mit der Brille ähnelte er einem kleinen Westdeutschen. In Dakar fand ich eine Freundin für mich – die Tochter des südvietnamesischen Botschafters. Während dieser Zeit war Krieg, und wir waren Feinde. Das brachte uns einander umso näher. Wir fuhren mit ihrem 2CV nachts an unbewachte Strände und in Nachtbars. Ich kam immer frühmorgens angeturnt nach Hause, aber die Wachleute sagten nichts: Ich war unantastbar. Der Botschafter stand höher als der Resident. Der ukrainische Resident Telega tarnte sich unter dem Dach von »Sojuskinoexport« und handelte mit sowjetischen Filmen. Er konnte jedem Sowjetbürger das Leben verpfuschen. Doch niemand außer mir trieb etwas Anstößiges. Morgens angelten die Sowjetmenschen auf dem Pier Fische, um Geld für einen Wolga zu sparen, und nachts trugen sie heimlich ihren Müll auf die Müllkippe, um den senegalesischen Müllmännern kein Geld bezahlen zu müssen. Die Afrikaner lauerten den Diplomaten auf und verprügelten sie nach Strich und Faden. Mama und Papa waren in heller Aufregung. Papa führte weit weg am Strand eine Parteiversammlung durch. Dort meinte man, nicht abgehört zu werden. Telega lud unsere ganze Familie zum Abendessen ein. Die Eltern zögerten lange, aber dann sagten sie doch zu. Wir fuhren mit widerwilligen Gesichtern hin. Man stopfte uns wie Gänse. Geredet wurde übers Essen. Wenn Mama »Melone« sagte, brachte man Melone, wenn sie »Fleisch« sagte, brachte man Fleisch. Der Resident war zufrieden: Wir aßen bis zum Umfallen und tranken viel. Am nächsten Morgen angelte ich mit der Spinnangel, holte damit aus und fing das Ohr eines Franzosen. Er wartete geduldig, bis man sein Ohr vom Haken genommen hatte.

∼

Papa verlor die Vorstellung von dem Land, das er repräsentierte. Es erschien ihm so, wie er es in den Geschenkbänden des Leningrader Verlags Aurora sah, die er den Ausländern überreichte. Es war ein Geschenkland. Es war ein großes Land. Dort gab es alles: den Baikalsee, Kischi, das Dnjepr-Kraftwerk, Flüge riesiger Vögel über der kasachischen Steppe, Palmen, Gletscher, Paraden auf dem Roten Platz, Hochwasser an der Wolga. Blieb nur noch eine letzte Anstrengung: den Lebensstandard der Bevölkerung anzuheben, doch gab es Tausende von objektiven Gründen dafür, die Lösung dieser Frage Jahr um Jahr zu verschieben. Papa war bereit zu warten.

Ein Eigenleben führte die *Prawda*, die optimistischste Zeitung der Welt, in der tagtäglich das Gute das Böse besiegte, eine Märchenzeitung, die Papa nach dem Abendessen las, aber mit den Jahren, erschöpft vom Tagwerk, schlief er immer öfter darüber ein. In der *Prawda* klang von der ersten bis zur letzten Seite jede Überschrift so frohgemut, dass sie geradezu eine sexuelle Wirkung erzeugte. Wir Studenten amüsierten uns damit an der Universität. Wenn Papa nach Moskau kam, wusste er nicht einmal, wie und wie viel man für eine Fahrt im O-Bus bezahlen musste. Die halb leeren Geschäfte riefen bei ihm fröhliches Befremden hervor. Er war bereit, in der Bäckerei, deren Fußboden mit einer schmierigen Schicht von Sägespänen bedeckt war, ausgestreut von jener Putzfrau, die die Franzosen für »sehr schmutzige Leute« hielt, für Brot anzustehen. Engpässe in der Lebensmittelversorgung waren für Papa ein vorübergehendes Problem, das sich auf den einen Urlaubsmonat beschränkte. Hin und wieder kam Botschafter Winogradow zu Besuch. Er wohnte eine Etage tiefer. Winogradow fragte mich mit einem verschmitzten Gesichtsausdruck, die buschigen Brauen hochziehend:

»Na, wie läuft's denn bei dir mit Mädchen?«

Das hielt man für ein Zeichen der Aufmerksamkeit. Meine Eltern saßen da mit eingeschalteten Gesichtern. Es wurde ein Abendessen der ersten Kategorie zubereitet: blutiges Roastbeef oder Huhn mit Mandeln. Die Apotheose war Mamas berühmter Zitronenkuchen. Die Frage wurde alljährlich wiederholt. Ich wurde knallrot. Dann gelangte ich zu dem Schluss, dass Winogradow ein Idiot war. Über irgendjemanden erfuhr ich, dass Winogradow eine Geliebte hatte, sie arbeitete als Kassiererin in einem Geschäft, und er brachte ihr immer Geschenke. Ich stellte mir die Liebe zwischen der Kassiererin und Botschafter Winogradow vor. Das war schön. Oma Sima, die die Meinung des Volkes zum Ausdruck brachte, verstand nicht, warum meine Eltern so viel reisten.

SERAFIMA MICHAILOWNA Ein echter Mensch hat alles in sich selbst. Er hat da drin Europa und Afrika und Rostow am Don.

»Und Neuseeland?«, fragte ich mit ernsthaft interessiertem Gesichtsausdruck.

Wie immer ohne Einladung, einmal im Jahr, tauchte frühmorgens Onkel Gelja auf, Mamas Cousin zweiten Grades aus Tambow. Mama und er saßen in der Küche und tranken Kaffee. Mama im hellblauen flauschigen Morgenrock sprach darüber, dass die Welt schön und vielgestaltig sei. Onkel Gelja mit dem listigen schmuddeligen Gesicht des Dienstreisenden, der eine Nacht in einem russischen Zug verbracht hat, vertrat die Position des Mannes aus Tambow:

ONKEL GELJA Bei uns bauen sie auch Wolkenkratzer. Schon zwei Stück haben sie fertig. Jeder hat zwölf Stockwerke.

»Heute schäme ich mich, Russin zu sein«, sagte Mutter im August 1968 zu Vater. Vater antwortete nicht. Wir stiegen in dunkle Täler voller Sonnenblumen hinab, die überreif von der Sonne waren. Die Sonnenblumen standen mit hängenden Köpfen da.

»Ich verstehe alles, aber ich sage nichts«, sagte Mama in jenen Jahren zu mir.

Ihr erschien das als Weisheit. Sie verteidigte ihr Nest. Zerrissen zwischen verlorener Hoffnung, Glauben an eine nicht existente Vernunft und der Verteidigung von Papas Interessen, ahnte sie nicht, dass der Weg zur Befreiung über diese Scham führte. Ihr naiver Egoismus entwaffnete mich lange Zeit. Für europäischen Komfort musste man mit dem Schweigen der Panzer bezahlen. Schließlich hielt ich es nicht mehr aus und sagte:

»Meiner Meinung nach ist das einfach Feigheit.«

Zwischen uns entwickelte sich eine dumpfe Feindseligkeit von Menschen, die sich im Geiste nahestehen, was aber den Grad ihrer familiären Verantwortung angeht, einander fremd sind: die politische Analogie – Lenin und Trotzki. Wozu drängte ich sie? Dass sie auf dem Roten Platz demonstrieren ging? In die vollkommene Schizophrenie? Das Gespräch mit Vater begann mir wesentlich leichter zu fallen als das mit ihr. Unterbewusst suchten wir den Bruch. Er trat ein im September 1973 wegen Chile.

Was bedeutet mir jetzt noch Chile? Damals aber erreichte mein Hass auf das System, in dem ich nichts anderes sah als Ideologie, eine solche Stufe, dass Allende in meinen Augen ein von vornherein utopischer Sozialist, ein Günstling des Kremls war, und deshalb empfand ich Begeisterung über die Pinochet-Junta, den Triumph des CIA. Mir war es gerade recht, dass Allende ermordet wurde. Ich freute mich darüber, wie Moskau aufheulte. Das war der Höhepunkt meiner politischen Unzurechnungsfähigkeit: Ich war dermaßen links, dass ich rechts wurde, um meinen Gauchismus zu behaupten. Alles, nur nicht Moskau. Die Diskussion über Chile in der Moskauer Küche, vollgestopft mit Gegenständen des französischen Alltags, war kurz: Mama schrie mich an, ich sei ein Lump. Papa war wie immer in Paris. Wegen Pinochet feierten wir das einzige Mal in meinem Leben meinen Geburtstag nicht.

∼

Das Land der Sowjets, dem mein Vater ergeben diente, bestahl ihn. Die Kultur wollte ihn trotz allem nicht entlassen. 1970 wurde er zum Vizepräsidenten der UNESCO ernannt. Als treuer Schüler Molotows, des ehemaligen Restaurantgeigers, der zu seiner Zeit als zweiter Mann im Staat keinen Kontakt mit Kulturschaffenden zuließ, spürte mein Vater instinktiv, dass die Kultur ein gefährlicher Sumpf mit bunten Blüten giftiger Seerosen ist. All jene an der Spitze der Sowjetmacht, die von Ballerinas, Bolschoi-Theater, Künstlerfreundschaften schwärmten wie Kirow, Kalinin und Woroschilow, standen mit einem Bein im Grab oder kamen um. Bei der UNESCO zahlte man hohe Gehälter. Papa lieferte drei Viertel seines Gehalts in der sowjetischen Botschaft ab. Nicht nur sein Assistent, auch seine israelische Sekretärin verdiente real mehr als er. Der amerikanische UNESCO-Kollege von Vater kaufte sich während seiner Amtszeit in Paris eine Elfzimmerwohnung auf den Champs-Élysées: Zu seinem hohen Gehalt zahlte ihm die amerikanische Regierung noch zehn Prozent Auslandszuschlag. Nur wenn

Vater Dienstreisen unternahm, erhielt er sein vollständiges Gehalt. Er kämpfte mutig gegen den westlichen Einfluss in der UNESCO, und als Personalchef tat er alles, damit die UNESCO zu einer antiamerikanischen Organisation der Dritten Welt wurde.

Gleichzeitig war ein unsichtbarer Kampf an einer anderen, inneren Front im Gange: Innerhalb der sowjetischen Kolonie in Paris verwandelte sich Vater in eine autonome Republik. Er war jetzt ein internationaler Beamter von hohem Rang, formal unabhängig vom sowjetischen Staat, traf eigenständige Entscheidungen, befand sich in internationaler Gesellschaft: Seine Untergebenen wie auch sein Vorgesetzter waren Ausländer. Er gewöhnte sich an einen anderen, einen dynamischen und eleganten Arbeitsstil, wurde Mitglied in einem angesehenen Tennisclub, wo er mit Engländern spielte, fuhr das neueste Modell des Citroën DS. Er lebte nicht so luxuriös wie sein amerikanischer Kollege, aber respektabel, in einem bourgeoisen Haus mit Concierge, in einer bourgeoisen Wohnung im siebten Arrondissement nahe der Kirche Saint-François-Xavier. Abends strahlten die Scheinwerfer des Eiffelturms in seine Fenster. Tscherwonenko, der neue Botschafter der UdSSR, der Loire-Schlösser als Laura-Schlösser bezeichnete, rief bei ihm zurückhaltende Verachtung hervor, und er vermied es, ohne zwingende Notwendigkeit in der Botschaft zu erscheinen. Nicht nur ganz Frankreich, die ganze Welt war ihm nun zugänglich. Ihm war die Ruhe eines gestandenen fünfzigjährigen Mannes anzumerken. An einem Sonntag nahmen Mutter und er mich mit nach Roissy, wir fuhren geradewegs in die Normandie, ans Meer und zu den Felsen im Nebel – um den Impressionismus in der Natur zu genießen. Er verwirklichte den Traum seiner Jugend – er reiste: Er fuhr nach Spanien, flog mit einer internationalen Delegation um die halbe Welt, auf Sri Lanka geriet er in ein Wespennest, in Irkutsk wurde er Zeuge, wie ein Passagierflugzeug auf der Landebahn zerschellte, wovon er durchaus ruhig erzählte, als handelte es sich um ein unausbleibliches Ereignis von internationaler Dimension. Er bewies mutiges Verhalten, das seinen inneren Zustand offenbarte und zukünftige Entwicklungsmöglichkeiten verhieß. Als sein Mitarbeiter, ein Franzose russischer Herkunft mit dem interessanten Namen Alexander Blok, unter dem durchsichtigen Pseudonym Blo in Paris ein Buch über Mandelstam veröffentlichte, in dem das Thema Sowjetmacht nicht übergangen werden konnte, stand Vater vor einem Dilemma: Blok hatte die UNESCO-Statuten verletzt, die es ihren Mitarbeitern nicht gestatteten, ohne vorherige Genehmigung der Organisation irgendeiner kommerziellen Tätigkeit nachzugehen. Sollte er ihn bestrafen oder Gnade walten lassen? Mama, die das Buch mit dem Bleistift in der Hand gelesen hatte, fand darin nichts primitiv Antisowjetisches, vergoss ein paar Tränen über das Schicksal des Dichters und bat Vater um Gnade für den Autor. Vater vertuschte die Sache.

In ein noch größeres Dilemma geriet Vater, als Leonid Iljitsch Breschnew Frankreich einen Staatsbesuch abstattete und ihm den Orden der Völkerfreundschaft verleihen wollte. Laut Gesetz der UNESCO hatte ein internationaler Mitarbeiter kein Recht, von irgendeinem Staat, und sei es der eigene, eine Auszeichnung anzunehmen. Vater war sich dessen bewusst, dass Leonid Iljitsch wichtiger war als die UNESCO, und willigte ein, den Orden hinter verschlossenen Türen im konspirativen Milieu der Botschaft in Empfang zu nehmen. Breschnew überreichte Vater den Orden und schickte sich an, ihn nach kräftiger Umarmung, seiner Gewohnheit entsprechend, auf den Mund zu küssen. Vater erzählte mir damals gutmütig, dass er im allerletzten Moment dem Zarenkuss ausgewichen sei und Breschnew die nach französischem Rasierwasser duftende Wange hingehalten habe.

Als Vater in Pension ging, wollte er das Geld, das ihm die UNESCO auszahlte, an die sowjetische Staatskasse abgeben. Es kostete mich Ende der Achtzigerjahre nicht wenig Mühe, ihn zu überreden, das Geld zu behalten und auf mein Pariser Konto zu überweisen. Vater konnte sich nur schwer überwinden, darauf einzugehen, womit er sich und Mutter vor einer armseligen postsowjetischen Existenz bewahrte, obwohl er als Personalchef die UNESCO-Pension gekürzt hatte, ohne zu ahnen, dass ihn das selbst betreffen würde. Im Alter lebt er von Geldern, die ihm eben jene bezahlen, gegen die er sein Leben lang gekämpft hat. Seine unpraktische Denkweise ruft bei mir gemischte Gefühle hervor. Als er anfing, in hohen Positionen im Ausland zu arbeiten, zeigte die sowjetische Nomenklatura plötzlich Interesse an seiner Person: Er konnte deren Kindern Posten in internationalen Organisationen verschaffen. Die Stellvertreterin des Moskauer Bürgermeisters Promyslow bot ihm ein Grundstück in Barwicha an. Er hätte darauf ein Haus für zwei alte Frauen bauen sollen, die keine Erben hatten, und eines für sich. Wie sehr ich auch auf ihn einredete, er lehnte ab und erklärte, er habe keine Lust, zwei Häuser zu bauen. Dieses Grundstück kostet heutzutage mindestens eine halbe Million Dollar. Als Vater ablehnte, dachte die stellvertretende Bürgermeisterin, dass ihr Vorschlag nicht gut genug gewesen sei, und bot ihm ein ganzes Land gut mit einem Grundstück von einem Hektar in der Nähe von Nikolina Gora an. Vater und ich fuhren hin. Es war ein traumhafter Gutshof, mit Wald und einem munteren Bach, der über das Grundstück plätscherte. Das Gutshaus mit Säulen und sechzehn Zimmern war wohl in der ersten Hälfte des 19. Jahrhunderts erbaut worden. Wir ließen den Wagen an der Straße stehen und liefen zum Haus. Dieses Angebot – das Landgut ist heute vermutlich nicht weniger als zwei Millionen Dollar wert – konnte nur ein Vollidiot ablehnen. Vater lehnte ab. Dabei besorgte er dem Sohn der stellvertretenden Bürgermeisterin einen Arbeitsplatz bei einer internationalen Behörde – einfach so. Ein Heiliger oder ein Einfaltspinsel? Oder beides? Vater war ein heiliger Kommunist. Er kaufte sich erst sehr spät ein Auto, als er schon Botschafter war; noch später baute er eine bescheidene Datscha, um die herum er selbst den Rasen mähte – Luxus war nicht sein Stil.

Als Molotow schon sehr lebensmüde war und sterben wollte, bat er darum, Schewardnadse, der unter Gorbatschow Außenminister war, zum Rapport zu ihm zu zitieren. Unter der Maske des verstoßenen Pensionärs trat das wahre Gesicht des Hausherrn zu Tage. Ich glaube, dass Vater sich nicht selten im Traum mit Papieren unterm Arm zu Molotow begibt. Wenn Molotow gute Laune hatte, fragte er Vater:

»Na, wie geht's, Jerofejitsch?«

Wahrscheinlich kommt das auch in Papas Träumen vor.

∾

Mich rettete die Liebe. Meine treue Liebe zu Europa fand ihre Verkörperung. Im ersten Studienjahr an der Universität verliebte ich mich in meine zukünftige Frau. Sie kam aus Warschau. Wir besuchten zusammen eine Vorlesung zur altrussischen Literatur im Hörsaal 66. Sie war anders als die sowjetischen Studentinnen. Wir rauchten so schön auf der Hintertreppe, die Lammfellmäntel – für die damalige Zeit etwas Ausgefallenes – umgehängt, dass wir als das schönste Paar der ganzen Universität galten. Wahrscheinlich war es auch so. Sie bot mir polnische Zigaretten der Marke »Carmen« an, die eine amerikanische Tabakmischung enthielten. Sie fuhr mit Vater und Bruder in einem traumhaften grauen Mercedes 190 mit Diplomatennummer herum: Ihr Vater arbeitete in der polnischen Botschaft.

Ich stand an der Ecke der Alexej-Tolstoi-Straße, in der Nähe des schwarzen wuchtigen Botschaftsgebäudes mit der schönen Fahne und mit riesigen erleuchteten Fenstern, hinter denen sich luxuriöses Leben abspielte, mit dem stolzen Adler auf dem goldfarbenen Schild, das am Gebäude angebracht war, und wartete, dass sie in ihrem engen blauen Kleid mit dem weißen Gürtel, an dessen Enden goldene Münzen funkelten, herauskam, dem die Botschaft bewachenden Milizionär höflich zunickend. Wir küssten uns in Hauseingängen und ausländischen Autos, die ihre Freunde sich bei ihren Eltern ausliehen. In der Buchhandlung »Freundschaft« kauften wir Bücher mit polnischen Gedichten, die Schutzumschläge aus Zellophan hatten. Wie leicht und zärtlich sie Gał-czyń-ski aussprach. Ihr polnisches »l« mit dem Strich durch war so viel wert wie alle Gedichte zusammen. Ihre hart ausgesprochenen Endkonsonanten erfüllten mich mit Liebe. Sie machte sich lustig über mich, weil ich mir selten die Fingernägel schnitt, und ich fand, das sei die Stimme Europas. Das Leben besteht aus großen und kleinen Komplexen, mit deren hoffnungsloser Überwindung es auch vorübergeht.

∽

In seinen Beziehungen zu Frauen war Papa mir überraschenderweise näher, als man hätte annehmen können. Darin war er mir ein Rätsel. Mein Vater hatte eine einzige Leidenschaft, und die hieß »Tennis«. Tennis – das waren die Pausenzeichen in seinem Leben. Im Winter spielte er im regierungseigenen Haus an der Moskwa über dem Estradentheater. Das galt als so prestigeträchtig, dass es besser gar nicht mehr ging. Papa hatte sich in Paris ein spezielles Köfferchen für Tennisschläger und Tenniskleidung gekauft: Es war sehr lang und dunkelblau, mit einem kleinen silbernen Schloss, das ein russischer Dieb mit einem Zahn hätte durchbeißen können. Das Köfferchen beflügelte die Fantasie der Moskauer, die nicht wussten, dass solche Gegenstände tatsächlich existierten. Einmal trat auf der Gorki-Straße ein Mann auf ihn zu und wollte ihm das Saxofon abkaufen. Papa lachte sehr, als er diesen Vorfall erzählte. Als ich noch Oberstufenschüler war, zog ich manchmal heimlich Papas weinroten Nylon-Regenmantel an und trug das Köfferchen durch die Gegend, einfach so. Tennis war für Papa eine heilige Zeit. Er fuhr weg und war verschwunden. Überhaupt war er fähig, einfach zu verschwinden. Nach dem Tennisspielen duschte er. Seine weißen Wollsocken rochen gut. Sein Spiel war weich. Im Tennis kam wahrscheinlich am besten sein männlicher Charakter zum Ausdruck. Tennis war für ihn wichtiger als Tennis – damit musste man sich irgendwie abfinden. Seine Aufschläge waren nie sehr stark, aber präzise und diszipliniert. Der zweite Aufschlag unterschied sich nicht sehr vom ersten. Er hatte keine Angst, am Netz zu spielen. Er mochte grobes, unprofessionelles Spiel nicht, war aber auf dem Platz immer und mit jedem Partner geduldig und schätzte die Erfolge der anderen.

PAPA Bien joué!

Ich kletterte auf den erhöhten Schiedsrichtersitz, bewegte im Rhythmus des Spiels den Kopf hin und her, aber er zählte gern selbst, und es gefiel ihm nicht, wenn jemand bei einem Stand von »dreißig zu dreißig« sagte: »gleich« oder noch schlimmer »gleich Herr Scheich« oder irgendeinen anderen Blödsinn. Beim Seitenwechsel ging er zur Bank, wo sein Köfferchen lag, und wischte sich sorgfältig mit einem speziellen Tennishandtuch den Schweiß vom Gesicht. Als meine Frau und ich einmal befürchteten, nicht rechtzeitig im Bolschoi-Theater zu sein, bot er an, uns hinzufahren, aber am Manege-Platz setzte er uns plötzlich ab, da er sonst zu spät zum Tennis gekommen wäre. Seinetwegen verbrachten wir den ersten Akt oben auf der Galerie. Tennis war seine Freiheit. Eine andere Freiheit kannte er nicht. Tennis war seine magische Kristallkugel, in der man, wenn man wollte, alle möglichen gespenstischen Umrisse sehen konnte, undeutliche weibliche Figuren, merkwürdige Situationen wie im *Garten der Lüste* von Bosch. Daher vielleicht kam mein Traum: Papa und ich hatten eine gemeinsame Geliebte. Die blonde Frau versorgt mich mit Papier für Erika, das Mangelware ist, führt mich in den Wald auf Tschkalowskaja, legt sich in die Fichtennadeln und öffnet ihren Import-Body an der feuchten Stelle zwischen den Beinen. Sie sucht nicht Befriedigung, sondern den verbotenen Vergleich, ihr gefällt der riskante Platz in unserem Leben, mit einem fremden Respekt, der eher wie erotische Überlegenheit aussieht, möchte sie über meine Mutter sprechen, und ich verliere in meiner Unfähigkeit dieses Match.

Papa schickte mich ins Dynamo-Stadion zum Tennisunterricht zur Tschuwyrina, einer ehemaligen Tennis-Meisterin der UdSSR; ich fuhr, den Schläger unterm Arm, mit der Metro dorthin, dreimal pro Woche schlug ich emsig den Ball gegen eine Wand, lernte besser aufschlagen, ich spielte bei den Moskauer Jugendmeisterschaften mit, aber Tennis wurde nicht zu meiner magischen Kristallkugel. Mama akzeptierte demütig Papas Tennisspiel als Gegebenheit. Sie war nicht eifersüchtig – sie sorgte sich nur, manchmal bis zu Tränenausbrüchen, wo er abgeblieben war. Sie verfluchte sein Tennis, wenn er sich zum sonntäglichen Mittagessen verspätete (besonders köstlich war die klare, mit frischem Kohl gekochte Schtschi, die Papa und ich großzügig pfefferten und zu der wir immer, nachdem wir uns kurz in die Augen geblickt hatten, ein Gläschen Wodka kippten), das dank ihrer Bemühungen ebenso ein Ritual geworden war wie sein Tennisspiel. Vom Tennis kam er gewöhnlich munter nach Hause, mit leuchtenden Augen, ein wenig nachdenklich jedoch, mit einem irgendwie nicht besonders familiären Gesichtsausdruck, aber beim Mittagessen nahm sein Gesicht allmählich wieder familiäre Züge an. Mir scheint, dass die Nähe zwischen meinem Vater und mir nicht nur durch eine äußere, manchmal pathologische Ähnlichkeit bedingt war, sondern auch durch die Tatsache, dass wir beide im Leben viel aus ein und demselben Grund gelogen haben.

∼

Die erste Liebe müsste eigentlich zuvor geprobt werden, was an sich absurd ist. Ich ging in die Falle der Sinnlichkeit, die imstande ist, jede große Liebe zu zerstückeln. Ich legte die Verantwortung, ehrenhaft die Sache Europas zu tragen, auf Wiesławas zerbrechliche Schultern und war dumm genug, mich zu wundern, dass ihr dies nicht besonders gelang. Ich wurde unaufmerksam gegenüber ihren Vorzügen, ihrer natürlichen Musikalität beispielsweise, dafür war ich viel zu früh entsetzt über ihre Fehler, ihre weibliche Kleinlichkeit, die ihr fehlende Dreistigkeit und avantgardistische Entschlossenheit.

Dabei kam heraus – nicht Europa wird vom Stier, sondern der Stier von Europa getragen. Liebe ist – wenn Platon recht hat – die Erlangung der zweiten Hälfte, aber diese Hälfte passt allzu oft nicht, so wie ein falsches Ersatzteil für ein

Auto, und irgendwann verliert man die Geduld und möchte nicht mehr an der Liebe arbeiten, sondern alles zum Teufel schicken.

»Bonjour, Mademoiselle«, sagte mein Vater, als er in mein Zimmer kam und Wiesława kennenlernte. Er war verlegen, und vor Verlegenheit hatte er vergessen, dass es außer Frankreich auch noch andere Länder gab. Drei Jahre später tat er alles, damit wir heiraten konnten. Auch das war damals mutig. Für den Sohn eines Botschafters war Polen die äußerste Grenze des Erlaubten. Hätte ich auch nur eine Jugoslawin geheiratet, wäre Vater automatisch seine Arbeit los gewesen. Papa bekam keine Angst vor einer Polin, die in unserer Familie das gefährliche Thema »Privatkontakt zu einer Ausländerin« auf den Plan brachte. Am zwanzigsten Mai 1969 begab er sich persönlich in die Gribojedow-Straße, um die walkürenhafte Direktorin des einzigen Standesamtes in Moskau, wo Ehen mit Ausländern registriert wurden (wenn auch ungern), zu überreden, uns – genau dreißig Tage nachdem wir das Aufgebot bestellt hatten – einen Termin zu geben. Als die Direktorin den Diplomatenpass eines Außerordentlichen und Bevollmächtigten Botschafters erblickte, gab sie gern nach. Wir waren so früh dran, dass wir, von Weckern umstellt, die Nacht verbrachten, um den Mendelssohn nicht zu verschlafen.

Die Flitterwochen verbrachte ich in der Sowjetarmee, die wegen Armstrongs Spaziergang auf dem Mond zu der Zeit an einer schweren Magenverstimmung litt, im Sumpf beim Dorf Bolschaja Ljada, Gebiet Tambow, wo beim Appell die Frösche lauter schrien als die Offiziere. Nachdem ich von dort zurück war, verbrachten wir den Herbst in den Karpaten. Seitdem ist Polen meine dritte Heimat.

Während Frankreich weit entfernt war, erwies sich Polen als widerspenstiger Nachbar. Zwar suchte ich in Polen permanent nach Spuren des Westens, ging in amerikanische Actionfilme, las im französischen Kulturzentrum Zeitschriften, letzten Endes verliebte ich mich jedoch in Polen. Ich liebte seine unsichtbare Freiheit, das stolze Rückgrat des polnischen Pan, ungeachtet der Knauserigkeit der Bevölkerung. Als wir den Bug überquert hatten, hörte Wiesława auf, mit mir Russisch zu sprechen. Ich lernte Polnisch, ohne einen einzigen Blick ins Wörterbuch zu werfen. Die Liebe der Russen zu Polen bleibt nicht selten unerwidert, obwohl es in meinem Fall anders ist: Die Polinnen mochten mich anscheinend, wobei sie mir aufrichtig gestanden, dass ich einem Russen nicht ähnlich sei.

Bei Mama erwachten alle ihre Nowgoroder Komplexe. Die Hegemonie des Proletariats endete in ihrem Bewusstsein praktisch mit der marxschen Theorie, was indirekt von der Nähe der Perestroika zeugte. Sie begriff plötzlich, dass ihr Sohn die Tochter eines Kochs geheiratet hatte. Eine Mesalliance. Das war eine der widerlichsten Geschichten meines Lebens. Auch ich litt unter einem Gefühl von Ungleichheit, ich fürchtete, in der Massenkultur aufzugehen. Pan Zygmunt Skóra war ein großartiger Koch. Wahrscheinlich der beste Koch in Polen. Gierek bestellte ihn sonntags oft in seine Villa. Seine Schweineschnitzel waren genial. In der Küche schnitt er mit Überschallgeschwindigkeit lange Gurken für den Familiensalat. Er räucherte selbst Fleisch und machte Wurst. Er war ein echter Ernährer. Wenn er aber Życie Warszawy las, bewegte er dabei die Lippen. Er hatte eine Abneigung gegen den Kommunismus und winkte angesichts der Qualität sozialistischer Waren nur hoffnungslos ab. Andererseits war er ein traditioneller polnischer Antisemit. In Polen, wo unter dem Deckmäntelchen des Kommunismus alles mit der Energie des Widerstands sang und tanzte, wo die jungen Leute die Staatsmacht verhöhnten, wo es in jeder Kirche nach Ungehorsam roch und die polnischen Intellektuellen nicht nur erreichten, dass Joyces *Ulysses* übersetzt wurde, sondern auch noch dafür sorgten, dass die Übersetzung einen Staatspreis erhielt, was in Moskau undenkbar gewesen wäre – dort lebte meine polnische Familie in einem seltsamen Zustand der Verstandestrübung; es galt als ungehörig, sich von zu Hause zu entfernen, um ins Kino zu gehen, der Kauf ausländischer Zeitschriften wurde als Verschwendungssucht bezeichnet, und alle zusammen mussten auf dem Sofa fernsehen und die Aufmachung der Ansagerin kommentieren. Und trotzdem, ungeachtet all dieses nervösen Schwachsinns, liebte ich meine polnische Familie. In der Zweizimmerwohnung in der Dynasy-Straße, die mit Kopfstein gepflastert war und bergauf zur Universität führte, hörte ich viele Geschichten, wie sie im Widerstand und beim Warschauer Aufstand mitgemacht hatten und wie Zygmunt nach dem Krieg in der zerstörten Stadt gelbe Narzissen für seine Frau gekauft hatte. Ich traf meine Wahl: 1976 fuhr Wiesława nach Warschau, um Oleg zur Welt zu bringen, damit er polnischer Staatsbürger würde. Ich bin überzeugt, dass Zygmunt und Elżbieta ihr Leben ehrlicher gelebt haben als meine Eltern. Zygmunt wurde nach Paris geschickt, um in der polnischen Botschaft zu kochen, er war ganz berauscht vom Überfluss an verschiedenstem Fisch auf dem Markt am Invalidendom und freundete sich mit den Fischverkäufern an, ohne ein Wort Französisch zu sprechen, während meine Eltern in höheren Sphären bei der UNESCO schwebten. Wiesławas Mutter, Pani Elżbieta, in der Nähe von Poznań geboren, arbeitete als Büfettiere. Redselig, immer gut frisiert, erzählte sie gern, wie die geladenen Gäste auf Empfängen die Gläschen mit polnischem Wodka von ihrem Tablett nahmen und angenehme Dinge sagten:

»Pani Elżbieta, Sie haben auf Ihrem Tablett den besten Wodka.«

Wiesława bekam rote Flecken vor Verlegenheit. Sie ließ sogar geräuschvoll Winde entweichen, als wir telefonisch aus Warschau erfuhren, dass ihre Eltern nach Paris gehen würden. Sie lebten mit meinen Eltern in einer Stadt und trafen sich nicht, weil Mama sie für Plebs hielt. Doch als die französische Verkäuferin in dem zollfreien UNESCO-Geschäft, das der Elite vorbehalten war, ihr den Preis für Colgate-Zahnpasta erläuterte, meinte Mutter, dass man sie für knickrig halte und verspotte. Vor Ausländern streckte sie die Waffen und machte nur eine – die polnische – Ausnahme. Als sie nach Moskau fuhr, lief Papa allerdings demokratisch zu den polnischen Verwandten zum Abendessen und trank »Jarzębiak«. Zygmunts weihnachtliche Pilzsuppe war fortan für mich nicht schlechter als Puschkins Gedichte.

∾

Vater erzog mich natürlich nicht zum Dissidenten, das wäre ihm in seinem schlimmsten Albtraum nicht eingefallen, aber er zeigte mir die Welt, und das war genug. Ich bin nie ein Sowjetmensch geworden. Die häuslichen Umstände wurden immer schizophrener und paradoxer. Vater und ich waren beide Idealisten, vertraten unsere Ansichten auf ähnliche Weise, und genau das trennte uns. Auf menschlicher Ebene liebten wir uns zweifellos, aber der ideologische Konflikt wuchs sich mit den Jahren zu einem unerklärten Krieg aus. Wir wussten nicht, was wir damit machen sollten. Ich war, ohne es zu wollen, Nutznießer seiner Situation: Ich trug teure französische Pullover und Wildlederjacken; ich sah aus wie ein westlicher Playboy und besaß einen sowjetischen Diplomatenpass. Unsere offenen Auseinandersetzungen waren seltene, aber heftige Gewitter. Sie kannten buchstäblich keine Grenzen, verstreut über die Karte seiner Einsatzorte. Unser Streit begann unter Mangobäumen und Baobabs – in Afrika, dann ging es weiter in Europa. Einmal (er war damals Vizepräsident der UNESCO und ich ein langhaariger Student an der Philologischen Fakultät der Staatlichen Universität Moskau) stritten wir in seinem schicken Citroën den ganzen Weg von Paris nach Amsterdam, wir fuhren von Frankreich durch Belgien nach Holland über die traumhaften, von gelben Nebellaternen erleuchteten Autobahnen, ohne die durchlässigen Grenzen zu bemerken, immer unzufriedener miteinander, und konnten uns bald nicht einmal mehr in die Augen sehen. In Brüssel wurden wir spätabends von der Polizei angehalten.

»Warum fahren Sie nicht mit Abblendlicht?«

Papa sagte nicht, dass seine Vergesslichkeit eine Folge unserer Wortgefechte war. Er verlor nicht die Selbstbeherrschung, doch die innere Ruhe verflüchtigte sich allmählich. Mama zog es in der Regel vor, sich nicht einzumischen, doch wenn ich es bis zum Äußersten trieb, versuchte sie, diplomatisch das Thema zu wechseln.

MAMA Wollen wir nicht lieber mal eine Toilette suchen?

Aber nachdem wir an der nächsten Tankstelle eine Toilette mit klassischer Musik gefunden hatten, flammte der Streit erneut auf. Vater vertrat einen Standpunkt, der für mich völlig absurd war: In der UdSSR gebe es mehr Freiheit als im Westen und die Lebensqualität sei nicht schlechter als in Europa. Mich machte es rasend, dass er zwar in unserem Land »einzelne Mängel« einräumte, aber nicht wollte, dass ich »verallgemeinerte« (das war ein Schlüsselbegriff bei unseren Meinungsverschiedenheiten), und noch weniger, dass ich sein Teuerstes »antastete« – Lenin. Amsterdam mit seinen Kanälen versöhnte uns ein Wochenende lang, aber in Paris ging ich unter Missachtung jeglichen Anstands von Worten zu Taten über. Ich legte mir anrüchige Bekanntschaften zu, die Rechten und die Linken vermischend: Ich ging zu alten Emigranten, zu den Nichtrückkehrern, den Verrätern und Renegaten wie dem Dostojewski-Forscher Pierre Pascal, mit Hilfe von Maurice Druon traf ich Gabriel Marcel, andererseits fühlte ich mich, gelangweilt von der alltäglichen Bürgerlichkeit Europas, von seinen pedantischen Bäckern und der politischen Rhetorik der herrschenden Klassen, zu den Studenten hingezogen, die 1968 auf den Pariser Barrikaden gekämpft hatten, nicht zuletzt zu den künstlerischen Revolutionärinnen Jacqueline und Véronique, zwei leidenschaftlichen Lesben, die lange Zeit wegen des Scheiterns der Revolution in Schwarz gingen (aber in Vorwegnahme der heutigen Mode mit nacktem Bauchnabel). Mit den Revolutionärinnen wäre ich weit gegangen, bis hin zum Maoismus, ich besann mich jedoch kurz davor, da ich spürte, dass mir wieder nur das weise Bild Stalins begegnen würde: Sei gegrüßt! Da ging ich zu dem harmlosen Druon zum Frühstück in dessen Wohnung auf dem Gelände des Rodin-Museums. Er hatte einen bemerkenswerten Hund, der auf den Namen Poupée hörte. Druon erzählte mir, dass Poupée bei Pompidous Hund gefrühstückt habe. Wir rauchten Zigarren.

Dank Druon bin ich im Bauch gewesen – nicht von Paris, sondern des Kremls. Als Dostojewskis 150. Geburtstag gefeiert wurde, kam Maurice Druon, der zukünftige Kulturminister Frankreichs, mit seiner Gattin – »mon bijou« – nach Moskau. Der ehemalige Häftling Sutschkow, zu der Zeit Direktor des Instituts für Weltliteratur, in dem die Hauptbeschäftigung der wissenschaftlichen Mitarbeiter darin bestand, sich vor Denunzianten zu fürchten, beauftragte mich mit der Betreuung von Druon. Alles war sehr nett bis zu dem Zeitpunkt, wo man mich als Simultandolmetscher auszubeuten begann – das war die reine Folter. Als ich erfuhr, dass Druon zum Mittagessen bei der Furzewa eingeladen war, wurde mir klar, dass ich mich vollkommen und endgültig blamieren würde. Es ergab sich jedoch, dass nicht ich mich blamierte. Unter der Fahne des französischen Botschafters Seydoux fuhren wir in den Kreml ein (mir rutschte vor Angst das Herz in die Hose) und gingen zur Furzewa essen. Die Furzewa – merkwürdig, dass man ihr kein Denkmal errichtet hat – war eine historische Frau. Sie bewahrte Chruschtschow vor einer Niederlage in einer innerparteilichen Auseinandersetzung mit Molotow und erreichte, dass sowjetische Frauen ungestraft abtreiben durften. Klein, energisch, glatt gekämmt, empfing sie Druon freundlich und charmant. Mich maß sie mit einem ziemlich langen, prüfenden Blick ohne jedes Protokoll. Maja Plissezkaja und Vaters Freund Dubinin waren auch dabei.

»Ich sehe, du trittst in die Fußstapfen deines Vaters.«
»Leider, leider!«

Kleinmütig jammerte ich ihm vor, dass ich vermutlich ein Fiasko erleben würde, aber er reagierte nur mit ungerührtem Gesichtsausdruck, als hätte ich ihn gebeten, an meiner Stelle zu dolmetschen. Vor dem Mittagessen ließen sich alle zusammen fotografieren. Interessant, wo dieses Foto wohl abgeblieben ist? Der Fotograf war ein kleiner Mann mit erkennbar jüdischen Gesichtszügen.

»Wissen Sie, wer das ist?«, fragte die Gastgeberin. »Der Sohn von Lunatscharski!«

Alle: Oooh! Der Fotograf schickte sich an, alles der Reihe nach abzulichten, als fühlte er hinter sich die Kraft des väterlichen Narkompros. Doch die Furzewa verscheuchte ihn rasch wie ein lästiges Haustier.

FURZEWA Schon gut, gehen Sie, gehen Sie …

Man setzte sich zum Essen. Lakaien servierten warme Brötchen. Die Gäste strichen sich mit silbernen Messern Kaviar darauf. Mich würde man gleich nach den ersten Lauten einer unverständlichen Übersetzung mit Schimpf und Schande vom Tisch entfernen, doch da erschien in letzter Sekunde der persönliche Dolmetscher der Furzewa, ein junger Mann mit geschliffenen Kreml-Manieren und einem Köfferchen für die Aufzeichnung des Gesprächs, und ich durfte als Beobachter sitzen bleiben, mit dem Spiegelsplitter aus Andersens Märchen im Auge. Die Furzewa packte das Gespräch wie den Stier bei den Hörnern. Man spürte, dass sie das konnte und liebte. Zuerst einmal zog sie über die Engländer her, die gerade eben eine Unzahl von sowjetischen Spionen des Landes verwiesen hatten. Die Plissezkaja schaltete sich in den Monolog der Ministerin ein und sagte mit dem berühmten Lächeln der hoch emporgeschwungenen Ballerina, dass sie empört sei und das Gastspiel in London absagen werde. Die Franzosen dachten nicht daran, London zu verteidigen. Die Furzewa stürmte voran und versetzte der Tschechoslowakei einen Schlag. All das trug sich zu im Jahre 1971, und die Gemüter hatten sich noch nicht beruhigt. Die Furzewa sprach mit großer Überzeugung vom Nutzen der militärischen Invasion in Prag, führte heuchlerische Argumente dafür an, und ich beobachtete mit Befremden, wie unser großer französischer Freund leutselig und gehorsam, bei Bouillon mit kleinen Teigtaschen, der Furzewa nach dem Mund redete. Die Furzewa hatte das offenbar selbst nicht erwartet. Von Zeit zu Zeit sah sie mich an, als überlegte sie, was mit mir weiter zu tun sei. Doch die ganze Idylle verdarb schließlich der Botschafter.

»Gestatten Sie mir, Ihnen nicht zuzustimmen, *Madame le ministre*«, begann Seydoux, der rechter Hand von der Furzewa gekrümmt auf einem Kreml-Stuhl saß.

»Sie stimmen mir nie zu«, sagte die Furzewa und wedelte ungeduldig mit ihrer Serviette in der Luft herum.

Das freundschaftliche Mittagessen war verdorben. Falls jemand findet, dass sich die Menschen im Laufe ihres Lebens nicht verändern, dann ist Druon ein Beweis dafür. Zu Beginn des folgenden Jahrhunderts begegnete ich ihm wieder bei einem offiziellen Anlass – diesmal in der Residenz des französischen Botschafters am Oktober-Platz. Druon strahlte; eben erst hatte er bei Putin gespeist. Eine seltsame Kombination.

Meine chaotischen politischen Beziehungen in Paris endeten mit dem Unausbleiblichen. Irgendjemandem missfiel das. Axjonow, der sich zu dieser Zeit bereits aus einem unerreichbaren Idol, literarischen Ruhestörer und Autor von *Fahrkarte zu den Sternen* in meinen älteren Freund mit dem unvergesslichen Gesicht eines Boxers und einen fröhlich trinkenden Abenteurer verwandelt und mit einer Widmung in seinem Buch meinem »Talent« einen Vorschuss gegeben hatte, lachte, die Nase rümpfend, und schnaubte.

AXJONOW Für dich ist es leichter, nach Paris zu fahren als nach Tula.

1972 ließen meine Eltern, nachdem sie mich zum letzten Mal nach Paris eingeladen hatten, den Eisernen Vorhang vor mir herunter.

∼

Mama hatte immer zu mir gesagt, in der russischen Provinz würden fabelhafte Menschen leben. Ans Reisen gewöhnt, konnte ich nicht mehr aufhören: Ich begann »nach Tula« zu fahren. Ich hockte tagelang im Haus der Schriftsteller, was der böse kleine Geschäftsführer Arkaschka verhindern wollte, aber ich gelangte über die Hintertreppe und durch die Küche hinein, wo in hohen Kesseln Liberale und KGBler vor sich hin köchelten, wo Huhn nach Kiewer Art und Beefsteak à la Suworow zubereitet wurden, und Mama sagte zu mir, als sie aus Paris nach Moskau kam, in der Provinz würden fabelhafte Menschen leben – teilnahmsvolle. Ich glaubte ihr. Ich suchte nach fabelhaften Menschen, aber die Zeit war knapp: Ich musste meine Dissertation zum Thema »Dostojewski und der französische Existenzialismus« schreiben, mit Wosnessenski die Probleme der Extremluftfahrt diskutieren, meinen kleinen Bruder erziehen, den die Eltern mir und meiner Frau für volle fünf Jahre überlassen hatten. Zur Belohnung bekamen wir Päckchen mit Obst, Talons ohne Streifen für die »Berjoska«-Geschäfte, wo dänisches Bier, Kreml-Würstchen und amerikanische Zigaretten verkauft wurden. Es war wie in Westberlin während der Blockade, und als meine Eltern endgültig aus Paris zurückkehrten, warfen sie uns, erschüttert über die Menge unserer Kontakte zu Ausländern und die moralische Verdorbenheit ihres jüngeren Sohns, am ersten Abend aus dem Haus.

Wir zogen als Untermieter von einem Eckchen zum nächsten. In einem dieser Eckchen, bei unserem Freund Wassja Grebenjuk auf der Schdanowskaja, wo unter dem Fenster das Klopfen der in Richtung Osten abfahrenden Züge zu hören war, produzierten wir unseren Sohn. Im Sommer fuhren meine Frau und ich nach Polen, das für viele Jahre mein einziges westliches Ventil war. Während unter hundert fabelhaften russischen Menschen jeder Dritte bereit gewesen wäre, meine Gedanken zu teilen, verhielt es sich in Polen genau umgekehrt. Vater wurde sehr bald nach Wien geschickt. Meine Frau und ich mieteten weiterhin irgendwelche Eckchen. Schließlich ließen wir uns in der Nähe des Wagankowo-Friedhofs in den eigenen vier Wänden nieder. Wenn meine Eltern nach Moskau kamen, ähnelten die Familienessen immer mehr absurdem Theater. Narym tauchte irgendwie gleich aus dem Fluss und dem Nebel auf. Es war Ende August. Narym war berühmt als Stalins Verbannungsort. Hohe Trottoire aus Holz auf angefaulten Pfählen und eine Aufschrift am lehmigen Ufer des Ob: »Blühe, meine Heimat!«

Die Heimat blühte. Vom Flugzeug sah die Heimat menschenleer aus wie die Wüste Gobi. Ich dachte darüber nach, dass es Stalin hier wahrscheinlich kalt gewesen war: Im August bedeckten sich die Pfützen mit einer Eisschicht.

STALIN Mistwetter.

Ich saß am Fenster der Hütte von Oma Walja, pulte den polnischen Schinken in Gelatine aus der großen Konservendose, die Wiesława und ich aus Moskau mitgebracht hatten. Morgens ging ich in die Taiga, abends zum Tanz, wo Salvatore Adamo sang, dem ich dermaßen ähnlich sah, dass mich einmal in Leningrad, wo der Sänger ein Gastspiel gab, seine Frau mit ihm verwechselte. Das gutherzige sibirische Volk lebte hinter hohen Zäunen. Nachts ertönten Schüsse aus Jagdgewehren – das waren Kerle, die ihre Frauen und Töchter durch die Gemüsegärten scheuchten – nie fragte jemand, was da los sei. Manchmal rann Kondensmilch übers Trottoir – es hieß, das sei ein Geschenk von Stalin. Ich aß mitten auf dem Ob zusammen mit den Fischern rohen Sterlet und trank Wodka dazu.

»Wie wär's, wenn wir quer über den Ob ein Schild hängen: Vorsicht, Betrunkene!«, scherzten sie.

Ich jagte Enten im Sumpf, fürchtete mich, in der Taiga auf einen Bären zu treffen, schwitzte in der verdreckten Banja. Ringsum fabelhafte Menschen: starke Kerle, Schwarzarbeiter, Kindermörder, Mädchen mit Zedernnüssen, übrig gebliebene verbannte Polen, Milizionäre, örtliche Ganoven. Im Stalin-Museum spielte eine Laientruppe die *Drei Schwestern*.

»Oma Walja, ähm, also, diese Kondensmilch ...«
»Ein Geschenk von Stalin.«
»Verstehe. Wo kommt sie her?«
»Was weiß denn ich!«

Wer erinnert sich nicht an die Kondensmilchdosen mit dem blauen Etikett? Man konnte die süße dickflüssige Milch auf Schwarzbrot streichen, in den Kaffee tun oder einfach wie einen Plombenzieher mit einem Teelöffel direkt aus der Dose essen, aber wie vorsichtig man auch war, eine Spinnwebe aus weißen Kondensmilchfäden bedeckte schließlich doch das Äußere der Büchse – und da trat die Zunge in Aktion. Die Kondensmilch war der Energizer des Landes, das Allheilmittel der Nation, das Glück der Kinder und Soldaten. Warum strömte sie in Narym als klebriger Fluss übers Trottoir? Woher? Wohin? Oma Walja schwieg, die Lippen auf Altfrauenart zusammengepresst, auf dem Ofen sitzend; ich dachte darüber nach, dass der Zufall, die gute Botschaft aus dem modernen Westen, ins Absurde führte und der russische Fatalismus zu einem Marionettentheater. Aus dem Fatalismus ergab sich, dass ich nicht selbst lebe, sondern gelebt werde, aus dem Zufall ergab sich überhaupt nichts. Die Geschichte mit der Kondensmilch entstand in meinem Kopf auf der Suche nach einer wundertätigen Versöhnung mit der russischen Wirklichkeit. In meinen geliehenen Segeltuchstiefeln in der Kondensmilch ausrutschend, am Trottoir von Narym festklebend, befand ich mich an der Grenze der nationalen Genesung. Ach, du meine liebe Kondensmilch ...

∼

Alles endete damit, dass Vater 1979 auf dem Höhepunkt seiner Karriere, in Erwartung seiner Ernennung zum stellvertretenden Außenminister, vor dem Hintergrund eines großen Skandals seine Arbeit verlor – den Posten des gesandten Repräsentanten der UdSSR bei den Vereinten Nationen in Wien; er wurde nach Moskau abberufen, und das Leben unseres Familienclans versank in Düsternis.

Der Ehrenbürger Wiens, des Knotenpunkts internationaler Spionage, der Nekrophilie, der Mehlspeisen und der Musik, Sigmund Freud, konnte mit mir zufrieden sein: Ich leistete einen persönlichen Beitrag zu seiner Theorie der Vater-Sohn-Beziehung, die zum Gesetz eines ganzen Jahrhunderts wurde. Aber wenn ich ihm Vorschub leistete, dann ungewollt und ohne Sympathie. Ich war der Letzte, der zur Rolle des Vaterhassers taugte. Meine ganze Kindheit hatte ich panische Angst, den Eltern Schaden zuzufügen, als ob es in meiner Macht gelegen hätte, dies zu tun. Heute, wenn ich die Freude meines Sohnes sehe, wenn er mich im Tischtennis besiegt, erinnere ich mich an meine perverse Eigenheit, die Gefühle meines Vaters sogar da zu schonen, wo seine Fähigkeiten sehr viel größer waren als meine. Ich hatte Angst, ihn zufällig im Schach zu schlagen, obwohl er auf dem Niveau eines Meisters spielte und ich immer Dilettant blieb, ich begann nervös zu werden, wenn es beim Tennis zufällig vierzig zu fünfzehn für mich stand.

Mein Mord war jedoch nur insoweit nicht vorsätzlich, als meine Unüberlegtheit, Verwöhntheit und verächtliche Ablehnung der Verhältnisse in dem Lande, in dem ich lebte, dazu führten. Mit anderen Worten, er war beinahe gänzlich durch die Lebensbestimmung festgelegt. Er geschah in einer grausamen und empfindlichen Dimension des sowjetischen Lebens, die Politik hieß, aber je weiter er zurückliegt, desto klarer sehe ich darin nur den lokalen Fall einer universalen Kollision, die überall hätte stattfinden können, von den USA bis Japan und Südafrika.

An allem ist natürlich die Literatur schuld. Vater las nur Zeitungen und die »weiße TASS« – Informationsberichte für den internen Gebrauch. (Das war auch meine Lektüre. Gestohlene. Zu gern las ich sie, die »geheimen« TASS-Berichte. Vater versteckte sie zwischen Zeitungen in seinen Schreibtischschubladen. Mama las gern vor dem Einschlafen *L'Express* und besonders den *Nouvel Observateur*, als ob darin die wöchentliche Dosis Lebenswahrheit zu finden gewesen wäre. Ich war vermutlich der treueste Verehrer der Welt von *Time* und *Newsweek*.) Ich habe Vater niemals mit einem Roman in der Hand gesehen, erst recht nicht mit einem Gedichtband, aber meine Mutter, die Dreiser für seine russische Werkausgabe übersetzt hatte, impfte mir mit den Büchern von Jules Verne und Jack London früh die Liebe zum Lesen ein. Ich wurde erwachsen und dermaßen unmerklich für mich selbst Schriftsteller, dass ich, weit entfernt von literarischen Kreisen lebend, lange Zeit meine kindliche überschäumende Fantasie und das Herumschwirren von Seifenopern in meinem Kopf für die durchschnittliche Fantasienorm hielt. Von meinem Talent nichts ahnend, war ich bereit, jeden damit zu beglücken.

Ich begriff erst, als es kein Entkommen mehr gab – auch meine Eltern konnten bis zu dem politischen Skandal nicht begreifen, wie ein Schriftsteller aus dem Nichts kommen kann, und betrachteten mich mit wachsendem Argwohn. Und tatsächlich schrieb ich ja bereits weiß der Teufel was: nichts politisch Aufrührerisches, nichts Dissidentisches, aber entschieden unanständige Erzählungen, die (wie mir schien) die Grundlagen des Lebens aufdeckten. Mal zweifelte ich zutiefst an mir, mal sah ich mich als jungen Dostojewski.

Ich wollte gedruckt werden wie jeder, der schreibt, aber mein Land war dazu eindeutig nicht bereit. Da fasste ich mich in Geduld: Ich schrieb Erzählungen »für die Schublade«, dafür aber begann ich literarische Essays zu veröffentlichen. Sie hatten Erfolg (Jewgenija Ginsburg, Axjonows Mutter, sagte nach der Lektüre meines Aufsatzes über Schestow zu ihrem Sohn: »Ein neuer Philosoph ist geboren.«), und ich wurde ungeachtet ideologischer Fragwürdigkeit in den Schriftstellerverband aufgenommen (mit Ach und Krach, aber immerhin). Wenn ich etwas vom Standpunkt der Staatsmacht Zweifelhaftes tat, hatte Mama immer gleich die stereotype Frage parat:

»Wozu brauchst du das?«

Hier regte sich ein unterbewusster Pragmatismus, der die wahre Qualität einer Handlung beurteilte. Mama hatte trotz allem den Materialismus verinnerlicht, sie besaß die Fähigkeit, komplizierte Dinge mit einem Grundinstinkt für den eigenen Vorteil zu erklären. Ihre Frage war damals allerdings, als ich beschloss, in den Schriftstellerverband einzutreten, tatsächlich am Platze. Ich habe noch den Mitgliedsausweis aus der Sowjetzeit: ein rotes Saffianbüchlein mit der Abbildung des Lenin-Ordens vorne drauf, der Auszeichnung der Sowjetunion für Verdienste vor der Partei. Wozu sollte ich in diesen Verband eintreten? Die Dissidenten (die sich teilweise auf die maßgebliche Meinung von Nadeschda Mandelstam beriefen) fanden, das sei schändlicher Kollaborationismus. Ideologisch gesehen, hatten sie offensichtlich recht; ich jedoch begriff den Verband eher unideologisch als Zusatz zu den Kommunikationsmöglichkeiten im Clubrestaurant. Der Eichensaal wurde zu der Zeit noch von den »Sechzigern« regiert. Sie waren die Herren im süßen Schriftstellerleben und in der Boheme-Atmosphäre. Jenen Verband, der Schriftsteller umgebracht hatte, kannte ich nicht, denn ich hatte keine genetische Verbindung dazu. Natürlich irritierten mich die weißen Buchstaben auf rotem Grund im Foyer: »Die Schriftsteller sind die Gehilfen der Partei.« Aber dergleichen Losungen, wie sie überall im Land hingen, hatten zu meiner Zeit bereits ihren Sinn eingebüßt und waren zu breschnewschen Klischees verkommen. Wenn ich zwischen zwei Samisdat-Frauen zu wählen hätte, dann gefielen mir am besten die Gedichte von Jewgenija Ginsburg. Sie suchte bisweilen Axjonow zu bewegen:

»Na, schreib schon was für sie!« Die Selbstisolierung der Dissidenten führte eher zu Sektiererei als zu freiem Schöpfertum. Zudem war die Selbstisolierung erzwungen. Der Beitritt zum Schriftstellerverband war ein Ausdruck meines Infantilismus, das heißt meiner Selbstbestätigung: Wenn ich im Schriftstellerverband bin, bin ich also auch Schriftsteller. Unüberlegterweise stand ich auf der Seite der gemäßigten Mehrheit, die meinte, dass der Verband in erster Linie ermögliche, Bücher zu veröffentlichen und einer großen Leserschaft bekannt, also berühmt zu werden. Braucht der Schriftsteller den Ruhm? Es gibt wenige Schriftsteller, die fähig sind, würdig der Versuchung des Ruhms zu widerstehen, aber noch weniger, die sein Fehlen mit Würde ertragen. Alle bedeutenden Schriftsteller waren im Verband, eine gewisse Zeit auch Solschenizyn. Die Mitgliedschaft war ein Schutzbrief: Man konnte auch ohne gedruckt werden, aber ein ehernes Gesetz verbot, dass aus dem Verband Ausgeschlossene veröffentlicht wurden. Die bejahrte Sekretärin der Sektion Kritik, die Mitleid mit meiner Jugend hatte, umarmte mich im Eichensaal:

»Na, das ist für immer.«

Sie meinte den hohen sozialen Status: der Passierschein für das Clubrestaurant – den Eichensaal, der in ganz Moskau für seine illustren Gäste bekannt war, seine Fischvorspeisen und Kalatschi, Arbeits- und Urlaubsaufenthalte in

Schriftstellerhäusern, eine spezielle Poliklinik, Lebensmittelsonderzuteilungen einschließlich der Mangelware Kaviar zu den Feiertagen, Vortragsreisen durchs Land und sogar Auslandstourismus. Wenn man von einem Milizionär wegen Geschwindigkeitsüberschreitung angehalten wurde, brauchte man ihm nur den Schriftstellerausweis zu zeigen, und er entließ einen ungestraft. Der Schriftsteller besaß ein hohes Prestige. Die Staatsmacht kaufte die Schriftsteller, aber ihr liberaler Teil tat nur so, als würde er sich kaufen lassen. Sie zogen den Eichensaal ideologischen Versammlungen vor und benutzten ihren Status für vollwertige Ernährung, Kommunikation und geheimen Widerstand gegen das Regime.

Die Sekretärin hatte den bösen Blick. Ich stellte den Rekord der kürzesten Mitgliedschaft im Schriftstellerverband seit seiner Gründung im Jahre 1934 auf. Ich kam nicht dazu, mich über das Erscheinen meiner Bücher zu freuen oder die Vorzüge eines Schriftstellerhauses zu genießen. Nach sieben Monaten und dreizehn Tagen warf man mich raus. Weshalb? Literatur ist nicht mehr als Erfindung, aber die Sowjetunion war das Imperium von Wort und Bild. Ausländer verstehen nur schwer, dass das Leben in diesem Land bis heute, ungeachtet radikaler Veränderungen, hauptsächlich im Kopf existiert, in der Selbstüberzeugung des Bewusstseins, im bildhaften System des Wortes und nicht in der Realität, wie es in anderen Ländern zu sein pflegt. Die Sprache ist das einzige Argument für die Existenz Russlands. Für die Partei war es lebensnotwendig, das Monopol über das Wort zu besitzen wie über den Wodka. Jeder Anschlag auf das Monopol wurde als Dehermetisierung der Macht verstanden. Im Dezember 1977, im Alter von dreißig Jahren, kam mir der wahnwitzige Gedanke, eine literarische Atombombe herzustellen.

5

Jeden Tag sickerte disharmonisch Beerdigungsmusik durchs Fenster zu uns herein. Meine Frau und ich hatten in Moskau eine winzige Wohnung gemietet, die dem Wiener Chauffeur meines Vaters gehörte und gegenüber dem Wagankowo-Friedhof lag. Auf dem alten Friedhof gab es schon lange keine neuen Beerdigungen mehr, allerdings war es möglich, Verstorbene zu Verwandten »dazuzulegen«, und »ausnahmsweise« ging letztlich alles. Neben unserem Haus war eine Sargtischlerei, die ihre frisch gestrichenen Sargdeckel zum Trocknen direkt auf die Straße stellte. Unser einenhalbjähriger Sohn griff aus dem Kinderwagen nach den Deckeln, woraufhin sie umfielen, zum Ärger der Sargmacher. Die Friedhofsatmosphäre begünstigte meinen teuflischen Plan: Ich wollte die sowjetische Literatur begraben. Vor meinem inneren Auge stand das Beispiel der avantgardistischen Maler in Moskau. Nach der berühmten »Bulldozer-Ausstellung« unter freiem Himmel, die verboten und von Bulldozern platt gewalzt wurde (1974), eroberten die Maler unter dem Druck der Weltöffentlichkeit für sich einen beneidenswerten Schatten von Unabhängigkeit: Der Sozialistische Realismus trat den Rückzug an. In der Literatur spitzte sich die Lage bis ins Absurde zu: Es reichte, in einem Gedicht mehrmals das Wort »schwarz« zu benutzen, und schon wurde man des staatsfeindlichen Pessimismus bezichtigt. Die einzige liberale Zeitschrift *Nowy mir* war schon

Ende der Sechzigerjahre zerschlagen worden. Hin und wieder durfte ich bei Lesungen meine Erzählungen vortragen. Auf einem Abend für »schöpferische Debüts« im Haus des Schauspielers am Puschkin-Platz, das viele Jahre später niederbrannte, las ich nach dem Auftritt einer jungen Ballerina, stotternd vor Aufregung, meine Erzählung *Satansbraten*, in der es um Graffiti in öffentlichen Toiletten geht; sie rief im Saal einen Schock hervor. Einer Frau wird es angesichts eines jungen Schwanzes schwindlig. Aber es geht gar nicht um das Thema. Die Erzählung war bereits ins Dasein aufgenommen. Sie lebte und bebte wie eine menschliche Leber unter Frischhaltefolie, sie hatte den Inhalt, das Thema, sich selbst in Stil verarbeitet, sich selbst mit einem Stil identifiziert. Sie war Erzählung und Stil in einem. Mehr war nicht zu beweisen. Ein betagter Schauspieler rief mit gut ausgebildeter Theaterstimme in den Saal:

»Das ist purer Unflat!«

Ungeachtet dessen, dass unser Land in den Stalinismus abdriftete, konnte ich Anfang der Siebzigerjahre die Zensur zweimal überlisten und in der Zeitschrift *Woprosy literatury* (nach dem Weggang Twardowskis von *Nowy mir* wurden diese zarten Knospen des Liberalismus rasch von der Intelligenzija bemerkt) erstmals in Russland eine umfangreiche Untersuchung zu Marquis de Sade veröffentlichen und später noch einen Artikel über Schestow. Die Staatsmacht spitzte die Ohren. Der Aufsatz über Schestow (roter Umschlag, Nummer 10/1975) wurde durch die Kulturabteilung des ZK zum »ideologischen Fehler« der Zeitschrift erklärt. Vater versuchte, mich als Übersetzer bei der UNESCO unterzubringen (nach seiner Rückkehr aus Paris). Barabasch, der Direktor des Instituts für Weltliteratur, verweigerte mir die notwendige Beurteilung und begann mich aus dem Institut hinauszudrängen.

Was wäre aus mir geworden, wenn ich nicht mit Schestow ausgerutscht wäre? Wäre ich in Paris geblieben, oder hätte ich den der Zeit entsprechenden gemäßigt konformistischen Weg vorgezogen? Was hätte ich schreiben können, oder hätte ich meine Fähigkeiten in den Pariser Restaurants verfressen?

Doch ich hatte keine Wahl. Im Unterschied zu den meisten meiner Kollegen und der Intelligenzija insgesamt kannte ich die Staatsmacht nicht nur vom Hörensagen. Eigentlich war ich selbst ein Sohn der Staatsmacht, da ich, formal gesehen, der Moskauer »goldenen Jugend« angehörte. Das waren die Kinder von Politbüromitgliedern, Referenten Breschnews, Ministern, Botschaftern und hohen Militärs. In der Regel heirateten sie untereinander, unterstützten Hockeymannschaften, besaßen anständige Wohnungen mit jugoslawischen Möbeln im »Adelsnest« von Kunzewo, fuhren zur Safari nach Afrika und Wasserski auf der Moskwa, machten Picknick auf Regierungsdatschas, guckten sich Pornohefte an, die sie ihren Vätern aus dem Schreibtisch gestohlen hatten, und bumsten die Friseusen ihrer Mütter, die sie bisweilen notgedrungen heiraten mussten. Sie hatten konspirative Spitznamen, Abkürzungen damals bedeutender Familiennamen wie »Kusja« oder »Kapa«, welche die Atmosphäre eines geheimnisvollen elitären Gefühls schufen, das ihren Dünkel, ihre Lüsternheit und Dumpfheit bemäntelte. Ich kam selten mit ihnen in Berührung, fand sie dann aber interessant, weil ich durch sie in die kleinen Geheimnisse der Machthaber eindrang, aus dem Augenwinkel ihre Väter sah, die im Urlaub gerne ordentlich »Karten kloppten« und sich amerikanische Actionfilme ansahen, die dem großen Publikum verboten waren. Etwas näher bekannt war ich mit der Familie des obersten Parteibeamten für Kultur, Wassili Schauro, eines Weißrussen mit traurigem Gesicht, der auch der Zeitschrift *Nowy mir* den Garaus gemacht hatte, aber lange Jahre in deren leidenschaftliche Leserin verliebt war – meine Mutter – und sogar an sicherem Ort Haarklemmen von ihr aufbewahrte. Mama hielt Schauro gnadenlos für einen »Ignoranten«, empfing ihn aber bei uns zu Hause. Auf dem Sofa in unserem Wohnzimmer sitzend, betrachtete er die Reproduktion eines Bildes von Salvador Dalí mit der entblößten Gala.

»Wie kann man nur seine eigene Frau nackt darstellen!«, empörte sich Schauro und klappte das Album zu.

Es war klar, dass auch ein Schauro (der mir deutlich zu verstehen gab, dass er, falls ich in die Partei einträte, mich zum Kommandieren der Kultur in seine Abteilung aufnehmen würde) mir nicht helfen konnte, meine Erzählungen zu veröffentlichen. Ich sah ihn mit unschuldigen, freundschaftlichen Augen an und stellte mir die Reaktionen der Machthaber auf meine »Bombe« vor. Ich wusste, dass man mit denen nur von einer Position der Stärke aus reden konnte, und suchte sorgfältig nach diesem Hebel. Und ich fand ihn – es wird ein Almanach »verschmähter Literatur« sein, Texte, die von der sowjetischen Zensur verboten waren, eine Auswahl nach dem Prinzip: »Seht her, was sie nicht drucken! Seht her, wovor sich die Staatsmacht fürchtet!« Das war der unverhohlene Wunsch, die Staatsmacht in nackter Gestalt vorzuführen.

Den Begriff »Zensur« verstehe ich im weitesten Sinne. In die Vorzensur wurde jedes Druckwerk mit mehr als zwanzig Exemplaren gegeben. Aber die Zensoren belegten Publikationen selten mit einem Verbot. Sie wurden schon in den Redaktionen »verhackstückt«, weil man wusste, dass man seine Arbeit verlor, wenn man »Staatsgefährdendes« durchließ. Die Redakteure sahen einen mit flehendem Blick an. Du willst doch nicht meinen Kindern ihr Stückchen Brot wegnehmen! Die Sowjetmacht verstand es, ihre Leute zu lenken.

In den Siebzigerjahren hatte jedoch bereits der Zerfall der Staatsmacht eingesetzt, es war eine trübe Zeit, die Forderungen waren undurchsichtig. Als ich mein Manuskript über Marquis de Sade brachte, wusste niemand, wer das war. Es wurde abgelehnt. Ein Jahr später brachte ich denselben Text, ohne ein einziges Wort verändert zu haben. »Schon besser«, sagte man bei der Zeitschrift, da man sich an de Sade schon etwas gewöhnt hatte, und verlangte von mir, noch etwas über die Rolle des Sadismus in der bürgerlichen Kultur zu schreiben. Nach einem weiteren Jahr brachte ich ihnen wieder denselben Text. »Na bitte«, sagte man bei der Zeitschrift, »so geht's.« Ich hatte als Loyalitätsemblem ein Engels-Zitat hinzugefügt, das weder mit Kommunismus noch mit de Sade etwas zu tun hatte – und der Text wurde gedruckt. Am nächsten Morgen erwachte ich als »in engen Kreisen« berühmter Mann. Ich erkannte: Ein Spielfeld existiert, es ist zwar klein, aber immerhin. Ein kluger Text über ein unbekanntes Thema brachte die Redaktion aus dem Konzept. Mit diesem Gedanken schrieb ich über Schestow. Später, Ende der Achtzigerjahre, hatte ich mit westlichen marktorientierten Redaktionen zu tun und überzeugte mich davon, dass man dort nicht mit flehendem Blick angesehen wird. »Unsere Leser halten sich für klug«, sagte der Chefredakteur der »klügsten« New Yorker Zeitschrift entschieden zu mir, als er mein Material ablehnte. »Wenn sie Sie lesen und nicht verstehen, werden sie nicht von sich selbst, sondern von unserer Zeitschrift enttäuscht sein und uns nicht mehr kaufen.«

∽

Als Erfinder der »Bombe« sah ich deren Zusammensetzung in einer explosiven Mischung aus liberalen Schriftstellern und Dissidenten. In einem unzensierten Almanach liberale Autoren, die wie der Dichter Andrej Wosnessenski im ganzen Land bekannt waren und von der Staatsmacht geschickt »für den Export« benutzt wurden, mit Dissidenten zusammenzubringen, die aus dem öffentlichen Leben gestrichen waren, und deren gemeinsamen Protest zu demonstrieren, das bedeutete, die Staatsmacht der bewussten Vernichtung der modernen Kultur zu beschuldigen und sie zu Zugeständnissen zu drängen. Bei einem Spaziergang über die ungepflegten Alleen des Wagankowo-Friedhofs überdachte ich, während ich die Inschriften auf den Grabsteinen las, die vor den Lebenden durch silberfarbene Zäunchen geschützt waren, und Mitleid für die jung Verstorbenen empfand (warum waren es so viele?), die vorläufige Liste der Autoren, war mir jedoch darüber im Klaren, dass ich dieses Vorhaben nicht allein bewältigen konnte. Ich hatte nicht genug Verbindungen und keine Autorität unter den Schriftstellern.

Die Formulierung im Vorwort zu *Metropol*, wie der Almanach dann hieß, dass er vor dem Hintergrund von Zahnschmerzen entstanden sei, ist nicht nur eine Metapher. Bekanntlich haben Schriftsteller schlechte Zähne. Wassili Axjonow, der gemäßigte »Westler« in der damaligen Literatur, und ich waren beide im Zahnärztlichen Zentrum in der Wutetschitsch-Straße in Behandlung. Man platzierte uns in nebeneinander stehende Behandlungsstühle. Ein surrealistisches Interieur: ein Riesensaal ohne Zwischenwände, erfüllt von Zahnarztgeräuschen. Und hier verführte ich, einen gleichgültigen Gesichtsausdruck aufsetzend, den berühmten Freund mit meinem Projekt.

»Lass uns den Almanach im Westen herausbringen«, meinte Axjonow.

»Nein. Lass ihn uns hier herausbringen«, beharrte ich.

In Peredelkino, auf der kalten Terrasse des ewig nicht renovierten Schriftstellerhauses, gewann ich Andrej Bitow, den Autor des Romans *Das Puschkinhaus*, für den Almanach. Wir waren befreundet. Er hielt mich für einen umgekehrten Lomonossow. Der dritte Verführte wurde mein Altersgenosse, der Sibirier Jewgeni Popow, der 1979 mit seinem Prosa-Debüt in *Nowy mir* Aufmerksamkeit erregt hatte. Popow und ich hatten uns auf einem Treffen junger Prosaiker in Peredelkino kennengelernt und angefreundet, vielleicht deshalb, weil wir uns absolut unähnlich sind. Als ich ihm in der Wohnung am Wagankowo-Friedhof von der Almanach-Idee erzählte, umarmte er mich beinahe evangelisch. Dann schloss sich uns auf Empfehlung Axjonows noch Fasil Iskander an, der abchasische Faulkner mit gesamtrussischem Namen. Das war der Kern der Verschwörung, ein starkes Team, und die Sache nahm ihren Lauf.

∾

Ende des Jahres 1978 hatten wir einen dicken Band zusammen: mehr als zwanzig mit Bedacht ausgewählte Autoren aus vier Generationen: Jeder Einzelne, vom Lyriker Semjon Lipkin, der schon Gorki aufgefallen war, bis zum jungen Leningrader Erzähler Pjotr Koschewnikow, war auf seine Art talentiert. *Metropol* wurde kein Manifest irgendeiner Schule (wie es in der Regel bei solchen Publikationen in Russland der Fall ist); wir entwickelten spontan die Idee eines ästhetischen Pluralismus. Das war mehr als eine ästhetische Neuerung – das war ein Hinweis auf die Zukunft. Mit den Texten des Almanachs entstand ein enttabuisiertes Bild von Russland, mit seiner religiösen Suche, seinen sexuellen Katastrophen, betrunkenen Prügeleien, nationalen Konflikten, seinem verrückten Humor, seinem heterogenen intellektuellen Potenzial, seiner wie ein Reifen qualmenden Mentalität, mit neuester art risqué und traditioneller rigoroser Ästhetik. Das war ein im Entstehen begriffenes Modul Russlands, das nach Selbsterkenntnis strebte.

Die betuchten Liberalen und Autoliebhaber rauchten auf unseren konspirativen Zusammenkünften amerikanische Zigaretten, die in diesen Jahren schwer zu beschaffen waren; die armen Dissidenten qualmten stinkende sowjetische Papirossy. Es wurde heftig diskutiert. Die Dichterinnen führten untereinander giftige Auseinandersetzungen: Bella Achmadulina, das Idol der Jugend, die Eroberin der Stadien, und Inna Lisnjanskaja, die Dichterin der leisen Töne. Einige nahmen wir nicht mit ins Boot, so Jewgeni Jewtuschenko, der damals anfing, mit der Staatsmacht zu spielen. Der eine oder andere zog sein Manuskript zurück. Der Romanschriftsteller Juri Trifonow erklärte seinen Entschluss damit, er könne besser mit seinen Büchern gegen die Zensur kämpfen, der Dichter Bulat Okudschawa damit, dass er das einzige Parteimitglied unter uns sei. Auch Ljudmila Petruschewskaja hielt sich heraus. An der Tür (die Wohnung der seligen Jewgenija Ginsburg, Parterre, links vom Lift, diente als konspiratives Hauptquartier) klingelte der populärste *Metropol*-Autor Wladimir Wyssozki (aus der Vogelperspektive: der sowjetische Bob Dylan) und antwortete auf die Frage »Wer da?«:

»Wird hier Falschgeld gedruckt?«

Die Anzahl der Berühmtheiten wuchs. Wir lachten und wussten, dass wir für unsere Sache eine in die Fresse kriegen würden. Dass aber die Staatsmacht vollkommen durchdreht, das hatten wir nicht erwartet.

Metropol hatte viele unsichtbare Helfer. Sie tippten die ausgewählten Texte auf der Schreibmaschine ab und lasen

Korrektur. 12 000 Manuskriptseiten mussten auf dickes Zeichenpapier geklebt werden, wenn man unsere symbolische Auflage von zwölf Exemplaren nimmt, die in der Folge buchstäblich zerlesen wurden, was ich anhand meines eigenen Exemplars beurteilen kann. Wo sind diese zwölf literarischen Stühle abgeblieben? Das ist eine literaturarchäologische Frage. Wie sah der Almanach *Metropol* in seiner Erstfassung aus? Auf jeder Seite gab es vier maschinengeschriebene Manuskriptseiten. Den Blindband entwarf der Künstler David Borowski vom Taganka-Theater. Er sah aus wie eine grünliche Grabplatte. Von einem anderen Theaterkünstler, Boris Messerer, stammten das Frontispiz und unser Markenzeichen – ein altmodisches Grammofon mit mehreren »pluralistischen« Schalltrichtern. Zuerst wollten wir auch Fotos von allen Autoren hineinkleben. Gorenstein brachte gleich zwei mit: eins von vorn und eins von der Seite. Aber dann wurde uns klar, dass sich die Fotos beim Umblättern der Seiten rasch vom Papier lösen würden, und wir verzichteten darauf.

Wir stellten den Almanach in Form eines Manuskriptbuches fertig und hatten vor, ihn offiziell den Behörden zu übergeben, damit er in der UdSSR und im Ausland gedruckt wurde. So hieß es auch im Vorwort: »Darf in gedruckter Form nur in der vorliegenden Fassung erscheinen. Hinzufügungen und Kürzungen sind nicht gestattet.« Diese Forderung brachte unsere Opponenten besonders in Rage.

Später beschuldigte man uns, wir hätten den Almanach *Metropol* nur gemacht, um ihn illegal im Westen zu veröffentlichen. Das entspricht nicht der Wahrheit. Wir verabredeten zwar heimlich mit uns bekannten französischen und amerikanischen Diplomaten, dass diese den Almanach ins Ausland schaffen sollten, nicht jedoch, um ihn dort drucken zu lassen, sondern lediglich zur sicheren Aufbewahrung, und das erwies sich als weise Voraussicht. Das »französische« Exemplar, von mir in einer Seitengasse des Nowy Arbat aus dem Kofferraum meines grünen Schiguli in den Kofferraum eines Renault verfrachtet, brachte Yves Hamant, Kulturattaché der französischen Botschaft, in einer Stofftasche mit langen Tragegriffen durch die Zollkontrollen des Flughafens Scheremetjewo nach Paris. Das »amerikanische« Exemplar wurde Ray Benson übergeben, Botschaftsrat für Kultur der amerikanischen Botschaft in Moskau, meinem zukünftigen Freund, der heute pensioniert ist und in Middlebury im Staat Vermont lebt.

Der »gesetzwidrige«, um nicht zu sagen »verbrecherische« Übergabeakt fand an einem der kältesten Januartage in der Geschichte Russlands statt. Das Thermometer zeigte minus 40 Grad Celsius an. Die Moskauer Straßen waren leer gefegt – die meisten Autos eingefroren. Ray begriff sofort die Bedeutung der »Bombe«. Er lächelte verschmitzt, zog fröhlich die erkältete Nase hoch, klemmte sich nach unserem Mittagessen die »Bombe« unter den Arm und trug sie von Axjonows Datscha in Krasnaja Pachra durch den tiefen Schnee zu seinem Diplomatenauto. Am nächsten Tag erstattete er in einem Geheimzimmer der amerikanischen Botschaft dem Botschafter Bericht, und der schnipste, ohne ein Wort zu sagen, zustimmend mit dem Finger – los! Der Almanach flog mit Diplomatenpost nach Washington.

∼

Unsere Idee war folgende: Wir geben eine *Metropol*-Vernissage, auf der wir den Almanach dem Leserpublikum vorstellen. Dafür mieteten wir das Café Rhythmus beim Miusskaja-Platz, wo meine Eltern vor dem Krieg studiert und später geheiratet hatten. Wir einigten uns auf eine ziemlich ausgefallene Bewirtung (Kalatschi mit rotem Kaviar und Sekt) und luden etwa dreihundert Leute ein: sowjetische und westliche Journalisten, Regisseure, Sänger, Kosmonauten und ausländische Diplomaten. Zu sowjetischen Zeiten war das eine große »Provokation«. Es folgte eine Art Krimi.

Der KGB reagierte militärisch: Seine Mitarbeiter riegelten das Viertel ab und besetzten die Telefonzellen, das Café wurde mit Hilfe von Ärzten einer Station für epidemische Erkrankungen geschlossen und versiegelt, mit der fiktiven Begründung, es seien Kakerlaken gefunden worden, an die Tür hängte man eine Tafel mit der Aufschrift »Wegen Reinigung geschlossen«, und uns schleppte man zu Verhören in den Schriftstellerverband, wo wir vorsorglich ein Exemplar zur Kenntnisnahme abgeliefert hatten.

An der Tür meiner Wohnung am Leninski-Prospekt klingelt es. Ein Eilbote. Unterschreiben Sie die Empfangsquittung. Eine Vorladung: ... fordern wir Sie auf ... im Falle Ihres Nichterscheinens ... Am 20. Januar 1979 fand eine außerordentliche gemeinsame Sitzung von Sekretariat und Parteikomitee statt, zu der fünf von uns vorgeladen wurden. Das Szenarium stand von vornherein fest. Ein Ankläger nach dem anderen erhob sich, empörte sich, versuchte uns einzuschüchtern. Ungefähr fünfzig treue sowjetische Schriftsteller, die der Reihe nach in einem abgesperrten Raum im Haus der Schriftsteller den Almanach gelesen hatten (nach der Lektüre kamen sie heraus und schüttelten den Kopf), schrien uns ins Gesicht, wir seien Helfershelfer der Geheimdienste, »literarische Wlassow-Leute«, die man an die Wand oder mit dem Gesicht zum Volke stellen müsse. Alles war so ekelerregend, so niederträchtig, dass uns nichts anderes übrig blieb, als uns »heroisch« zu halten. Wie wir da in dem schönen großen Raum mit den neogotischen

Elementen vom Anfang der Zwanzigerjahre saßen, in dem einst die Moskauer Freimaurer ihre Sitzungen abgehalten hatten, stellten wir ein lebendes Bild des antisozialistischen Realismus dar, in Öl, mit groben, aufgeregten Pinselstrichen gemalt. Seltsam, dass sich nicht auch noch ein neuer Repin fand, um es tatsächlich zu malen. Oder vielleicht Repin plus Salvador Dalí: Wenn ich fünfundzwanzig Jahre nach diesem Abend die Augen schließe, dann sehe ich, wie sich Herbstfliegen uns auf die Gesichter setzen, irgendwo in den hinteren Reihen sind dunkel die Instrukteure des städtischen Parteikomitees zu sehen, undeutlich auch die Abgesandten des KGB. Iskander sagte plötzlich und unerwartet scharf mit vor Empörung weit aufgerissenen Augen, dass wir in unserem eigenen Land wie unter Okkupation lebten. Über Popow waren sie besonders wütend, weil er ihre Reden protokollierte. Axjonow nannte den Schriftstellerverband einen Kindergarten mit verschärften Bedingungen. Langhaarig, mit langem durchsichtigem Gesicht (das schon eher in ein Nesterow-Bild passte), erklärte ich, dass unser Almanach der Durchbruch sei.

»Der Durchbruch in den Westen!«, rief jemand gehässig. Bulat Okudschawa, von dem unklar war, auf welcher Seite er in dieser Versammlung saß, hüllte sich in Schweigen (das nahmen wir ihm übel). Ich ging auf den Korridor, um eine zu rauchen – mir folgten befremdete Blicke, als entfernte ich mich eigenmächtig von einem Verhör –, wo ich auf eine legendäre Persönlichkeit traf, einen Oberkonformisten der Stalin-Zeit, den glatzköpfigen Dichter Gribatschow.

»Was immer ihr sagt, Jungs«, sagte er, gleichsam aus dem Grab erstanden, »das ist euer Ende.«

»Ich warne Sie«, sagte zum Abschluss der Vorsitzende Felix Kusnezow, ein ehemaliger liberaler Kritiker der Sechzigerjahre, der aussah wie ein Rasnotschinze und zum

Oberscharfrichter unseres *Metropol* wurde, »wenn der Almanach im Westen erscheinen sollte, werden wir keinerlei Reuebekundungen Ihrerseits akzeptieren!«

»Drucken Sie ihn hier!«, sagten wir halsstarrig.

∼

Wenn ich ins Land hinter den Spiegeln geraten wäre, hätte ich mich wahrscheinlich weniger gewundert: Ich befand mich im Epizentrum des Skandals, im Zentrum der Aufmerksamkeit. Die einen wollten mich für sich haben (geheimnisvolle westliche Journalisten verwandelten sich in amerikanische Zweimetertypen oder französische Intellektuelle wie Daniel Vernet), und die anderen hassten mich. Ich wurde zerfleischt, bewirtet, verachtet, in Stücke gerissen. Damals waren Popow und ich unzertrennlich wie ein Papageienpärchen. Sie versuchten auf jede nur mögliche Weise Keile zwischen uns alle zu treiben. Sie sagten, Axjonow und wir gingen verschiedene Wege; er hätte im Westen eine Million! In welcher Währung? Über Lipkin wurden antisemitische Witze gemacht. Zwei bekannte Damen aus der literarischen Spionageabwehr, Tatjana Kudrjawzewa (mit der Mutter studiert hatte und sogar befreundet gewesen war) und Tamara Motyljowa, brachten in einem Artikel ihre Besorgnis über unsere »ideologische Klarheit« zum Ausdruck. »*Metropol* – das ist Müll und keine Literatur!«, schrieb das Organ der Moskauer Schriftsteller. »Pornografie des Geistes!« Auch die russische literarische Emigration tat sich hervor und verdächtigte uns der Zusammenarbeit mit dem KGB.

Die westlichen Rundfunksender brachten mir durch den Lärm der Störsender hindurch meine eigenen, in *Metropol* gedruckten Texte zu Gehör. Ich hatte das Gefühl, eine auf dem Rücken liegende und mit den Beinchen strampelnde Schildkröte zu sein. Und dann kam auch noch ein unerwarteter Schlag aus Amerika. Carl Proffer, der Chef von Ardis in Ann Arbor, Michigan, mit vielen von uns befreundet, Verleger unzensierter russischer Literatur, dem der Almanach geschickt worden war, erklärte auf eigene Initiative über die »Stimme Amerikas«, der Almanach befinde sich in seinen Händen und er habe vor, ihn zu publizieren.

Carl und Ellendea – das war ein farbenprächtiger Film über Liebe, Geld, Ruhm und einen amerikanischen Akzent in der russischen Literatur. Dank ihrer Bemühungen wurden Hunderte von russischen Büchern gedruckt. Ich hatte es mir mit Carl aus persönlichen Gründen verdorben (Ellendea im Pelz, rote Lippen, Parfüm, Eifersucht), als die beiden mit einer Ardis-Delegation in Moskau waren (damals wurden sie noch ins Land gelassen), und seitdem keine Chance mehr, dort gedruckt zu werden – aber in jener Nacht waren Dinge zu klären, bei denen das Persönliche außen vor bleiben musste. Popow und ich fuhren sofort zu Axjonow und versuchten von dort aus, Carl anzurufen, aber damals nach Amerika zu telefonieren war eine Katastrophe.

»Was hat das noch für einen Sinn! Zu spät!«, sagte Axjonow,

müde mit den Schultern zuckend, sah uns an und legte den Hörer auf.

Nach diesem Vorfall gab es kein Zurück mehr. Auf die grellgelbe russische Ausgabe bei Ardis folgten die englischsprachige bei Norton und die französische bei Gallimard.

∼

Sosehr ich auch die Sowjetmacht verachtete, bis zu *Metropol* trug mein Konflikt mit ihr einen eher theoretischen

Charakter. Jetzt bekam ich den kalten Hauch des Gulag zu spüren: Auf unverschämteste Weise wurden meine Telefongespräche abgehört und aufgezeichnet (manchmal schalteten sie das Telefon ganz ab, offenbar wenn die, die uns abhörten, aufs Klo mussten), die »Organe« luden meine Freunde und Freundinnen vor, einschließlich der Protagonistin meiner *Moskauer Schönheit*, und versuchten sie unter Androhung von »Unannehmlichkeiten« dazu zu bewegen, mir die Freundschaft aufzukündigen, sie durchsuchten nachts mein Auto – am nächsten Morgen fand ich es mit vier offenen Türen vor – und verbreiteten fantastische Gerüchte: »Jerofejew und Axjonow sind Homosexuelle, die mit *Metropol* die Stärke ihrer Männerfreundschaft erproben wollen.« Ein ganzes Jahr lang wurde ich von vier Schatten verfolgt; Boris Iwanowitsch, mein erfolgloser »Kurator« vom KGB, verlor wegen seiner Schlafmützigkeit in Sachen *Metropol* seine Arbeit (das gestand er mir, als wir uns zufällig begegneten, schon zu Zeiten Gorbatschows).

»Viktor Wladimirowitsch? Haben Sie einen Augenblick Zeit?«

Wie im Kino. Mit diesen Worten begann meine »Entführung« durch KGB-Agenten am helllichten Tage aus dem Hof des Instituts für Weltliteratur, wo ich damals arbeitete. Zwei in dunklen Anzügen und Krawatten schubsten mich erstaunlich schnell und geschickt in einen Wolga mit einem schweigsamen Fahrer am Steuer, schweigend bogen wir auf den Gartenring ab, und schweigend fuhren wir in Richtung Smolensker Platz. Sie brachten mich in das vielstöckige Hotel Belgrad (heute Swiss Diamond). Oberste Etage, Korridor, eine Etagendame, die mir erschrocken hinterhersieht. Sie führten mich in ein spezielles Zimmer (offenbar ein Zimmer, das ihrer Behörde zur Verfügung stand) und sperrten mich lange dort ein. Ich saß auf dem schmalen Einzelbett und starrte auf ein Bild, das über dem anderen Bett an der Wand hing. Das Bild zeigte verspielt touristisch eine bekannte Kirche bei Susdal. Als hätte ich es erraten, stand ich rasch auf und blickte aus dem Fenster: Wenn sie mich da hinunterwerfen, wird das ein langer Sturz ... Ich nahm den elfenbeinfarbenen Telefonhörer ab und hielt ihn ans Ohr. Tot. Oder wollen sie mir Dollars unterschieben? Oder mich mit irgendeinem Gas vergiften? Der Schlüssel wurde umgedreht. Die Tür ging auf. Die beiden Männer kamen herein. Setzten sich auf das Bett gegenüber. Aber sie wollten mich nur einschüchtern; sie redeten streng mit mir und forderten mich auf, die Manuskripte »im Guten« herauszugeben, ohne Durchsuchung; sie wollten »das Werk besser kennenlernen«, drohten mir mit einem Strafverfahren wegen »Pornografie«.

∼

Zufall und Gesetzmäßigkeit: deren Rhythmus im Leben. Proust – alles Zufall, einschließlich der Gefühle. Was verwandelt sich in Gesetzmäßigkeit? Nach Proust/Sartre/Kundera, bei den Russen nach Bunin – nur die Kunst. Die Entstehung von Fantasie. Wann wird das Leben zum Schicksal?

Siehe unten.

Wer hat mich ausgewählt, mit dem Finger auf mich gezeigt, gesagt, dass ich nach Russland gehen solle, um sein Herz zu entdecken?

Was?!

Oder ist das alles zufällig? Was – alles?

Worin besteht eigentlich meine Mission? Mission?

Was wäre aus mir geworden, wenn man mich nach dem Schema Solschenizyn hinausgeworfen hätte?

Ich weiß es nicht.

Warum wurde mir befohlen, in Moskau zu bleiben? Ich weiß es nicht.

War ich der Situation gewachsen? Nein.

Habe ich meine Rolle verschissen? Ja.

Wofür wurde ich mit Nicht-Liebe bestraft? Vermutung: für metaphysische Frechheit.

Wie den Rhythmus von Zufall und Nicht-Zufall finden? Ich weiß es nicht.

Man verdächtigte mich – wegen meiner fragwürdigen Herkunft – der Niederträchtigkeit und Denunziation. Vitja Kisseljow, mit dem ich nach Narym gefahren war, entdeckte während der Gorbatschow-Zeit in den KGB-Archiven, dass sie mich als echten Feind eingestuft hatten. Es ist geradezu seltsam, aber ich war ein Ritter ohne Furcht und Tadel. Zugegeben, später hatte ich »versöhnlerische« Träume. Aber mehr nicht. Zudem reichten »sie« mir nicht die Hand. Ich fiel für acht Jahre in ein tiefes Loch. Dort war es still: keine Interviews, kein Fernsehen. Ich saß da und schrieb – ein beinahe glücklicher Zustand (später wurde er getrübt durch allen möglichen Glamour). Heute denke ich: Wann hätte ich mich schließlich gerührt und begriffen, dass ich für immer in der Falle saß, und mich in ihre Richtung bewegt, um Nachsicht bittend. Sie hatten die Ewigkeit gepachtet, und ich hatte nur ein Leben, doch in der Geschichte erwies sich wie zum Hohn alles als genau umgekehrt.

∽

Von den wirklichen Plänen des KGB erfuhr ich sehr viel später, in Nepal. Mitte der Neunzigerjahre fuhr ich nach Kathmandu. Boris Grebenschtschikow wollte mir den Osten und den Buddhismus nahebringen. Das war halb gelogen, die Reise wurde dennoch zur Offenbarung. Grebenschtschikow kannte den Botschafter, er ging zu ihm zum Dinner und wollte mich mitnehmen, aber ich war nicht eingeladen. Am nächsten Morgen sagte Grebenschtschikow, der Botschafter wolle mit mir zu Abend essen – unter vier Augen. Ich wunderte mich, dachte dann aber, wer weiß, wozu es gut ist. Zur vereinbarten Zeit stand der gigantische rote Botschafter-Jeep mit der russischen Fahne vor dem Hotel. Der gutmütige Chauffeur (wie sich später herausstellte, ein verbohrter Kommunist und Fanatiker der alten Ordnung), hielt mir dienststeifrig die Wagentür auf und brachte mich unter den Klängen der neuesten russischen Hits zur Residenz. Wir fuhren in einen kleinen tropischen Garten ein. Der Botschafter stand vor der Tür seiner Villa, im hellen Anzug mit Krawatte, und erwartete mich, nicht direkt strammstehend, aber doch wie einen Ehrengast. Wir wurden rasch allein gelassen. Zum Abendessen hatten wir ein halbes Fass Wodka getrunken, waren längst zum Du übergegangen. Ich saß da, ohne zu verstehen, worauf er hinauswollte. Osten – Westen – Osten – darum drehte sich das Gespräch, aber das war nicht der eigentliche Punkt. Die Sonne ging auf. Unter dem wilden Geschrei von Papageien gestand mir A. K., er habe sich einfach nicht getraut ... »Was?«

Er verstummte und schwieg lange. Ich dachte schon, er sei nach dem vielen Alkohol eingeschlafen. Aber dann begann er zu erzählen, nervös lächelnd, mit seinem klugen Gesicht des bekannten Orientalisten. Er hatte im Sekretariat Gromykos als Verbindungsmann zwischen Außenministerium und KGB gearbeitet. Die Idee kam von Andropow. Das Dokument wurde durch einen Kurier übergeben und war namentlich an den Außenminister gerichtet. A. K. sah es durch: Der KGB hatte, erzählte er mir, einen Plan erarbeitet, mich als Initiator des Almanachs nach dem Beispiel Solschenizyns des Landes zu verweisen: Man wollte mich für eine Nacht ins Lefortowo-Gefängnis stecken und am nächsten Morgen ins Flugzeug Richtung Westen. Gromyko unterschrieb – das Dokument ging zurück zum KGB (offenbar zur Unterschrift an andere Mitglieder des Politbüros, dann an Breschnew und schließlich zur Ausführung).

»Na, dann!«

Wir tranken noch einen, und ich war wieder stocknüchtern.

A. K. und ich hatten im selben Haus am Leninski-Prospekt gewohnt, das der Wohnungsbaukooperative des Außenministeriums gehörte. Ich kannte ihn nicht. Wir begegneten uns manchmal am Hauseingang, wenn er von der Arbeit kam. Trotz meiner antisowjetischen Tätigkeit, über die das ganze Haus Bescheid wusste, machte ich einen friedlichen Eindruck. Ich ging mit meinem Sohn spazieren, der zu dieser Zeit ein ebenso passionierter Dreiradfahrer war wie ich in meiner Kindheit. An jenem Abend, als er von der Arbeit nach Hause kam und wusste, was mit mir in den nächsten Tagen geschehen würde, rief ich ihm, der am Lift stand, zu:

»Moment!«

Das Dreirad in der einen Hand. Oleg halte ich an der anderen. Ein komischer Anblick.

»Danke. Könnten Sie den siebten für mich drücken?«

Das wusste er auch so. Der Lift setzte sich in Bewegung. A. K. dachte gequält: Ich muss es ihm sagen. Dass der Junge nicht noch einen Blödsinn macht, womöglich Widerstand leistet. Es wird alles nicht wehtun und nicht lange dauern – nur eine Nacht. Dann ins Flugzeug, man nimmt ihm die Handschellen ab, Frankfurt, Freiheit, ein neues Leben. Womöglich stürzt er sich noch aus dem Fenster? Was kann nicht alles bei der Verhaftung passieren. Der Lift hielt im siebten Stock.

»Auf Wiedersehen«, lächelte ich freundlich und zog Oleg

hinter mir her. Das Dreirad blieb in der Tür hängen. Ich zerrte es heraus. »Mist!«

A. K. nickte. Ich verließ den Lift.

»Entschuldige.«

»Schon gut.«

Draußen kreischten die Papageien.

»Du kannst dir nicht vorstellen, wie ich mich gequält habe ... Ich habe dich gesehen und konnte nicht verstehen, warum du noch da warst, warum man dich nicht hinauswirft ...«

»Sascha, trinken wir«, sagte ich. Ich spürte, dass ich besoffen war.

∼

Als Verräter meiner Klasse gab man mir beim KGB den Spitznamen »Voland« – dafür kann ich ihnen im Nachhinein nur Dankeschön sagen. Natürlich waren meine damaligen Qualen lächerlich im Vergleich zu der Hölle, durch die Anatoli Martschenko oder Andrej Sacharow gehen mussten. Ich wurde nicht in Lagern durchgeprügelt oder bei einem Hungerstreik zwangsernährt. Aber in jenem Jahr begriff ich das Wesen der Gesellschaft, in der ich damals lebte, den moralischen Stoff der Menschen, die Niederträchtigkeit und Feigheit der einen und den Edelmut der anderen, wie ich es sonst im ganzen Leben nicht begriffen hätte. »Die Erzählungen von Jerofejew zum Beispiel«, schrieb in der Zeitung der ziemlich liberale Schriftsteller Grigori Baklanow, der später ein Freund der Perestroika wurde, »haben mit Literatur überhaupt nichts zu tun«. War es möglich, dass ein anerkannter Schriftsteller nicht verstand, welche wütenden Maßnahmen gewisser Organisationen dergleichen Aussagen nach sich ziehen würden? Es begannen die Repressionen gegen fast alle *Metropol*-Autoren: Man verbot Bücher (bereits gedruckte wurden in den Bibliotheken nicht mehr ausgegeben), Theatervorstellungen wurden abgesagt, Leute wurden gefeuert. Meine Personalakte als Mitarbeiter des Instituts für Weltliteratur wurde zuerst vom KGB beschlagnahmt (Entsetzen im Gesicht der Kaderleiterin mit den Löckchen), dann warf man mich auch dort hinaus. Nicht für lange; man stellte mich wieder ein, da man mich nicht zum Müßiggänger machen wollte. Man flüsterte mir auf der Straße zu: »Komm ins Institut.« Ich kam der Aufforderung nach – man stufte mich herunter, verbot mir die Beschäftigung mit französischer Literatur, die meisten Mitarbeiter sahen mich nur noch von Weitem an, einige grüßten mich mitleidig und sprachen sogar mit mir, zuerst ließ man mich irgendwelche Referate schreiben, dann wurde ich in eine besondere Verbannung geschickt – kanadische Literaturgeschichte.

Einige Zeit nach der Zerschlagung von *Metropol* bestellte mich der Direktor des Instituts zu sich. Er sagte mürrisch, ich hätte die Ehre, an einer mehrbändigen Geschichte der Weltliteratur mitarbeiten zu dürfen, und solle das Kapitel über kanadische Autoren verfassen. »Nehmen Sie das ernst.« Ich bedankte mich und ging. Ich musste bei null anfangen. Ich ging in die Bibliothek für ausländische Literatur. Nichts. Ich hätte mich gern an die kanadische Botschaft gewandt, doch man warnte mich, ich solle das unterlassen. Die Zeit verging. Ich wusste, wenn ich das Kapitel über die Grundlagen der kanadischen Literatur nicht pünktlich abgebe, werfen sie mich wieder aus dem Institut, diesmal allerdings wegen beruflicher Unfähigkeit. Bis zur Besprechung meiner Arbeit am Institut waren es noch zwei Wochen, und ich hatte bisher keinen Strich getan. Ich ging wieder in die Bibliothek, nahm eine kanadische Enzyklopädie aus dem

Regal. Über Literatur gab es da nur ganz wenig: eine Aufzählung von Namen mit Lebensdaten. Vor lauter Verzweiflung schrieb ich das alles in mein Heft ab. Daraus ergab sich gar nichts. Ich ging nach Hause und gestand mir meine Niederlage ein. Danach setzte ich mich an die Schreibmaschine (nicht mehr meine Erika) und begann zu schreiben; *flamboyant* erdichtete ich Biografien kanadischer Schriftsteller, deren Dispute, beißende kritische Rezensionen, religiöse Konflikte, den Kampf um das Entstehen einer Nationalliteratur und vor allem Romansujets. Ich dachte sie mir aus, eins nach dem andern, ich erfand die Charaktere der Romanhelden. Die Sujets drehten sich in getarnter Form um die *Metropol*-Geschichte, verflochten mit Liebesintrigen. Nachdem ich meine wissenschaftliche Arbeit in vier Exemplaren getippt hatte, verteilte ich das Manuskript an meine gelehrten Kollegen zur Rezension und erwartete die Diskussion, zu der eine Dame aus der Universität eingeladen war, die einzige Spezialistin für kanadische Literatur in der UdSSR.

Bei der Diskussion erwartete mich eine Überraschung. Meine Philologenkollegen erklärten mir, sie hätten zugegebenermaßen niemals gedacht, dass die kanadische Literatur so markant, ausdrucksstark und vielgestaltig sei. Die Dame bestätigte meine Kompetenz und gab noch einige wertvolle Hinweise. Seitdem habe ich die ganze kanadische Literatur von A bis Z erfunden. Kein wahres Wort. Sie wurde in einer akademischen Ausgabe gedruckt. Ich empfand mich als Stalin der kanadischen Literatur, der eine literaturhistorische Fiktion erschaffen hatte. Davon hatte ich mich letzten Endes hinreißen lassen. Das war meine Rache – an wem, wofür? Wahrscheinlich an der Literaturwissenschaft. Die Geschichte jeder Literatur ist eine Fiktion, denn die Literatur, wenn man überhaupt darüber als Gegenstand sprechen kann, existiert außerhalb des Rahmens nicht nur der Geschichte, sondern auch der Glaubhaftigkeit. 1994, auf einem Autorenfestival in Toronto, legte ich öffentlich vor den Kanadiern die Beichte ab. Die Kanadier johlten vor Begeisterung und verlangten Einzelheiten. Ich gestand reinen Herzens, dass ich mich weder an meine erfundene Geschichte insgesamt noch an die realen Namen erinnern könne. Diese Amnesie erschien mir als Krönung der Mystifizierung.

∾

Das Hauptopfer von *Metropol* war mein Vater. An einem späten Januarabend in ihrer Residenz in Wien, als Mutter nach ihrer Gewohnheit vor dem Einschlafen im Bett las, kam Vater ins Schlafzimmer, reichte ihr eine druckfrische Ausgabe von *Le Monde* und sagte mit heiserer Stimme:

»Lies das. Hier ist etwas, das dich interessieren wird.«

Sie las es und erstarrte. Daniel Vernet, der Moskauer Korrespondent der Zeitung, schrieb über den drohenden Skandal um *Metropol*.

»La suite dépend de l'Union des écrivains«, endete der Artikel. »Passera-t-elle l'éponge sur une petite incartade, ou choisira-t-elle le scandale en prenant des sanctions contre des écrivains dont le seul tort est de voulouir publier ce qu'ils écrivent?«

»Man wird uns abberufen?« Mama hob den Blick zu Vater, der sich auf den Bettrand gesetzt hatte.

»Alles ist möglich«, nickte Vater. »Aber die Operation solltest du besser hier machen lassen.«

Bei Mama hatten die Ärzte Verdacht auf Brustkrebs diagnostiziert.

»Ich bin hier für Sie die Sowjetmacht und Genosse Stalin

zusammen«, sagte einmal ein sowjetischer Botschafter zu seinen Untergebenen, und dieses *mot* wurde zum Symbol für die sowjetische Diplomatie. Habe ich meinen Vater als verhassten »Genossen Stalin« gesehen? Habe ich *Metropol* initiiert, um durch einen Riesenskandal endlich von ihm gehört zu werden, ihm zu erklären, dass er politisch auf dem Holzweg war und kein Recht hatte, bei all seinem Botschaftsluxus, seinen großartigen Gesten, all den Leuten, Mitarbeitern, Chauffeuren und Dienstboten, die abhängig von ihm waren, in mir nur einen zufälligen »Schreiberling« zu sehen? Warf ich – wie bei einem großen Krach Tintenfässchen, Vasen und Geschirr fliegen – mit meinen talentierten, weltberühmten Freunden, meinem eigenen intellektuellen Gepäck und schließlich mit meinen Erzählungen nach ihm, die er sonst niemals gelesen hätte? All das bleibt jenseits des Bewusstseins, aber meine »Bombe« explodierte in seinen Händen.

Nur zwei Wochen bevor Ray Benson ein Exemplar des Almanachs mitnahm, waren meine Eltern in den Neujahrsferien nach Moskau gekommen. Wir feierten Silvester mit Austern und französischem Champagner. Es ging fröhlich zu, wir stritten nicht über Politik (das hätte meinen Eltern verdächtig erscheinen müssen). Dass bei ihr ein Verdacht auf Brustkrebs bestand, erwähnte Mama nicht. Ich sagte nichts über meine konspirative Tätigkeit. Ich wusste, dass meine Eltern sie nicht gutheißen würden; andererseits rechnete ich naiv mit einem Sieg. Jetzt, da Geheimdokumente des KGB zum Fall *Metropol* und Erinnerungen unserer Gegner veröffentlicht sind, ist klar geworden, dass die Meinungen geteilt waren und es solche gab, die den Almanach in der Sowjetunion veröffentlichen und damit faktisch das Monopol des Sozialistischen Realismus aufheben wollten. (Bobkow, der ehemalige Chef der Abteilung fünf des

KGB der UdSSR, schreibt in seinen Memoiren von 1995: »Wir baten darum, die Emotionen nicht anzuheizen und diesen Sammelband herauszubringen.« Ob man ihm glauben kann?) Vielleicht haben uns nur zwei oder drei große Namen zum Sieg gefehlt (Okudschawa und Trifonow zum Beispiel). Aber Chancen für den Sieg glaubte ich damals zu sehen, und ich wollte meine Eltern nicht in die Geschichte hineinziehen. Sie wurden von der anderen Seite hineingezogen. Der KGB befand ganz richtig, dass Vater meine Schwachstelle war, und auf die schlugen sie ein.

∾

Zum letzten Mal holte ich meinen Vater nach allen Regeln für Sowjet-VIPs ab. Eine schwarze Limousine des Außenministeriums brachte mich zum internationalen Flughafen Scheremetjewo. Zum letzten Mal salutierte ein Soldat, als er den Schlagbaum zur Einfahrt auf das Flugfeld öffnete, einfach weil ich existierte. Der Wagen steuerte auf eine weißblaue Aeroflot-Maschine zu, eine TU-154, die gerade aus Wien gelandet war. Ich stieg die Gangway hoch, betrat die erste Klasse, die Persianermütze für Vater in der Hand – es war ein wirklich bitterkalter Winter in diesem Jahr. Vater küsste mich, er roch nach Cognac, setzte die Mütze auf und sagte, als wir die Gangway hinunterstiegen:

»Diesmal bin ich deinetwegen gekommen.«

Und gleich darauf, ohne mich zu Wort kommen zu lassen, sagte er zum ersten Mal im Leben einen konspirativen Satz, der nicht gegen den Westen, sondern gegen seine Leute gerichtet war:

»Sprich im Auto nicht über Wichtiges. Nicht in Gegenwart des Chauffeurs.«

Nur eine Woche vor Vaters Ankunft war Galina Fjodorowna, eine Freundin meiner Eltern, bei mir vorbeigekommen und hatte mit allzu lebhaftem Interesse gefragt:

»Werden sie Wolodja abberufen?«

Galina Fjodorowna hatte ihr Leben grundlegend geändert. Nachdem sie den KGBler Lodik verlassen hatte, heiratete sie den Schriftsteller Balter und bewegte sich seitdem in liberalen Schriftstellerkreisen, pflegte Umgang mit Berühmtheiten, kurzum, sie verwandelte sich in eine Dekabristin. Alles wäre wunderbar gewesen, doch paradoxerweise hatte sich der KGBler gegenüber seiner Frau immer liberal verhalten, wohingegen der liberale Schriftsteller sich als eifersüchtiger Diktator aufführte. Galina Fjodorowna ertrug den häuslichen Terror jedoch heldenhaft, da sie zu Hause die Möglichkeit hatte, Okudschawas Lieder und Woinowitschs subversive Satiren zu hören. Möglicherweise spürten die Frauen mit ihrer Intuition besser, wohin sich Russland einige Jahre später bewegen würde. Ihre enge Freundin, die schöne Maja, war ihrerseits im Begriff, den stalinistischen Dokumentarfilmer Roman Karmen zu verlassen, um ihr Leben mit Axjonow zu verbinden. Beide Frauen fanden jetzt solche Fragen aufregend, ob der Roman tot sei und wann Breschnew sterben würde.

»Was hat Vater damit zu tun?« Ich zuckte mit den Schultern. Ich wollte nicht das Schlimmste annehmen. Ich glaubte aufrichtig: Dieser Kelch geht vorüber. Mir schien, dass Galina Fjodorowna vor allem das Pikante an der Situation interessant fand. Galina Fjodorowna sah mich befremdet an.

Klawa, die Haushälterin meiner Eltern, empfing uns in der Wohnung meines Vaters mit lautem Weinen. Sie hatte den idiotischen Gerüchten geglaubt, man habe mich bereits »erschossen«. Es hätte schlimmer nicht sein können. Mutter war wegen des Verdachts auf Brustkrebs in Wien geblieben. Vor mir ein schwarzes Loch. Am nächsten Morgen wachte ich auf und sah an meinen Schläfen die ersten grauen Haare. Ich war einunddreißig Jahre alt.

Vater nahmen umgehend vier Organisationen in die Mangel. Er wurde abwechselnd vom Außenministerium, vom KGB, vom ZK der KPdSU und vom Schriftstellerverband vorgeladen. Die Idee meiner Opponenten bestand in Folgendem: Da ich einer der Initiatoren des Almanachs war, könnte man, falls ich einen Reuebrief schriebe, der in der *Literaturnaja gaseta* veröffentlicht werden sollte, seine Publikation im Westen stoppen. Stukalin, der Sekretär der Parteiorganisation im Außenministerium, brachte seine Meinung so zum Ausdruck:

»Ich würde mich an deiner Stelle von einem solchen Sohn distanzieren«, erklärte er meinem Vater in seinem Arbeitszimmer.

Das Objekt der diplomatischen Bemühungen meines Vaters war nun nicht mehr Amerika oder die europäischen Demokratien, sondern der eigene Sohn. Ausgerechnet von ihm wurde verlangt, mich zum Schreiben eines Reuebriefes zu überreden. Vater behielt das Gehalt eines Botschafters in Devisen, während er im Auftrag des Ministers an mir »arbeitete«. Wir waren beide in die Falle geraten. Gromyko ließ ihn den Preis wissen, sollte die Operation schiefgehen.

GROMYKO Wenn es keinen Brief gibt, werden Sie von Ihrem Posten in Wien abberufen.

Das war meiner Ansicht nach pure Erpressung. Vater suchte eiligst Hilfe bei seinem engen Freund Andrej Michailowitsch Alexandrow, Breschnews außenpolitischem Referenten, in Moskau und Washington bekannt als Architekt der »Entspannung« und als »sowjetischer Kissinger«. Irgendwann war es mir mit dessen Unterstützung gelungen, Axjonow trotz verhängten Verbots zu einer Reise in die USA zu verfrachten. Der wiederum hatte nach seiner Rückkehr offenbar Freunden von meinen grenzenlosen Möglichkeiten erzählt, und daraufhin wurde ich im Eichensaal von den Schriftstellern um die Wette am Ärmel gezogen und beim Essen darum gebeten, ihnen ebenfalls eine Reise zu verschaffen. Der kluge Alexandrow, den ich wegen seiner Leidenschaft für Sex, seiner Gewandtheit und hageren Gestalt insgeheim »Spermatozoon« nannte, empfing den Freund mürrisch:

»Hast du denn geglaubt, du könntest dich dein ganzes Leben im Ausland tummeln?«, sagte er – Gromykos Position war ihm bereits zugetragen worden.

Beim KGB zeigte man Vater das geheime Dossier über mich. Ein beeindruckendes dreihundertseitiges Dokument: Denunziationen von Beschattern, Aufzeichnungen von Telefongesprächen, Listen meiner Verabredungen, Freunde, Kontakte zu Ausländern. (Was hast du da für eine Französin? – Welche Französin? – Mit der du dich immer triffst. Lass das bleiben! – Ich treffe mich doch mit niemandem. – Ich tat, als wüsste ich von nichts.) Am meisten aber erschütterte meinen Vater ein Gespräch im ZK. Das höchste Organ im Lande, das Politbüro, hatte auf seinen Sitzungen den Fall *Metropol* zweimal diskutiert und einen Plan zu seiner Unterdrückung erarbeitet. Vater wurde zu Michail Simjanin, dem einflussreichen ZK-Sekretär für Ideologie, zitiert.

SIMJANIN Begreifst du, dass *Metropol* der Anfang einer neuen Tschechoslowakei ist?

Simjanin duzte Vater. Das war nicht nur die Anredeform eines hohen Vorgesetzten, sondern auch eines Bekannten, mit dem Vater mehr als einmal Tennis gespielt hatte.

»Es heißt, dass auch dein zweiter Sohn sich als Dissident betätigt.«

»Wer sagt das?«, fragte Vater vorsichtig.

»Simonow war bei mir. Der hat es erzählt.«
Das war einigermaßen glaubwürdig. Vater verstand, dass er jetzt keinen Fehler machen durfte.
»Seltsam«, sagte er ironisch lächelnd. »Ich habe Simonow kürzlich getroffen. Er hat vorgeschlagen, dass mein jüngerer Sohn seine Tochter Sascha heiratet.«
»Na, dann klärt das mal unter euch«, sagte Simjanin stirnrunzelnd.
Sascha war die Braut meines Bruders. Während seines letzten Besuchs zu Neujahr hatten die Simonows Vater eingeladen, um die Hochzeit zu besprechen. Vater kam gut gelaunt nach Hause. Wart auf mich! Er, der er von seiner Position im Leben her tiefer stand als Simonow, hatte seine Unabhängigkeit bewiesen, indem er dem Klassiker der Sowjetliteratur zu verstehen gab, dass es Sache der Kinder sei, wann sie heiraten wollten. Sascha mit den hohen Wangenknochen kam beinahe täglich zu uns nach Hause. Meine Mutter fürchtete sich ein wenig vor ihr: eine unberechenbare, verwöhnte Person (im Übrigen trug sie keine Unterwäsche). Aber sie war die Tochter von Simonow! Simonow besaß den einzigartigen Ruf eines sowjetischen Liberalen, obwohl er keiner war. Sascha vergötterte ihn. Mein Papa! Mein Papa! Sie säuselte uns die Ohren voll mit ihrem Papa. Er stand auf dem Elbrus ihres Bewusstseins, unerreichbar sogar für die Vögel. Too much. Andererseits war ihr Vater tatsächlich eine lebende Legende. Ich habe ihn ein paarmal gesehen: der Charme eines Bonvivants, Gourmands, Literaturfürsten. Der Fürst schien wie kein anderer den Kommunismus zu zwingen, für ihn zu arbeiten, für seine intellektuellen und materiellen Besitztümer. Simonow besaß einen Schutzbrief außerparteilicher Redlichkeit, der ihn vor dem verbalen Orkan der liberalen Kritik schützte. Und dann das – er lieferte Saschas Bräutigam der Parteiobrigkeit aus. Er,

Simonow, hatte plötzlich Angst bekommen und sich als falscher Fürst erwiesen. Er stand auf der Seite jener, die den Almanach hinter verschlossenen Türen gelesen hatten, die sich an einer Veröffentlichung unter dem Titel »Pornografie des Geistes« im *Moskowski literator* beteiligt hatten und über die mein Bruder und ich lachten – Sascha auch. Wenn der Vater lächerlich ist, ist er kein Vater. Mehr noch, Simonow hatte seiner Tochter befohlen, den Kontakt zu unserer Familie abzubrechen.

Er wurde von schrecklichen stalinschen Visionen heimgesucht. Als Sascha von dem Verrat erfuhr, konnte sie es zuerst nicht glauben. Sie saß mit großen Augen bei uns auf dem Sofa. Heimlich hatte sie in Simonows Schreibtisch herumgeschnüffelt. Simonow führte Tagebuch. In diesem Tagebuch war ein Gespräch mit S. notiert, in dem auch mein jüngerer Bruder erwähnt wurde. Sascha brach mit ihrem Vater. Sie weigerte sich, ihn zu sehen. Sie erwähnte ihren Vater nicht mehr. Später, als es nach Haussuchung roch, versteckte sie das *Metropol*-Archiv in ihrer Wohnung.

Nachdem sein »Bekannter« Simjanin Vater gleichsam als Warnung den Vorfall mit Simonow erzählt hatte, wünschte er nicht mehr, mit ihm unter vier Augen zu reden, da er ihn nun nicht mehr als »einen der eigenen Leute« empfand: Auf Vater lag der Schatten meiner Häresie. Bei der Unterredung war der Leiter der Kulturabteilung des ZK anwesend, ebenjener Wassili Schauro, der meiner Mutter gegenüber nicht ganz gleichgültig gewesen war und den Vater seit Studienzeiten kannte. Simjanin deutete auf Vater:

»Sie kennen sich?«

Schauro reichte ihm die Hand und stellte sich trocken vor:

»Schauro.«

Simjanin las Vater die »brisantesten« Stellen des Almanachs vor (Vater hörte nicht richtig zu, seine Gedanken schweiften ab, er betrachtete nach seiner Gewohnheit die Spitze seines polierten Schuhs und fühlte insgeheim Überlegenheit gegenüber dem verhinderten Rivalen, der ihn in seiner Karriere überholt hatte), nannte die Achmadulina eine »drogensüchtige Prostituierte« (Vater hob den Kopf), und über mich sagte er schließlich:

»Dein Sohn ist der Schlimmste. In politischer Hinsicht.«

Vater schwieg. Der grauhaarige Schauro mit der hohen Frisur runzelte die Stirn. Simjanin grinste spöttisch:

»Alexandrow hat vorgeschlagen, deinen Sohn auf Dienstreise zu schicken. Er könnte einen Artikel über den Bau der BAM schreiben.«

Vater dachte: Bravo! Denn in dieser Idee lag eine gewisse Hoffnung; auch Schauro wurde etwas lebhafter.

»Warum nicht?«, fragte Vater leichthin. »Ich finde, das ist keine schlechte Idee.«

»Damit er uns auch noch die BAM zuscheißt? Er kann doch nur über Klos schreiben.«

Die Hoffnung erlosch. Simjanin fuhr mit Nachdruck fort:

»Außerdem will er doch emigrieren.«

»Wer sagt das?« Vater spitzte die Ohren.

»Kusnezow hat mir das erzählt. Dein Sohn hat es ihm selbst gesagt.«

Das war die pure Verleumdung.

»Richte deinem Sohn aus, wenn er den Brief nicht schreibt, dann kann er seine Knochen zählen.«

∾

Eine solche Drohung, ausgesprochen von einem einflussreichen Parteifunktionär, war kein Spaß. Sie konnten mit mir machen, was sie wollten, mich zur Armee einziehen (was

Simjanin meinem Vater im Klartext sagte) und mich hinter Kasernentüren fertigmachen, mich ins Gefängnis stecken oder einen »Unglücksfall« provozieren. Ich kann nicht sagen, dass ich Angst bekam. Vater hat mich nicht als Feigling erzogen, und jetzt, wo ich meinen »Mut« unter Beweis stellen sollte, wendete er sich faktisch gegen ihn.

Für mich war das eine Zerreißprobe. Ich sah, wie er sich quälte, wenn er abends vollkommen erschlagen nach all diesen Gesprächen nach Hause kam, ich erkannte ihn nicht wieder. Wahrscheinlich erfuhr er nun am eigenen Leib, was es hieß, sich gegen das Regime zu stellen, dem er treu und ehrlich gedient hatte. Mir schien, er würde den Zusammenbruch seiner Karriere nicht überleben. Bevor wir zu reden begannen, trug Vater das Telefon ins andere Zimmer und versteckte es unter einem Kissen, er bat mich, leise zu sprechen, benutzte hin und wieder sogar französische Wörter: Er wollte nicht, dass seine Regierung uns abhörte.

Andererseits konnte ich meine Freunde nicht verraten. Ich, der Anstifter dieses ganzen Vorhabens, der große Verführer mit dem ironischen Lächeln auf den dicken Lippen – ich sollte plötzlich kapitulieren? Um nichts auf der Welt! Nur über meine Leiche! Dann lieber nicht mehr weiterleben! Ich konnte mir nur zu gut die Gesichter von Freunden und Feinden vorstellen:

»Na, du Diplomatensöhnchen, hast wohl die Hosen voll?«

Mein Reuebrief hätte nicht nur das Ende unserer Sache bedeutet, nicht nur meine ewige Schande: Ich wusste aus der Erfahrung der sowjetischen Schriftsteller, dass diejenigen, die der KGB gebrochen hatte, nie wieder schreiben konnten. Aber in solchen Fällen bleibt man immer allein: Als meine *Metropol*-Freunde von meiner Lage erfuhren, nahmen sie eher eine Beobachterposition ein. Sie gaben mir keinen Rat. Sie schwiegen einfach. Dafür sagten die politischen Dissidenten zu mir:

»Wenn du dich schon aus dem Schützengraben wagst, dann musst du auch vorauslaufen.«

Aber ich wollte kein Soldat mit Helm und aufgepflanztem Gewehr sein. Ich wollte eine Schildkröte sein, die zum Meer krabbelt. Das Ganze ging so weit, dass meine Frau Wiesława Angst bekam, unseren Sohn in den Kindergarten gehen zu lassen; wir hielten es für möglich, dass der KGB ihn entführte, um uns zu erpressen. *Metropol* verwandelte sich in ein manövrierunfähiges Schiff. Wenn ich mir ansah, wie sich die Emotionen immer weiter aufheizten, fielen mir mal die Saporoger Kosaken ein, die dem Sultan einen Brief schreiben, mal ein Zigeunerlager (oft schliefen wir bei irgendwem auf dem Fußboden, im Bad, unter dem Küchentisch, angezogen, ausgezogen, wie es gerade kam), mal Arthur Rimbauds *Bateau ivre*. Der gemäßigte Teil der Mannschaft versuchte, dem Schlag auszuweichen, aber der radikalere, kämpferisch eingestellte – diejenigen, die nichts zu verlieren hatten als ihre Ketten – war bereit, die »Helme« aufzusetzen. Ich watete bis zum Knie in Kondensmilch. Niemand jedoch, nicht ein Einziger von uns kapitulierte oder verriet *Metropol*. In diesem Zusammenhang sagte Semjon Lipkin folgende ermutigende Worte:

»In der Geschichte der Sowjetunion haben nur die Marinesoldaten, die 1921 am antikommunistischen Aufstand in Kronstadt beteiligt waren, sich nicht in die Knie zwingen lassen, nicht kapituliert, und sie wurden erschossen – alle anderen Protestaktionen konnten unterdrückt und den Untersuchungshäftlingen Schuldbekenntnisse abgepresst werden.«

Das ist wohl etwas schwülstig geraten. Ich habe nicht mitgeschrieben und kann seine Formulierung nicht wörtlich wiedergeben. Ich versuche es noch einmal und appelliere an den poetischen Kern seiner Worte. Also, Semjon Lipkin sagte folgende ermutigende Worte:

»Seit dem Aufstand von Kronstadt 1921 hat es keine einzige kollektive Aktion einer Opposition gegeben, die die Sowjetmacht nicht in Kapitulation, Verrat oder Blamage getrieben hätte.«

Schon besser (wenn auch nicht viel). Schade, dass die »Marinesoldaten« verschwunden sind. Wie dem auch sei, *Metropol* hielt durch. Darauf kann man stolz sein. Alle namentlich nennen. Die Lebenden und die schon Toten. Ich mache in diesem Buch keine Unterscheidung – die handelnden Figuren sind unsterblich. Als die Staatsmacht Lipkin mit dem »Sekretariat« einschüchtern wollte, sagte er:

»Ich werde bald«, und es war seinen Augen anzusehen, »vor einem ganz anderen Sekretariat erscheinen.«

Er lebte noch viele Jahre. Eine Schweigeminute. Boris Wachtin, Wladimir Wyssozki, Juri Karabtschijewski, Genrich Sapgir, Friedrich Gorenstein, Semjon Lipkin ...

Die Geschichte literarischer Almanache in Russland – das ist die Verwüstung von Autorennestern. Wer war der Erste? Wer wird der Letzte sein? Interessante Statistik. Die Toten verdrängen die Lebenden. Wenn man sich an einer kollektiven Aktion beteiligt (selbst wenn man bei einem Gruppenfoto mitmacht: Da ist Sascha Simonowa ... sie ist schon tot ... jung gestorben ...), steht man am Schluss immer vor den Auslassungspunkten des Todes. Die Spaziergänge über den Wagankowo-Friedhof sind nicht umsonst.

∼

Ich sah meinen Vater fast jeden Abend in seiner großen Wohnung auf der Gorki-Straße. Nachdem ich im engen

Flur meinen Mantel abgelegt und die Winterstiefel gegen die traditionellen Schlappen getauscht hatte, ging ich durch den Vorraum, der mit afrikanischen Masken voll gehängt war, die Vater im Senegal gesammelt hatte, geradewegs in die gelbe Küche mit der stilvollen französischen Ausstattung. Er konnte noch nie kochen, sich nicht einmal ein Spiegelei zum Frühstück braten, er war absolut hilflos ohne Mutter und auch ohne Klawa, die wir in unsere Angelegenheiten nicht einweihen wollten. Ich schälte Kartoffeln und machte *frites*, Salat mit Tomaten, heiße Würstchen, und wir setzten uns zum Essen an den runden Tisch im Wohnzimmer. Anschließend tranken wir Tee, dazu gab es sein geliebtes Schaumgebäck mit Schokoglasur.

Die Sachen im Zimmer – die Sessel, die Bilder, die Anrichte – sahen jetzt irgendwie anders aus: fremd und krank. Nicht einmal die grelle Deckenlampe konnte sie aufhellen und beleben. Ich will nicht behaupten, dass Vater mich unter Druck setzte und mich drängte, den Brief zu schreiben. Das tat er nicht. Er dachte sich irgendwelche Zwischenlösungen aus, aber sie fielen alle flach, eine nach der anderen, denn sie passten keinem von uns. Der Skandal weitete sich aus. Über *Metropol* wurde viel im ausländischen Rundfunk und der Presse berichtet. In der Zeitung *Moskowski literator* erschienen streng ausgewählte, extrem feindselige, hysterische Meinungsäußerungen von sowjetischen Schriftstellern über *Metropol*. Der Almanach wurde offiziell zu »Pornografie des Geistes« erklärt. Unter den Hetze betreibenden Schriftstellern entdeckte Vater nach genauerer Lektüre der Zeitung fassungslos auch alte Bekannte.

Ich wartete auf die Auflösung des Knotens und fürchtete sie zugleich, um ehrlich zu sein. Wenn Vater nun sagt, dass es trotz allem sein muss? Ihm zuliebe, Mutter zuliebe, der Rettung unserer Familie zuliebe. Schau nur, wie seine Hände zittern, wie alt er geworden ist!, sagte ich mir. Wer steht dir näher: er oder die »Stimme Amerikas«? Er hat dir doch im Leben nur Gutes getan. Ich glaubte nicht an Wunder. Ich hatte das Beispiel Simonow vor Augen. Es gab noch andere, nicht weniger niederträchtige Beispiele. Vaters Freunde zogen sich zurück. In seiner Wohnung rief bereits keiner von ihnen mehr an. Jedes Telefonklingeln rief Aufregung hervor. Und was für Abendgesellschaften es hier gegeben hatte! Was für Essen hier aufgetischt worden war ...! Alles zerstört. Verbrannte Erde. Darin bestand der Unterschied zwischen uns: Denn ich wurde ja angerufen, ich wurde von vielen Leuten unterstützt. Mehr noch, wir trafen uns im engen metropolschen Kreis und zogen von Wohnung zu Wohnung, wir machten viele Witze, der eine aus jugendlichem Leichtsinn, der andere aus Verzweiflung, und ich habe wohl in jenem Jahr den meisten Sekt in meinem Leben getrunken – wir ersäuften unsere Probleme mit Sekt von unserm letzten Geld.

∼

Am vierzigsten Tag nach Vaters Ankunft in Moskau lud er mich wieder zum Abendessen ein. Ich fand ihn mit verlangsamten Bewegungen und dermaßen blass vor, dass ich innerlich aufheulte vor Mitleid. Er schwieg sich lange aus, während er eines unserer rituellen Würstchen kaute. Endlich sagte er:

»In unserer Familie gibt es schon eine Leiche. Das bin ich.« Ich schwieg, sah ihn genau an und versuchte zu verstehen, worauf er hinauswollte. Mechanisch legte er die Stoffserviette zusammen und faltete sie wieder auseinander.

»Wenn du den Brief schreibst«, fügte Vater hinzu, »dann haben wir zwei Leichen in der Familie.«

∾

Es gibt im Leben eines Schriftstellers Momente, wo man Dinge tut, deren Folgen nicht abzusehen sind. Nach dem Motto: alles auf eine Karte setzen. Entweder wandelt sich das Leben und nimmt die Form eines Künstlerschicksals an, es muss nicht unbedingt glücklich werden, vielleicht wird es sogar schrecklich – aber immerhin ist es ein Schicksal. Oder aber man verspielt alles. Und wenn man gar nichts einsetzt, dann kommt auch kein Schriftsteller heraus. Diese Rolle spielte *Metropol* in meinem Leben – der Flug in den Abgrund ... gleich, gleich werde ich zerschellen! Und dann die glückliche, beinahe wunderbare Erlösung, dank dem Opfer meines Vaters.

Nachdem ich meinen Vater politisch ermordet hatte, musste ich mich mit seiner Wiederbelebung befassen, seinem Opfer einen Sinn geben. Ich musste mich nicht an der Staatsmacht rächen, sondern schreiben. Vater hatte mich als Schriftsteller akzeptiert – ich musste beweisen, dass dem so war. Bei mir entstand eine starke Motivation zu schreiben; sie bestand aus der Archaik des Vatermords, dem Zeitgemäßen meiner literarischen Nische und der Prädestination. All dies unterwarf sich jedoch nur einer eitlen, oberflächlichen Logik. In Wirklichkeit war die Pyramide auf den Kopf gestellt, oder zumindest kam es mir so vor. Die Prädestination war es, die umgekehrt mir die Nische im Zeitgemäßen ermöglichte und den Vatermord garantierte.

∾

Einige Tage später wurde Vater von Gromyko befohlen, nach Wien zurückzukehren – und dort offiziell Abschied zu nehmen. Man setzte den KGB auf ihn an. Sie hatten Angst, der sowjetische Botschafter könnte sich in seinen großen schwarzen Mercedes setzen und auf der Suche nach Freiheit Richtung München verschwinden. Vater verschwand nicht – er verabschiedete sich von den Kollegen. Die Botschafter der sozialistischen Länder, die von dem Skandal erfuhren, erschienen allerdings nicht bei ihrem »in Ungnade gefallenen« Verbündeten, dafür drückten ihm die westlichen »Feinde« freundschaftlich die Hand und baten ihn im Flüsterton, mir Grüße auszurichten. Boykottiert wurde Vater auch von den noch vor Kurzem ihm sklavisch ergebenen Wirtschaftsangestellten und Dienstmädchen der sowjetischen Vertretung. Er und Mutter, die von der Gott sei Dank erfolgreichen Operation noch geschwächt war, mussten ihre Siebensachen selbst zusammenpacken. Auf dem Bahnhof in Wien blieben die sowjetischen Mitarbeiter vor lauter Angst, sich dem gestürzten Chef zu nähern, in einem großen Halbkreis stehen. Der Zug setzte sich in Bewegung. Eine französische Bekannte schenkte Mama, die noch an der Tür des schon fahrenden Waggons stand, Chanel Nr. 5.

∼

Plötzlich zeigte sich, dass es zwitschernde Vögel auf der Welt gibt. Es war ein sonniger Tag im Mai.

»Steig aus, antiker Mann!«

»Was ist los?«, war aus dem Auto die schläfrige Stimme von Popow zu hören, die ungefähr so klang wie die von Sokrates.

Wir saßen im frischen Gras, neben dem geflochtenen Korb hatten wir ein Tischtuch ausgebreitet, darauf lagen die von Axjonows Maja mit Liebe gemachten belegten Brote, wir kauten und fühlten, dass die Sonne kräftiger schien als in Moskau, und plötzlich wurde uns leichter. Schon nach dreihundert Kilometern auf der Kiewer Chaussee Richtung Süden (wir wollten über Kaluga fahren) machten wir das erste Mal Rast am Straßenrand. Während Vater in Wien seine Sachen packte, fuhren wir zu dritt (Axjonow, Popow und ich) mit Axjonows grünem Wolga auf die Krim. Die Erkenntnis gehört Axjonow: Die Krim ist eine Insel. Popow, der zum Koch ernannt wurde, verschlief den ganzen Weg auf dem Rücksitz, vom *Metropol*-Stress befreit.

Axjonow und ich wechselten uns am Steuer ab. Axjonow bekreuzigte sich vor jeder Kirche – er war frisch bekehrt. Er hatte das Gefühl, der KGB wolle ihn physisch vernichten. Maja, die ihn retten wollte, schlug ihm vor, das Land zu verlassen. Davon hatten sie auf ihrer neuen, vom Literaturfonds finanzierten Datscha in Peredelkino gesprochen, während wir uns alle betranken: Sie gingen schließlich schlafen, und Popow und ich leerten ohne Erlaubnis der Gastgeber noch zwei Flaschen Rosé (als ich kürzlich bei Axjonow in Biarritz war, beglich ich endlich meine alte Schuld). In Charkow reparierten wir nachts in einem Taxibetrieb sein Auto. Gegen Morgen, als es noch dunkel war, sagte Axjonow, der am Steuer saß, er habe seine Einwilligung gegeben, dass sein Roman *Gebrannt* in den USA veröffentlicht würde. Das war für mich ein schwerer Schlag.

»Aber der KGB hat dich doch gewarnt, dass du gehen musst, wenn du deinen Roman im Ausland herausbringst.«

»Ja, davon war die Rede«, gab Axjonow zu.

»Dann gehst du also?«

»Wieso denn?«

»Du hast deine Abmachung mit dem KGB gebrochen.«

»Nach *Metropol* hat sich alles geändert.«

»Aber wir haben doch gesagt, dass wir *Metropol* nicht machen, um abzuhauen.«

Das hatten wir der ganzen Welt verkündet, und das war

unsere Stärke. Wir fuhren schweigend weiter. Dann ging links von uns stürmisch die ukrainische Sonne auf, wir näherten uns Saporoschje, und ich dachte: Na schön, vielleicht geht der Kelch an uns vorüber!

Auf der Krim, im Schriftstellerhaus in Koktebel, trafen wir Iskander.

»Das Meer ist kalt«, beschwerte sich Iskander. Man konnte nicht sagen, dass er sich schrecklich freute, uns zu sehen.

Als wir schon ein paar Calvados getrunken hatten, fiel ihm plötzlich etwas ein:

»Ich habe einen anonymen Brief bekommen.«

Er zeigte ihn uns: »Gute Nachricht, du Lump! Deine beiden feinen Freunde sind aus dem Schriftstellerverband geflogen.«

»Wer ist geflogen?«, wunderte sich Popow.

»Alles Quatsch!«, sagte ich.

Wir tranken Selbstgebrannten aus Trauben, und unsere Laune passte wieder zur Krim.

∼

Beschluss des Sekretariats des Schriftstellerverbands der RSFSR:

»In Anbetracht dessen, dass die Werke der Autoren Jewgeni Popow und Viktor Jerofejew auf der Mitgliederversammlung der Moskauer Schriftstellerorganisation einstimmig negativ bewertet wurden, hebt das Sekretariat des Vorstandes des Schriftstellerverbands der RSFSR seinen Beschluss über die Aufnahme Jewgeni Popows und Viktor Jerofejews in den Schriftstellerverband der UdSSR auf.«

∼

Auf dem Belorussischen Bahnhof wurden meine aus Wien zurückkehrenden Eltern nicht von einem einzigen offiziellen Vertreter des Außenministeriums abgeholt. Ich konnte Vater mit der Nachricht »erfreuen«, dass ich soeben aus dem Schriftstellerverband ausgeschlossen worden war, was ich aus der Zeitung erfahren hatte. Vater nickte finster.

»Vielleicht sollte ich eine Pressekonferenz für ausländische Journalisten geben?«, fragte er mich, als wir die elterliche Wohnung betraten.

In diesen Zeiten wäre das ein Akt selbstmörderischen Dissidententums und der direkte Weg in die Klapsmühle gewesen – ich versuchte, es ihm auszureden. Der Ausschluss aus dem Schriftstellerverband war der literarische Tod. Das eherne Gesetz hieß: Ausgeschlossene werden nicht gedruckt. Die Staatsmacht griff, zugegeben geschickt, zu Banditenmethoden – auf die Jungen einschlagen, um alle anderen einzuschüchtern und auseinander zu bringen. Aber unsere *Metropol*-Mitstreiter – diejenigen, die noch im Schriftstellerverband waren – schrieben einen Protestbrief: Wenn man die beiden nicht wieder aufnimmt, treten wir aus – Axjonow, Bitow, Iskander, Lisnjanskaja, Lipkin. Einen sinngemäß ebensolchen Brief, der aus einigen schiefen Zeilen bestand, schrieb auch Bella Achmadulina. Die »Stimme Amerikas« berichtete unverzüglich darüber. Wir gingen in die nächste Runde des Widerstands.

Am 12. August 1979 veröffentlichte die *New York Times* ein Telegramm amerikanischer Autoren an den Schriftstellerverband der UdSSR. Vonnegut, Styron, Updike (der auf Axjonows Einladung mit einem Auszug aus seinem Roman *Der Umsturz* bei *Metropol* dabei war), Miller und Albee setzten sich für uns ein. Sie forderten, uns wieder in den Verband aufzunehmen. Es war klar, dass sie es andernfalls ablehnen würden, ihre Werke in der UdSSR drucken zu lassen.

Im Schriftstellerverband war man ziemlich verunsichert. Es begannen monatelange Verhandlungen über unsere Wiederaufnahme.

Jedenfalls befasste sich aufgrund des Telegramms aus Amerika nun einer der großen Chefs des Schriftstellerverbands mit Popow und mir, Juri Wertschenko, der nicht zum ersten Mal mit Dissidenten »arbeitete«. Gewichtig, dick, odiös, hatte Wertschenko Ähnlichkeit mit einem großen Gangster aus Chicago. Die oberen Ebenen des Verbands stellten, wie mir schien, ein Labyrinth allgemeiner Kriecherei und Speichelleckerei dar. Die Obrigkeit behandelte uns betont höflich – wir waren Feinde, aber mit Untergebenen, einschließlich Kusnezow, ging man äußerst verächtlich um. Doch niemand beschwerte sich, man hielt das für normal. Einmal tauchte in Wertschenkos Büro in jenem Haus auf der Powarskaja, wo der Legende nach der erste Ball von Natascha Rostowa stattfand, Georgi Markow auf, der gesichtslose oberste Chef aller sowjetischen Schriftsteller, um einen Blick auf uns zu werfen. Wertschenko richtete sich auf und fing an zu schreien:

»Und ich sage Ihnen, Ihr *Metropol* ist ein Haufen Scheiße!« Markow ging ein paar Schritte auf und ab, schnüffelte in der Luft herum und verschwand, ohne guten Tag oder auf Wiedersehen gesagt zu haben.

»Warten Sie ab«, spottete Wertschenko, wieder an uns gewandt, »wenn wir Sie wieder aufnehmen, haben Sie gute Karten – Sie kennen dann schon alle Chefs.«

Er verlangte von uns, sämtliche Kontakte zum Westen abzubrechen.

»Und was haben Sie da für eine Tasche?«

Wertschenko fürchtete sich sehr vor der Tasche, die Popow immer dabeihatte, denn er glaubte, dass ein Kassettenrekorder darin versteckt sei.

Meine *Metropol*-Freunde bekamen von der Heldentat meines Vaters nichts mit. Die Achmadulina war aufmerksam geworden. Wyssozki erkundigte sich – die Übrigen nicht. Nie fragte irgendjemand, was mit ihm sei.

Dank sei jedoch Sergej Petrowitsch Kapiza. Er war ein würdiger Sohn von Pjotr Leonidowitsch, mit dem ich einmal beim Mittagessen über Schestow diskutiert hatte. Sergej Petrowitsch lud meine Eltern zu sich auf die Datscha nach Nikolina Gora ein. Darüber schrieb meine Mutter in den Neunzigerjahren in ihrem Buch *Neskutschny sad.* Mama schrieb offen über die Dinge hinter den Kulissen des Außenministeriums, aber sie erwähnte nicht ein einziges Mal ihren Mann – den Ingenieur ihres Lebens. Also hatte auch Mama seine Heldentat nicht bemerkt. Was hatte er sich zu Schulden kommen lassen?

Ein unvergesslicher Oktober in Krasnaja Pachra. Ich fuhr zu Trifonow auf die Datscha. Trotz des Unterschieds in Alter und Geschmack waren wir befreundet. Er war damals ein viel gelesener Schriftsteller. Auf einem Zeitungstischchen lagen Übersetzungen seiner Romane. Ich verstand nicht, wie er Platonow nicht mögen konnte, aber sympathisch war mir, dass er als Fußballfan sich nicht für die sowjetische Nationalmannschaft begeisterte. Es war ein klarer Herbsttag. Wir wollten gerade Tee trinken, da kam Axjonow. Er erzählte, hauptsächlich an Trifonow gewandt, er habe gestern Kusnezow getroffen. Das ist ja eine Neuigkeit! Bedeutet das eine Versöhnungschance? Kusnezow sei einverstanden, seine ganze Familie ins Ausland zu lassen. Das Ganze wirkte so, als handle es sich um einen Sieg für Axjonow. Sie standen auf der Terrasse – große, erwachsene Schriftsteller, ich war ein junger und naiver Idealist.

»Das ist ein Sieg für Kusnezow«, sagte ich. »Er hat es ja überall herumposaunt, dass du abhauen wirst.«

»Wenn sie euch wieder aufnehmen, dann gehe ich nicht.«

»Wie sollten sie das tun«, platzte ich heraus, »wenn du ...«

Das Thema wurde zum Hauptthema jenes Herbstes. Maja lehrte Popow und mich Tapferkeit. Ich hörte schlecht auf diese Worte. Gleichzeitig gingen die Verhandlungen mit dem Schriftstellerverband weiter. Sergej Michalkow schaltete sich in das Spiel ein. Innerhalb der Struktur des Verbands verwaltete er die Geschicke der Schriftsteller. Über Aufnahmen und Ausschlüsse wurde auf der Ebene der Republik entschieden. Äußerlich benahm sich Michalkow durchaus liberal. In die Stille seines riesigen Arbeitszimmers auf dem Komsomolski-Prospekt hinein sagte der Verfasser der sowjetischen Nationalhymne, dass von uns »ein Minimum an politischer Loyalität« erwartet werde.

Wir schrieben einen kurzen Antrag auf Wiederaufnahme in den Verband.

∼

Es wurde Dezember. Popow und ich wurden ins Sekretariat des russischen Schriftstellerverbands bestellt. Wir beschlossen, nicht hinzugehen: Da man uns in Abwesenheit ausgeschlossen hatte, konnte man uns ja auch in Abwesenheit wieder aufnehmen. Doch am Abend zuvor versicherte Wertschenko, dass alles mit den nötigen Personen vereinbart worden sei und wir der Form halber erscheinen sollten, denn die Genossen aus der Provinz könnten unser Fernbleiben missverstehen. Am selben Tag trafen wir Axjonow. Das ist wichtig, denn bis zum heutigen Tag kursiert die Mei-

nung, er hätte *Metropol* nur deshalb gemacht, um sich in den Westen abzusetzen. Wassili sagte:
»Wenn sie euch wieder aufnehmen, wird alles gut.«
Er hatte sogar vor, einen Tag später zu irgendeiner Versammlung der Revisionskommission zu gehen, deren Mitglied er war. In der Nacht vor der Schlacht dachten Popow und ich darüber nach, was werden würde. Wir wussten, dass uns ein Kampf bevorstand. Wir dachten, dass sie uns erniedrigen und zu Reuebekenntnissen zwingen würden, um dann in der *Literaturnaja gaseta* unsere kläglichen Worte zu drucken, dass sie uns mit Scheiße überschütten würden. Aber letzten Endes würden sie uns aufnehmen, und das bedeutete, dass der Verband sein sowjetisches Wesen ändern würde. Wir betrachteten die Wiederaufnahme als Sieg.

In den Fenstern der Stadtvilla spärliches Dezemberlicht. Popow und ich standen im Flur und rauchten. Sein sokratisches Profil zierte eine Grimasse der Schicksalsverachtung. Die Versammlung wartete auf Kusnezow. Er kam geräuschvoll herein, ganz Chef, im Pelzmantel, und ging an uns vorbei in den Saal, ohne uns zu grüßen.

»Vielleicht sollten wir lieber verduften?«, fragte Popow stirnrunzelnd.

Doch wir blieben. Man ließ uns lange warten, bevor man uns aufforderte hereinzukommen, allerdings nicht zusammen, sondern einzeln. Als Erster ging Popow: Als Mann aus dem Volke, als Sibirier konnte er angeblich die Situation in gewisser Weise entschärfen. Schwer zu sagen, ob das Ergebnis so vorher geplant gewesen war. Vielleicht hatten sie von oben erst eine und dann eine andere Anweisung erhalten. Das Ganze spielte sich buchstäblich am Tag vor dem Einmarsch in Afghanistan ab, und die Oberen hatten liberale »Entspannung« nicht mehr nötig. Jedenfalls muss irgendwer in den »höchsten Sphären« gewesen sein. Vermutlich Kusnezow, denn er eröffnete die Versammlung mit einer zündenden Rede gegen *Metropol*.

Sie saßen an einem langen Tisch und fuchtelten empört mit den Armen: Es sah aus wie ein Gewirr von Schlangen. Hinter dem Tisch des Vorsitzenden – Sergej Michalkow und Juri Bondarew. Bondarew sagte kein Wort, aber seine Entrüstung drückte er durch pathetische Mimik und Gestik aus – mal griff er sich an die Stirn, mal streckte er die Arme in die Luft. Valentin Rasputin, den Popow kannte, ging mittendrin zu einer anderen Sitzung. Michalkow heuchelte Gerechtigkeit und Leidenschaftslosigkeit. Als alle zu schreien begannen: »Wir haben ihnen genug zugehört!«, wandte er ein:

»Nein, Genossen, wir müssen uns mit allem richtig auseinandersetzen.«

Dass man uns einzeln vorsprechen ließ, hatte überhaupt keine Bedeutung. Wir lachten nachher, denn wir hatten absolut gleiche Antworten gegeben. Sie wollten alles auf Axjonow schieben. Wer hat Sie zu diesem Unternehmen angespitzt? Popow sagte, er sei dreiunddreißig und er könne selbst die Verantwortung für sein Handeln tragen:

»Ich bin doch kein Bleistift, den man anspitzt.«

Wir hatten verabredet, dass Schenja mir beim Herauskommen ein Zeichen geben würde, wie es war: gut, soso oder schlecht ... Popow kam raus und winkte nur ab. Mich fragten sie sofort:

»Meinen Sie, dass Sie sich an einer antisowjetischen Aktion beteiligt haben?«

Es war nicht schwierig zu begreifen, woran hier gestrickt wurde: Beteiligung an einer antisowjetischen Aktion – das lief auf Paragraf 70 des Strafgesetzbuches der RSFSR hinaus (fünf bis sieben Jahre Gefängnis unter erschwerten Bedingungen) und nicht auf Wiederaufnahme in den Schriftstellerverband. Kusnezow sagte:

»Wie konnten Sie, der Sie über alle möglichen Sartres schreiben, nicht begreifen, dass man Sie als Steinchen in einem großen politischen Spiel benutzt!«

Ganz anders benahmen sich Rassul Gamsatow, Mustai Karim und David Kugultinow. Einmal stand Gamsatow auf und sagte zu Popow:

»Gut geantwortet, Junge! Nehmen wir sie auf, und basta!« Als Popow herauskam, folgte ihm Karim und sagte:

»Alles richtig, was ihr gesagt habt, aber wem sagt ihr das?«

Nach der Sitzung kam der eine oder andere zu uns und drückte uns die Hand. Später erfuhr ich, dass der Beschluss einstimmig war. Es gab eine lange Pause. Sie berieten. Wir saßen auf dem Flur. Es wurde bereits dunkel. Dann rief man uns zusammen auf. Wir standen vor dem Saal, links von Michalkow. Wieder bewegten sich die Schlangen. Ein gewisser Schundik verlas den Beschluss. Er wurde präsentiert in der Fassung von Daniil Granin, der seit der Perestroika das »Gewissen Russlands« ist. Die Fassung war eindeutig: Ausschluss aus dem Schriftstellerverband bis auf Weiteres. Die junge, hoch gewachsene Sekretärin, die an einem seitlich stehenden Tisch die Versammlung protokollierte, sah uns mitleidig an. In ihren Augen standen echte Tränen. Sie glaubte wahrscheinlich, dass man Popow und mich direkt aus dem Saal nach Sibirien verfrachten würde. Ich lächelte ihr zu. Als alle schon auseinander gegangen waren, flüsterte Michalkow uns zu:

»Jungs, ich habe alles getan, was ich konnte, aber gegen mich waren vierzig Leute.«

Vielleicht war er diesmal ja wirklich nicht der schlimmste Aufhetzer gewesen?

All das geschah zwei Tage vor Stalins hundertstem Geburtstag.

∼

»Auf die Weise hat der Schriftstellerverband den Geburtstag des Vaters aller Völker gefeiert«, sagte ich spöttisch zu Craig Whitney, dem damaligen Moskauer Korrespondenten der *New York Times*, der an der Tür des Schriftstellerverbands auf der Lauer lag. Craig begann etwas auf seinem schmalen Block zu notieren.

»Jetzt bin ich, nach ihren Maßstäben jedenfalls, ein ›ehemaliger‹ Schriftsteller«, sagte Popow. »Gehen wir darauf einen trinken.«

»Und Ihre Freunde?«, fragte Craig. Er trug eine russische Mütze. Sein Atem dampfte. »Treten die jetzt aus, wie sie es versprochen haben?«

Gute Frage. Popow und mir fiel ein, dass Andrej Wosnessenski inzwischen zu einer Nordpolexpedition verschwunden war, und deshalb forderten wir sie für alle Fälle mit einem freundschaftlichen Brief auf, im Verband zu bleiben, um den liberalen Flügel nicht weiter zu schwächen.

Bitow, Iskander und die Achmadulina waren umsichtig genug, unserer Aufforderung nachzukommen.

Lipkin und die Lisnjanskaja traten jedoch aus und lebten jahrelang würdig in Armut. Ihnen erging es am schlechtesten von allen: Sie verloren ihre Existenzgrundlage. Axjonow trat ebenfalls aus, aber sein »Ausreisepoker« schwächte unsere Einheit. Bald darauf erhielt er eine Einladung von einer amerikanischen Universität, reiste aus und verlor die sowjetische Staatsbürgerschaft.

∼

Die Idiotie der Dissidenten war bisweilen das Spiegelbild der Idiotie der Staatsmacht. Lew Kopelew, besonders in Deutschland populär, sagte damals, dass meine Erzählungen in *Metropol* faschistisch seien. Wie die Direktorin der Schule Nr. 122. Dieser Ruf haftete mir lange Jahre unter westlichen Slawisten an, und als Kasacks *Lexikon der russischen Literatur ab 1917* erschien, wunderte ich mich nicht, meinen Namen darin nicht zu finden. Auch Iskander war gegen meine Erzählungen. Er sagte offen, sie hätten mit ihrer moralischen Fragwürdigkeit den Almanach verdorben. Eine seltsame, ausweglose Situation. So viel Kampf – wofür? Ich fühlte mich – im Spiegel der allgemeinen Meinung – wie ein frecher Kater, der aufs Sofa gemacht hat. Ich lächelte schuldbewusst, wie ein Systemfehler. Später, schon nach *Metropol*, schrieb ich die Erzählung »Der kleine Papagei« und brachte sie meinen Freunden Boris Messerer und Bella Achmadulina zum Lesen. Boris gab sie mir heimlich im Flur seiner Datscha in Peredelkino zurück und sagte, dass Bella, wenn sie sie gelesen hätte, mir die Freundschaft aufkündigen würde. Bitow hielt meine Prosa für kalt berechnende Texte des Literaturwissenschaftlers und verglich sie mit der Prosa meines Namensvetters, des Naturtalents. Im Unterschied zu Popow, dessen *Metropol*-Publikation von einem »Teufelsdutzend Erzählungen« ihn zum Liebling der Intelligenzija machte, wurde ich weder von den einen noch von den anderen gemocht. Erst viel später verstand ich, dass das mein Glück war. Wohl nur Weniamin Alexandrowitsch Kawerin, der mit dem Musical *Nord-Ost* posthum zu weltweiter Berühmtheit gelangte, unterstützte meine ersten literarischen Versuche und wurde meine schmale persönliche Brücke zur literarischen Kultur der Zwanzigerjahre. Aber eigentlich wollte ich nicht darüber sprechen. Das Gedächtnis ähnelt einer Leiche, die von ihrem geliebten Hund abgenagt wurde.

Als ich dem polnischen Schriftsteller Tadeusz Konwicki begegnete, den ich damals zur Mitarbeit an *Metropol* hatte einladen wollen, aber in Warschau nicht finden konnte, fragte ich ihn, warum er nicht seine Erinnerungen schreibe.
»Ich kann mich an nichts erinnern«, sagte der Pole.
»Dann schreib ein Buch der Erinnerungslosigkeit!«
Das ist sehr viel interessanter. Wie oft bin ich zu Kawerin auf die Datscha nach Peredelkino gefahren! Was haben wir gemacht? Tee getrunken – ich befragte ihn gierig zum literarischen Alltag der Zwanzigerjahre, zu Pasternak, Fadejew, Schklowski, seinem Verwandten Tynjanow. Ich sah vor mir den Zeitgenossen einer großen literarischen Epoche, den Autor der Novelle *Die Tonne*. Kawerin erzählte ohne Eile. Er lebte an der frischen Luft, er war ein rosiger, ehrlicher alter Mann. Ich hörte aufmerksam zu. Ich erinnere mich an nichts von dem, was er sagte. An kein einziges Wort. Bis auf seine spitzen Bemerkungen über die Memoiren von Nadeschda Mandelstam, aber das war ein Text und kein mündliches Erzählen. Mein Gedächtnis hat man abgezogen wie Wasser aus dem Spülkasten der Toilette, um das Unreine runterzuspülen. Vor diesem leblosen Keramikhintergrund sehe ich nur die bis auf die Knochen durchgefrorene Freundin Mascha, die aus verständlichen Gründen nicht zum Klassiker vorgelassen wurde, mit wütend hochgezogenen kaukasischen Augenbrauen, die die ganze lange Zeit, die ich, beim Tee sitzend, der Literatur widmete, einsam, die Nase hochziehend, auf der eisigen Gorki-Straße in Peredelkino spazieren ging. Ich rechtfertigte mich, während ich in den kalten Schiguli einstieg. Ich weiß, was weiter sein wird. Es wird Frühling. Weniamin Alexandrowitsch und ich gehen auf seinem Grundstück spazieren. Ich bin seine letzte Liebe. Er bleibt bei einem Bäumchen mit winzigen frischen grünen Blättern stehen, flüstert:

»Sehen Sie, hier sind meine Erinnerungen vergraben. Das ist ein Geheimnis, nur dass Sie Bescheid wissen.«

Ich schwöre. Ich bin stolz. Ich bin eine Vertrauensperson. Ich werde sie unbedingt ausgraben. Im Ausland veröffentlichen. Wir gehen Tee trinken. Einen Monat später:

»Gehen wir in den Garten?«

Ob er sie woanders vergraben und versteckt hat? Wir nähern uns dem leuchtend grünen Bäumchen.

»Sehen Sie, hier sind meine Erinnerungen vergraben. Das ist ein Geheimnis, nur dass Sie Bescheid wissen.«

Ich bin eine Vertrauensperson. Ich werde sie ausgraben. Wir gehen Tee trinken. Einen weiteren Monat später:

»Gehen wir in den Garten?«

Gut. Das Bäumchen bekommt schon Früchte. Das sind Äpfel. Soll ich es ihm sagen? Er flüstert wie ein Verschwörer:

»Sehen Sie, hier sind meine Erinnerungen vergraben. Das ist ein Geheimnis, nur dass Sie Bescheid wissen.«

Ich schwöre. Ich bin stolz. Wenn ich Glück habe, ist das meine Zukunft. Eine andere ist mir nicht gegeben. Ich liebe dieses Theaterstück in drei Akten: Ich hatte immer schon vermutet, dass das Gedächtnis die Möglichkeit des reinen Stils besitzt (die Philister des moralischen Gedächtnisses finde ich lächerlich). Weniamin Alexandrowitsch:

»Wie oft schreiben Sie einen Text um?«

»Und Sie?«

»Ich? Oft. Ich feile und feile. Und Sie?«

»Wie es sich ergibt.«

Weniamin Alexandrowitsch verschaffte mir nach *Metropol* die Möglichkeit, etwas mit Fernsehdrehbüchern zu verdienen. Ich stehe bis zum Hals in Kondensmilch. Ich liebe das Rohe bei der Erstfassung eines Manuskripts. Zwei extrem prinzipielle Leute statteten mir zu Hause einen Besuch ab. Er – Schriftsteller, sie – Chefin der Familienideologie.

Beide – Amnesty International nahestehend. Vergangene *Metropol*-Zeit. Er erklärte, dass ich als CIA-Agent wissen müsse, was mit meinem Freund Popow los sei.

»Wie kommen Sie darauf, ich sei CIA-Agent?«

Der Dissident warf einen Blick auf den Stapel amerikanischer Zeitschriften auf meinem Schreibtisch und lächelte:

»Du hast alle amerikanischen Journalisten in Moskau in der Hand. Sie zitieren dich als ihren Boss.«

Ich schwieg.

»Und Popow ist KGB-Agent.«

Ich stellte mir uns beide vor und brach in schallendes Gelächter aus wie Stalin, den mein Vater zum Lachen gebracht hatte. Der Schriftsteller wartete, bis ich aufgehört hatte.

»Das ist kein Scherz«, sagte er.

»Vielleicht weiß ich es als CIA-Agent besser?«, fragte ich. Er sah mich ängstlich an. In seinen Augen verwandelte ich mich in einen transatlantischen Kommandeur.

»Und woher wissen Sie, dass er KGB-Agent ist?«

»Wir waren neulich in Peredelkino. Wir saßen an einem Tisch. Ich habe gefragt, wer die Idee unterstützt, die Sowjetmacht mit Gewalt zu stürzen. Viele haben das unterstützt. Popow hat sich bloß in Schweigen gehüllt.«

»Wenn er KGB-Agent wäre«, sagte ich, »dann wäre er der Erste gewesen, der sich für den Umsturz ausgesprochen hätte.« Eine peinliche Pause trat ein. Der Schriftsteller fand seine Fassung wieder.

»Er ist aber ein feiger Agent.«

»Raus«, sagte ich und stand auf.

Bis dahin hatte ich noch nie jemanden hinausgeworfen. Die Kultur-Groupies (hauptsächlich Jüdinnen: Jessenin hat irgendwo gesagt, seine liebsten Verehrerinnen seien Jüdinnen) erklärten mich zum Helden, und in jenen Monaten, als meine Eltern und meine Frau Depressionen hatten angesichts des realen Fehlens einer Zukunft, setzte ich meinen Plan, ein Gelage in den Zeiten der Pest zu veranstalten, in die Wirklichkeit um. Ich kam morgens nach Hause in die Wohnung am Leninski-Prospekt, nach Parfüm und Sperma riechend. Ich schloss die Tür auf. Meine Frau stand vor mir, zugequalmt vom Kettenrauchen. Wo warst du? In meinen vertikalen Pupillen turnten die beiden hübschen Schwestern herum. Meine Frau, die die ganze Nacht nicht geschlafen und sich Sorgen gemacht hatte, ob mich vielleicht der KGB kassiert hätte, schlug mir weinend ins Gesicht. Ich schlug zurück. Sie fiel zu Boden. Ein Element des unmenschlichen Spiels wurde Teil meiner Schriftstellernatur.

∼

Wem gefiel es, dass mein Vater Opfer wurde und ich dermaßen zur Vernunft kam, dass ich mich selbst fand? Es geht nicht um die historischen Mächte. Im Gegenteil, das väterliche Opfer brachte in der Gorbatschow-Zeit auch positive Früchte. Man hatte sogar Bedenken, mit derselben Gleichgültigkeit, mit der man die Botschafter in der ganzen Welt per Brief, Telefonanruf oder allzu lang anhaltendem Schweigen vor die Tür setzte, Vater in Pension zu schicken. Solche Sprünge der Geschichte wollten jedenfalls nicht in meinen Kopf.

Ich neigte eher zu anderen Überlegungen: Das größte Paradoxon der russischen Geschichte, dachte ich, besteht darin, dass Stalin trotz allem in der Geschichte Russlands ein positiver Volksheld bleiben wird. Die Liebe zu Stalin ist der Indikator für die Archaik des russischen Volkes. Und wirklich: In den Neunzigerjahren ist man, ungeachtet aller Entlarvungen, nicht mit ihm fertig geworden. Er hat überlebt. Auf seiner Seite ist der Traum.

Zu diesen Gedanken muss ich nun wieder zurückkehren. Anfang des 21. Jahrhunderts – wer winkt uns da von Weitem freundlich zu?

Alles Schlechte an Vater kam von der Diplomatie, aber er gab mir die Möglichkeit, das Zyklische der russischen Geschichte zu erkennen. Die Straflosigkeit Stalins ist absolut. Was bedeutet dieses Absolute? Russland war bereit, Stalin in sich aufzunehmen, doch letzten Endes wurde es nicht fertig mit dieser Aufgabe und blamierte sich ein wenig, und er entfernte sich von den Russen, um verkehrt verstanden zu werden.

Stalin ist heute Machtkult, Sehnsucht nach dem Imperium, nach Ordnung, Respekt vor Grausamkeit und Verrat. Stalin – das ist die Entstehung einer neuen Angst. In jedem Vorgesetzten in Russland steckt ein kleiner Stalin. Auch ich spüre Stalin in mir. Er wälzt sich schlaflos in meinem Bewusstsein hin und her. Mein Stalin ist ein großer Künstler des Lebens. Er winkt mit der rechten Hand – und die Tschetschenen verlassen den Kaukasus. Er winkt mit der linken Hand – halb Europa baut den Sozialismus auf. Man möchte meinen, Stalin hat die Zukunft eines neuen Napoleons. Man möchte meinen, Stalin ist der Höhepunkt des Antidemokratismus der Russen und ihrer antieuropäischen Werte, des »Breis in ihrem Hirn«. Die Hälfte des heutigen Russlands sieht Stalin nicht als Bösewicht, und das ist nicht zufällig. Stalin ist nach russischem Schnittmuster gemacht. Die Kinder strecken ihre Händchen nach ihm aus: Papa! Papa!

Wie das? Wo doch die Russen ein verächtliches Verhältnis zu »Bastarden« haben und sie nicht als die Ihren akzeptieren. Ihn aber haben sie nicht nur akzeptiert, sondern sich vor ihm zu Boden geworfen. Stalin war in Wirklichkeit ein ungebildeter, beschränkter Mensch, verschlossen und nachtragend. Da sitzt er und schneidet Bilder aus der Zeitschrift *Ogonjok* aus. Eine seltsame Vermutung rührt sich in mir: Das ist Konspiration. Wozu in vollem Glanz erscheinen? Der Glanz dringt sowieso mit seinen Strahlen durch diese Bilder. Und die Garderobe? Zwei Uniformjacken, eine für festliche Anlässe und eine für jeden Tag, ein paar Stiefel. Nach seinem Tod waren alle verblüfft über die Dürftigkeit seiner Garderobe. Auch das – Konspiration. Und seine Nationalität – umso mehr.

In der russischen Literatur existieren Dutzende von Stalin-Bildern: der Tyrann, der Sadist, das Genie, der Witzbold, der Führer, der Perverse, der Sieger.

Wer war er in Wirklichkeit?

Die russische Literatur ist mit Stalin nicht fertig geworden. Sie verwandelte den Generalissimus in einen Henker, den Henker in einen Generalissimus. Sie drehte und wendete das Bild ohne jeden Sinn. Sie bemerkte nicht, dass Stalin dem russischen Volk erschien wie Jesus Jossifowitsch. Nur kam Jossif Wissarionowitsch zu einem anderen erwählten Volk – nannte sich Gottesträger – heiße den Gast willkommen! –, damit der Gast für immer beim Volk bleibe. Russland ist eines guten Stalin würdig.

∾

Und Vater? Für würdig befunden, zu den jungen Schülern zu gehören, vorgemerkt und vielleicht sogar geliebt vom alles sehenden Auge:

»Schenkt ihm Champagner ein!«

Ein Held sollte man nicht länger als drei Tage sein, so wie Gast in einer anständigen Familie, denn danach fault und stinkt das Heldentum wie alter Fisch. Aber mein arbeitsloser Vater hielt sich weiterhin großartig, er verurteilte mich kein einziges Mal, ungeachtet aller Umstände. Mama verurteilte mich auch nicht, obwohl sie mehr als einmal murrte. Von meiner Frau bekam ich das Wort »Unglücksrabe« zu hören, aber dann nahm sie es wieder zurück. Pan Zygmunt schlug mir vor, nach Polen zu ziehen und dort eine Würstchenbude aufzumachen. Mit der *Metropol*-Bruderschaft war es vorbei. Für mich endete sie in einer blutigen Schlägerei mit Bitow, spät in der Nacht am alten Neujahrsfest 1980 auf Achmadulinas Datscha in Peredelkino. Wir unterstellten einander unsaubere Absichten und hätten uns beinahe gegenseitig umgebracht.

Metropol seinerseits brachte die sowjetische Literatur um. Erdacht von mir, zusammengesetzt von uns allen, den »Metropolzen«, riss die Bombe die sowjetische Literatur in Stücke. An ihrer Stelle begann eine andere Literatur zu enstehen. *Metropol* war ein Vorbote der russischen Freiheit.

1989 organisierten wir zum zehnten Jahrestag von *Metropol* eine aufsehenerregende Präsentation der ersten Moskauer Ausgabe des Almanachs.

1999 feierten wir zum zwanzigsten Jahrestag von *Metropol* mit Sekt und Tanz im Atelier von Messerer, wo auch gleich eine Fernsehdokumentation zur Geschichte des Almanachs gedreht wurde.

Im Januar 2004 beschrieben Presse, Rundfunk und Fernsehen groß und breit die historische Bedeutung von *Metropol*, der fünfundzwanzig Jahre alt geworden war. Doch »unseren« Feiertag gab es nicht mehr. »Wir« hatten uns aufgelöst und in eine Legende verwandelt. Nur Bitow und ich – wir saßen gerade bei mir zu Hause zusammen – stießen mit Tequila auf die guten alten Zeiten an.

Zum letzten Mal kehre ich ins *Metropol*-Jahr zurück. Einmal sagte Vater zu mir, nicht ohne sich zu genieren:

»Es gibt nur einen Menschen, der mich retten kann. Das bist du.«

Er bat mich, einen Brief an Breschnew zu schreiben, keinen Reuebrief, sondern einen in dem Sinne, dass »der Vater für den Sohn nicht verantwortlich zu machen« sei. Ich schrieb an den Generalsekretär des ZK der KPdSU (»Lieber Leonid Iljitsch«), dass es mir unerträglich sei, meinen Vater arbeitslos zu sehen, und wenn sich die Situation nicht ändere, wisse ich nicht, was ich mir antue – das heißt, ich hänge mich auf.

Ich wusste nicht, wie ich es anstellen sollte, dass der Brief auch seinen Adressaten erreichte, darum nutzte ich meine toten Beziehungen aus der Zeit der »goldenen Jugend« und rief an der Staraja-Ploschtschad einen von Breschnews Referenten an.

»Ich muss einen Brief übergeben«, sagte ich.

»An wen?«

Vor Aufregung antwortete ich, ohne es selbst zu wollen, wie es dissidentischer gar nicht ging:

»Leonid Breschnew.«

Im Hörer kaltes anhaltendes Schweigen. »Leonid Breschnew« wurde er in den Nachrichten der ausländischen Rundfunksender genannt. Ich hatte keine Chance. Doch als der Referent sich ausgeschwiegen hatte, sagte er:

»Bringen Sie den Brief in die Poststelle auf der Staraja-Ploschtschad.«

Er erklärte, wie und wohin.

»Danke.«

Es kam keine Antwort von der Staatsmacht. Die Zeit verging. Mir war, zugegeben, nicht gerade wohl zu Mute. Anfälle von seltsamer Zerstreutheit begannen, ich konnte mich nicht mehr ans Steuer setzen – ein Schwindelgefühl machte mir zu schaffen. Ich wusste tatsächlich nicht mehr, was ich mit meiner Drohung, meiner persönlichen Erpressung tun sollte. Wann sollte ich mich aufhängen: in einer Woche, in einem Monat? Von Zeit zu Zeit, wenn ich mich morgens im Spiegel ansah, betastete ich meinen suizidalen Hals. Ist es so weit?

Endlich erlöste mich die Staatsmacht von meinen Zweifeln. Nach dem Willen Breschnews ordnete Gromyko an, Vater in den zentralen Apparat des Außenministeriums am Smolensker Platz aufzunehmen. Vater musste unterschreiben, dass er (der Diplomat!) sich nicht mit Ausländern treffen werde. Er bekam eine einzigartige, eine kafkaeske Zwangsarbeit zugeteilt. Jeden Tag um neun Uhr betrat er sein Arbeitszimmer, um auf dem Schreibtisch lediglich die neueste Ausgabe der *Prawda* vorzufinden. Die Übereinstimmung mit der Flugbahn Molotows war eine merkwürdige Grimasse des Schicksals. Er saß an einem leeren Schreibtisch und sah sowjetische Zeitungen und TASS-Meldungen durch. Andere Materialien bekam er nicht. Molotow hatte übrigens vor seiner Pensionierung denselben Posten wie mein Vater in Wien. Als er Molotow das letzte Mal in Schukowka begegnete, fragte jener:

»Na, Jerofejitsch, wie geht's?«

»Ich bekomme Ihren Posten.«

»Wie das?«

So eben. Ohne Eile kaute er auf dem grünen Tuch des Eichenschreibtischs die hämorrhoidalen Trauben der Parteinachrichten durch. Er erhielt ein anständiges Gehalt.

»Wladimir Iwanowitsch, möchten Sie einen Tee?« Er hatte eine eigene Sekretärin.

»Danke, Assja.«

Und weiter nichts. So ging das einige Jahre.

An den Wochenenden spielten wir allerdings Tennis. Das Turnier zog sich hin – denn wir lebten ja nun in einem Land.

Ich hatte keine Angst mehr, gegen ihn zu gewinnen, und das Plopp-Plopp des Balls, das im Wald bei der Datscha widerhallte, flößte mir aus irgendeinem Grunde die vage Hoffnung auf Veränderungen ein. Ich glaubte daran, ungeachtet des ganzen Sowjetsumpfs ringsum. Ich spürte die unterschwelligen Stöße der Zukunft, als ginge ich damit schwanger. Das Leben hatte gerade erst begonnen – und ich wollte so gern leben.

Ich hatte mich von einem »Privilegiertensöhnchen« zu einem freien Schriftsteller gemausert – das heißt, im Grunde war ich »nichts« geworden, wie ich es Picasso versprochen hatte, und in den Sommernächten schrieb ich meinen ersten Roman, *Die Moskauer Schönheit*. Das Versteckspiel des Schicksals endete mit der Demonstration seiner vollkommen neuen Möglichkeiten. Als das Buch fertig war, erwachte ich als anderer Mensch. Ich verstand: Das existiert.

Viktor Jerofejew, 1947 in Moskau geboren, wurde durch seinen 1989 erschienenen und in 27 Sprachen übersetzten Roman *Die Moskauer Schönheit* weltweit bekannt. Bereits 1979 wurde er wegen seiner Beteiligung an der Literaturanthologie *Metropol*, in der von der Zensur verbotene Texte erschienen, vom Schriftstellerverband der UdSSR ausgeschlossen. Nach dem Zusammenbruch der Sowjetunion gab er diesen von ihm als »Röntgenapparat, der die ganze Gesellschaft durchleuchtete« bezeichneten Almanach in einer Reihe neu heraus. Zudem ist er Herausgeber der ersten russischen Nabokov-Ausgabe. Jerofejew gilt als kritischer Intellektueller wie auch als einer der bedeutendsten russischen Gegenwartsautoren. Er lebt in Moskau.

Matthes & Seitz Berlin · Paperback · 030

Zweite Auflage dieser Ausgabe 2023
© 2021 MSB Matthes & Seitz Berlin Verlagsgesellschaft mbH
Großbeerenstr. 57A, 10965 Berlin
info@matthes-seitz-berlin.de
Die Originalausgabe erschien 2004 unter dem Titel
Choroschi Stalin.
Alle Rechte vorbehalten.
Satz: Michael Rosenlehner, Berlin
Umschlaggestaltung: Pauline Altmann, Berlin
Druck und Bindung: GGP Media GmbH, Pößneck
ISBN 978-3-7518-0105-8
www.matthes-seitz-berlin.de

Viktor Jerofejew
Enzyklopädie der russischen Seele

Aus dem Russischen von Beate Rausch
Mit einem Vorwort des Autors
420 Seiten, gebunden

Mit welcher Seite hält es Russland – mit dem Westen oder mit dem Osten? Was sind die Besonderheiten der russischen Mentalität, der russischen Werte und des russischen Lebensstils? Kurzum: Was ist die russische Seele?

Mit einer kühnen Mischung aus Roman, Krimi und Enzyklopädie verbindet Jerofejew in seinem wohl umstrittensten Buch so spannungsreich wie philosophisch und so ironisch wie humorvoll Bestandsaufnahme mit Fantasie. Russland soll endlich wieder zur Supermacht werden. Doch dazu müssen Geheimdienstler und Militärs erst den mythischen »Grauen« finden. In ihre Suche schaltet sich ein russischer Intellektueller ein, der sich schließlich gemeinsam mit dem »Grauen« in verschiedenste Abenteuer und Liebschaften stürzt. Doch die wilde Achterbahnfahrt durch Russland, auf der sie bis zur Besinnungslosigkeit feiern und sich betrinken, endet jäh. Der Held verzweifelt an der Unmöglichkeit, in Russland ein normales Leben zu führen. Alles empört ihn: das Volk, der Kreml, die Kommunisten, die Oligarchen und Amerika sowieso. Mal lacht er über die russische Welt, mal verfällt er darüber in Depressionen, während der Traum einer neuen Metaphysik für die gesamte Menschheit ihn nicht loslässt.

Matthes & Seitz Berlin

Tamina Kutscher und Friederike Meltendorf (Hg.)
dekoder
Russland entschlüsseln 1

335 Seiten, Klappenbroschur

Je mehr man über Russland hört, desto mehr Fragen tauchen auf, desto mehr Verwirrung entsteht. *dekoder* bildet eine Brücke zwischen Russland und Europa. Wie wichtig diese Brücke ist, erfahren wir täglich aus der Presse, wir bemerken, wie so vieles auseinanderdriftet zwischen Russland und Europa, wie sich das gegenseitige Wissen verdunkelt. Seit 2015 versucht dekoder.org diesem Prozess der gegenseitigen Entfremdung entgegenzuwirken, indem auf dieser Plattform Texte aus russischen, unabhängigen Medien sowie Hintergrundinformationen in Übersetzung veröffentlicht werden, die Zusammenhänge, Phänomene, Menschen und Orte den deutschsprachigen Lesern erklären und zugänglich machen. *dekoder* – das Buch versammelt die wichtigsten Texte der letzten Jahre und ist eine unerlässliche Quelle zur Entschlüsselung Russlands.

»Jenseits einzelner Texte und Ideen dürfte die größte Überraschung, die *dekoder* für deutsche Leser bereithält, darin bestehen, dass es in Russland auch nach 20 Jahren Putin unabhängige Medien, brillante Journalisten und großartige Texte gibt.«
Uli Hufen, DEUTSCHLANDFUNK

Matthes & Seitz Berlin

Warlam Schalamow
Erzählungen aus Kolyma

Herausgegeben von Franziska Thun-Hohenstein
Aus dem Russischen von Gabriele Leupold
5 Einzelbände, gebunden mit Schutzumschlag

Schalamows Erzählungen gehören zu den herausragendsten Leistungen der russischen Literatur des 20. Jahrhunderts. Der Autor geht darin einer Schlüsselfrage unserer Gegenwart nach: Wie können Menschen, die über Jahrhunderte in der Tradition des Humanismus erzogen wurden, Auschwitz und Kolyma hervorbringen? Schalamow zieht den Leser der *Erzählungen aus Kolyma*, die im Rahmen einer Werkausgabe in fünf Einzelbänden herausgeben werden, in die Gegenwart des Lageralltags hinein, ohne Hoffnung auf einen Ausweg. Ein Monumentalwerk der Literaturgeschichte.

»Ein Buch, vor dem ich am liebsten in die Knie gehen würde.
Es ergreift einen zutiefst. Eine der
intensivsten Leseerfahrungen der letzten Jahre.«
Iris Radisch, LITERATURCLUB

»Eine Werkausgabe bringt dem deutschen Publikum
endlich den großen Gulag-Erzähler Warlam Schalamow nahe.«
Rainer Traub, DER SPIEGEL

»Schalamows Erzählungen sollte man jedem
gedächtnislosen Zeitgenossen per Rezept verschreiben,
damit er wieder weiss, in welcher Welt er lebt.«
Ralph Dutli, NZZ

Matthes & Seitz Berlin

Wilfried F. Schoeller (Hg.)
Leben oder Schreiben
Der Erzähler Warlam Schalamow

256 Seiten, mit 180 Abbildungen, Broschur

Warlam Schalamow wird in einer von Christina Links und Wilfried F. Schoeller kuratierten Ausstellung gewürdigt. Ende September im Berliner Literaturhaus eröffnet, wird sie nach einigen weiteren Stationen in Deutschland auch in Russland zu sehen sein. Der Ausstellungsband portraitiert diesen Erzähler und zeigt eine Fülle unbekannter Bilder und Dokumente aus zahlreichen Archiven.

»Die mehrbändige Edition der Werke Schalamows
bei Matthes & Seitz ist die vielleicht wichtigste verlegerische
Leistung eines deutschsprachigen Verlages des letzten
Jahrzehnts. Über dieses bedeutende Werk gibt nun *Leben oder
Schreiben. Der Erzähler Warlam Schalamow* im Berliner
Literaturhaus ebenso Auskunft wie über das Leben des Autors.«
Mathias Schnitzler, BERLINER ZEITUNG

Matthes & Seitz Berlin